AF564285

Nouvelle Collection illustrée

L'ouvrage complet **95** centimes

H. DE BALZAC

Les Chouans

Calmann-Lévy, Éditeurs

LES CHOUANS

Paris. — Imp. L. Pochy, 52, rue du Château. — 78-14

H. DE BALZAC

Les Chouans

ILLUSTRATIONS

DE

JULIEN LE BLANT

PARIS

CALMANN-LÉVY, ÉDITEURS

3, RUE AUBER, 3

I

L'EMBUSCADE

Dans les premiers jours de l'an VIII, au commencement de vendémiaire, ou, pour se conformer au calendrier actuel, vers la fin du mois de septembre 1799, une centaine de paysans et un assez grand nombre de bourgeois, partis le matin de Fougères pour se rendre à Mayenne, gravissaient la montagne de la Pèlerine, située à mi-chemin environ de Fougères à Ernée, petite ville où les voyageurs ont coutume de se reposer. Ce détachement, divisé en groupes plus ou moins nombreux, offrait une collection de costumes si bizarres et une réunion d'individus appartenant à des localités ou à des professions si diverses, qu'il ne sera pas inutile de décrire leurs différences caractéristiques pour donner à cette histoire les couleurs vives auxquelles on met tant de prix aujourd'hui ; quoique, selon certains critiques, elles nuisent à la peinture des sentiments.

Une partie des paysans — et c'était le plus grand nombre — allaient pieds nus, ayant pour tout vêtement une grande peau de chèvre qui les couvrait depuis le cou jusqu'aux genoux, et un pantalon de toile blanche très grossière, dont le fil mal tondu accusait l'incurie industrielle du pays. Les mèches plates de leurs longs cheveux s'unissaient si habituellement aux poils de la peau de chèvre et cachaient si complètement leurs visages baissés vers la terre, qu'on pouvait facilement prendre cette peau pour la leur, et confondre, à la première vue, ces malheureux avec les animaux dont les dépouilles leur servaient de vêtement. Mais, à travers ces cheveux, on voyait bientôt briller leurs yeux comme des gouttes de rosée dans une épaisse verdure ; et leurs regards, tout en annonçant l'intelligence humaine, causaient certainement plus de terreur que de plaisir. Leurs têtes étaient surmontées d'une sale toque en laine rouge, semblable à ce bonnet phrygien que la République adoptait alors comme emblème de la liberté. Tous avaient sur l'épaule un gros bâton de chêne noueux, au bout duquel pendait un long bissac de toile, peu garni. D'autres portaient, par-dessus leur bonnet, un grossier chapeau de feutre à larges bords et orné d'une espèce de chenille en laine de diverses couleurs qui en entourait la forme. Ceux-ci, entièrement vêtus de la même toile dont étaient faits les pantalons et les bissacs des premiers, n'offraient presque rien dans leur costume qui appartînt à la civilisation nouvelle. Leurs longs cheveux retombaient sur le collet d'une veste ronde à petites poches latérales et carrées qui n'allait que jusqu'aux hanches, vêtement particulier aux paysans de l'Ouest. Sous cette veste ouverte, on distinguait un gilet de même toile, à gros boutons. Certains d'entre eux marchaient avec des sabots ; tandis que, par économie, d'autres tenaient leurs souliers à la main. Ce costume, sali par un long usage, noirci par la sueur ou par la poussière, et moins original que le précédent, avait pour mérite historique de servir de transition à l'habillement presque somptueux de quelques hommes qui, dispersés çà et là au milieu de la troupe, y brillaient comme des fleurs. En effet, leurs pantalons de toile bleue, leurs gilets rouges ou jaunes ornés de deux rangées de boutons de cuivre parallèles, et semblables à des cuirasses carrées, tranchaient aussi vivement sur les vêtements blancs et les peaux de leurs compagnons que des bluets et des coquelicots dans un champ de blé. Quelques-uns étaient chaussés avec ces sabots que les paysans de la Bretagne savent faire eux-mêmes ; mais presque tous avaient de gros souliers ferrés et des habits de drap fort grossier, taillés comme les anciens habits français, dont la forme est encore religieusement gardée par nos paysans. Le col de leur chemise était attaché par des boutons d'argent qui figuraient ou des cœurs ou des ancres. Enfin, leurs bissacs paraissaient mieux fournis que ne l'étaient ceux de leurs compagnons ; puis plusieurs d'entre eux joignaient à leur équipage de route une gourde sans doute pleine d'eau-de-vie, et suspendue par une ficelle à leur cou. Quelques citadins apparaissaient au milieu de ces hommes à demi sauvages, comme pour marquer le dernier terme de la civilisation de ces contrées. Coiffés de chapeaux ronds, de claques ou de casquettes, ayant des bottes à revers ou des souliers maintenus par des guêtres, ils présentaient, comme les paysans, des différences remarquables dans leurs costumes. Une dizaine d'entre eux portaient cette veste républicaine connue sous le nom de carmagnole. D'autres, de riches artisans sans doute, étaient vêtus de la tête aux pieds en drap de la même couleur. Les plus recherchés dans leur mise se distinguaient par des fracs et des redingotes de drap bleu ou vert plus ou moins râpé. Ceux-là, véritables personnages, portaient des bottes de diverses formes, et badinaient avec de grosses cannes en gens qui font contre fortune bon cœur. Quelques têtes soigneusement poudrées, des queues assez bien tressées annonçaient cette espèce de recherche que nous inspire un commencement de fortune ou d'éducation.

En considérant ces hommes étonnés de se voir ensemble, et ramassés comme au hasard, on eût dit la population d'un bourg chassée de ses foyers par un incendie. Mais l'époque et les lieux donnaient un tout autre intérêt à cette masse d'hommes. Un observateur initié aux secrets des discordes civiles qui agitaient alors la France aurait pu facilement reconnaître le petit nombre de citoyens sur la fidélité desquels la République devait compter dans cette troupe, presque entièrement composée de gens qui, quatre ans auparavant, avaient guerroyé contre elle. Un dernier trait assez saillant ne laissait aucun doute sur les opinions qui divisaient ce rassemblement. Les républicains seuls marchaient avec une sorte de gaieté. Quant aux autres individus de la troupe, s'ils offraient des différences sensibles dans leurs costumes, ils montraient sur leurs figures et dans leurs attitudes cette expression uniforme que donne le malheur. Bourgeois et paysans, tous gardaient l'empreinte d'une mélancolie profonde ; leur silence avait quelque chose de farouche, et ils semblaient courbés sous le joug d'une même pensée, terrible sans doute, mais soigneusement cachée, car leurs figures étaient impénétrables ; seulement, la lenteur peu ordinaire de leur marche pouvait trahir de secrets calculs. De temps en temps, quelques-uns d'entre eux, remarquables par des chapelets suspendus à leur cou, malgré le danger qu'ils couraient à conserver ce signe d'une religion plutôt supprimée que détruite, secouaient leurs cheveux et relevaient la tête avec défiance. Ils examinaient alors à la dérobée les bois, les sentiers et les rochers qui encaissaient la route, mais de l'air avec lequel un chien, mettant le nez au vent, essaye de subodorer le gibier ; puis, en n'entendant que le bruit monotone des pas de leurs silencieux compagnons, ils baissaient de nouveau leurs têtes et reprenaient leur contenance de désespoir, semblables à des criminels emmenés au bagne pour y vivre, pour y mourir.

La marche de cette colonne sur Mayenne, les éléments hétérogènes qui la composaient et les divers sentiments qu'elle exprimait s'expliquaient assez naturellement par la présence d'une autre troupe formant la tête du détachement. Cent cinquante soldats environ marchaient en avant, avec armes et bagages, sous le commandement d'un *chef de demi-brigade*. Il n'est pas inutile de faire observer à ceux qui n'ont pas assisté au drame de la Révolution que cette dénomination remplaçait le titre de colonel, proscrit par les patriotes comme trop aristocratique. Ces soldats appartenaient au dépôt d'une demi-brigade d'infanterie en séjour à Mayenne. Dans ces temps de discordes, les habitants de l'Ouest avaient appelé tous les soldats de la République, des *bleus*. Ce surnom était dû à ces premiers uniformes bleus et rouges dont le souvenir est encore assez frais pour rendre leur description superflue. Le détachement des bleus servait donc d'escorte à ce rassemblement d'hommes presque tous mécontents d'être dirigés sur Mayenne, où la discipline militaire devait promptement leur donner un même esprit, une même livrée et l'uniformité d'allure qui leur manquait alors si complètement.

Cette colonne était le contingent péniblement obtenu du district de Fougères, et dû par lui dans la levée que le Directoire exécutif de la république française avait ordonnée par une loi du 10 messidor précédent. Le gouvernement avait demandé cent millions et cent mille hommes, afin d'envoyer de prompts secours à ses armées, alors battues par les Autrichiens en Italie, par les Prussiens en Allemagne, et menacées en Suisse par les Russes, auxquels Souvorov faisait espérer la conquête de la France. Les départements de l'Ouest, connus sous le nom de Vendée, la Bretagne et une portion de la basse Normandie, pacifiés depuis trois ans par les soins du général Hoche après une guerre de quatre années, paraissaient avoir saisi ce moment pour recommencer la lutte. En présence de tant d'agressions, la République retrouva sa primitive énergie. Elle avait d'abord pourvu à la défense des départements attaqués en en remettant le soin aux habitants patriotes par un des articles de cette loi de messidor. En effet, le gouvernement, n'ayant ni troupes ni argent dont il pût disposer à l'intérieur, éluda la difficulté par une gasconnade législative : ne pouvant rien envoyer aux départements insurgés, il leur donnait sa confiance. Peut-être espérait-il aussi que cette mesure, en armant les citoyens les uns contre les autres, étoufferait l'insurrection dans son principe. Cet article, source de funestes représailles, était ainsi conçu : *Il sera organisé des compagnies franches dans les départements de l'Ouest.* Cette disposition impolitique fit prendre à l'Ouest une attitude si hostile, que le Directoire désespéra d'en triompher de prime abord. Aussi, peu de jours après, demanda-t-il aux Assemblées des mesures particulières relativement aux légers contingents dus en vertu de l'article qui autorisait les compagnies franches. Donc, une nouvelle loi promulguée quelques jours avant le commencement de cette histoire, et rendue le troisième jour complémentaire de l'an VII, ordonnait d'organiser en légions ces faibles levées d'hommes. Les légions devaient porter le nom des départements de la Sarthe, de l'Orne, de la Mayenne, d'Ille-et-Vilaine, du Morbihan, de la Loire-Inférieure et de Maine-et-Loire. *Ces légions*, disait la loi, *spécialement employées à combattre les chouans, ne pourraient, sous aucun prétexte, être portées aux frontières.* Ces détails fastidieux, mais ignorés, expliquent à la fois l'état de faiblesse où se trouva le Directoire et la marche de ce troupeau d'hommes conduit par les bleus. Aussi, peut-être n'est-il pas superflu d'ajouter que ces belles et patriotiques déterminations directoriales n'ont jamais reçu d'autre exécution que leur insertion au *Bulletin des lois.* N'étant plus soutenus par de grandes idées morales, par le patriotisme ou par la terreur, qui les rendaient naguère exécutoires, les décrets de la République créaient des millions et des soldats dont rien n'entrait au Trésor ni à l'armée. Le ressort de la Révolution s'était usé en des mains inhabiles, et les lois recevaient dans leur application l'empreinte des circonstances au lieu de les dominer.

Les départements de la Mayenne et d'Ille-et-Vilaine étaient alors commandés par un vieil officier qui, jugeant sur les lieux de l'opportunité des mesures à prendre, voulut essayer d'arracher à la Bretagne ses contingents, et surtout celui de Fougères, l'un des plus redoutables foyers de la chouannerie. Il espérait ainsi affaiblir les forces de ces districts menaçants. Ce militaire dévoué profita des prévisions illusoires de la loi pour affirmer qu'il équiperait et armerait sur-le-champ les *réquisitionnaires*, et qu'il tenait à leur disposition un mois de la solde promise par le gouvernement à ces troupes d'exception. Quoique la Bretagne se refusât alors à toute espèce de service militaire, l'opération réussit tout d'abord sur la foi de ces promesses, et avec tant de promptitude, que cet officier s'en alarma. Mais c'était un de ces vieux chiens de guérite difficiles à surprendre. Aussitôt qu'il vit accourir au district une partie des contingents, il soupçonna quelque motif secret à cette prompte réunion d'hommes, et peut-être devina-t-il bien en croyant qu'ils voulaient se procurer des armes. Sans attendre les retardataires, il prit alors des mesures pour tâcher d'effectuer sa retraite sur Alençon, afin de se rapprocher des pays soumis, quoique l'insurrection croissante de ces contrées rendît le succès de ce projet très problématique. Cet officier, qui, selon ses instructions, gardait le plus profond secret sur les malheurs de nos armées et sur les nouvelles peu rassurantes parvenues de la Vendée, avait donc tenté, dans la matinée où commence cette histoire, d'arriver par une marche forcée à Mayenne, où il se promettait bien d'exécuter la loi suivant son bon vouloir, en remplissant les cadres de sa demi-brigade avec ses *conscrits* bretons. Ce mot de conscrit, devenu plus tard si célèbre, avait remplacé pour la première fois, dans les lois, le nom de réquisitionnaires, primitivement donné aux recrues républicaines. Avant de quitter Fougères, le commandant avait fait prendre secrètement à ses soldats les cartouches et les rations de pain nécessaires à tout son monde, afin de ne pas éveiller l'attention des conscrits sur la longueur de la route ; et il comptait bien ne pas s'arrêter à l'étape d'Ernée, où, revenus de leur étonnement, les hommes du contingent auraient pu s'entendre avec les chouans, sans doute répandus dans les campagnes voisines. Le morne silence qui régnait dans la troupe des réquisitionnaires, surpris par la manœuvre du vieux républicain, et la lenteur de leur marche sur cette montagne, excitaient au plus haut degré la défiance de ce chef de demi-brigade, nommé Hulot ; les traits les plus saillants de la description qui précède étaient pour lui d'un vif intérêt ; aussi marchait-il silencieusement, au milieu de cinq jeunes officiers qui, tous, respectaient la préoccupation de leur chef. Mais, au moment où Hulot parvint au faîte de la Pèlerine, il tourna tout à coup la tête, comme par instinct, pour inspecter les visages inquiets des réquisitionnaires, et ne tarda pas à rompre le silence. En effet, le retard progressif de ces Bretons avait déjà mis entre eux et leur escorte une distance d'environ deux cents pas. Hulot fit alors une grimace qui lui était particulière.

— Que diable ont donc tous ces muscadins-là ? s'écria-t-il d'une voix sonore. Nos conscrits ferment le compas au lieu de l'ouvrir, je crois !

A ces mots, les officiers qui l'accompagnaient se retournèrent par un mouvement spontané assez semblable au réveil en sursaut que cause un bruit soudain. Les sergents, les caporaux les imitèrent, et la compagnie s'arrêta sans avoir entendu le mot souhaité de « Halte ! » Si d'abord les officiers jetèrent un regard sur le détachement, qui, semblable à une longue tortue, gravissait la montagne de la Pèlerine, ces jeunes gens, que la défense de la patrie avait arrachés, comme tant d'autres, à des études distinguées, et chez lesquels la guerre n'avait pas encore éteint le sentiment des arts, furent assez frappés du spectacle qui s'offrait à leurs regards pour laisser sans réponse une observation dont l'importance leur était inconnue. Quoiqu'ils vinssent de Fougères, où le tableau qui se présentait alors à leurs yeux se voit également, mais avec les différences que le changement de perspective lui fait subir, ils ne purent se refuser à l'admirer une dernière fois, semblables à ces *dilettanti* auxquels une musique donne d'autant plus de jouissances qu'ils en connaissent mieux les détails.

Du sommet de la Pèlerine apparaît aux yeux du voyageur la grande vallée du Couësnon, dont l'un des points culminants est occupé à l'horizon par la ville de Fougères. Son château domine, en haut du rocher où il est bâti, trois ou quatre routes importantes, position qui la rendait jadis une des clefs de la Bretagne. De là, les officiers découvrirent, dans toute son étendue, ce bassin, aussi remarquable par la prodigieuse fertilité de son sol que par la variété de ses aspects. De toutes parts, des montagnes de schiste s'élèvent en amphithéâtre, elles déguisent leurs flancs rougeâtres sous des forêts de chênes, et recèlent dans leurs versants des vallons pleins de fraîcheur. Ces rochers décrivent une vaste enceinte, circulaire en apparence, au fond de laquelle s'étend avec mollesse une immense prairie dessinée comme un jardin anglais. La multitude de haies vives qui entourent d'irréguliers et nombreux héritages, tous plantés d'arbres, donnent à ce tapis de verdure une physionomie rare parmi les paysages de la France et il enferme de féconds secrets de beautés dans ses contrastes multipliés, dont les effets sont assez larges pour saisir les âmes les plus froides. En ce moment, la vue de ce pays était animée de cet éclat fugitif par lequel la nature se plaît à rehausser parfois ses impérissables créations. Pendant que le détachement traversait la vallée, le soleil levant avait lentement dissipé ces vapeurs blanches et légères qui, dans les matinées de septembre, voltigent sur les prairies. A l'instant où les soldats se retournèrent, une invisible main semblait enlever à ce paysage le dernier des voiles dont elle l'aurait enveloppé, nuées fines, semblables à ce linceul de gaze diaphane qui couvre les bijoux précieux et à travers lequel ils excitent la curiosité. Dans le vaste horizon que les officiers embrassèrent, le ciel n'offrait pas le plus léger nuage qui pût faire croire, par sa clarté d'argent, que cette immense voûte bleue fût le firmament. C'était plutôt un dais de soie supporté par les cimes inégales des montagnes, et placé dans les airs pour protéger cette magnifique réunion de champs, de prairies, de ruisseaux et de bocages. Les officiers ne se lassaient pas d'examiner cet espace où jaillissent tant de beautés champêtres. Les uns hésitaient longtemps avant d'arrêter leurs regards parmi l'étonnante multiplicité de ces bosquets que les teintes sévères de quelques touffes jaunies enrichissaient des couleurs du bronze, et que le vert-émeraude des prés irrégulièrement coupés faisait encore ressortir. Les autres s'attachaient aux contrastes offerts par des champs rougeâtres où le sarrasin récolté se dressait en gerbes coniques semblables aux faisceaux d'armes que le soldat amoncelle au bivouac, et séparés par d'autres champs que doraient les guérets des seigles moissonnés. Çà et là, l'ardoise sombre de quelques toits d'où sortaient de blanches fumées ; puis les tranchées vives et argentées que produisaient les ruisseaux tortueux du Couësnon attiraient l'œil par quelques-uns de ces pièges d'optique qui rendent, sans qu'on sache pourquoi, l'âme indécise et rêveuse. La fraîcheur embaumée des brises d'automne, la forte senteur des forêts, s'élevaient comme un nuage d'encens et enivraient les admirateurs de ce beau pays, qui contemplaient avec ravissement ses fleurs inconnues, sa végétation vigoureuse, sa verdure rivale de celle d'Angleterre, sa voisine, dont le nom est commun aux deux pays. Quelques bestiaux animaient cette scène, déjà si dramatique. Les oiseaux chantaient, et faisaient ainsi rendre à la vallée une suave, une sourde mélodie qui frémissait dans les airs. Si l'imagination recueillie veut apercevoir pleinement les riches accidents d'ombre et de lumière, les horizons vaporeux des montagnes, les fantastiques perspectives qui naissaient des places où manquaient les arbres, où s'étendaient les eaux, où fuyaient de coquettes sinuosités ; si le souvenir colorie, pour ainsi dire, ce dessin aussi fugace que le moment où il est pris, les personnes pour lesquelles ces tableaux ne sont pas sans mérite auront une image imparfaite du magique spectacle par lequel l'âme encore impressionnable des jeunes officiers fut comme surprise.

Pensant alors que ces pauvres gens abandonnaient à regret leur pays et leurs chères coutumes pour aller mourir peut-être en des terres étrangères, ils leur pardonnèrent involontairement un retard qu'ils comprirent. Puis, avec cette générosité naturelle aux soldats, ils déguisèrent leur condescendance sous un feint désir d'examiner les positions militaires de cette belle contrée. Mais Hulot, qu'il est nécessaire d'appeler le commandant pour éviter de lui donner le nom peu harmonieux de chef de demi-brigade, était un de ces militaires qui, dans un danger pressant, ne sont pas hommes à se laisser prendre aux charmes des paysages, quand même ce serait ceux du paradis terrestre. Il secoua donc la tête par un geste négatif, et contracta deux gros sourcils noirs qui donnaient une expression sévère à sa physionomie.

- Pourquoi diable ne viennent-ils pas? demanda-t-il pour la seconde fois de sa voix grossie par les fatigues de la guerre. Se trouve-t-il dans le village quelque bonne Vierge à laquelle ils donnent une poignée de main?

- Tu demandes pourquoi? répondit une voix.

En entendant des sons qui semblaient sortir de la corne avec laquelle les paysans de ces vallons rassemblent leurs troupeaux, le commandant se retourna brusquement, comme s'il eût senti la pointe d'une épée, et vit à deux pas un personnage encore plus bizarre qu'aucun de ceux emmenés à Mayenne pour servir la République. Cet inconnu, homme trapu, large des épaules, lui montrait une tête presque aussi grosse que celle d'un bœuf, avec laquelle elle avait plus d'une ressemblance. Des narines épaisses faisaient paraître son nez encore plus court qu'il ne l'était. Ses larges lèvres retroussées par des dents blanches comme de la neige, ses grands et ronds yeux noirs garnis de sourcils menaçants, ses oreilles pendantes et ses cheveux roux appartenaient moins à notre belle race caucasienne qu'au genre des herbivores. Enfin l'absence complète des autres caractères de l'homme social rendait cette tête nue plus remarquable encore. La face, comme bronzée par le soleil et dont les anguleux contours offraient une vague analogie avec le granit qui forme le sol de ces contrées, était la seule partie visible du corps de cet être singulier. A partir du cou, il était enveloppé d'un sarrau, espèce de blouse en toile rousse plus grossière encore que celle des pantalons des conscrits les moins aisés. Ce sarrau, dans lequel un antiquaire aurait reconnu la *saye* (*saga*) ou le *sayon* des Gaulois, finissait à mi-corps, en se rattachant à deux fourreaux de peau de chèvre par des morceaux de bois grossièrement travaillés et dont quelques-uns gardaient leur écorce. Les peaux de bique, pour parler la langue du pays, qui lui garnissaient les jambes et les cuisses, ne laissaient distinguer aucune forme humaine. Des sabots énormes lui cachaient les pieds. Ses longs cheveux luisants, semblables aux poils de ses peaux de chèvre, tombaient de chaque côté de sa figure, séparés en deux parties égales et pareils aux chevelures de ces statues du Moyen âge qu'on voit encore dans quelques cathédrales. Au lieu du bâton noueux que les conscrits portaient sur leur épaule, il tenait appuyé sur sa poitrine, en guise de fusil, un gros fouet dont le cuir habilement tressé paraissait avoir une longueur double de celle des fouets ordinaires. La brusque apparition de cet être bizarre semblait facile à expliquer. Au premier aspect, quelques officiers supposèrent que l'inconnu était un réquisitionnaire ou conscrit (l'un se disait encore pour l'autre) qui se repliait sur la colonne en la voyant arrêtée. Néanmoins, l'arrivée de cet homme étonna singulièrement le commandant ; s'il n'en parut pas le moins du monde intimidé, son front devint soucieux ; et, après avoir toisé l'étranger, il répéta machinalement et comme occupé de pensées sinistres :

— Oui, pourquoi ne viennent-ils pas? Le sais-tu, toi?

— C'est que, répondit le sombre interlocuteur avec un accent qui prouvait une assez grande difficulté de parler français, c'est que là, dit-il en étendant sa rude et large main vers Ernée, là est le Maine et là finit la Bretagne.

Puis il frappa fortement le sol en jetant

le pesant manche de son fouet aux pieds du commandant. L'impression produite sur les spectateurs de cette scène par la harangue laconique de l'inconnu ressemblait assez à celle que donnerait un coup de tam-tam frappé au milieu d'une musique. Le mot de harangue suffit à peine pour rendre la haine, les désirs de vengeance qu'exprimèrent un geste hautain, une parole brève et la contenance empreinte d'une énergie farouche et froide. La grossièreté de cet homme taillé comme à coups de hache, sa noueuse écorce, la stupide ignorance gravée sur ses traits, en faisaient une sorte de demi-dieu barbare. Il gardait une attitude prophétique et apparaissait là comme le génie même de la Bretagne, qui se relevait d'un sommeil de trois

IL SE MIT A MANGER
AVEC UNE INDIFFÉRENCE STUPIDE.

années, pour recommencer une guerre où la victoire ne se montra jamais sans de doubles crêpes.

— Voilà un joli coco ! dit Hulot en se parlant à lui-même. Il m'a l'air d'être l'ambassadeur de gens qui s'apprêtent à parlementer à coups de fusil.

Après avoir grommelé ces paroles entre ses dents, le commandant promena successivement ses regards de cet homme au paysage, du paysage au détachement, du détachement sur les talus abrupts de la route, dont les crêtes étaient ombragées par les hauts genêts de la Bretagne ; puis il les reporta tout à coup sur l'inconnu, auquel il fit subir comme un muet interrogatoire qu'il termina en lui demandant brusquement :

— D'où viens-tu?

Son œil avide et perçant cherchait à deviner les secrets de ce visage impénétrable qui, pendant cet intervalle, avait pris la niaise expression de torpeur dont s'enveloppe un paysan au repos.

— Du pays des *Gars*, répondit l'homme sans manifester aucun trouble.

— Ton nom?

— *Marche-à-Terre.*

— Pourquoi portes-tu, malgré la loi, ton surnom de chouan?

Marche-à-Terre, puisqu'il se donnait ce nom, regarda le commandant d'un air d'imbécillité si profondément vraie que le militaire crut n'avoir pas été compris.

— Fais-tu partie de la réquisition de Fougères?

A cette demande, Marche-à-Terre répondit par un de ces *Je ne sais pas*, dont l'inflexion désespérante arrête tout entretien. Il s'assit tranquillement sur le bord du chemin, tira de son sarrau quelques morceaux d'une mince et noire galette de sarrasin, repas national dont les tristes délices ne peuvent être comprises que des Bretons, et se mit à manger avec une indifférence stupide. Il faisait croire à une absence si complète de toute intelligence, que les officiers le comparèrent tour à tour, dans cette situation, à un des animaux qui broutaient les gras pâturages de la vallée, aux sauvages de l'Amérique ou à quelque naturel du cap de Bonne-Espérance. Trompé par cette attitude, le commandant lui-même n'écoutait déjà plus ses inquiétudes, lorsque, jetant un dernier regard de prudence à l'homme qu'il soupçonnait être le héraut d'un prochain carnage, il en vit les cheveux, le sarrau, les peaux de chèvre couverts d'épines, de débris de feuilles, de brins de bois et de broussailles, comme si ce chouan eût fait une longue route à travers les halliers. Il lança un coup d'œil significatif à son adjudant Gérard, près duquel il se trouvait, lui serra fortement la main et dit à voix basse :

— Nous sommes allés chercher de la laine, et nous allons revenir tondus.

Les officiers étonnés se regardèrent en silence.

Il convient de placer ici une digression pour faire partager les craintes du commandant Hulot à certaines personnes casanières habituées à douter de tout, parce qu'elles ne voient rien, et qui pourraient contredire l'existence de Marche-à-Terre et des paysans de l'Ouest dont alors la conduite fut sublime.

Le mot *gars*, que l'on prononce *gâ*, est un débris de la langue celtique. Il a passé du bas-breton dans le français, et ce mot est, de notre langage actuel, celui qui contient le plus de souvenirs antiques. Le *gais* était l'arme principale des Gaëls ou Gaulois ; *gaisdé* signifiait armé ; *gais*, bravoure ; *gas*, force. Ces rapprochements prouvent la parenté du mot *gars* avec ces expressions de la langue de nos ancêtres. Ce mot a de l'analogie avec le mot latin *vir*, homme, racine de *virtus*, force, courage. Cette dissertation trouve son excuse dans sa nationalité; puis peut-être servira-t-elle à réhabiliter, dans l'esprit de quelques personnes, les mots *gars*, *garçon*, *garçonnette*, *garce*, *garcette*, généralement proscrits du discours comme malséants, mais dont l'origine est si guerrière, et qui se montreront çà et là dans le cours de cette histoire. « C'est une fameuse garce ! » est un éloge peu compris que recueillit madame de Staël dans un petit canton du Vendômois où elle passa quelques jours d'exil. La Bretagne est, de toute la France, le pays où les mœurs gauloises ont laissé les plus fortes empreintes. Les parties de cette province où, de nos jours encore, la vie sauvage et l'esprit superstitieux de nos rudes aïeux sont restés, pour ainsi dire, flagrants, se nomment le pays des Gars. Lorsqu'un canton est habité par nombre de sauvages semblables à celui qui vient de comparaître dans cette scène, les gens de la contrée disent : « Les gars de telle paroisse »; et ce nom classique est comme une récompense de la fidélité avec laquelle ils s'efforcent de conserver les traditions du langage et des mœurs gaéliques : aussi leur vie garde-t-elle de profonds vestiges des croyances et des pratiques superstitieuses des anciens temps. Là, les coutumes féodales sont encore respectées. Là, les antiquaires retrouvent debout les monuments des druides, et le génie de la civilisation moderne s'effraye de pénétrer à travers d'immenses forêts primordiales. Une incroyable férocité, un entêtement brutal, mais aussi la foi du serment ; l'absence complète de nos lois, de nos mœurs, de notre habillement, de nos monnaies nouvelles, de notre langage, mais aussi la simplicité patriarcale et d'héroïques vertus s'accordent à rendre les habitants de ces campagnes plus pauvres de combinaisons intellectuelles que ne le sont les Mohicans et les Peaux-Rouges de l'Amérique septentrionale, mais aussi grands, aussi rusés, aussi durs qu'eux. La place que la Bretagne occupe au centre de l'Europe la rend beaucoup plus curieuse à observer que ne l'est le Canada. Entouré de lumières dont la bienfaisante chaleur ne l'atteint pas, ce pays ressemble à un charbon glacé qui resterait obscur et noir au sein d'un brillant foyer. Les efforts tentés par quelques grands esprits pour conquérir à la vie sociale et à la prospérité cette belle partie de la France, si riche de trésors ignorés ; tout, même les tentatives du gouvernement, meurt au sein de l'immobilité d'une population vouée aux pratiques d'une immémoriale routine. Ce malheur s'explique assez par la nature d'un sol encore sillonné de ravins, de torrents, de lacs et de marais ; hérissé de haies, espèces de bastions en terre qui font de chaque champ une citadelle ; privé de routes et de canaux ; puis, par l'esprit d'une population ignorante, livrée à des préjugés dont les dangers seront accusés par les détails de cette histoire, et qui ne veut pas de notre moderne agriculture. La disposition pittoresque de ce pays, les superstitions de ses habitants excluent et la concentration des individus et les bienfaits amenés par la comparaison, par l'échange des idées. Là, point de villages. Les constructions précaires que l'on nomme des logis sont clairsemées à travers la contrée. Chaque famille y vit comme dans un désert. Les seules réunions connues sont les assemblées éphémères que le dimanche ou les fêtes de la religion consacrent à la paroisse. Ces réunions silencieuses, dominées par le *recteur*, le seul maître de ces esprits grossiers, ne durent que quelques heures. Après avoir entendu la voix terrible de ce prêtre, le paysan retourne pour une semaine dans sa demeure insalubre ; il en sort pour le travail, il y rentre pour dormir. S'il y est visité, c'est par ce recteur, l'âme de la contrée. Aussi fut-ce à la voix de ce prêtre que des milliers d'hommes se ruèrent sur la République, et que ces parties de la Bretagne fournirent, cinq ans avant l'époque à laquelle commence cette histoire, des masses de soldats à la première chouannerie. Les frères Cottereau, hardis contrebandiers qui donnèrent leur nom à cette guerre, exerçaient leur périlleux métier de Laval à Fougères. Mais les insurrections de ces campagnes n'eurent rien de noble, et l'on peut dire avec assurance que si la Vendée fit du brigandage une guerre, la Bretagne fit de la guerre un brigandage. La proscription des princes, la religion détruite, ne furent pour les chouans que des prétextes de pillage, et les événements de cette lutte intestine contractèrent quelque chose de la sauvage âpreté qu'ont les mœurs en ces contrées. Quand de vrais défenseurs de la monarchie vinrent recruter des soldats parmi ces populations ignorantes et belliqueuses, ils essayèrent, mais en vain, de donner, sous le drapeau blanc, quelque grandeur à ces entreprises qui avaient rendu la chouannerie odieuse, et les chouans sont restés comme un mémorable exemple du danger de remuer les masses peu civilisées d'un pays. Le tableau de la première vallée offerte par la Bretagne aux yeux du voyageur, la peinture des hommes qui composaient le détachement des réquisitionnaires, la description du gars apparu sur le sommet de la Pèlerine, donnent en raccourci une fidèle image de la province et de ses habitants. Une imagination exercée peut, d'après ces détails, concevoir le théâtre et les instruments de la guerre ; là en étaient les éléments. Les haies si fleuries de ces belles vallées cachaient alors d'invisibles agresseurs, chaque champ était alors une forteresse, chaque arbre masquait un piège, chaque vieux tronc de saule creux gardait un stratagème. Le lieu du combat était partout. Les fusils attendaient au coin des routes les bleus, que des jeunes filles attiraient en riant sous le feu des canons, sans croire être perfides ; elles allaient en pèlerinage avec leurs pères et leurs frères demander des ruses et des absolutions à des vierges de bois vermoulu. La

TELLES ÉTAIENT LES RÉFLEXIONS DE HULOT...

religion, ou plutôt le fétichisme, de ces créatures ignorantes désarmait le meurtre de ses remords. Aussi, une fois cette lutte engagée, tout dans le pays devenait-il dangereux : le bruit comme le silence, la grâce comme la terreur, le foyer domestique comme le grand chemin. Il y avait de la conviction dans ces trahisons. C'était des sauvages qui servaient Dieu et le roi à la manière dont les Mohicans font la guerre. Mais, pour rendre exacte et vraie en tout point la peinture de cette lutte, l'historien doit ajouter qu'au moment où la paix de Hoche fut signée, la contrée entière redevint et riante et amie. Les familles qui, la veille, se déchiraient encore, le lendemain soupèrent sans danger sous le même toit.

A l'instant où Hulot reconnut les perfidies secrètes que trahissaient les peaux de chèvre de Marche-à-Terre, il resta convaincu de la rupture de cette heureuse paix due au génie de Hoche et dont le maintien lui parut impossible. Ainsi la guerre renaissait, sans doute plus terrible qu'autrefois, à la suite d'une inaction de trois années. La Révolution, adoucie depuis le 9 thermidor allait peut-être reprendre le caractère de terreur qui la rendit haïssable aux bons esprits. L'or des Anglais avait donc, comme toujours, aidé aux discordes de la France. La République, abandonnée du jeune Bonaparte, qui paraissait en être le génie tutélaire, semblait hors d'état de résister à tant d'ennemis, et le plus cruel se montrait le dernier. La guerre civile, annoncée par mille petits soulèvements partiels, prenait un caractère de gravité tout nouveau, du moment que les chouans concevaient le dessein d'attaquer une si forte escorte. Telles étaient les réflexions qui se déroulèrent dans l'esprit de Hulot, quoique d'une manière beaucoup moins succincte, dès qu'il crut apercevoir, dans l'apparition de Marche-à-Terre, l'indice d'une embuscade habilement préparée, car lui seul fut d'abord dans le secret de son danger.

Le silence qui suivit la phrase prophétique du commandant à Gérard, et qui termine la scène précédente, servit à Hulot pour recouvrer son sang-froid. Le vieux soldat avait presque chancelé. Il ne put chasser les nuages qui couvrirent son front quand il vint à penser qu'il était environné déjà des horreurs d'une guerre dont les atrocités eussent été peut-être reniées par les cannibales. Le capitaine Merle et l'adjudant Gérard, ses deux amis, cherchaient à s'expliquer la crainte, si nouvelle pour eux, dont témoignait la figure de leur chef, et contemplaient Marche-à-Terre mangeant sa galette au bord du chemin sans pouvoir établir le moindre rapport entre cette espèce d'animal et l'inquiétude de leur intrépide commandant. Mais le visage de Hulot s'éclaircit bientôt. Tout en déplorant les malheurs de la République, il se réjouit d'avoir à combattre pour elle, il se promit joyeusement de ne pas être la dupe des chouans et de pénétrer l'homme si ténébreusement rusé qu'ils lui faisaient l'honneur d'employer contre lui. Avant de prendre aucune résolution, il se mit à examiner la position dans laquelle ses ennemis voulaient le surprendre. En voyant que le chemin au milieu duquel il se trouvait engagé passait dans une espèce de gorge, peu profonde à la vérité, mais flanquée de bois, et où aboutissaient plusieurs sentiers, il fronça fortement ses gros sourcils noirs, puis il dit à ses deux amis d'une voix sourde et très émue :

— Nous sommes dans un drôle de guêpier !

— Et de quoi donc avez-vous peur? demanda Gérard.

— Peur?... reprit le commandant; oui, peur. J'ai toujours eu peur d'être fusillé comme un chien au détour d'un bois sans qu'on vous crie : « Qui vive? »

— Bah! dit Merle en riant, Qui vive? est aussi un abus.

— Nous sommes donc vraiment en danger? demanda Gérard, aussi étonné du sang-froid de Hulot qu'il l'avait été de sa passagère terreur.

— Chut! dit le commandant, nous sommes dans la gueule du loup, il y fait noir comme dans un four, et il faut y allumer une chandelle. Heureusement, reprit-il, que nous tenons le haut de cette côte!...

Il la décora d'une épithète énergique, et ajouta :

— Je finirai peut-être bien par y voir clair.

Le commandant, attirant à lui les deux officiers, cerna Marche-à-Terre; le gars feignit de croire qu'il les gênait, il se leva promptement.

— Reste là, chenapan! lui cria Hulot en le poussant et le faisant retomber sur le talus où il s'était assis.

Dès ce moment, le chef de demi-brigade ne cessa de regarder attentivement l'insouciant Breton.

— Mes amis, reprit-il alors en parlant à voix basse aux deux officiers, il est temps de vous dire que la boutique est enfoncée là-bas. Le Directoire, par suite d'un remue-ménage qui a eu lieu aux Assemblées, a encore donné un coup de balai à nos affaires. Ces pentarques, ou pantins c'est plus français, de directeurs viennent de perdre une bonne lame; Bernadotte n'en veut plus.

— Qui le remplace? demanda vivement Gérard.

— Milet-Mureau, une vieille perruque. On choisit là un bien mauvais temps pour laisser naviguer des mâchoires! Voilà des fusées anglaises qui partent sur les côtes. Tous ces hannetons de Vendéens et de chouans sont en l'air, et ceux qui sont derrière ces marionnettes-là ont bien su prendre le moment où nous succombons.

— Comment? dit Merle.

— Nos armées sont battues sur tous les points, reprit Hulot en étouffant sa voix de plus en plus. Les chouans ont déjà intercepté deux fois les courriers, et je n'ai reçu mes dépêches et les derniers décrets qu'au moyen d'un exprès envoyé par Bernadotte au moment où il quittait le ministère. Des amis m'ont heureusement écrit confidentiellement sur cette débâcle. Fouché a découvert que le tyran Louis XVIII a été averti par des traîtres de Paris d'envoyer un chef à ses canards de l'intérieur. On pense que Barras trahit la République. Bref, Pitt et les princes ont envoyé, ici, un ci-devant, homme vigoureux, plein de talent, qui voudrait, en réunissant les efforts des Vendéens et ceux des chouans, abattre le bonnet de la République. Ce camarade-là a débarqué dans le Morbihan, je l'ai su le premier, je l'ai appris aux malins de Paris; *le Gars* est le nom qu'il s'est donné. Tous ces animaux-là, dit-il en montrant Marche-à-Terre, chaussent des noms qui donneraient la colique à un honnête patriote, s'il les portait. Or, notre homme est dans ce district. L'arrivée de ce chouan-là — et il indiqua de nouveau Marche-à-Terre — m'annonce qu'il est sur notre dos. Mais on n'apprend pas à un vieux singe à faire la grimace, et vous allez m'aider à ramener mes linottes à la cage, *et pus vite que ça!* Je serais un joli coco si je me laissais engluer comme une corneille par ce ci-devant qui arrive de Londres sous prétexte d'avoir à épousseter nos chapeaux!

En apprenant ces circonstances secrètes et critiques, les deux officiers, sachant que leur commandant ne s'alarmait jamais en vain, prirent alors cette contenance grave qu'ont les militaires au fort du danger, lorsqu'ils sont fortement trempés et habitués à voir un peu loin dans les affaires humaines. Gérard, que son grade, supprimé depuis, rapprochait de son chef, voulut répondre et demander toutes les nouvelles politiques dont une partie était évidemment passée sous silence; mais un signe de Hulot lui imposa silence; et tous les trois ils se mirent à regarder Marche-à-Terre. Ce chouan ne donna pas la moindre marque d'émotion en se voyant sous la surveillance de ces hommes aussi redoutables par leur intelligence que par leur force corporelle. La curiosité des deux officiers, pour lesquels cette sorte de guerre était nouvelle, fut vivement excitée par le commencement d'une affaire qui offrait un intérêt presque romanesque : aussi voulurent-ils en plaisanter; mais, au premier mot qui leur échappa, Hulot les regarda gravement et leur dit :

— Tonnerre de Dieu! n'allons pas fumer sur le tonneau de poudre, citoyens. C'est s'amuser à porter de l'eau dans un panier que d'avoir du courage hors de propos. — Gérard, dit-il ensuite en se penchant à l'oreille de son adjudant, approchez-vous insensiblement de ce brigand; et, au moindre mouvement suspect, tenez-vous prêt à lui passer votre épée au travers du corps. Quant à moi, je vais prendre des mesures pour soutenir la conversation, si nos inconnus veulent bien l'entamer.

Gérard inclina légèrement la tête en signe d'obéissance, puis il se mit à contempler les points de vue de cette vallée, avec laquelle on a pu se familiariser; il parut vouloir les examiner plus attentivement et marcha, pour ainsi dire, sur lui-même et sans affectation; mais on pense bien que le paysage était la dernière chose qu'il observa. De son côté, Marche-à-Terre laissa complètement ignorer si la manœuvre de l'officier le mettait en péril ; à la manière dont il jouait avec le bout de son fouet, on eût dit qu'il pêchait à la ligne dans le fossé.

Pendant que Gérard essayait ainsi de prendre position devant le chouan, le commandant dit tout bas à Merle :

— Donnez dix hommes d'élite à un sergent et allez les poster vous-même au-dessus de nous, à l'endroit du sommet de cette côte où le chemin s'élargit en formant un plateau, et

ON EÛT DIT QU'IL PÊCHAIT A LA LIGNE.

d'où vous apercevrez un bon ruban de queue de la route d'Ernée. Choisissez une place où le chemin ne soit pas flanqué de bois et d'où le sergent puisse surveiller la campagne. Appelez la Clef-des-Cœurs, il est intelligent... Il n'y a point de quoi rire, je ne donnerais pas un décime de notre peau, si nous ne prenons pas notre bisque.

Pendant que le capitaine Merle exécutait cet ordre avec une promptitude dont l'importance fut comprise, le commandant agita la main droite pour réclamer un profond silence des soldats qui l'entouraient et causaient en jouant. Il ordonna, par un autre geste, de reprendre les armes. Lorsque le calme fut établi, il porta les yeux d'un côté de la route à l'autre, écoutant avec une attention inquiète, comme s'il espérait surprendre quelque bruit étouffé, quelques sons d'armes ou des pas précurseurs de la lutte attendue. Son œil noir et perçant semblait sonder les bois à des profondeurs extraordinaires ; mais, ne recueillant aucun indice, il consulta le sable de la route, à la manière des sauvages, pour tâcher de découvrir quelques traces de ces invisibles ennemis dont l'audace lui était connue. Désespéré de ne rien apercevoir qui justifiât ses craintes, il s'avança vers les côtés de la route, en gravit les légères collines avec peine, puis il en parcourut lentement les sommets. Tout à coup, il sentit combien son expérience était utile au salut de sa troupe, et descendit. Son visage devint plus sombre ; car, dans ces temps-là, les chefs regrettaient toujours de ne pas garder pour eux seuls la tâche la plus périlleuse. Les autres officiers et les soldats, ayant remarqué la préoccupation d'un chef dont le caractère leur plaisait et dont la valeur était connue, pensèrent alors que son extrême attention annonçait un danger ; mais, incapables d'en soupçonner la gravité, s'ils restèrent immobiles et retinrent presque leur respiration, ce fut par instinct. Semblables à ces chiens qui cherchent à deviner les intentions de l'habile chasseur dont l'ordre est incompréhensible, mais qui lui obéissent ponctuellement, ces soldats regardèrent alternativement la vallée du Couësnon, les bois de la route, et la figure sévère de leur commandant en tâchant d'y lire leur sort. Ils se consultaient des yeux, et plus d'un sourire se répétait de bouche en bouche.

Quand Hulot fit sa grimace, Beau-Pied, jeune sergent qui passait pour le bel esprit de la compagnie, dit à voix basse :

— Où diable nous sommes-nous donc fourrés, pour que ce vieux troupier de Hulot nous fasse une mine si marécageuse ? Il a l'air d'un conseil de guerre !

Hulot ayant jeté sur Beau-Pied un regard sévère, le silence exigé sous les armes régna tout à coup. Au milieu de ce silence solennel, les pas tardifs des conscrits, sous les pieds desquels le sable criait sourdement, rendaient un son régulier qui ajoutait une vague émotion à cette anxiété générale. Ce sentiment indéfinissable sera compris seulement de ceux qui, en proie à une attente cruelle, ont senti, dans le silence des nuits, les larges battements de leur cœur redoublés par quelque bruit dont le retour monotone semblait leur verser la terreur, goutte à goutte. En se replaçant au milieu de la route, le commandant commençait à se demander : « Me trompé-je ? » Il regardait déjà avec une colère concentrée, qui lui sortait en éclairs par les yeux, le tranquille et stupide Marche-à-Terre ; mais l'ironie sauvage qu'il sut démêler dans le regard terne du chouan lui persuada de ne pas discontinuer de prendre ses mesures salutaires. En ce moment, après avoir accompli les ordres de Hulot, le capitaine Merle revint auprès de lui. Les muets acteurs de cette scène, semblable à mille autres qui rendirent cette guerre la plus dramatique de toutes, attendirent alors avec impatience de nouvelles impressions, curieux de voir s'illuminer par d'autres manœuvres les points obscurs de leur situation militaire.

— Nous avons bien fait, capitaine, dit le troupe. Le commandant regarda tour à tour quatre hommes intrépides dont l'adresse et l'agilité lui étaient connues, il les appela silencieusement en les désignant du doigt et leur faisant ce signe amical qui consiste à ramener l'index vers le nez, par un mouvement rapide et répété ; ils vinrent.

— Vous avez servi avec moi sous Hoche, leur dit-il, quand nous avons mis à la raison ces brigands qui s'appellent *les chasseurs du Roi ;* vous savez comment ils se cachaient pour canarder les bleus !

VOUS AVEZ SERVI AVEC MOI SOUS HOCHE, LEUR DIT-IL.

commandant, de mettre à la queue du détachement le petit nombre de patriotes que nous comptons parmi ces réquisitionnaires. Prenez encore une douzaine de bons lurons, à la tête desquels vous mettrez le sous-lieutenant Lebrun, et vous les conduirez rapidement à la queue du détachement ; ils appuieront les patriotes qui s'y trouvent et feront avancer, et vivement, toute la troupe de ces oiseaux-là, afin de la ramasser en deux temps vers la hauteur occupée par les camarades. Je vous attends.

Le capitaine disparut au milieu de la

A cet éloge de leur savoir-faire, les quatre soldats hochèrent la tête en faisant une moue significative. Ils montraient de ces figures héroïquement martiales dont l'insouciante résignation annonçait que, depuis la lutte commencée entre la France et l'Europe, leurs idées n'avaient pas dépassé leur giberne en arrière et leur baïonnette en avant. Les lèvres ramassées comme une bourse dont on serre les cordons, ils regardaient leur commandant d'un air attentif et curieux.

— Eh bien, reprit Hulot, qui possédait éminemment l'art de parler la langue pittoresque du soldat, il ne faut pas que de bons lapins comme nous se laissent embêter par des chouans, et il y en a ici, ou je ne me nomme pas Hulot. Vous allez, à vous quatre, battre les deux côtés de cette route. Le détachement va filer le câble. Ainsi, suivez ferme, tâchez de ne pas descendre la garde, et éclairez-moi cela, vivement !

Puis il leur montra les dangereux sommets du chemin. Tous, en guise de remerciement, portèrent le revers de la main devant leurs vieux chapeaux à trois cornes dont le haut bord, battu par la pluie et affaibli par l'âge, se courbait sur la forme. L'un d'eux, nommé Larose, caporal connu de Hulot, lui dit, en faisant sonner son fusil :

— On va leur siffler un air de clarinette, mon commandant.

Ils partirent, les uns à droite, les autres à gauche. Ce ne fut pas sans une émotion secrète que la compagnie les vit disparaître des deux côtés de la route. Cette anxiété fut partagée par le commandant, qui croyait les envoyer à une mort certaine. Il eut même un frisson involontaire lorsqu'il ne vit plus la pointe de leurs chapeaux. Officiers et soldats écoutèrent le bruit graduellement affaibli des pas dans les feuilles sèches, avec un sentiment d'autant plus aigu qu'il était caché plus profondément. Il se rencontre à la guerre des scènes où quatre hommes risqués causent plus d'effroi que les milliers de morts étendus à Jemmapes. Ces physionomies militaires ont des expressions si multipliées, si fugitives, que leurs peintres sont obligés d'en appeler aux souvenirs des soldats, et de laisser les esprits pacifiques étudier ces figures si dramatiques, car ces orages si riches en détails ne pourraient être complètement décrits sans d'interminables longueurs.

Au moment où les baïonnettes des quatre soldats ne brillèrent plus, le capitaine Merle revenait, après avoir accompli les ordres du commandant avec la rapidité de l'éclair. Hulot, par deux ou trois commandements, mit alors le reste de sa troupe en bataille au milieu du chemin ; puis il ordonna de regagner le sommet de la Pèlerine, où stationnait sa petite avant-garde ; mais il marcha le dernier et à reculons, afin d'observer les plus légers changements qui surviendraient sur tous les points de cette scène, que la nature avait faite si ravissante et que l'homme rendait si terrible. Il atteignit l'endroit où Gérard gardait Marche-à-Terre, lorsque ce dernier, qui avait suivi, d'un œil indifférent en apparence, toutes les manœuvres du commandant, mais qui regardait alors avec une incroyable intelligence les deux soldats engagés dans les bois situés sur la droite de la route, se mit à siffler trois ou quatre fois de manière à produire le cri clair et perçant de la chouette. Les trois célèbres contrebandiers dont les noms ont déjà été cités employaient ainsi, pendant la nuit, certaines intonations de ce cri pour s'avertir des embuscades, de leurs dangers et de tout ce qui les intéressait. De là leur était venu le surnom de *chuin*, qui signifie chouette ou hibou dans le patois de ce pays. Ce mot corrompu servit à nommer ceux qui, dans la première guerre, imitèrent les allures et les signaux de ces trois frères. En entendant ce sifflement suspect, le commandant s'arrêta pour regarder fixement Marche-à-Terre. Il feignit d'être la dupe de la niaise attitude du chouan, afin de le garder près de lui comme un baromètre qui lui indiquât les mouvements de l'ennemi. Aussi arrêta-t-il la main de Gérard, qui s'apprêtait à dépêcher le chouan. Puis il plaça deux soldats à quelques pas de l'espion, et leur ordonna, à haute et intelligible voix, de se tenir prêts à le fusiller au moindre signe qui lui échapperait. Malgré son imminent danger, Marche-à-Terre ne laissa paraître aucune émotion, et le commandant, qui l'étudiait, s'aperçut de cette insensibilité.

— Le serin n'en sait pas long ! dit-il à Gérard. Ah ! ah ! il n'est pas facile de lire sur la figure d'un chouan ; mais celui-ci s'est trahi par le désir de montrer son intrépidité. Vois-tu, Gérard, s'il avait joué la terreur, j'allais le prendre pour un imbécile. Lui et moi, nous aurions fait la paire. J'étais au bout de ma gamme. Oh ! nous allons être attaqués ! Mais qu'ils viennent ! maintenant, je suis prêt.

Après avoir prononcé ces paroles à voix basse et d'un air de triomphe, le vieux militaire se frotta les mains, regarda Marche-à-Terre d'un air goguenard ; puis il se croisa les bras sur la poitrine, resta au milieu du chemin entre ses deux officiers favoris, et attendit le résultat de ses dispositions. Sûr du combat, il contempla ses soldats d'un air calme.

— Oh ! il va y avoir du foutreau, dit Beau-Pied à voix basse, le commandant s'est frotté les mains.

La situation critique dans laquelle se trouvaient placés le commandant Hulot et son détachement est une de celles où la vie est si réellement mise en jeu, que les hommes d'énergie tiennent à honneur de s'y montrer pleins de sang-froid et libres d'esprit. Là se jugent les hommes en dernier ressort. Aussi le commandant, plus instruit du danger que ses deux officiers, mit-il de l'amour-propre à paraître le plus tranquille. Les yeux tour à tour fixés sur Marche-à-Terre, sur le chemin et sur les bois, il n'attendait pas sans angoisse le bruit de la décharge générale des chouans qu'il croyait cachés, comme des lutins, autour de lui ; mais sa figure restait impassible. Au moment où tous les yeux des soldats étaient attachés sur les siens, il plissa légèrement ses joues brunes marquées de petite vérole, retroussa fortement sa lèvre droite, cligna des yeux, grimace toujours prise pour un sourire par ses soldats ; puis il frappa Gérard sur l'épaule en lui disant :

— Maintenant, nous voilà calmes ; que vouliez-vous me dire tout à l'heure?

— Dans quelle crise nouvelle sommes-nous donc, mon commandant?

— La chose n'est pas neuve, répond-il à voix basse. L'Europe est toute contre nous, et, cette fois, elle a beau jeu. Pendant que les directeurs se battent entre eux comme des chevaux sans avoine dans une écurie, et que tout tombe par lambeaux dans leur gouvernement, ils laissent les armées sans secours. Nous sommes abîmés en Italie ! Oui, mes amis, nous avons évacué Mantoue à la suite des désastres de la Trébia, et Joubert vient de perdre la bataille de Novi. J'espère que Masséna gardera les défilés de la Suisse, envahis par Souvorov. Nous sommes enfoncés sur le Rhin. Le Directoire y a envoyé Moreau. Ce lapin défendra-t-il les frontières?... je le veux bien ; mais la coalition finira par nous écraser, et, malheureusement, le seul général qui puisse nous sauver est au diable, là-bas en Égypte!... Comment reviendra-t-il, au surplus? L'Angleterre est maîtresse de la mer.

— L'absence de Bonaparte ne m'inquiète pas, commandant, répondit le jeune adjudant Gérard, chez qui une éducation soignée avait développé un esprit supérieur. Notre Révolution s'arrêterait donc? Ah ! nous ne sommes pas seulement chargés de défendre le territoire de la France, nous avons une double mission. Ne devons-nous pas aussi conserver l'âme du pays, ces principes généreux de liberté, d'indépendance, cette raison humaine, réveillée par nos Assemblées, et qui gagnera, j'espère, de proche en proche? La France est comme un voyageur chargé de porter une lumière, elle la garde d'une main et se défend de l'autre ; si vos nouvelles sont vraies, jamais, depuis dix ans, nous n'aurions été entourés de plus de gens qui cherchent à la souffler. Doctrines et pays, tout est près de périr.

— Hélas, oui ! dit en soupirant le commandant Hulot. Ces polichinelles de directeurs ont su se brouiller avec tous les hommes qui pouvaient bien mener la barque. Bernadotte, Carnot; tout, jusqu'au citoyen Talleyrand, nous a quittés. Bref, il ne reste plus qu'un seul bon patriote, l'ami Fouché, qui tient tout par la police ; voilà un homme ! Aussi est-ce lui qui m'a fait prévenir à temps de cette insurrection. Encore, nous voilà pris, j'en suis sûr, dans quelque traquenard.

— Oh ! si l'armée ne se mêle pas un peu de notre gouvernement, dit Gérard, les avocats nous remettront plus mal que nous ne l'étions avant la Révolution. Est-ce que ces chafouins-là s'entendent à commander!

— J'ai toujours peur, reprit Hulot, d'apprendre qu'ils traitent avec les Bourbons. Tonnerre de Dieu ! s'ils s'entendaient, dans quelle passe nous serions ici, nous autres?

— Non, non, commandant, nous n'en viendrons pas là, dit Gérard. L'armée, comme vous le dites, élèvera la voix et, pourvu qu'elle ne prenne pas ses expressions dans le vocabulaire de Pichegru, j'espère que nous ne nous serons pas hachés pendant dix ans pour, après tout, faire pousser du lin et le voir filer à d'autres.

— Oh ! oui, s'écria le commandant, il nous en a furieusement coûté pour changer de costume.

— Eh bien, dit le capitaine Merle, agissons toujours ici en bons patriotes, et tâchons d'empêcher nos chouans de communiquer avec la Vendée ; car, s'ils s'entendent et que l'Angleterre s'en mêle, cette fois je ne répondrais pas du bonnet de la République, une et indivisible.

Là, le cri de la chouette, qui se fit entendre à une distance assez éloignée, interrompit la conversation. Le commandant, plus inquiet, examina derechef Marche-à-Terre, dont la figure impassible ne donnait, pour ainsi dire, pas signe de vie. Les conscrits, rassemblés par un officier, étaient réunis comme un troupeau de bétail au milieu de la route, à trente pas environ de la compagnie en bataille. Puis derrière eux, à dix pas, se trouvaient les soldats et les patriotes commandés par le lieutenant Lebrun. Le commandant jeta les yeux sur cet ordre de bataille et regarda une dernière fois le piquet d'hommes postés en avant sur la route. Content de ses dispositions, il se retournait pour ordonner de se mettre en marche, lorsqu'il aperçut les cocardes tricolores des deux soldats qui revenaient après avoir fouillé les bois situés sur la gauche. Le commandant, ne voyant point reparaître les deux éclaireurs de droite, voulut attendre leur retour.

— Peut-être est-ce de là que la bombe va partir, dit-il à ses deux officiers en leur montrant le bois où ses deux enfants perdus étaient comme ensevelis.

Pendant que les deux tirailleurs lui faisaient une espèce de rapport, Hulot cessa de regarder Marche-à-Terre. Le chouan se mit alors à siffler vivement, de manière à faire retentir son cri à une distance prodigieuse ; puis, avant qu'aucun de ses surveillants l'eût même couché en joue, il leur avait appliqué un coup de fouet qui les renversa sur la berme. Aussitôt, des cris ou plutôt des hurlements sauvages surprirent les républicains. Une décharge terrible partie du bois qui surmontait le talus où le chouan s'était assis, abattit sept ou huit soldats. Marche-à-Terre, sur lequel cinq ou six hommes tirèrent sans l'atteindre, disparut dans le bois après avoir grimpé le talus avec la rapidité d'un chat sauvage ; ses sabots roulèrent dans le fossé, et il fut aisé de lui voir alors aux pieds les gros souliers ferrés que portaient habituellement les chasseurs du Roi. Aux premiers cris jetés par les chouans, tous les conscrits sautèrent dans le bois à droite, semblables à ces troupes d'oiseaux qui s'envolent à l'approche d'un voyageur.

— Feu sur ces mâtins-là ! cria le commandant.

La compagnie tira sur eux, mais les conscrits avaient su se mettre tous à l'abri de cette fusillade en s'adossant à des arbres; et, avant que les armes eussent été rechargées, ils avaient disparu.

— Décrétez donc des légions départementales, hein ! dit Hulot à Gérard. Il faut être bête comme un Directoire pour vouloir compter sur la réquisition de ce pays-ci. Les Assemblées feraient mieux de ne pas nous voter tant d'habits, d'argent, de munitions, et de nous en donner.

— Voilà des crapauds qui aiment mieux leurs galettes que le pain de munition, dit Beau-Pied, le *malin* de la compagnie.

A ces mots, des huées et des éclats de rire partis du sein de la troupe républicaine honnirent les déserteurs, mais le silence se rétablit tout à coup. Les soldats virent descendre péniblement du talus les deux chasseurs que le commandant avait envoyés battre les bois de la droite. Le moins blessé des deux soutenait son camarade, qui abreuvait le terrain de son sang. Les deux pauvres soldats étaient parvenus à moitié de la pente lorsque Marche-à-Terre montra sa face hideuse ; il ajusta si bien les deux bleus, qu'il les acheva d'un seul coup, et ils roulèrent pesamment dans le fossé. A peine avait-on vu sa grosse tête que trente canons de fusils se levèrent ; mais, semblable à une figure fantasmagorique, il avait disparu derrière les fatales touffes de genêts. Ces événements, qui exigent tant de mots, se passèrent en un moment ; puis en un moment aussi, les patriotes et les soldats de l'arrière-garde rejoignirent le reste de l'escorte.

IL DISPARUT
APRÈS AVOIR GRIMPÉ LE TALUS
AVEC LA RAPIDITÉ D'UN CHAT SAUVAGE.

— En avant ! s'écria Hulot.

La compagnie se porta rapidement à l'endroit élevé et découvert où le piquet avait été placé. Là, le commandant mit la compagnie en bataille; mais il n'aperçut aucune démonstration hostile de la part des chouans et crut que la délivrance des conscrits était le seul but de cette embuscade.

— Leurs cris, dit-il à ses deux amis, m'annoncent qu'ils ne sont pas nombreux. Marchons au pas accéléré, nous atteindrons peut-être Ernée sans les avoir sur le dos.

Ces mots furent entendus d'un conscrit patriote, qui sortit des rangs et se présenta devant Hulot.

— Mon général, dit-il, j'ai déjà fait cette guerre-là en contre-chouan. Peut-on vous toucher deux mots?

— C'est un avocat, cela se croit toujours à l'audience, dit le commandant à l'oreille de Merle. — Allons, plaide, répondit-il au jeune Fougerais.

— Mon commandant, les chouans ont sans doute apporté des armes aux hommes avec lesquels ils viennent de se recruter. Or, si nous levons la semelle devant eux, ils iront nous attendre à chaque coin de bois et nous tueront jusqu'au dernier avant que nous arrivions à Ernée. Il faut plaider, comme tu le dis, mais avec des cartouches. Pendant l'escarmouche, qui durera encore plus de temps que tu ne le crois, l'un de mes camarades ira chercher la garde nationale et les compagnies franches de Fougères. Quoique nous ne soyons que des conscrits, tu verras alors si nous sommes de la race des corbeaux.

— Tu crois donc les chouans bien nombreux?

— Juges-en toi-même, citoyen commandant!

Il amena Hulot à un endroit du plateau où le sable avait été remué comme avec un râteau; puis, après le lui avoir fait remarquer, il le conduisit assez avant dans un sentier où ils virent les vestiges du passage d'un grand nombre d'hommes. Les feuilles y étaient empreintes dans la terre battue.

— Ceux-là sont les gars de Vitré, dit le Fougerais; ils sont allés se joindre aux bas Normands.

— Comment te nommes-tu, citoyen? demanda Hulot.

— Gudin, mon commandant.

— Eh bien, Gudin, je te fais caporal de tes bourgeois. Tu m'as l'air d'un homme solide. Je te charge de choisir celui de tes camarades qu'il faut envoyer à Fougères. Tu te tiendras à côté de moi. D'abord, va avec tes réquisitionnaires prendre les fusils, les gibernes et les habits de nos pauvres camarades que ces brigands viennent de coucher dans le chemin. Vous ne resterez pas ici à manger des coups de fusil sans en rendre.

Les intrépides Fougerais allèrent chercher la dépouille des morts, et la compagnie entière les protégea par un feu bien nourri dirigé sur le bois, de manière qu'ils réussirent à dépouiller les morts sans perdre un seul homme.

— Ces Bretons-là, dit Hulot à Gérard, feront de fameux fantassins, si jamais la gamelle leur va.

L'émissaire de Gudin partit en courant par un sentier détourné dans les bois de gauche. Les soldats, occupés à visiter leurs armes, s'apprêtèrent au combat; le commandant les passa en revue, leur sourit, alla se planter à quelques pas en avant avec ses deux officiers favoris, et attendit de pied ferme l'attaque des chouans. Le silence régna de nouveau pendant un instant, mais il ne fut pas de longue durée. Trois cents chouans, dont les costumes étaient identiques avec ceux des réquisitionnaires, débouchèrent par les bois de la droite et vinrent sans ordre, en poussant de véritables hurlements, occuper toute la route devant le faible bataillon des bleus. Le commandant rangea ses soldats en deux parties égales qui présentaient chacune un front de dix hommes. Il plaça au milieu de ces deux troupes ses douze réquisitionnaires équipés en toute hâte, et se mit à leur tête. Cette petite armée était protégée par deux ailes de vingt-cinq hommes chacune, qui manœuvrèrent sur les deux côtés du chemin sous les ordres de Gérard et de Merle. Ces deux officiers devaient prendre à propos les chouans en flanc et les empêcher de *s'égailler*. Ce mot du patois de ces contrées exprime l'action de se répandre dans la campagne, où chaque paysan allait se poster de manière à tirer les bleus sans danger; les troupes républicaines ne savaient plus alors où prendre leurs ennemis.

Ces dispositions, ordonnées par le commandant avec la rapidité voulue en cette circonstance, communiquèrent sa confiance aux soldats, et tous marchèrent en silence sur les chouans. Au bout de quelques minutes exigées par la marche des deux corps l'un vers l'autre, il se fit une décharge à bout portant qui répandit la mort dans les deux troupes. En ce moment, les deux ailes républicaines, auxquelles les chouans n'avaient rien pu opposer, arrivèrent sur leurs flancs, et, par une fusillade vive et serrée, semèrent la mort et le désordre au milieu de leurs ennemis. Cette manœuvre rétablit presque l'équilibre numérique entre les deux partis. Mais le caractère des chouans comportait une intrépidité et une constance à toute épreuve; ils ne bougèrent pas, leur perte ne les ébranla point, ils se serrèrent et tâchèrent d'envelopper la petite troupe noire et bien alignée des bleus, qui tenait si peu d'espace, qu'elle ressemblait à une reine d'abeilles au milieu d'un essaim. Il s'engagea donc un de ces combats horribles où le bruit de la mousqueterie, rarement entendu, est remplacé par le cliquetis de ces luttes à armes blanches pendant lesquelles on se bat corps à corps, et où, à courage égal, le nombre décide de la victoire.

Les chouans l'auraient emporté de prime-abord, si les deux ailes commandées par Merle et Gérard n'avaient réussi à opérer deux ou trois décharges qui prirent en écharpe la queue de leurs ennemis. Les bleus de ces deux ailes auraient dû rester dans leurs positions et continuer ainsi d'ajuster avec adresse leurs terribles adversaires ; mais, animés par la vue des dangers que courait cet héroïque bataillon de soldats alors complètement entouré par les chasseurs du Roi, ils se jetèrent sur la route comme des furieux, la baïonnette en avant, et rendirent la partie plus égale pour quelques instants. Les deux troupes se livrèrent alors à un acharnement aiguisé par toute la fureur et la cruauté de l'esprit de parti qui firent de cette guerre une exception. Chacun, attentif à son danger, devint silencieux. La scène fut sombre et froide comme la mort. Au milieu de ce silence, on n'entendait, à travers le cliquetis des armes et le grincement du sable sous les pieds, que les exclamations sourdes et graves échappées à ceux qui, blessés grièvement ou mourants, tombaient par terre. Au sein du parti républicain, les douze réquisitionnaires défendaient avec un tel courage le commandant, occupé à donner des avis et des ordres multipliés, que plus d'une fois deux ou trois soldats crièrent :

— Bravo, les recrues !

Hulot, impassible et l'œil à tout, remarqua bientôt parmi les chouans un homme qui, entouré comme lui d'une troupe d'élite, devait être le chef. Il lui parut nécessaire de bien connaître cet officier ; mais il fit à plusieurs reprises de vains efforts pour en distinguer les traits, que lui dérobaient toujours les bonnets rouges et les chapeaux à grands bords. Seulement, il aperçut Marche-à-Terre qui, placé à côté de son général, répétait les ordres d'une voix rauque, et dont la carabine ne restait jamais inactive. Le commandant s'impatienta de cette contrariété renaissante. Il mit l'épée à la main, anima ses réquisitionnaires, chargea sur le centre des chouans avec une telle furie, qu'il troua leur masse et put entrevoir le chef, dont malheureusement la figure était entièrement cachée par un grand feutre à cocarde blanche. Mais l'inconnu, surpris d'une si audacieuse attaque, fit un mouvement rétrograde en relevant son chapeau avec brusquerie ; alors, il fut permis à Hulot de prendre à la hâte le signalement de ce personnage. Ce jeune chef, auquel Hulot ne donna pas plus de vingt-cinq ans, portait une veste de chasse en drap vert. Sa ceinture blanche contenait des pistolets. Ses gros souliers étaient ferrés comme ceux des chouans. Des guêtres de chasseur montant jusqu'aux genoux et s'adaptant à une culotte de coutil très grossier complétaient ce costume, qui laissait voir une taille moyenne, mais svelte et bien prise. Furieux de voir les bleus arrivés jusqu'à sa personne, il abaissa son chapeau et s'avança vers eux ; mais il fut promptement entouré par Marche-à-Terre et par quelques chouans alarmés. Hulot crut apercevoir, à travers les intervalles laissés par les têtes qui se pressaient autour de ce jeune homme, un large cordon rouge sur une veste entr'ouverte. Les yeux du commandant, attirés d'abord par cette royale décoration, alors complètement oubliée, se portèrent soudain sur un visage qu'il perdit bientôt de vue, forcé par les accidents du combat de veiller à la sûreté et aux évolutions de sa petite troupe. Aussi, à peine vit-il des yeux étincelants dont la couleur lui échappa, des cheveux blonds et des traits assez délicats, brunis par le soleil. Cependant, il fut frappé de l'éclat d'un cou nu, dont la blancheur était rehaussée par une cravate noire, lâche et négligemment nouée. L'attitude fougueuse et animée du jeune chef était militaire, à la manière de ceux qui veulent dans un combat une certaine poésie de convention. Sa main, bien gantée, agitait en l'air une épée qui flamboyait au soleil. Sa contenance accusait tout à la fois de l'élégance et de la force. Son exaltation consciencieuse, relevée encore par les charmes de la jeunesse, par des manières distinguées, faisait de cet émigré une gracieuse image de la noblesse française; il contrastait vivement avec Hulot qui, à quatre pas de lui, offrait à son tour une image vivante de cette énergique République pour laquelle ce vieux soldat combattait, et dont la figure sévère, l'uniforme bleu à revers rouges usés, les épaulettes noircies et pendant derrière les épaules peignaient si bien les besoins et le caractère.

La pose gracieuse et l'expression du jeune homme n'échappèrent pas à Hulot, qui s'écria en voulant le joindre :

— Allons, danseur d'Opéra, avance donc, que je te démolisse !

Le chef royaliste, courroucé de son désavantage momentané, s'avança par un mouvement de désespoir ; mais, au moment où ses gens le virent se hasardant ainsi, tous se ruèrent sur les bleus. Soudain une voix douce et claire domina le bruit du combat :

— Ici, saint Lescure est mort ! Ne le vengerez-vous pas ?

A ces mots magiques, l'effort des chouans devint terrible, et les soldats de la République eurent grand'peine à se maintenir sans rompre leur petit ordre de bataille.

— Si ce n'était pas un jeune homme, se disait Hulot en rétrogradant pied à pied, nous n'aurions pas été attaqués. A-t-on jamais vu les chouans livrant bataille? Mais tant mieux, on ne nous tuera pas comme des chiens le long de la route.

Puis, élevant la voix de manière à faire retentir les bois :

— Allons, vivement, mes lapins ! Allons-nous nous laisser *embêter* par des brigands ?

Le verbe par lequel nous remplaçons ici l'expression dont se servit le brave commandant n'en est qu'un faible équivalent ; mais les vétérans sauront y substituer le véritable, qui certes est d'un plus haut goût soldatesque.

— Gérard, Merle, reprit le commandant, rappelez vos hommes, formez-les en bataillon, reformez-vous en arrière, tirez sur ces chiens-là et finissons-en !

LE COMMANDANT ANIMA SES RÉQUISITIONNAIRES.

L'ordre de Hulot fut difficilement exécuté ; car, en entendant la voix de son adversaire le jeune chef s'écria :

— Par sainte Anne d'Auray, ne les lâchez pas ! Égaillez-vous, mes gars !

Quand les deux ailes commandées par Merle et Gérard se séparèrent du gros de la mêlée, chaque petit bataillon fut alors suivi par des chouans obstinés et bien supérieurs en nombre. Ces vieilles peaux de bique entourèrent de toutes parts les soldats de Merle et de Gérard, en poussant de nouveau leurs cris sinistres et pareils à des hurlements.

— Taisez-vous donc, *messieurs*, on ne s'entend pas tuer ! s'écria Beau-Pied.

Cette plaisanterie ranima le courage des bleus. Au lieu de se battre sur un seul point, les républicains se défendirent sur trois endroits différents du plateau de la Pèlerine, et le bruit de la fusillade éveilla tous les échos de ces vallées naguère si paisibles. La victoire aurait pu rester indécise pendant des heures entières, ou la lutte se serait terminée faute de combattants. Bleus et chouans déployaient une égale valeur. La furie allait croissant de part et d'autre, lorsque, dans le lointain, un tambour résonna faiblement, et, d'après la direction du bruit, le corps qu'il annonçait devait traverser la vallée du Couësnon.

— C'est la garde nationale de Fougères ! s'écria Gudin d'une voix forte ; Vannier l'aura rencontrée.

A cette exclamation, qui parvint à l'oreille du jeune chef des chouans et de son féroce aide-de-camp, les royalistes firent un mouvement rétrograde, que réprima bientôt un cri bestial jeté par Marche-à-Terre. Sur deux ou trois ordres donnés à voix basse par le chef et transmis par Marche-à-Terre aux chouans en bas-breton, ils opérèrent leur retraite avec une habileté qui déconcerta les républicains et même leur commandant. Au premier ordre, les plus valides des chouans se mirent en ligne et présentèrent un front respectable, derrière lequel les blessés et le reste des leurs se retirèrent pour charger leurs fusils. Puis tout à coup, avec cette agilité dont l'exemple a déjà été donné par Marche-à-Terre, les blessés gagnèrent le haut de l'éminence qui flanquait la route à droite, et y furent suivis par la moitié des chouans, qui la gravirent estement pour en occuper le sommet, en ne montrant plus aux bleus que leurs têtes énergiques. Là, ils se firent un rempart des arbres et dirigèrent les canons de leurs fusils sur le reste de l'escorte, qui, d'après les commandements réitérés de Hulot, s'était rapidement mis en ligne, afin d'opposer sur la route un front égal à celui des chouans. Ceux-ci reculèrent lentement et défendirent le terrain en pivotant de manière à se ranger sous le feu de leurs camarades. Quand ils atteignirent le fossé qui bordait la route, ils grimpèrent à leur tour le talus élevé dont la lisière était occupée par les leurs, et les rejoignirent en essuyant bravement le feu des républicains, qui les fusillèrent avec assez d'adresse pour joncher de corps le fossé. Les gens qui couronnaient l'escarpement répondirent par un feu non moins meurtrier. En ce moment, la garde nationale de Fougères arriva sur le lieu du combat au pas de course, et sa présence termina l'affaire. Les gardes nationaux et quelques soldats échauffés dépassaient déjà la berme de la route pour s'engager dans les bois ; mais le commandant leur cria de sa voix martiale :

— Voulez-vous vous faire démolir, là-bas !

Ils rejoignirent alors le bataillon de la République, à qui le champ de bataille était resté, non sans de grandes pertes. Tous les vieux chapeaux furent mis au bout des baïonnettes, les fusils se hissèrent, et les soldats crièrent unanimement, à deux reprises : « Vive la République ! » Les blessés eux-mêmes, assis sur l'accotement de la route, partagèrent cet enthousiasme, et Hulot pressa la main de Gérard en lui disant :

— Hein ! voilà ce qui s'appelle des lapins !

Merle fut chargé d'ensevelir les morts dans un ravin de la route. D'autres soldats s'occupèrent du transport des blessés. Les charrettes et les chevaux des fermes voisines furent mis en réquisition, et l'on s'empressa d'y placer les camarades souffrants sur les dépouilles des morts. Avant de partir, la garde nationale de Fougères remit à Hulot un chouan dangereusement blessé qu'elle avait pris au bas de la côte abrupte par où s'échappèrent les chouans, et où il avait roulé, trahi par ses forces expirantes.

— Merci de votre coup de main, citoyens, dit le commandant. Tonnerre de Dieu ! sans vous, nous pouvions passer un rude quart d'heure. Prenez garde à vous ! la guerre est commencée. Adieu, mes braves.

Puis Hulot, se tournant vers le prisonnier :

— Quel est le nom de ton général? lui demanda-t-il.

— Le Gars.

— Qui?... Marche-à-Terre ?

— Non, le Gars.

— D'où le Gars est-il venu ?

A cette question, le chasseur du Roi, dont la figure rude et sauvage était abattue par la douleur, garda le silence, prit son chapelet et se mit à réciter des prières.

— Le Gars est sans doute ce jeune ci-devant à cravate noire? Il a été envoyé par le tyran et ses alliés Pitt et Cobourg...

A ces mots, le chouan, qui n'en savait pas si long, releva fièrement la tête :

— Envoyé par Dieu et le roi !

Il prononça ces paroles avec une énergie qui épuisa ses forces. Le commandant vit qu'il était difficile de questionner un homme mourant dont toute la contenance trahissait un fanatisme obscur, et détourna la tête en fronçant le sourcil. Deux soldats, amis de ceux que Marche-à-Terre avait si brutalement dépêchés d'un coup de fouet sur l'accotement de la route, car ils y étaient morts, se reculèrent de quelques pas, ajustèrent le chouan, dont les yeux fixes ne se baissèrent pas devant les canons dirigés sur lui, le tirèrent à bout portant, et il tomba. Lorsque les soldats s'approchèrent pour le dépouiller, il cria fortement encore :

— Vive le roi !

— Oui, oui, sournois, dit la Clef-des-Cœurs, va-t'en manger de la galette chez ta bonne Vierge... Ne vient-il pas nous crier au nez : « Vive le tyran ! » quand on le croit frit !

— Tenez, mon commandant, dit Beau-Pied, voici les papiers du brigand.

— Oh ! oh ! s'écria la Clef-des-Cœurs, venez donc voir ce fantassin du bon Dieu qui a des couleurs sur l'estomac !

Hulot et quelques soldats vinrent entourer le corps entièrement nu du chouan, et ils aperçurent sur sa poitrine une espèce de tatouage de couleur bleuâtre qui représentait un cœur enflammé. C'était le signe de ralliement des initiés de la confrérie du *Sacré-Cœur*. Au-dessous de cette image, Hulot put lire : *Marie Lambrequin* ; sans doute le nom du chouan.

— Tu vois bien, la Clef-des-Cœurs ! dit Beau-Pied. Eh bien, tu resterais cent décades sans deviner à quoi sert ce fourniment-là.

— Est-ce que je me connais aux uniformes du pape ! répliqua la Clef-des-Cœurs.

— Méchant pousse-caillou, tu ne t'instruiras donc jamais ? reprit Beau-Pied. Comment ne vois-tu pas qu'on a promis à ce coco-là qu'il ressusciterait, et qu'il s'est peint le gésier pour se reconnaître ?

A cette saillie, qui n'était pas sans fondement, Hulot lui-même ne put s'empêcher de partager l'hilarité générale. En ce moment, Merle avait achevé de faire ensevelir les morts, et les blessés avaient été, tant bien que mal, arrangés dans deux charrettes par leurs camarades. Les autres soldats, rangés d'eux-mêmes sur deux files le long de ces ambulances improvisées, descendaient le revers de la montagne qui regarde le Maine, et d'où l'on aperçoit la belle vallée de la Pèlerine, rivale de celle du Couësnon. Hulot, accompagné de ses deux amis Merle et Gérard, suivit alors lentement ses soldats, en souhaitant d'arriver sans malheur à Ernée, où les blessés devaient trouver des secours. Ce combat, presque ignoré au milieu des grands événements qui se préparaient en France, prit le nom du lieu où il fut livré. Cependant, il obtint quelque attention dans l'Ouest, dont les habitants, occupés de cette seconde prise d'armes, y remarquèrent un changement dans la manière dont les chouans recommençaient la guerre. Autrefois, ces gens-là n'eussent pas attaqué des détachements si considérables. Selon les conjectures de Hulot, le jeune royaliste qu'il avait aperçu devait être le Gars, nouveau général envoyé en France par les princes, et qui, selon la coutume des chefs royalistes, cachait son titre et son nom sous un de ces sobriquets appelés *noms de guerre*. Cette circonstance rendait le commandant aussi inquiet après sa triste victoire qu'au moment où il soupçonna l'embuscade ; il se retourna à plusieurs reprises pour contempler le plateau de la Pèlerine, qu'il laissait derrière lui et d'où arrivait encore, par intervalles, le son étouffé du tambour de la garde nationale qui descendait dans la vallée du Couësnon en même temps que les bleus descendaient dans la vallée de la Pèlerine.

— Y a-t-il un de vous, dit-il brusquement à ses deux amis, qui puisse deviner le motif de l'attaque des chouans? Pour eux, les coups de fusil sont un commerce, et je ne vois pas encore ce qu'ils gagnent à ceux-ci. Ils auront au moins perdu cent hommes, et nous, ajouta-t-il en retroussant sa joue droite et clignant des yeux pour sourire, nous n'en avons pas perdu soixante. Tonnerre de Dieu ! je ne comprends pas la spéculation. Les drôles pouvaient bien se dispenser de nous attaquer, nous aurions passé comme des lettres à la

DEUX SOLDATS LE TIRÈRENT A BOUT PORTANT.

poste, et je ne vois pas à quoi leur a servi de trouer nos hommes.

Et il montra par un geste triste les deux charrettes de blessés.

— Ils auront peut-être voulu nous dire bonjour, ajouta-t-il.

— Mais, mon commandant, ils y ont gagné nos cent cinquante serins, répondit Merle.

— Les réquisitionnaires auraient sauté comme des grenouilles dans le bois, que nous ne serions pas allés les y repêcher, surtout après avoir essuyé une bordée, répliqua Hulot. Non, non, reprit-il, il y a quelque chose là-dessous.

Il se retourna encore vers la Pèlerine.

— Tenez, s'écria-t-il, voyez !

Quoique les trois officiers fussent déjà éloignés de ce fatal plateau, leurs yeux exercés reconnurent facilement Marche-à-Terre et quelques chouans qui l'occupaient de nouveau.

— Allez au pas accéléré ! cria Hulot à sa troupe, ouvrez le compas et faites marcher vos chevaux plus vite que ça. Ont-ils les jambes gelées? Ces bêtes-là seraient-elles aussi des Pitt et Cobourg?

Ces paroles imprimèrent à la petite troupe un mouvement rapide.

— Quant au mystère dont l'obscurité me paraît difficile à percer, Dieu veuille, mes amis, dit-il aux deux officiers, qu'il ne se débrouille point par des coups de fusil à Ernée. J'ai bien peur d'apprendre que la route de Mayenne nous est encore coupée par les sujets du roi.

Le problème de stratégie qui hérissait la moustache du commandant Hulot ne causait pas, en ce moment, une moins vive inquiétude aux gens qu'il avait aperçus sur le sommet de la Pèlerine. Aussitôt que le bruit du tambour de la garde nationale fougeraise n'y retentit plus, et que Marche-à-Terre eut aperçu les bleus au bas de la longue rampe qu'ils avaient descendue, il fit entendre gaiement le cri de la chouette, et les chouans reparurent, mais moins nombreux. Plusieurs d'entre eux étaient sans doute occupés à panser les blessés dans le village de la Pèlerine, situé sur le revers de la montagne qui regarde la vallée du Couësnon. Deux ou trois chefs des chasseurs du Roi vinrent auprès de Marche-à-Terre.

A quatre pas d'eux, le jeune noble, assis sur une roche de granit, semblait absorbé dans les nombreuses pensées excitées par les difficultés que son entreprise présentait déjà. Marche-à-Terre fit avec sa main une espèce d'auvent au-dessus de son front pour se garantir les yeux de l'éclat du soleil, et contempla tristement la route que suivaient les républicains à travers la vallée de la Pèlerine. Ses petits yeux noirs et perçants essayaient de découvrir ce qui se passait sur l'autre rampe, à l'horizon de la vallée.

— Les bleus vont intercepter le courrier, dit d'une voix farouche celui des chefs qui se trouvait le plus près de Marche-à-Terre.

— Par sainte Anne d'Auray ! demanda un autre, pourquoi nous as-tu fait battre? Était-ce pour sauver ta peau?

Marche-à-Terre lança sur le questionneur un regard comme venimeux et frappa le sol de sa lourde carabine.

— Suis-je le chef? dit-il.

Puis, après une pause :

— Si vous vous étiez battus tous comme moi, pas un de ces bleus-là n'aurait échappé, reprit-il en montrant les restes du détachement de Hulot. Peut-être alors la voiture serait-elle arrivée jusqu'ici.

— Crois-tu, reprit un troisième, qu'ils penseraient à l'escorter ou à la retenir si nous les avions laissés passer tranquillement? Tu as voulu sauver ta peau de chien, parce que tu ne croyais pas les bleus en route. — Pour la santé de son groin, ajouta l'orateur en se tournant vers les autres, il nous a fait saigner, et nous perdrons encore vingt mille francs de bon or...

— Groin toi-même ! s'écria Marche-à-Terre en se reculant de trois pas et ajustant son agresseur. Ce n'est pas les bleus que tu hais, c'est l'or que tu aimes. Tiens, tu mourrais sans confession, vilain damné qui n'as pas communié cette année !

Cette insulte irrita le chouan au point de le faire pâlir, et un sourd grognement sortit de sa poitrine pendant qu'il se mit en mesure d'ajuster Marche-à-Terre. Le jeune chef s'élança entre eux, il leur fit tomber les armes des mains en frappant leurs carabines avec le canon de la sienne ; puis il demanda l'explication de cette dispute, car la conversation avait été tenue en bas-breton, idiome qui ne lui était pas très familier.

— Monsieur le marquis, dit Marche-à-Terre en achevant son discours, c'est d'autant plus mal à eux de m'en vouloir que j'ai laissé en arrière Pille-Miche, qui saura peut-être sauver la voiture des griffes des voleurs.

Et il montra les bleus qui, pour ces fidèles serviteurs de l'autel et du trône, étaient tous les assassins de Louis XVI, et des brigands.

— Comment ! s'écria le jeune homme en colère, c'est donc pour arrêter une voiture que vous restez encore ici, lâches qui n'avez pu remporter une victoire dans le premier combat où j'ai commandé ! Mais comment triompherait-on avec de semblables intentions? Les défenseurs de Dieu et du roi sont-ils donc des pillards? Par sainte Anne d'Auray ! nous avons à faire la guerre à la République et non aux diligences. Ceux qui désormais se rendront coupables d'attaques si honteuses ne recevront pas l'absolution et ne profiteront pas des faveurs réservées aux braves serviteurs du roi.

Un sourd murmure s'éleva du sein de cette troupe. Il était facile de voir que l'autorité du nouveau chef, si difficile à établir sur ces hordes indisciplinées, allait être compromise. Le jeune homme, auquel ce mouvement n'avait pas échappé, cherchait déjà à sauver l'honneur du commandement, lorsque le trot d'un cheval retentit au milieu du silence. Toutes les têtes se tournèrent dans la direction présumée du personnage qui survenait. C'était une jeune femme assise en travers sur un petit cheval breton, qu'elle mit au galop pour arriver promptement auprès de la troupe des chouans en y apercevant le jeune homme.

— Qu'avez-vous donc? demanda-t-elle en regardant tour à tour les chouans et leur chef.

— Croiriez-vous, madame, qu'ils attendent

la correspondance de Mayenne à Fougères dans l'intention de la piller, quand nous venons d'avoir, pour délivrer nos gars de Fougères, une escarmouche qui nous a coûté beaucoup d'hommes sans que nous ayons pu détruire les bleus.

— Eh bien, où est le mal? demanda la jeune dame, à laquelle un tact naturel aux femmes révéla le secret de la scène. Vous avez perdu des hommes, nous n'en manquerons jamais. Le courrier porte de l'argent, et nous en manquerons toujours! Nous enterrerons nos hommes qui iront au ciel, et nous prendrons l'argent qui ira dans les poches de tous ces braves gens. Où est la difficulté?

Les chouans approuvèrent ce discours par des sourires unanimes.

— N'y a-t-il donc rien là-dedans qui vous fasse rougir? demanda le jeune homme à voix basse. Êtes-vous donc dans un tel besoin d'argent, qu'il vous faille en prendre sur les routes?

— J'en suis tellement affamée, marquis, que je mettrais, je crois, mon cœur en gage s'il n'était pas pris, dit-elle en lui souriant avec coquetterie. Mais d'où venez-vous donc, pour croire que vous vous servirez des chouans sans leur laisser piller par-ci par-là quelques bleus? Ne savez-vous pas le proverbe : *Voleur comme une chouette?* Or, qu'est-ce qu'un chouan? D'ailleurs, dit-elle en élevant la voix, n'est-ce pas une action juste? Les bleus n'ont-ils pas pris tous les biens de l'Église et les nôtres?

Un autre murmure, bien différent du grognement par lequel les chouans avaient répondu au marquis, accueillit ces paroles. Le jeune homme, dont le front se rembrunissait, prit alors la jeune dame à part et lui dit avec la vive bouderie d'un homme bien élevé :

— Ces messieurs viendront-ils à la Vivetière au jour fixé?

— Oui, dit-elle, tous, l'Intimé, Grand-Jacques et peut-être Ferdinand.

— Permettez donc que j'y retourne : car je ne saurais sanctionner de tels brigandages par ma présence... Oui, madame, j'ai dit brigandages. Il y a de la noblesse à être volé, mais...

— Eh bien, dit-elle en l'interrompant, j'aurai votre part, et je vous remercie de me l'abandonner. Ce surplus de prise me fera grand bien. Ma mère a tellement tardé à m'envoyer de l'argent que je suis au désespoir.

— Adieu! s'écria le marquis.

Et il disparut; mais la jeune dame courut vivement après lui.

— Pourquoi ne restez-vous pas avec moi? demanda-t-elle en lui lançant le regard à demi-despotique, à demi-caressant par lequel les femmes qui ont des droits au respect d'un homme savent si bien exprimer leurs désirs.

— N'allez-vous pas piller la voiture?

— Piller? répliqua-t-elle, quel singulier terme! Laissez-moi vous expliquer...

— Rien, dit-il en lui prenant les mains et en les lui baisant avec la galanterie superficielle d'un courtisan. Écoutez-moi, continua-t-il après une pause, si je demeurais là pendant la capture de cette diligence, nos gens me tueraient, car je les...

— Vous ne les tueriez pas, reprit-elle vivement, car ils vous lieraient les mains, avec les égards dus à votre rang, et, après avoir levé sur les républicains une contribution nécessaire à leur équipement, à leur subsistance, à des achats de poudre, ils vous obéiraient aveuglément.

— Et vous voulez que je commande ici? Si ma vie est nécessaire à la cause que je défends, permettez-moi de sauver l'honneur de mon pouvoir. En me retirant, je puis ignorer cette lâcheté. Je reviendrai pour vous accompagner.

Et il s'éloigna rapidement. La jeune dame écouta le bruit des pas avec un sensible déplaisir. Quand le bruissement des feuilles séchées eut insensiblement cessé, elle resta comme interdite, puis elle revint en grande hâte vers les chouans, et dit à Marche-à-Terre, qui l'aidait à descendre de cheval :

— Ce jeune homme-là voudrait pouvoir faire une guerre régulière à la République!... Ah bien! encore quelques jours et il changera d'opinion. « Comme il m'a traitée! » se dit-elle après une pause.

Elle s'assit sur la roche qui avait servi de siège au marquis et attendit en silence l'arrivée de la voiture. Ce n'était pas un des moindres phénomènes de l'époque que cette jeune dame noble, jetée par de violentes passions dans la lutte des monarchies contre l'esprit du siècle, et poussée par la vivacité de ses sentiments à des actions dont, pour ainsi dire, elle n'était pas complice; semblable en cela à tant d'autres qui furent entraînées par une exaltation souvent fertile en grandes choses. Comme elle, beaucoup de femmes jouèrent des rôles ou héroïques ou blâmables dans cette tourmente. La cause royaliste ne trouva pas d'émissaires ni plus dévoués ni plus actifs que ces femmes, mais aucune des héroïnes de ce parti ne paya les erreurs du dévouement, ou le malheur de ces situations interdites à leur sexe, par une expiation aussi terrible que le fut le désespoir de cette dame, lorsque, assise sur le granit de la route, elle ne put refuser son admiration au noble dédain et à la loyauté du jeune chef. Insensiblement, elle tomba dans une profonde rêverie. D'amers souvenirs lui firent désirer l'innocence de ses premières années et regretter de n'avoir pas été une victime de cette Révolution dont la marche, alors victorieuse, ne pouvait pas être arrêtée par de si faibles mains.

La voiture qui entrait pour quelque chose dans l'attaque des chouans avait quitté la petite ville d'Ernée quelques instants avant l'escarmouche des deux partis. Rien ne peint mieux un pays que l'état de son matériel social. Sous ce rapport, cette voiture mérite une mention honorable. La Révolution elle-même n'eut pas le pouvoir de la détruire, elle roule encore de nos jours. Lorsque Turgot remboursa le privilège qu'une compagnie obtint sous Louis XIV, de transporter exclusivement les voyageurs par tout le royaume, et qu'il institua les entreprises nommées *les turgotines*, les vieux carrosses des sieurs de Vousges, Chanteclaire et veuve Lacombe refluèrent dans les provinces. Une de ces mauvaises voitures établissait donc la communication entre Mayenne et Fougères. Quelques entêtés l'avaient jadis nommée, par antiphrase, *la turgotine*, pour singer Paris ou en haine d'un ministre qui tentait des innovations. Cette turgotine était un méchant cabriolet à deux roues très hautes, au fond duquel deux personnes un peu grasses auraient difficilement tenu. L'exiguïté de cette frêle machine ne permettant pas de la charger beaucoup, et le coffre qui formait le siège étant exclusivement réservé au service de la poste, si les voyageurs avaient quelque bagage, ils étaient obligés de le garder entre leurs jambes, déjà torturées dans une petite caisse que sa forme faisait assez ressembler à un soufflet. Sa couleur primitive et celle des roues fournissaient aux voyageurs une insoluble énigme. Deux rideaux de cuir, peu maniables malgré de longs services, devaient protéger les patients contre le froid et la pluie. Le conducteur, assis sur une banquette semblable à celle des plus mauvais coucous parisiens, participait forcément à la conversation par la manière dont il était placé entre ses victimes bipèdes et quadrupèdes. Cet équipage offrait de fantastiques similitudes avec ces vieillards décrépits qui ont essuyé bon nombre de catarrhes, d'apoplexies, et que la mort semble respecter ; il geignait en marchant, il criait par moments. Semblable à un voyageur pris par un lourd sommeil, il se penchait alternativement en arrière et en avant, comme s'il eût essayé de résister à l'action violente de deux petits chevaux bretons qui le traînaient sur une route passablement raboteuse. Ce monument d'un autre âge contenait trois voyageurs qui, à la sortie d'Ernée où l'on avait relayé, continuèrent avec le conducteur une conversation entamée avant le relais.

CE JEUNE HOMME-LA VOUDRAIT POUVOIR FAIRE UNE GUERRE RÉGULIÈRE A LA RÉPUBLIQUE!...

— Comment voulez-vous que les chouans se soient montrés par ici ? disait le conducteur. Ceux d'Ernée viennent de me dire que le commandant Hulot n'a pas encore quitté Fougères.

— Oh ! oh ! l'ami, lui répondit le moins âgé des voyageurs, tu ne risques que ta carcasse ! Si tu avais, comme moi, trois cents écus sur toi, et que tu fusses connu pour être un bon patriote, tu ne serais pas si tranquille.

— Vous êtes, en tout cas, bien bavard, répondit le conducteur en hochant la tête.

— Brebis comptées, le loup les mange, répondit le second personnage.

Ce dernier, vêtu de noir, paraissait avoir une quarantaine d'années et devait être quelque recteur des environs. Son menton s'appuyait sur un double étage, et son teint fleuri devait appartenir à l'ordre ecclésiastique. Quoique gros et court, il déployait une certaine agilité chaque fois qu'il fallait descendre de voiture ou y remonter.

— Seriez-vous des chouans? s'écria l'homme aux trois cents écus, dont l'opulente peau de bique couvrait un pantalon de bon drap et une veste fort propre qui annonçaient quelque riche cultivateur. Par l'âme de saint Robespierre! je jure que vous seriez mal reçus...

Puis il promena ses yeux gris du conducteur au voyageur, en leur montrant deux pistolets à sa ceinture.

— Les Bretons n'ont pas peur de cela, dit avec dédain le recteur. D'ailleurs, avons-nous l'air d'en vouloir à votre argent?

Chaque fois que le mot argent était prononcé, le conducteur devenait taciturne, et le recteur avait précisément assez d'esprit pour douter que le patriote eût des écus et pour croire que leur guide en portait.

— Es-tu chargé aujourd'hui, Coupiau? demanda l'abbé.

— Oh! monsieur Gudin, je n'ai quasiment *rin*, répondit le conducteur.

L'abbé Gudin, ayant interrogé la figure du patriote et celle de Coupiau, les trouva, pendant cette réponse, également imperturbables.

— Tant mieux pour toi, répliqua le patriote; je pourrai prendre alors mes mesures pour sauver mon avoir en cas de malheur.

Une dictature si despotiquement réclamée révolta Coupiau, qui reprit brutalement :

— Je suis le maître de ma voiture, et, pourvu que je vous conduise...

— Es-tu patriote? es-tu chouan? lui demanda vivement son adversaire en l'interrompant.

— Ni l'un ni l'autre, lui répondit Coupiau. Je suis postillon et Breton, qui plus est : partant, je ne crains ni les bleus ni les gentilshommes.

— Tu veux dire les *gens-pille-hommes*, reprit le patriote avec ironie.

— Ils ne font que reprendre ce qu'on leur a ôté, dit vivement le recteur.

Les deux voyageurs se regardèrent, s'il est permis d'emprunter ce terme à la conversation, jusque dans le blanc des yeux. Il existait au fond de la voiture un troisième voyageur qui gardait, au milieu de ces débats, le plus profond silence. Le conducteur, le patriote et même Gudin ne faisaient aucune attention à ce muet personnage. C'était, en effet, un de ces voyageurs incommodes et peu sociables qui sont dans une voiture comme un veau résigné que l'on mène, les pieds liés, au marché voisin. Ils commencent par s'emparer de toute leur place légale et finissent par dormir, sans aucun respect humain, sur les épaules de leurs voisins. Le patriote, Gudin et le conducteur l'avaient donc laissé à lui-même sur la foi de son sommeil, après s'être aperçus qu'il était inutile de parler à un homme dont la figure pétrifiée annonçait une vie passée à mesurer des aunes de toile, et une intelligence occupée à les vendre tout bonnement plus cher qu'elles ne coûtaient. Ce gros petit homme, pelotonné dans son coin, ouvrait de temps en temps ses petits yeux d'un bleu de faïence, et les avait successivement portés sur chaque interlocuteur avec des expressions d'effroi, de doute et de défiance pendant cette discussion. Mais il paraissait ne craindre que ses compagnons de voyage et se soucier fort peu des chouans. Quand il regardait le conducteur, on eût dit de deux francs-maçons. En ce moment, la fusillade de la Pèlerine commença. Coupiau, déconcerté, arrêta sa voiture.

— Oh! oh! dit l'ecclésiastique, qui paraissait s'y connaître, c'est un engagement sérieux, il y a beaucoup de monde.

— L'embarrassant, monsieur Gudin, est de savoir qui l'emportera! s'écria Coupiau.

Cette fois, les figures furent unanimes dans leur anxiété.

— Entrons la voiture, dit le patriote, dans cette auberge là-bas, et nous l'y cacherons en attendant le résultat de la bataille.

Cet avis parut si sage, que Coupiau s'y rendit. Le patriote aida le conducteur à cacher la voiture à tous les regards derrière un tas de fagots. Le prétendu recteur saisit une occasion de dire tout bas à Coupiau :

— Est-ce qu'il aurait réellement de l'argent?

— Eh! monsieur Gudin, si ce qu'il en a entrait dans les poches de Votre Révérence, elles ne seraient pas lourdes.

Les républicains, pressés de gagner Ernée, passèrent devant l'auberge sans y entrer. Au bruit de leur marche précipitée, Gudin et l'aubergiste, stimulés par la curiosité, avancèrent sur la porte de la cour pour les voir. Tout à coup, le gros ecclésiastique courut à un soldat qui restait en arrière :

— Eh bien, Gudin, s'écria-t-il, entêté, tu vas donc avec les bleus!... Mon enfant, y penses-tu?

— Oui, mon oncle, répondit le caporal. J'ai juré de défendre la France.

— Eh! malheureux, tu perds ton âme! dit l'oncle en essayant de réveiller chez son neveu les sentiments religieux, si puissants dans le cœur des Bretons.

— Mon oncle, si le roi s'était mis à la tête de ses armées, je ne dis pas que...

— Eh! imbécile, qui te parle du roi? Ta République donne-t-elle des abbayes? Elle a tout renversé. A quoi veux-tu parvenir? Reste avec nous; nous triompherons, un jour ou l'autre, et tu deviendras conseiller à quelque parlement.

— Des parlements?... dit Gudin d'un ton moqueur. Adieu, mon oncle.

— Tu n'auras pas de moi trois louis vaillants, dit l'oncle en colère. Je te déshérite !

— Merci, dit le républicain.

Ils se séparèrent. Les fumées du cidre versé par le patriote à Coupiau pendant le passage de la petite troupe avaient réussi à obscurcir l'intelligence du conducteur ; mais il se réveilla tout joyeux quand l'aubergiste, après s'être informé du résultat de la lutte, annonça que les bleus avaient eu l'avantage. Coupiau remit alors en route sa voiture, qui ne tarda pas à se montrer au fond de la vallée de la Pèlerine, où il était facile de l'apercevoir et des plateaux du Maine et de ceux de la Bretagne, semblable à un débris de vaisseau qui nage sur les flots après une tempête.

Arrivé sur le sommet d'une côte que les bleus gravissaient alors et d'où l'on apercevait encore la Pèlerine dans le lointain, Hulot se retourna pour voir si les chouans y séjournaient toujours ; le soleil, qui faisait reluire les canons de leurs fusils, les lui indiqua comme des points brillants. En jetant un dernier regard sur la vallée qu'il allait quitter pour entrer dans celle d'Ernée, il crut distinguer sur la grande route l'équipage de Coupiau.

— N'est-ce pas la voiture de Mayenne? demanda-t-il à ses deux amis.

Les deux officiers, qui dirigèrent leurs regards sur la vieille turgotine, la reconnurent parfaitement.

— Eh bien, dit Hulot, comment ne l'avons-nous pas rencontrée?

Ils se regardèrent en silence.

— Voilà encore une énigme ! s'écria le commandant. Je commence à entrevoir la vérité cependant.

En ce moment, Marche-à-Terre, qui reconnaissait aussi la turgotine, la signala à ses camarades, et les éclats d'une joie générale tirèrent la jeune dame de sa rêverie. L'inconnue s'avança et vit la voiture qui s'approchait du revers de la Pèlerine avec une fatale rapidité. La malheureuse turgotine arriva bientôt sur le plateau. Les chouans, qui s'y étaient cachés de nouveau, fondirent alors sur leur proie avec une avide célérité. Le voyageur muet se laissa couler au fond de la voiture et se blottit soudain en cherchant à garder l'apparence d'un ballot.

— Ah bien ! s'écria Coupiau de dessus son siège en leur désignant le paysan, vous avez senti le patriote que voilà, car il a de l'or, un plein sac!

Les chouans accueillirent ces paroles par un éclat de rire général et s'écrièrent :

— Pille-Miche ! Pille-Miche ! Pille-Miche !

Au milieu de ce rire, auquel Pille-Miche lui-même répondit comme un écho, Coupiau descendit tout honteux de son siège. Lorsque le fameux Cibot, dit Pille-Miche, aida son voisin à quitter la voiture, il s'éleva un murmure de respect.

— C'est l'abbé Gudin ! crièrent plusieurs hommes.

A ce nom respecté, tous les chapeaux furent ôtés, les chouans s'agenouillèrent devant le prêtre et lui demandèrent sa bénédiction, que l'abbé leur donna gravement.

— Il tromperait saint Pierre et lui volerait les clefs du paradis, dit le recteur en frappant sur l'épaule de Pille-Miche. Sans lui, les bleus nous interceptaient.

Mais, en apercevant la jeune dame, l'abbé Gudin alla s'entretenir avec elle à quelques pas de là. Marche-à-Terre, qui avait ouvert lestement le coffre du cabriolet, fit voir avec une joie sauvage un sac dont la forme annonçait des rouleaux d'or. Il ne resta pas longtemps à faire les parts. Chaque chouan reçut de lui son contingent avec une telle exactitude, que ce partage n'excita pas la moindre querelle. Puis il s'avança vers la jeune dame et le prêtre, en leur présentant six mille francs environ.

— Puis-je accepter en conscience, monsieur Gudin? dit-elle en sentant le besoin d'une approbation.

— Comment donc, madame ? L'Église n'a-t-elle pas, autrefois, approuvé la confiscation du bien des protestants ; à plus forte raison, celle des révolutionnaires, qui renient Dieu, détruisent les chapelles et persécutent la religion.

L'abbé Gudin joignit l'exemple à la prédication en acceptant sans scrupule la dîme de nouvelle espèce que lui offrait Marche-à-Terre.

— Au reste, ajouta-t-il, je puis maintenant consacrer tout ce que je possède à la défense de Dieu et du roi : mon neveu part avec les bleus !

Coupiau se lamentait et criait qu'il était ruiné.

— Viens avec nous, lui dit Marche-à-Terre, tu auras ta part.

— Mais on croira que j'ai fait exprès de me laisser voler, si je reviens sans avoir essuyé de violence.

— N'est-ce que ça?... dit Marche-à-Terre.

Il fit un signal, et une décharge cribla la turgotine. A cette fusillade imprévue, la vieille voiture poussa un cri si lamentable, que les chouans, naturellement superstitieux, reculèrent d'effroi ; mais Marche-à-Terre avait vu sauter et retomber dans un coin de la caisse la figure pâle du voyageur taciturne.

— Tu as encore une volaille dans ton poulailler? dit tout bas Marche-à-Terre à Coupiau.

Pille-Miche, qui comprit la question, cligna des yeux en signe d'intelligence.

— Oui, répondit le conducteur ; mais je

mets pour condition à mon enrôlement avec vous autres que vous me laisserez conduire ce brave homme sain et sauf à Fougères. Je m'y suis engagé au nom de la sainte d'Auray.

— Qui est-ce ? demanda Pille-Miche.

— Je ne puis pas vous le dire, répondit Coupiau.

— Laisse-le donc ! reprit Marche-à-Terre en poussant Pille-Miche par le coude ; il a juré par sainte Anne d'Auray, faut qu'il tienne ses promesses.

— Mais, dit le chouan en s'adressant à Coupiau, ne descends pas trop vite la montagne, nous allons te rejoindre, et pour cause.

— C'est l'argent de ma pauvre mère ! s'écria la dame après avoir décacheté la lettre, dont les premières lignes lui arrachèrent cette exclamation.

Quelques rires étouffés retentirent dans le bois. Le jeune homme lui-même ne put s'empêcher de sourire en voyant la dame gardant à la main le sac qui renfermait sa part dans le pillage de son propre argent. Elle-même se mit à rire.

— Eh bien, marquis, Dieu soit loué ! pour cette fois, je m'en tire sans blâme, dit-elle au chef.

— Vous mettez donc de la légèreté en toute

LES CHOUANS LUI DEMANDÈRENT SA BÉNÉDICTION.

Je veux voir le museau de ton voyageur, et nous lui donnerons un passe-port.

En ce moment, on entendit le galop d'un cheval dont le bruit se rapprochait vivement de la Pèlerine. Bientôt le jeune chef apparut. La dame cacha promptement le sac qu'elle tenait à la main.

— Vous pouvez garder cet argent sans scrupule, dit le jeune homme en ramenant en avant le bras de la dame. Voici une lettre que j'ai trouvée pour vous parmi celles qui m'attendaient à la Vivetière, elle est de madame votre mère.

Après avoir tour à tour regardé les chouans qui regagnaient le bois et la voiture qui descendait la vallée du Couësnon, il ajouta :

— Malgré ma diligence, je ne suis pas arrivé à temps. Fasse le ciel que je me sois trompé dans mes soupçons !

chose, même dans vos remords ?... dit le jeune homme.

Elle rougit et regarda le marquis avec une contrition si véritable, qu'il en fut désarmé. L'abbé rendit poliment, mais d'un air équivoque, la dîme qu'il venait d'accepter ; puis il suivit le jeune chef, qui se dirigeait vers le chemin détourné par lequel il était venu. Avant de les rejoindre, la jeune dame fit un signe à Marche-à-Terre, qui vint près d'elle.

— Vous vous porterez en avant de Mortagne, lui dit-elle à voix basse. Je sais que les bleus doivent envoyer incessamment à Alençon une forte somme en numéraire pour subvenir aux préparatifs de la guerre. Si j'abandonne à tes camarades la prise d'aujourd'hui, c'est à condition qu'ils sauront m'en indemniser. Surtout, que le Gars ne sache rien du but de cette expédition, peut-être s'y opposerait-il ; mais en cas de malheur, je l'adoucirai.

— Madame, dit le marquis, sur le cheval duquel elle se mit en croupe en abandonnant le sien à l'abbé, nos amis de Paris m'écrivent de prendre garde à nous. La République veut essayer de nous combattre par la ruse et par la trahison.

— Ce n'est pas trop mal, répondit-elle. Ils ont d'assez bonnes idées, ces gens-là ! Je pourrai prendre part à la guerre et trouver des adversaires.

— Je le crois ! s'écria le marquis. Pichegru m'engage à être scrupuleux et circonspect dans mes amitiés de toute espèce. La République me fait l'honneur de me supposer plus dangereux que tous les Vendéens ensemble, et compte sur mes faiblesses pour s'emparer de ma personne.

— Vous défieriez-vous de moi, dit-elle en lui frappant le cœur avec la main par laquelle elle se cramponnait à lui.

— Seriez-vous là, madame?... dit-il en tournant vers elle son front, qu'elle embrassa.

— Ainsi, reprit l'abbé, la police de Fouché sera plus dangereuse pour nous que ne le sont les bataillons mobiles et les contre-chouans.

— Comme vous le dites, mon révérend.

— Ah ! ah ! s'écria la dame, Fouché va donc envoyer des femmes contre vous?... Je les attends, ajouta-t-elle d'un son de voix profond et après une légère pause.

A trois ou quatre portées de fusil du plateau désert que les chefs abandonnaient, il se passait une de ces scènes qui, pendant quelque temps encore, devinrent assez fréquentes sur les grandes routes. Au sortir du petit village de la Pèlerine, Pille-Miche et Marche-à-Terre avaient arrêté de nouveau la voiture dans un enfoncement du chemin. Coupiau était descendu de son siège après une molle résistance. Le voyageur taciturne, exhumé de sa cachette par les deux chouans, se trouvait agenouillé dans un genêt.

QUI ES-TU ? LUI DEMANDA MARCHE-A-TERRE.

— Qui es-tu? lui demanda Marche-à-Terre d'une voix sinistre.

Le voyageur gardait le silence, lorsque Pille-Miche recommença la question en lui donnant un coup de crosse.

— Je suis, dit-il alors en jetant un regard sur Coupiau, Jacques Pinaud, un pauvre marchand de toile.

Coupiau fit un signe négatif, sans croire enfreindre ses promesses. Ce signe éclaira Pille-Miche, qui ajusta le voyageur, pendant que Marche-à-Terre lui signifiait catégoriquement ce terrible ultimatum.

— Tu es trop gras pour avoir les soucis des pauvres ! Si tu te fais encore demander ton véritable nom, voici mon ami Pille-Miche qui, par un seul coup de fusil, acquerra l'estime et la reconnaissance de tes héritiers. Qui es-tu? ajouta-t-il après une pause.

— Je suis d'Orgemont, de Fougères.

— Ah ! ah ! s'écrièrent les deux chouans.

— Ce n'est pas moi qui vous ai nommé, monsieur d'Orgemont, dit Coupiau. La sainte Vierge m'est témoin que je vous ai bien défendu.

— Puisque vous êtes monsieur d'Orgemont, de Fougères, reprit Marche-à-Terre d'un air respectueusement ironique, nous allons vous laisser aller bien tranquillement. Mais, comme vous n'êtes ni un bon chouan ni un vrai bleu, quoique ce soit vous qui ayez acheté les biens de l'abbaye de Juvigny, vous nous payerez, ajouta le chouan en ayant l'air de compter ses associés, trois cents écus de six francs pour votre rançon. La neutralité vaut bien cela.

— Trois cents écus de six francs ! répétèrent en chœur le malheureux banquier, Pille-Miche et Coupiau, mais avec des expressions diverses.

— Hélas ! mon cher monsieur, dit d'Orgemont, je suis ruiné. L'*emprunt forcé* de cent millions fait par cette République du diable, qui me taxe à une somme énorme, m'a mis à sec.

— Combien t'a-t-elle donc demandé, ta République?

— Mille écus, mon cher monsieur, répondit le banquier d'un air piteux et croyant obtenir une remise.

— Si ta République t'arrache des emprunts forcés si considérables, tu vois bien qu'il y a tout à gagner avec nous autres, notre gouvernement est moins cher. Trois cents écus, est-ce donc trop pour ta peau?

— Où les prendrai-je?

— Dans ta caisse, dit Pille-Miche. Et que les écus ne soient pas rognés, ou nous te rognerons les ongles au feu !

— Où vous les payerai-je? demanda d'Orgemont.

— Ta maison de campagne de Fougères n'est pas loin de la ferme de Gibarry, où demeure mon cousin Galope-Chopine, autrement dit le grand Cibot, tu les lui remettras, dit Pille-Miche.

— Cela n'est pas régulier, dit d'Orgemont.

— Qu'est-ce que cela nous fait ! reprit Marche-à-Terre. Songe que, s'ils ne sont pas remis à Galope-Chopine d'ici à quinze jours, nous te rendrons une petite visite qui te guérira de la goutte, si tu l'as aux pieds. Quant à toi, Coupiau, poursuivit-il en s'adressant au conducteur, ton nom désormais sera *Mène-à-Bien*.

A ces mots, les deux chouans s'éloignèrent. Le voyageur remonta dans la voiture, qui, grâce au fouet de Coupiau, se dirigea rapidement vers Fougères.

— Si vous aviez eu des armes, lui dit Coupiau, nous aurions pu nous défendre un peu mieux.

— Imbécile, j'ai dix mille francs là ! répliqua d'Orgemont en montrant ses gros souliers. Est-ce qu'on peut se défendre avec une si forte somme sur soi?

Mène-à-Bien se gratta l'oreille et regarda derrière lui, mais ses nouveaux camarades avaient complètement disparu.

Hulot et ses soldats s'arrêtèrent à Ernée pour déposer les blessés à l'hôpital de cette petite ville ; puis, sans que nul événement fâcheux interrompît la marche des troupes républicaines, elles arrivèrent à Mayenne. Là, le commandant put, le lendemain, résoudre tous ses doutes relativement à la marche du messager ; car, le lendemain, les habitants apprirent le pillage de la voiture. Peu de jours après, les autorités dirigèrent sur Mayenne assez de conscrits patriotes pour que Hulot pût y remplir le cadre de sa demi-brigade. Bientôt se succédèrent des ouï-dire peu rassurants sur l'insurrection. La révolte était complète sur tous les points où, pendant la dernière guerre, les chouans et les Vendéens avaient établi les principaux foyers de cet incendie. En Bretagne, les royalistes s'étaient rendus maîtres de Pontorson, afin de se mettre en communication avec la mer. La petite ville de Saint-James, située entre Pontorson et Fougères, avait été prise par eux, et ils paraissaient vouloir en faire momentanément leur place d'armes, le centre de leurs magasins ou de leurs opérations. De là, ils pouvaient correspondre sans danger avec la Normandie et le Morbihan. Les chefs subalternes parcouraient ces trois pays pour y soulever les partisans de la monarchie et arriver à mettre de l'ensemble dans leur entreprise. Ces menées coïncidaient avec les nouvelles de la Vendée, où des intrigues semblables agitaient la contrée, sous l'influence de quatre chefs célèbres, MM. l'abbé Vernal, le comte de Fontaine, de Châtillon et Suzannet. Le chevalier de Valois, le marquis d'Esgrignon et les Troisville étaient, disait-on, leurs correspondants dans le département de l'Orne. Le chef du vaste plan d'opérations qui se déroulait lentement, mais d'une manière formidable, était réellement le Gars, surnom donné par les chouans à M. le marquis de Montauran, lors de son débarquement. Les renseignements transmis aux ministres par Hulot se trouvaient exacts en tout point. L'autorité de ce chef envoyé du dehors avait été aussitôt reconnue. Le marquis prenait même assez d'empire sur les chouans pour leur faire concevoir le véritable but de la guerre, et leur persuader que les excès dont ils se rendaient coupables souillaient la cause généreuse qu'ils avaient embrassée. Le caractère hardi, la bravoure, le sang-froid, la capacité de ce jeune seigneur, réveillaient les espérances des ennemis de la République et flattaient si vivement la sombre exaltation de ces contrées que les moins zélés coopéraient à y préparer des événements décisifs pour la monarchie abattue. Hulot ne recevait aucune réponse aux demandes et aux rapports réitérés qu'il adressait à Paris. Ce silence étonnant annonçait, sans doute, une nouvelle crise révolutionnaire.

— En serait-il maintenant, disait le vieux chef à ses amis, en fait de gouvernement comme en fait d'argent : met-on à néant toutes les pétitions ?

Mais le bruit du magique retour du général Bonaparte et des événements du 18 brumaire ne tarda pas à se répandre. Les commandants militaires de l'Ouest comprirent alors le silence des ministres. Néanmoins, ces chefs n'en furent que plus impatients d'être délivrés de la responsabilité qui pesait sur eux, et devinrent assez curieux de connaître les mesures qu'allait prendre le nouveau gouvernement. En apprenant que le général Bonaparte avait été nommé premier consul de la République, les militaires éprouvèrent une joie très vive : ils voyaient, pour la première fois, un des leurs arrivant au maniement des affaires. La France, qui avait fait une idole de ce jeune général, tressaillit d'espérance. L'énergie de la nation se renouvela. La capitale, fatiguée de sa sombre attitude, se livra aux fêtes et aux plaisirs, desquels elle était depuis si longtemps sevrée. Les premiers actes du Consulat ne diminuèrent aucun espoir, et la liberté ne s'en effaroucha pas. Le premier consul fit une proclamation aux habitants de l'Ouest. Ces éloquentes allocutions adressées aux masses, et que Bonaparte avait, pour ainsi dire, inventées, produisaient, dans ces temps de patriotisme et de miracles, des effets prodigieux. Sa voix retentissait dans le monde comme la voix d'un prophète, car aucune de ses proclamations n'avait encore été démentie par la victoire :

« Habitants,

» Une guerre impie embrase une seconde fois les départements de l'Ouest.

» Les artisans de ces troubles sont des traîtres vendus à l'Anglais ou des brigands qui ne cherchent dans les discordes civiles que l'aliment et l'impunité de leurs forfaits.

» A de tels hommes, le gouvernement ne doit ni ménagements ni déclaration de ses principes.

» Mais il est des citoyens chers à la patrie qui ont été séduits par leurs artifices ; c'est à ces citoyens que sont dues les lumières et la vérité.

» Des lois injustes ont été promulguées et exécutées ; des actes arbitraires ont alarmé la sécurité des citoyens et la liberté des consciences ; partout, des inscriptions hasardées sur des listes d'émigrés ont frappé des citoyens ; enfin, de grands principes d'ordre social ont été violés.

» Les consuls déclarent que, la liberté des cultes étant garantie par la Constitution, la loi du 11 prairial an III, qui laisse aux citoyens l'usage des édifices destinés aux cultes religieux, sera exécutée.

» Le gouvernement pardonnera : il fera grâce au repentir, l'indulgence sera entière et absolue ; mais il frappera quiconque, après cette déclaration, oserait encore résister à la souveraineté nationale. »

— Eh bien, disait Hulot après la lecture publique de ce discours consulaire, est-ce assez paternel. Vous verrez cependant que pas un brigand royaliste ne changera d'opinion !

Le commandant avait raison. Cette proclamation ne servit qu'à raffermir chacun dans son parti. Quelques jours après, Hulot et ses collègues reçurent des renforts. Le nouveau ministre de la guerre leur manda que le général Brune était désigné pour aller prendre le commandement des troupes dans l'ouest de la France. Hulot, dont l'expérience était connue, eut provisoirement l'autorité dans les départements de l'Orne et de la Mayenne. Une activité inouïe anima bientôt tous les ressorts du gouvernement. Une circulaire du ministre de la guerre et du ministre de la police générale annonça que des mesures vigoureuses, confiées aux chefs des commandements militaires, avaient été prises pour étouffer l'insurrection *dans son principe*. Mais les chouans et les Vendéens avaient déjà profité de l'inaction de la République pour soulever les campagnes et s'en emparer entièrement ; aussi une nouvelle proclamation consulaire fut-elle adressée. Cette fois, le général parlait aux troupes :

« Soldats,

» Il ne reste plus dans l'Ouest que des brigands, des émigrés, des stipendiés de l'Angleterre.

» L'armée est composée de plus de soixante mille braves ; que j'apprenne bientôt que les chefs des rebelles ont vécu. La gloire ne s'acquiert que par les fatigues ; si on pouvait l'acquérir en tenant son quartier général dans les grandes villes, qui n'en aurait pas?...

» Soldats, quel que soit le rang que vous occupiez dans l'armée, la reconnaissance de la nation vous attend. Pour en être dignes, il faut braver l'intempérie des saisons, les glaces, les neiges, le froid excessif des nuits ; surprendre vos ennemis à la pointe du jour et exterminer ces misérables, le déshonneur du nom français.

» Faites une campagne courte et bonne ; soyez inexorables pour les brigands, mais observez une discipline sévère.

« Gardes nationales, joignez les efforts de vos bras à celui des troupes de ligne.

» Si vous connaissez parmi vous des hommes partisans des brigands, arrêtez-les! Que nulle part ils ne trouvent d'asile contre le soldat qui va les poursuivre; et, s'il était des traîtres qui osassent les recevoir et les défendre, qu'ils périssent avec eux! »

PLUSIEURS SOLDATS S'ÉTAIENT ATTROUPÉS DEVANT LA PROCLAMATION AFFICHÉE SUR LE MUR.

— Quel compère! s'écria Hulot: c'est comme à l'armée d'Italie, il sonne la messe et il la dit. Est-ce parler, cela?

— Oui, mais il parle tout seul et en son

nom, dit Gérard, qui commençait à s'alarmer des suites du 18 brumaire.

— Eh ! sainte guérite, qu'est-ce que cela fait, puisque c'est un militaire? s'écria Merle.

A quelques pas de là, plusieurs soldats s'étaient attroupés devant la proclamation affichée sur le mur. Or, comme pas un d'eux ne savait lire, ils la contemplaient, les uns d'un air insouciant, les autres avec curiosité, pendant que deux ou trois cherchaient parmi les passants un citoyen qui eût la mine d'un savant.

— Vois donc, la Clef-des-Cœurs, ce que c'est que ce chiffon de papier-là, dit Beau-Pied, d'un air goguenard à son camarade.

— C'est bien facile à deviner, répondit la Clef-des-Cœurs.

A ces mots, tous regardèrent les deux camarades, toujours prêts à jouer leurs rôles.

— Tiens, regarde, reprit la Clef-des-Cœurs en montrant en tête de la proclamation une grossière vignette où, depuis peu de jours, un compas remplaçait le niveau de 1793. Cela veut dire qu'il faudra que, nous autres troupiers, nous marchions ferme ! Ils ont mis là un compas toujours ouvert, c'est un emblème.

— Mon garçon, ça ne te va pas de faire le savant ! Cela s'appelle un problème. J'ai servi d'abord dans l'artillerie, ajouta Beau-Pied, mes officiers ne mangeaient que de ça.

— C'est un emblème.

— C'est un problème.

— Gageons !

— Quoi?

— Ta pipe allemande.

— Tope !

— Sans vous commander, mon adjudant, n'est-ce pas que c'est un emblème, et non un problème, demanda la Clef-des-Cœurs à Gérard, qui, tout pensif, suivait Hulot et Merle.

— C'est l'un et l'autre, répondit-il gravement.

— L'adjudant s'est moqué de nous, dit Beau-Pied. Ce papier-là veut dire que notre général d'Italie est passé consul, ce qui est un fameux grade, et que nous allons avoir des capotes et des souliers.

II

UNE IDÉE DE FOUCHÉ

Vers les derniers jours du mois de brumaire, au moment où, pendant la matinée, Hulot faisait manœuvrer sa demi-brigade, entièrement concentrée à Mayenne par des ordres supérieurs, un exprès venu d'Alençon lui remit des dépêches pendant la lecture desquelles une assez forte contrariété se peignit sur sa figure.

— Allons, en avant ! s'écria-t-il avec humeur en serrant les papiers au fond de son chapeau. Deux compagnies vont se mettre en marche avec moi et se diriger sur Mortagne. Les chouans y sont. Vous m'accompagnerez, dit-il à Merle et à Gérard... Si je comprends un mot à ma dépêche, je veux être fait noble ! Je ne suis peut-être qu'une bête; n'importe, en avant ! Il n'y a pas de temps à perdre.

— Mon commandant, qu'y a-t-il donc de si barbare dans cette carnassière-là? dit Merle en montrant du bout de sa botte l'enveloppe ministérielle de la dépêche.

— Tonnerre de Dieu ! il n'y a rien, si ce n'est qu'on nous embête.

Lorsque le commandant laissait échapper cette expression militaire, déjà l'objet d'une réserve, elle annonçait toujours quelque tempête, les diverses intonations de cette phrase formaient des espèces de degrés qui, pour la demi-brigade, étaient un sûr thermomètre de la patience du chef ; et la franchise de ce vieux soldat en avait rendu la connaissance si facile, que le plus méchant tambour savait bientôt son Hulot par cœur, en observant les variations de la petite grimace par laquelle le commandant retroussait sa joue et clignait les yeux. Cette fois, le ton de la sourde colère par lequel il accompagna ce mot rendit les deux amis silencieux et circonspects. Les marques même de petite vérole qui sillonnaient ce visage guerrier parurent plus profondes et le teint plus brun que de coutume. Sa large queue bordée de tresses étant revenue sur une des épaulettes quand il remit son chapeau à trois cornes, Hulot la rejeta avec tant de fureur, que les cadenettes en furent dérangées. Cependant, comme il restait immobile, les poings fermés, les bras croisés avec force sur la poitrine, la moustache hérissée, Gérard se hasarda à lui demander :

— Part-on sur l'heure?

— Oui, si les gibernes sont garnies, répondit-il en grommelant.

— Elles le sont.

— Portez arme ! Par file à gauche, en avant, marche ! dit Gérard à un geste de son chef.

Et les tambours se mirent en tête des deux compagnies désignées par Gérard. Au son du tambour, le commandant, plongé dans ses réflexions, parut se réveiller, et il sortit de la ville accompagné de ses deux amis, auxquels il ne dit pas un mot. Merle et Gérard se regardèrent silencieusement à plusieurs reprises comme pour se demander : « Nous tiendra-t-il longtemps rigueur ? » Et, tout en marchant, ils jetèrent à la dérobée des regards observateurs sur Hulot, qui continuait à dire entre ses dents de vagues paroles. Plusieurs fois, ses phrases résonnèrent comme des jurements aux oreilles des soldats ; mais pas un d'eux n'osa souffler mot, car, dans l'occasion, tous savaient garder la discipline sévère à laquelle étaient habitués les troupiers jadis commandés en Italie par Bonaparte. La plupart d'entre eux étaient, comme Hulot, les restes de ces fameux bataillons qui capitulèrent à Mayence sous la promesse de n'être pas employés sur les frontières, et l'armée les avait nommés *les Mayençais*. Il était difficile de rencontrer des soldats et des chefs qui se comprissent mieux.

Le lendemain de leur départ, Hulot et ses deux amis se trouvaient de grand matin sur la route d'Alençon, à une lieue environ de cette dernière ville, vers Mortagne, dans la partie du chemin qui côtoie les pâturages arrosés par la Sarthe. Les vues pittoresques de ces prairies se déploient successivement sur la gauche, tandis que la droite, flanquée des bois épais qui se rattachent à la grande forêt de Menil-Broust, forme, s'il est permis d'emprunter ce terme à la peinture, un *repoussoir* aux délicieux aspects de la rivière. Les bermes du chemin sont encaissées par des fossés dont les terres, sans cesse rejetées sur les champs, y produisent de hauts talus couronnés d'*ajoncs*, nom donné dans tout l'Ouest au genêt épineux. Cet arbuste, qui s'étale en buissons épais, fournit pendant l'hiver une excellente nourriture aux chevaux et aux bestiaux ; mais, tant qu'il n'était pas récolté, les chouans se cachaient derrière ses touffes d'un vert sombre. Ces talus et ces ajoncs, qui annoncent au voyageur l'approche de la Bretagne, rendaient donc alors cette partie de la route aussi dangereuse qu'elle est belle. Les périls qui devaient se rencontrer dans le trajet de Mortagne à Alençon et d'Alençon à Mayenne étaient la cause du départ de Hulot ; et, là, le secret de sa colère finit par lui échapper. Il escortait alors une vieille malle traînée par des chevaux de poste que ses soldats, fatigués, obligeaient à marcher lentement. Les compagnies de bleus appartenant à la garnison de Mortagne et qui avaient accompagné cette horrible voiture jusqu'aux limites de leur étape, où Hulot était venu les remplacer dans ce service, à juste titre nommé par ses soldats *une scie* patriotique, retournaient à Mortagne et se voyaient dans le lointain comme des points noirs. Une des deux compagnies du vieux républicain se tenait à quelques pas en arrière, et l'autre en avant de cette calèche. Hulot, qui se trouva entre Merle et Gérard, à moitié chemin de l'avant-garde et de la voiture, leur dit tout à coup :

— Mille tonnerres ! croiriez-vous que c'est pour accompagner les deux cotillons qui sont dans ce vieux fourgon que le général nous a détachés de Mayenne ?

— Mais, mon commandant, quand nous avons pris position tout à l'heure auprès des citoyennes, répondit Gérard, vous les avez saluées d'un air qui n'était pas déjà si gauche.

— Eh ! voilà l'infamie. Ces *muscadins* de Paris ne nous recommandent-ils pas les plus grands égards pour leurs damnées femelles ! Peut-on déshonorer de bons et braves patriotes comme nous en les mettant à la suite d'une jupe ! Oh ! moi, je vais droit mon chemin et n'aime pas les zigzags chez les autres. Quand j'ai vu à Danton des maîtresses, à Barras des maîtresses, je leur ai dit : « Citoyens, quand la République vous a requis de la gouverner, ce n'était pas pour autoriser les amusements de l'ancien régime. » Vous me direz à cela que les femmes?... Oh ! on a des femmes ! c'est juste. A de bons lapins, voyez-vous, il faut des femmes, et de bonnes femmes. Mais assez causé quand vient le danger. A quoi donc aurait servi de balayer les abus de l'ancien temps, si les patriotes les recommençaient? Voyez le premier consul, c'est là un homme : pas de femmes, toujours à son affaire. Je parierais ma moustache gauche qu'il ignore le sot métier qu'on nous fait faire ici.

— Ma foi, commandant, répondit Merle en riant, j'ai aperçu le bout du nez de la jeune dame cachée au fond de la malle, et j'avoue que tout le monde pourrait sans déshonneur se sentir, comme je l'éprouve, la démangeaison d'aller tourner autour de cette voiture pour nouer avec les voyageuses un petit bout de conversation.

— Gare à toi, Merle ! dit Gérard. Les corneilles coiffées sont accompagnées d'un citoyen assez rusé pour te prendre dans un piège.

— Qui ? Cet *incroyable* dont les petits yeux vont incessamment d'un côté du chemin à l'autre, comme s'il y voyait des chouans ; ce muscadin duquel on aperçoit à peine les jambes, et qui, dans le moment où celles de son cheval sont cachées par la voiture, a l'air d'un canard dont la tête sort d'un pâté ! Si ce dadais-là m'empêche jamais de caresser la jolie fauvette...

— Canard ! fauvette ! Oh ! mon pauvre Merle, tu es furieusement dans les volatiles. Mais ne te fie pas au canard ! Ses yeux verts me paraissent perfides comme ceux d'une vipère et fins comme ceux d'une femme qui pardonne à son mari. Je me défie moins des chouans que de ces avocats dont les figures ressemblent à des carafes de limonade.

— Bah ! s'écria Merle gaiement, avec la permission du commandant, je me risque ! Cette femme-là a des yeux qui sont comme des étoiles, on peut tout mettre au jeu pour les voir.

— Il est pris, le camarade, dit Gérard au commandant, il commence à dire des bêtises.

Hulot fit la grimace, haussa les épaules et répondit :

— Avant de prendre le potage, je lui conseille de le sentir.

— Brave Merle, reprit Gérard en jugeant à la lenteur de sa marche qu'il manœuvrait pour se laisser graduellement gagner par la malle, est-il gai ! C'est le seul homme qui puisse rire de la mort d'un camarade sans être taxé d'insensibilité.

— C'est le vrai soldat français, dit Hulot d'un ton grave.

— Oh ! le voici qui ramène ses épaulettes sur ses épaules pour faire voir qu'il est capitaine, s'écria Gérard en riant ; comme si le grade y faisait quelque chose.

La voiture vers laquelle pivotait l'officier renfermait en effet deux femmes, dont l'une semblait être la servante de l'autre.

— Ces femmes-là vont toujours deux par deux, disait Hulot.

Un petit homme sec et maigre caracolait, tantôt en avant, tantôt en arrière de la voiture ; mais, quoiqu'il parût accompagner les deux voyageuses privilégiées, personne ne l'avait encore vu leur adressant la parole. Ce silence, preuve de dédain ou de respect, les bagages nombreux, les cartons de celle que le commandant appelait une *princesse*, tout, jusqu'au costume de son cavalier servant, avait encore irrité la bile de Hulot. Le costume de cet inconnu présentait un exact tableau de la mode qui valut en ce temps les caricatures des *incroyables*. Qu'on se figure ce personnage affublé d'un habit dont les basques étaient si courtes, qu'elles laissaient passer cinq à six pouces du gilet ; et les pans si longs, qu'ils ressemblaient à une queue de morue, terme alors employé pour les désigner. Une cravate énorme décrivait autour de son cou de si nombreux contours, que la petite tête qui sortait de ce labyrinthe de mousseline justifiait presque la comparaison gastronomique du capitaine Merle. L'inconnu portait un pantalon collant et des bottes à la Souvorov. Un immense camée blanc et bleu servait d'épingle à sa chemise. Deux chaînes de montre s'échappaient parallèlement de sa ceinture ; puis des cheveux, pendant en tire-bouchons de chaque côté des faces, lui couvraient presque tout le front. Enfin, pour dernier enjolivement, le col de sa chemise et celui de l'habit montaient si haut, que sa tête paraissait enveloppée comme un bouquet dans un cornet de papier. Ajoutez à ces grêles accessoires, qui juraient entre eux sans produire d'ensemble, l'opposition burlesque des couleurs du pantalon jaune, du gilet rouge, de l'habit cannelle, et vous aurez une image fidèle du suprême bon ton auquel obéissaient les élégants au commencement du Consulat. Ce costume, tout à fait baroque, semblait avoir été inventé pour servir d'épreuve à la grâce, et montrer qu'il n'y a rien de si ridicule que la mode ne sache consacrer. Le cavalier paraissait avoir atteint l'âge de trente ans, mais il en avait à peine vingt-deux : peut-être devait-il cette apparence soit à la débauche, soit aux périls de cette époque. Malgré cette toilette d'empirique, sa tournure accusait une certaine élégance de manières à laquelle on reconnaissait un homme bien élevé. Lorsque le capitaine se trouva près de la calèche, le muscadin parut deviner son dessein et le favorisa en retardant le pas de son cheval : Merle, qui lui avait jeté un regard sardonique, rencontra un de ces visages impénétrables accoutumés par les vicissitudes de la Révolution à cacher toutes les émotions, même les moindres. Au moment où le bout recourbé du vieux chapeau triangulaire et l'épaulette du capitaine furent aperçus par les dames, une voix d'une angélique douceur lui demanda :

— Monsieur l'officier, auriez-vous la bonté de nous dire en quel endroit de la route nous nous trouvons !

Il existe un charme inexprimable dans une question faite par une voyageuse inconnue, le moindre mot semble alors contenir toute une aventure ; mais, si la femme sollicite quelque protection, en s'appuyant sur sa faiblesse et sur une certaine ignorance des choses, chaque homme n'est-il pas légèrement enclin à bâtir une fable impossible où il se fait heureux? Aussi les mots de « monsieur l'officier », la forme polie de la demande, portèrent-ils un trouble inconnu dans le cœur du capitaine. Il essaya d'examiner la voyageuse et fut singulièrement désappointé, car un voile jaloux lui en cachait les traits ; à peine même put-il en voir les yeux, qui, à travers la gaze, brillaient comme deux onyx frappés par le soleil.

— Vous êtes maintenant à une lieue d'Alençon, madame.

— Alençon, déjà !

Et la dame inconnue se rejeta ou plutôt se laissa aller au fond de la voiture, sans plus rien répondre.

— Alençon? répéta l'autre femme en paraissant se réveiller. Vous allez revoir le pays...

Elle regarda le capitaine et se tut. Merle, trompé dans son espérance de voir la belle inconnue, se mit à en examiner la compagne. C'était une fille d'environ vingt-six ans, blonde, d'une jolie taille, et dont le teint avait cette fraîcheur de peau, cet éclat nourri qui distingue les femmes de Valognes, de

Bayeux et des environs d'Alençon. Le regard de ses yeux bleus n'annonçait pas d'esprit, mais une certaine fermeté mêlée de tendresse. Elle portait une robe d'étoffe commune. Ses cheveux, relevés sous un petit bonnet à la mode cauchoise, et sans aucune prétention, rendaient sa figure charmante de simplicité. Son attitude, sans avoir la noblesse convenue des salons, n'était pas dénuée de cette dignité naturelle à une jeune fille modeste qui pouvait contempler le tableau de sa vie passée sans y trouver un seul sujet de repentir. D'un coup d'œil, Merle sut deviner en elle une de ces fleurs champêtres qui, transportée dans les serres parisiennes où se concentrent tant de rayons flétrissants, n'avait rien perdu de ses couleurs pures ni de sa rustique franchise. L'attitude naïve de la jeune fille et la modestie de son regard apprirent à Merle qu'elle ne voulait pas d'auditeur. En effet, quand il s'éloigna, les deux inconnues commencèrent à voix basse une conversation dont le murmure parvint à peine à son oreille,

— Vous êtes partie si précipitamment, dit la jeune campagnarde, que vous n'avez pas seulement pris le temps de vous habiller. Vous voilà belle ! Si nous allons plus loin qu'Alençon, il faudra nécessairement y faire une autre toilette...

— Oh ! oh ! Francine !... s'écria l'inconnue.

— Plait-il?

— Voici la troisième tentative que tu fais pour apprendre le terme et la cause de ce voyage.

— Ai-je dit la moindre chose qui puisse me valoir ce reproche?...

— Oh ! j'ai bien remarqué ton petit manège. De candide et simple que tu étais, tu as pris un peu de ruse à mon école. Tu commences à avoir les interrogations en horreur. Tu as bien raison, mon enfant. De toutes les manières connues d'arracher un secret, c'est, à mon avis, la plus niaise.

— Eh bien, reprit Francine, puisqu'on ne peut rien vous cacher, convenez-en, Marie, votre conduite n'exciterait-elle pas la curiosité d'un saint? Hier matin sans ressources, aujourd'hui les mains pleines d'or, on vous donne à Mortagne la malle-poste pillée dont le conducteur a été tué, vous êtes protégée par les troupes du gouvernement, et suivie par un homme que je regarde comme votre mauvais génie...

— Qui, Corentin?... demanda la jeune inconnue en accentuant ces deux mots par deux inflexions de voix pleines d'un mépris qui déborda même dans le geste par lequel elle montra le cavalier. Écoute, Francine, reprit-elle, te souviens-tu de *Patriote*, ce singe que j'avais habitué à contrefaire Danton, et qui nous amusait tant?

— Oui, mademoiselle.

— Eh bien, en avais-tu peur?

— Il était enchaîné.

— Mais Corentin est muselé, mon enfant.

— Nous badinions avec Patriote pendant des heures entières, dit Francine, je le sais, mais il finissait toujours par nous jouer quelque mauvais tour.

A ces mots, Francine se rejeta vivement au fond de la voiture, près de sa maîtresse, lui prit les mains pour les caresser avec des manières câlines, en lui disant d'une voix affectueuse :

— Mais vous m'avez devinée, Marie, et vous ne me répondez pas. Comment, après ces tristesses qui m'ont fait tant de mal, oh ! bien du mal, pouvez-vous en vingt-quatre heures devenir d'une gaieté folle, comme

PARLEZ, MADEMOISELLE...

lorsque vous parliez de vous tuer? D'où vient ce changement? J'ai le droit de vous demander un peu compte de votre âme. Elle est à moi avant d'être à qui que ce soit, car jamais vous ne serez mieux aimée que vous ne l'êtes par moi. Parlez, mademoiselle.

— Eh bien, Francine, ne vois-tu pas autour de nous le secret de ma gaieté? Regarde les houppes jaunies de ces arbres lointains : pas une ne ressemble aux autres. A les contempler de loin, ne dirait-on pas d'une vieille tapisserie de château? Vois ces haies derrière lesquelles il peut se rencontrer des chouans à chaque instant. Quand je regarde ces ajoncs, il me semble apercevoir des canons de fusil. J'aime ce renaissant péril qui nous environne. Toutes les fois que la route prend un aspect sombre, je suppose que nous allons entendre des détonations : alors, mon cœur bat, une sensation inconnue m'agite. Et ce n'est ni les tremblements de la peur, ni les émotions du plaisir ; non, c'est mieux, c'est le jeu de tout ce qui se meut en moi, c'est la vie. Quand je ne serais joyeuse que d'avoir un peu animé ma vie !

— Ah ! vous ne me dites rien, cruelle ! — Sainte Vierge, ajouta Francine en levant les yeux au ciel avec douleur, à qui se confessera-t-elle, si elle se tait avec moi?

— Francine, reprit l'inconnue d'un ton grave, je ne peux pas t'avouer mon entreprise. Cette fois-ci, c'est horrible.

— Pourquoi faire le mal en connaissance de cause?

— Que veux-tu ! je me surprends à penser comme si j'avais cinquante ans, et à agir comme si j'en avais encore quinze ! Tu as toujours été ma raison, ma pauvre fille; mais, dans cette affaire-ci, je dois étouffer ma conscience... Et, dit-elle après une pause, en laissant échapper un soupir, je n'y parviens pas. Or, comment veux-tu que j'aille encore mettre après moi un confesseur aussi rigide que toi?

Et elle lui frappa doucement dans la main.

— Eh ! quand vous ai-je reproché vos actions? s'écria Francine. Le mal en vous a de la grâce. Oui, sainte Anne d'Auray, que je prie tant pour votre salut, vous absoudrait de tout. Enfin, ne suis-je pas à vos côtés sur cette route, sans savoir où vous allez?

Et, dans son effusion, elle lui baisa les mains.

— Mais, reprit Marie, tu peux m'abandonner, si ta conscience...

— Allons, taisez-vous, madame, reprit Francine en faisant une petite moue chagrine. Oh ! ne me direz-vous pas...?

— Rien ! dit la jeune demoiselle d'une voix ferme. Seulement, sache-le bien, je hais cette entreprise encore plus que celui dont la langue dorée me l'a expliquée... Je veux être franche, je t'avouerai que je ne me serais pas rendue à leurs désirs, si je n'avais entrevu dans cette ignoble farce un mélange de terreur et d'amour qui m'a tentée. Puis je n'ai pas voulu m'en aller de ce bas monde sans avoir essayé d'y cueillir les fleurs que j'en espère, dussé-je périr ! Mais souviens-toi, pour l'honneur de ma mémoire, que, si j'avais été heureuse, l'aspect de leur gros couteau prêt à tomber sur ma tête ne m'aurait pas fait accepter un rôle dans cette tragédie, car c'est une tragédie... Maintenant, reprit-elle en laissant échapper un geste de dégoût, si elle était contremandée, je me jetterais à l'instant dans la Sarthe ; et ce ne serait point un suicide, je n'ai pas encore vécu.

— O sainte vierge d'Auray, pardonnez-lui !

— De quoi t'effrayes-tu? Les plates vicissitudes de la vie domestique n'excitent pas mes passions, tu le sais. Cela est mal pour une femme ; mais mon âme s'est fait une sensibilité plus élevée, pour supporter de plus fortes épreuves. J'aurais été peut-être, comme toi, une douce créature. Pourquoi me suis-je élevée au-dessus ou abaissée au-dessous de mon sexe? Ah ! que la femme du général Bonaparte est heureuse ! Tiens, je mourrai jeune, puisque j'en suis déjà venue à ne pas m'effrayer d'une partie de plaisir où il y a du sang à boire, comme disait ce pauvre Danton. Mais oublie ce que je te dis ; c'est la femme de cinquante ans qui a parlé. Dieu merci ! la jeune fille de quinze ans va bientôt reparaître.

La jeune campagnarde frémit. Elle seule connaissait le caractère bouillant et impétueux de sa maîtresse; elle seule était initiée aux mystères de cette âme riche d'exaltation, aux sentiments de cette créature qui, jusque-là, avait vu passer la vie comme une ombre insaisissable, en voulant toujours la saisir. Après avoir semé à pleines mains sans rien récolter, cette femme était restée vierge ; mais, irritée par une multitude de désirs trompés, lassée d'une lutte sans adversaire, elle arrivait alors, dans son désespoir, à préférer le bien au mal quand il s'offrait comme une jouissance, le mal au bien quand il présentait quelque poésie, la misère à la médiocrité comme quelque chose de plus grand, l'avenir sombre et inconnu de la mort à une vie pauvre d'espérances ou même de souffrances. Jamais tant de poudre ne s'était amassée pour l'étincelle, jamais tant de richesses à dévorer pour l'amour, enfin jamais aucune fille d'Ève n'avait été pétrie avec plus d'or dans son argile. Semblable à un ange terrestre, Francine veillait sur cet être, en qui elle adorait la perfection, croyant accomplir un céleste message si elle le conservait au chœur des séraphins d'où il semblait banni en expiation d'un péché d'orgueil.

— Voici le clocher d'Alençon, dit le cavalier en s'approchant de la voiture.

— Je le vois, répondit sèchement la jeune dame.

— Ah ! bien, dit-il en s'éloignant avec les marques d'une soumission servile, malgré son désappointement.

— Allez, allez plus vite, dit la dame au postillon. Maintenant, il n'y a rien à craindre. Allez au grand trot ou au galop, si vous pouvez. Ne sommes-nous pas sur le pavé d'Alençon !

En passant devant le commandant, elle lui cria d'une voix douce :

— Nous nous retrouverons à l'auberge, commandant. Venez m'y voir.

— C'est cela, répliqua le commandant. « A l'auberge ! Venez me voir ! » Comme ça vous parle à un chef de demi-brigade !...

Et il montrait du poing la voiture qui roulait rapidement sur la route.

— Ne vous en plaignez pas, commandant, elle a votre grade de général dans sa manche, dit en riant Corentin, qui essayait de mettre son cheval au galop pour rejoindre la voiture.

— Ah ! je ne me laisserai pas embêter par ces paroissiens-là, dit Hulot à ses deux amis en grognant. J'aimerais mieux jeter l'habit de général dans un fossé que de le gagner dans un lit. Que veulent-ils donc, ces canards-là? Y comprenez-vous quelque chose, vous autres?

— Oh ! oui, dit Merle, je sais que c'est la femme la plus belle que j'aie jamais vue !

AH ! JE NE ME LAISSERAI PAS EMBÊTER PAR CES PAROISSIENS-LA.

Je crois que vous entendez mal la métaphore. C'est la femme du premier consul, peut-être?

— Bah ! la femme du premier consul est vieille, et celle-ci est jeune, répliqua Hulot. D'ailleurs, l'ordre que j'ai reçu du ministre m'apprend qu'elle se nomme mademoiselle de Verneuil. C'est une ci-devant. Est-ce que je ne connais pas ça ! Avant la Révolution, elles faisaient toutes ce métier-là ; on devenait alors, en deux temps et six mouvements, chef de demi-brigade ; il ne s'agissait que de leur bien dire deux ou trois fois : *Mon cœur!*

Pendant que chaque soldat ouvrait le compas, pour employer l'expression du commandant, la voiture horrible qui servait alors de malle avait promptement atteint l'hôtel des *Trois Maures*, situé au milieu de la grande rue d'Alençon. Le bruit de ferraille que rendait cette informe voiture amena l'hôte sur le pas de la porte. C'était un hasard auquel personne dans Alençon ne devait s'attendre, que la descente de la malle à l'auberge des *Trois Maures ;* mais l'affreux événement de Mortagne la fit suivre par tant de monde, que les deux voyageuses, pour se dérober à la curiosité générale, entrèrent lestement dans la cuisine, inévitable antichambre des auberges dans tout l'Ouest, et l'hôte se disposait à les suivre après avoir examiné la voiture, lorsque le postillon l'arrêta par le bras.

— Attention, citoyen Brutus, dit-il, il y a une escorte de bleus. Comme il n'y a ni conducteur ni dépêches, c'est moi qui t'amène les citoyennes ; elles payeront sans doute comme des ci-devant princesses ; ainsi...

— Ainsi, nous boirons un verre de vin ensemble tout à l'heure, mon garçon, lui dit l'hôte.

Après avoir jeté un coup d'œil sur cette cuisine noircie par la fumée et sur une table ensanglantée par des viandes crues, mademoiselle de Verneuil se sauva dans la salle voisine avec la légèreté d'un oiseau, car elle craignit l'aspect et l'odeur de cette cuisine, autant que la curiosité d'un chef malpropre et d'une petite femme grasse qui déjà l'examinaient avec attention.

— Comment allons-nous faire, ma femme? dit l'hôte. Qui diable pouvait croire que nous aurions tant de monde par le temps qui court?

Avant que je puisse lui servir un déjeuner convenable, cette femme-là va s'impatienter. Ma foi, il me vient une bonne idée : puisque c'est des gens comme il faut, je vais leur proposer de se réunir à la personne que nous avons là-haut, hein?

Quand l'hôte chercha la nouvelle arrivée, il ne vit plus que Francine, à laquelle il dit à voix basse, en l'emmenant au fond de la cuisine du côté de la cour pour l'éloigner de ceux qui pouvaient l'écouter :

— Si ces dames désirent se faire servir à part, comme je n'en doute point, j'ai un repas très délicat tout préparé pour une dame et pour son fils. Ces voyageurs ne s'opposeront sans doute pas à partager leur déjeuner avec vous, ajouta-t-il d'un air mystérieux. C'est des personnes de condition.

A peine avait-il achevé sa dernière phrase, que l'hôte se sentit appliquer dans le dos un léger coup de manche de fouet ; il se retourna brusquement et vit derrière lui un petit homme trapu, sorti sans bruit d'un cabinet voisin, et dont l'apparition avait glacé de terreur la grosse femme, le chef et son marmiton. L'hôte pâlit en retournant la tête. Le petit homme secoua ses cheveux, qui lui cachaient entièrement le front et les yeux, se dressa sur ses pieds pour atteindre à l'oreille de l'hôte et lui dit :

— Vous savez ce que vaut une imprudence, une dénonciation, et de quelle couleur est la monnaie avec laquelle nous les payons. Nous sommes généreux...

Il joignit à ses paroles un geste qui en fut un épouvantable commentaire. Quoique la vue de ce personnage fût dérobée à Francine par la rotondité de l'hôte, elle saisit quelques mots des phrases qu'il avait sourdement prononcées, et resta comme frappée par la foudre en entendant les sons rauques d'une voix bretonne. Au milieu de la terreur générale, elle s'élança vers le petit homme ; mais celui-ci, qui semblait se mouvoir avec l'agilité d'un animal sauvage, sortait déjà par une porte latérale donnant sur la cour. Francine crut s'être trompée dans ses conjectures, car elle n'aperçut que la peau fauve et noire d'un ours de moyenne taille. Étonnée, elle courut à la fenêtre. A travers les vitres jaunies par la fumée, elle regarda l'inconnu qui gagnait l'écurie d'un pas traînant. Avant d'y entrer, il dirigea deux yeux noirs sur le premier étage de l'auberge, et, de là, sur la malle, comme s'il voulait faire part à un ami de quelque importante observation relative à cette voiture. Malgré les peaux de bique, et grâce à ce mouvement qui lui permit de distinguer le visage de cet homme, Francine reconnut alors à son énorme fouet et à sa démarche rampante, quoique agile dans l'occasion, le chouan surnommé Marche-à-Terre ; elle l'examina, mais indistinctement, à travers l'obscurité de l'écurie, où il se coucha dans la paille en prenant une position d'où il pouvait observer tout ce qui se passerait dans l'auberge. Marche-à-Terre était ramassé de telle sorte que, de loin comme de près, l'espion le plus rusé l'aurait facilement pris pour un de ces gros chiens de roulier, tapis en rond et qui dorment, la gueule placée sur leurs pattes. La conduite de Marche-à-Terre prouvait à Francine que le chouan ne l'avait pas reconnue. Or, dans les circonstances délicates où se trouvait sa maîtresse, elle ne sut pas si elle devait s'en applaudir ou s'en chagriner. Mais le mystérieux rapport qui existait entre l'observation menaçante du chouan et l'offre de l'hôte, assez commune chez les aubergistes qui cherchent toujours à tirer deux moutures du sac, piqua sa curiosité ; elle quitta la vitre crasseuse d'où elle regardait la masse informe et noire qui, dans l'obscurité, lui indiquait la place occupée par Marche-à-Terre, se retourna vers l'aubergiste et le vit dans l'attitude d'un homme qui a fait un pas de clerc et ne sait comment s'y prendre pour revenir en arrière. Le geste du chouan avait pétrifié ce pauvre homme. Personne, dans l'Ouest, n'ignorait les cruels raffinements des supplices par lesquels les chasseurs du Roi punissaient les gens soupçonnés seulement d'indiscrétion : aussi l'hôte croyait-il déjà sentir leurs couteaux sur son cou. Le chef regardait avec terreur l'âtre du feu où souvent ils *chauffaient* les pieds de leurs dénonciateurs. La grosse petite femme tenait un couteau de cuisine d'une main, de l'autre une pomme de terre à moitié coupée, et contemplait son mari d'un air hébété. Enfin le marmiton cherchait le secret, inconnu pour lui, de cette silencieuse terreur. La curiosité de Francine s'anima naturellement à cette scène muette, dont l'acteur principal était vu par tous, quoique absent. La jeune fille fut flattée de la terrible puissance du chouan, et, encore qu'il n'entrât guère dans son humble caractère de faire des malices de femme de chambre, elle était cette fois trop fortement intéressée à pénétrer ce mystère pour ne pas profiter de ses avantages.

— Eh bien, mademoiselle accepte votre proposition, dit-elle gravement à l'hôte, qui fut comme réveillé en sursaut par ces paroles.

— Laquelle? demanda-t-il avec une surprise réelle.

— Laquelle? demanda Corentin survenant.

— Laquelle? demanda mademoiselle de Verneuil.

— Laquelle? demanda un quatrième personnage qui se trouvait sur la dernière marche de l'escalier et qui sauta légèrement dans la cuisine.

— Eh bien, de déjeuner avec vos personnes de distinction, répondit Francine impatiente.

— De distinction, reprit d'une voix mordante et ironique le personnage arrivé par l'escalier. Ceci, mon cher, me semble une mauvaise plaisanterie d'auberge; mais, si c'est cette jeune citoyenne que tu veux nous donner pour convive, il faudrait être fou pour s'y refuser, brave homme, dit-il en regardant mademoiselle de Verneuil. En l'absence de ma mère, j'accepte, ajouta-t-il en frappant sur l'épaule de l'aubergiste stupéfait.

La gracieuse étourderie de la jeunesse déguisa la hauteur insolente de ces paroles, qui attira naturellement l'attention de tous les acteurs de cette scène sur ce nouveau personnage. L'hôte prit alors la contenance de Pilate cherchant à se laver les mains de la mort de Jésus-Christ, il rétrograda de deux pas vers sa grosse femme et lui dit à l'oreille :

— Tu es témoin que, s'il arrive quelque malheur, ce ne sera pas ma faute. Mais, au surplus, ajouta-t-il encore plus bas, va prévenir de tout ça monsieur Marche-à-Terre.

Le voyageur, jeune homme de moyenne taille, portait un habit bleu et de grandes guêtres noires qui lui montaient au-dessus du genou, sur une culotte de drap également bleu. Cet uniforme simple et sans épaulettes appartenait aux élèves de l'École polytechnique. D'un seul regard, mademoiselle de Verneuil sut distinguer sous ce costume sombre des formes élégantes et *ce je ne sais quoi* qui annonce une noblesse native. Assez ordinaire au premier aspect, la figure du jeune homme se faisait bientôt remarquer par la conformation de quelques traits où se révélait une âme capable de grandes choses. Un teint bruni, des cheveux blonds et bouclés, des yeux bleus étincelants, un nez fin, des mouvements pleins d'aisance ; en lui, tout décelait et une vie dirigée par des sentiments élevés et l'habitude du commandement. Mais les signes les plus caractéristiques de son génie se trouvaient dans un menton à la Bonaparte et dans sa lèvre inférieure qui se joignait à la supérieure en décrivant la courbe gracieuse de la feuille d'acanthe sous le chapiteau corinthien. La nature avait mis dans ces deux traits d'irrésistibles enchantements.

« Ce jeune homme est singulièrement distingué pour un républicain », se dit mademoiselle de Verneuil.

Voir tout cela d'un clin d'œil, s'animer par l'envie de plaire, pencher mollement la tête de côté, sourire avec coquetterie, lancer un de ces regards veloutés qui ranimeraient un cœur mort à l'amour ; voiler ses longs yeux noirs sous de larges paupières dont les cils fournis et recourbés dessinèrent une ligne brune sur sa joue ; chercher les sons les plus mélodieux de sa voix pour donner un charme pénétrant à cette phrase banale : « Nous vous sommes bien obligées, monsieur, » tout ce manège n'employa pas le temps nécessaire à le décrire. Puis mademoiselle de Verneuil, s'adressant à l'hôte, demanda son appartement, vit l'escalier et disparut, avec Francine, en laissant à l'étranger le soin de deviner si cette réponse contenait une acceptation ou un refus.

— Quelle est cette femme-là ? demanda lestement l'élève de l'École polytechnique à l'hôte immobile et de plus en plus stupéfait.

— C'est la citoyenne Verneuil, répondit aigrement Corentin en toisant le jeune homme avec jalousie, une ci-devant ; qu'en veux-tu faire ?

L'inconnu, qui fredonnait une chanson républicaine, leva la tête avec fierté vers Corentin. Les deux jeunes gens se regardèrent alors pendant un moment comme deux coqs près de se battre, et ce regard fit éclore la haine entre eux pour toujours. Autant l'œil bleu du militaire était franc, autant l'œil vert de Corentin annonçait de malice et de fausseté ; l'un possédait nativement des manières nobles, l'autre n'avait que des façons insinuantes ; l'un s'élançait, l'autre se courbait ; l'un commandait le respect, l'autre cherchait à l'obtenir ; l'un devait dire : « Conquérons ! » l'autre : « Partageons ! »

— Le citoyen du Gua Saint-Cyr est-il ici ? dit un paysan en entrant.

— Que lui veux-tu, répondit le jeune homme en s'avançant.

Le paysan salua profondément et remit une lettre, que le jeune élève jeta dans le feu après l'avoir lue. Pour toute réponse, il inclina la tête, et l'homme partit.

— Tu viens sans doute de Paris, citoyen ? dit alors Corentin en s'avançant vers l'étranger avec une certaine aisance de manières, avec un air souple et liant qui parurent être insupportables au citoyen du Gua.

— Oui, répondit-il sèchement.

— Et tu es sans doute promu à quelque grade dans l'artillerie?

— Non, citoyen, dans la marine.

— Ah ! tu te rends à Brest? demanda Corentin d'un ton insouciant.

Mais le jeune marin tourna lestement sur les talons de ses souliers sans vouloir répondre, et démentit bientôt les belles espérances que sa figure avait fait concevoir à mademoiselle de Verneuil. Il s'occupa de son déjeuner avec une légèreté enfantine, questionna le chef et l'hôtesse sur leurs recettes, s'étonna des habitudes de province en Parisien arraché à sa coque enchantée, manifesta des répugnances de petite-maîtresse, et montra enfin d'autant moins de caractère que sa figure et ses manières en annonçaient davantage. Corentin sourit de pitié en lui voyant faire la grimace quand il goûta le meilleur cidre de Normandie.

— Pouah! s'écria-t-il, comment pouvez-vous avaler cela, vous autres? Il y a là-dedans à boire et à manger. La République a bien raison de se défier d'une province où l'on vendange à coups de gaule et où l'on fusille sournoisement les voyageurs sur les routes. N'allez pas nous mettre sur la table une carafe de cette médecine-là, mais de bon vin de Bordeaux blanc et rouge. Allez voir surtout s'il y a bon feu là-haut. Ces gens-là m'ont l'air d'être bien retardés en fait de civilisation. Ah! reprit-il en soupirant, il n'y a qu'un Paris au monde, et c'est grand dommage qu'on ne puisse pas l'emmener en mer! Comment, gâte-sauce, dit-il au chef, tu mets du vinaigre dans cette fricassée de poulet, quand tu as là des citrons!... Quant à vous, madame l'hôtesse, vous m'avez donné des draps si gros, que je n'ai pas fermé l'œil pendant cette nuit.

Puis il se mit à jouer avec une grosse canne en exécutant avec un soin puéril des évolutions dont le plus ou le moins de fini et d'habileté annonçaient le degré plus ou moins honorable qu'un jeune homme occupait dans la classe des incroyables.

— Et c'est avec des muscadins comme ça, dit confidentiellement Corentin à l'hôte en en épiant le visage, qu'on espère relever la marine de la République?

— Cet homme-là, disait le jeune marin à l'oreille de l'hôtesse, est quelque espion de Fouché. Il a la police gravée sur la figure, et je jurerais que la tache qu'il conserve au menton est de la boue de Paris. Mais à bon chat, bon...

En ce moment, une dame, vers laquelle le marin s'élança avec tous les signes d'un respect extérieur, entra dans la cuisine de l'auberge.

— Ma chère maman, lui dit-il, arrivez donc. Je crois avoir, en votre absence, recruté des convives.

— Des convives, lui répondit-elle, quelle folie!

— C'est mademoiselle de Verneuil, reprit-il à voix basse.

— Elle a péri sur l'échafaud après l'affaire de Savenay; elle était venue au Mans pour sauver son frère le prince de Loudon, lui dit brusquement sa mère.

— Vous vous trompez, madame, dit avec douceur Corentin en appuyant sur le mot *madame*: il y a deux demoiselles de Verneuil, les grandes maisons ont toujours plusieurs branches.

L'étrangère, surprise de cette familiarité, se recula de quelques pas comme pour examiner cet interlocuteur inattendu; elle arrêta sur lui ses yeux noirs pleins de cette vive sagacité si naturelle aux femmes, et parut chercher dans quel intérêt il venait affirmer l'existence de mademoiselle de Verneuil. En même temps, Corentin, qui étudiait cette dame à la dérobée, la destitua de tous les plaisirs de la maternité pour lui accorder ceux de l'amour; il refusa galamment le bonheur d'avoir un fils de vingt ans à une femme dont la peau éblouissante, les sourcils arqués encore bien fournis, les cils peu dégarnis furent l'objet de son admiration, et dont les abondants cheveux noirs, séparés en deux bandeaux sur le front, faisaient ressortir la jeunesse d'une tête spirituelle. Les faibles rides du front, loin d'annoncer les années, trahissaient des passions jeunes; et, si les yeux perçants étaient un peu voilés, on ne savait si cette altération venait de la fatigue du voyage ou de la trop fréquente expression du plaisir. Enfin Corentin remarqua que l'inconnue était enveloppée dans une mante d'étoffe anglaise, et que la forme de son chapeau, sans doute étrangère, n'appartenait à aucune des modes dites à la grecque qui régissaient encore les toilettes parisiennes. Corentin était un de ces êtres portés par leur caractère à toujours soupçonner le mal plutôt que le bien, et il conçut à l'instant des doutes sur le civisme des deux voyageurs. De son côté, la dame, qui avait aussi fait avec une égale rapidité ses observations sur la personne de Corentin, se tourna vers son fils avec un air significatif assez fidèlement traduit par ces mots: « Quel est cet original-là? Est-il de notre bord? » A cette mentale interrogation, le jeune marin répondit par une attitude, par un regard et par un geste de main qui disaient: « Je n'en sais, ma foi, rien, et il m'est encore plus suspect qu'à vous. » Puis, laissant à sa mère le soin de deviner ce mystère, il se tourna vers l'hôtesse, à laquelle il dit à l'oreille:

— Tâchez donc de savoir ce qu'est ce drôle-là, s'il accompagne effectivement cette demoiselle et pourquoi.

— Ainsi, dit madame du Gua en regardant Corentin, tu es sûr, citoyen, que mademoiselle de Verneuil existe?

— Elle existe aussi certainement en chair et en os, *madame*, que le citoyen du Gua Saint-Cyr.

Cette réponse renfermait une profonde ironie dont le secret n'était connu que de la dame, et toute autre qu'elle en aurait été déconcertée. Son fils regarda tout à coup fixement Corentin, qui tirait froidement sa montre sans paraître se douter du trouble que produisait sa réponse. La dame, inquiète et curieuse de savoir sur-le-champ si cette phrase couvrait une perfidie, ou si elle était seulement l'effet du hasard, dit à Corentin de l'air le plus naturel :

— Mon Dieu, combien les routes sont peu sûres ! Nous avons été attaqués au delà de Mortagne par les chouans. Mon fils a manqué de rester sur la place, et il a reçu deux balles dans son chapeau en me défendant.

— Comment, madame, vous étiez dans le courrier que les brigands ont dévalisé, malgré l'escorte, et qui vient de nous amener? Vous devez connaître alors la voiture ! On m'a dit, à mon passage à Mortagne, que les chouans s'étaient trouvés au nombre de deux mille à l'attaque de la malle et que tout le monde avait péri, même les voyageurs. Voilà comme on écrit l'histoire !

Le ton musard que prit Corentin et son air niais le firent en ce moment ressembler à un habitué de la Petite-Provence qui reconnaîtrait avec douleur la fausseté d'une nouvelle politique.

— Hélas ! madame, continua-t-il, si l'on assassine les voyageurs si près de Paris, jugez combien les routes de la Bretagne vont être dangereuses ! Ma foi, je vais retourner à Paris sans vouloir aller plus loin.

— Mademoiselle de Verneuil est-elle belle et jeune? demanda la dame, frappée d'une idée soudaine et s'adressant à l'hôtesse.

VOUS VOUS TROMPEZ, MADAME.

En ce moment, l'hôte interrompit cette conversation, dont l'intérêt avait quelque chose de cruel pour ces trois personnages, en annonçant que le déjeuner était servi. Le jeune marin offrit la main à sa mère avec une fausse familiarité qui confirma les soupçons de Corentin, auquel il dit tout haut en se dirigeant vers l'escalier :

— Citoyen, si tu accompagnes la citoyenne Verneuil et qu'elle accepte la proposition de l'hôte, ne te gêne pas...

Quoique ces paroles fussent prononcées d'un ton leste et peu engageant, Corentin monta. Le jeune homme serra vivement la main de la dame, et, quand ils furent séparés du Parisien par sept ou huit marches :

— Voilà, dit-il à voix basse, à quels dangers sans gloire nous exposent vos imprudentes entreprises ! Si nous sommes découverts, comment pourrons-nous échapper? Et quel rôle me faites-vous jouer !

Tous trois arrivèrent dans une chambre assez vaste. Il ne fallait pas avoir beaucoup cheminé dans l'Ouest pour reconnaître que l'aubergiste avait prodigué pour recevoir ses hôtes tous ses trésors et un luxe peu ordinaire. La table était soigneusement servie. La chaleur d'un grand feu avait chassé l'humidité de l'appartement. Enfin, le linge, les sièges, la vaisselle, n'étaient pas trop malpropres.

Aussi, Corentin s'aperçut-il que l'aubergiste s'était, pour nous servir d'une expression populaire, mis en quatre afin de plaire aux étrangers.

— Donc, se dit-il, ces gens ne sont pas ce qu'ils veulent paraître. Ce petit jeune homme est rusé ; je le prenais pour un sot, mais, maintenant, je le crois aussi fin que je puis l'être moi-même.

Le jeune marin, sa mère et Corentin attendirent mademoiselle de Verneuil, que l'hôte alla prévenir. Mais la belle voyageuse ne parut pas. L'élève de l'École polytechnique se douta bien qu'elle devait faire des difficultés, il sortit en fredonnant *Veillons au salut de l'Empire*, et se dirigea vers la chambre de mademoiselle de Verneuil, dominé par un piquant désir de vaincre ses scrupules et de l'amener avec lui. Peut-être voulait-il résoudre les doutes qui l'agitaient, ou peut-être essayer sur cette inconnue le pouvoir que tout homme a la prétention d'exercer sur une jolie femme.

— Si c'est là un républicain, se dit Corentin en le voyant sortir, je veux être pendu ! Il a dans les épaules le mouvement des gens de cour... Et si c'est là sa mère, se dit-il encore en regardant madame du Gua, je suis le pape ! Je tiens des chouans. Assurons-nous de leur qualité.

La porte s'ouvrit bientôt, et le jeune marin parut, tenant par la main mademoiselle de Verneuil, qu'il conduisit à la table avec une suffisance pleine de courtoisie. L'heure qui venait de s'écouler n'avait pas été perdue pour le diable. Aidée par Francine, mademoiselle de Verneuil s'était armée d'une toilette de voyage plus redoutable peut-être que ne l'est une parure de bal. Sa simplicité avait cet attrait qui procède de l'art avec lequel une femme assez belle pour se passer d'ornements, sait réduire la toilette à n'être plus qu'un agrément secondaire. Elle portait une robe verte dont la jolie coupe, dont le spencer orné de brandebourgs, dessinaient ses formes avec une affectation peu convenable à une jeune fille, et laissaient voir sa taille souple, son corsage élégant et ses gracieux mouvements. Elle entra en souriant avec cette aménité naturelle aux femmes qui peuvent montrer, dans une bouche rose, des dents bien rangées aussi transparentes que la porcelaine, et, sur leurs joues, deux fossettes aussi fraîches que celles d'un enfant. Ayant quitté la capote qui l'avait d'abord presque dérobée aux regards du jeune marin, elle put employer aisément les mille petits artifices, si naïfs en apparence, par lesquels une femme fait ressortir et admirer toutes les beautés de son visage et les grâces de sa tête. Un certain accord entre ses manières et sa toilette la rajeunissait si bien, que madame du Gua se crut libérale en lui donnant vingt ans. La coquetterie de cette toilette, évidemment faite pour plaire, devait inspirer de l'espoir au jeune homme ; mais mademoiselle de Verneuil le salua par une molle inclination de tête sans le regarder, et parut l'abandonner avec une folâtre insouciance qui le déconcerta. Cette réserve n'annonçait aux yeux des étrangers ni précaution ni coquetterie, mais une indifférence naturelle ou feinte. L'expression candide que la voyageuse sut donner à son visage la rendit impénétrable. Elle ne laissa paraître aucune préméditation de triomphe et sembla douée de ces jolies petites manières qui séduisent, et qui avaient dupé déjà l'amour-propre du jeune marin. Aussi l'inconnu regagna-t-il sa place avec une sorte de dépit.

Mademoiselle de Verneuil prit Francine par la main, et, s'adressant à madame du Gua :

— Madame, lui dit-elle d'une voix caressante, auriez-vous la bonté de permettre que cette fille, en qui je vois plutôt une amie qu'une servante, dîne avec nous? Dans ces temps d'orage, le dévouement ne peut se payer que par le cœur, et, d'ailleurs, n'est-ce pas tout ce qui nous reste?

Madame du Gua répondit à cette dernière phrase, prononcée à voix basse, par une demi-révérence un peu cérémonieuse, qui révélait son désappointement de rencontrer une femme si jolie. Puis, se penchant à l'oreille de son fils :

— Oh ! temps d'orage, dévouement, madame, et la servante ! dit-elle ; ce ne doit pas être mademoiselle de Verneuil, mais une fille envoyée par Fouché.

Les convives allaient s'asseoir, lorsque mademoiselle de Verneuil aperçut Corentin, qui continuait de soumettre à une sévère analyse les deux inconnus, assez inquiets de ses regards.

— Citoyen, lui dit-elle, tu es sans doute trop bien élevé pour suivre ainsi mes pas. En envoyant mes parents à l'échafaud, la République n'a pas eu la magnanimité de me donner de tuteur. Si, par une galanterie chevaleresque, inouïe, tu m'as accompagnée malgré moi — et là elle laissa échapper un soupir, — je suis décidée à ne pas souffrir que les soins protecteurs dont tu es si prodigue aillent jusqu'à te causer de la gêne. Je suis en sûreté ici, tu peux m'y laisser.

Elle lui lança un regard fixe et méprisant. Elle fut comprise, Corentin réprima un sourire qui fronçait presque les coins de ses lèvres rusées, et la salua d'une manière respectueuse.

— Citoyenne, dit-il, je me ferai toujours un honneur de t'obéir. La beauté est la seule reine qu'un vrai républicain puisse volontiers servir.

En le voyant partir, les yeux de mademoiselle de Verneuil brillèrent d'une joie si naïve, elle regarda Francine avec un sourire d'intelligence empreint de tant de bonheur, que madame du Gua, devenue prudente en devenant jalouse, se sentit disposée à abandonner les soupçons que la parfaite beauté de mademoiselle de Verneuil venait de lui faire concevoir.

— C'est peut-être mademoiselle de Verneuil, dit-elle à l'oreille de son fils.

— Et l'escorte? lui répondit le jeune homme, que le dépit rendait sage. Est-elle prisonnière ou protégée, amie ou ennemie du gouvernement ?

Madame du Gua cligna des yeux comme pour dire qu'elle saurait bien éclaircir ce mystère. Cependant, le départ de Corentin sembla tempérer la défiance du marin, dont la figure perdit son expression sévère, et il jeta sur mademoiselle de Verneuil des regards où se révélait un amour immodéré des femmes et non la respectueuse ardeur d'une passion naissante. La jeune fille n'en devint que plus circonspecte et réserva ses paroles affectueuses pour madame du Gua. Le jeune homme, se fâchant à lui tout seul, essaya, dans son amer dépit, de jouer aussi l'insensibilité. Mademoiselle de Verneuil ne parut pas s'apercevoir de ce manège, et se montra simple sans timidité, réservée sans pruderie. Cette rencontre de personnes qui ne paraissaient pas destinées à se lier n'éveilla donc aucune sympathie bien vive. Il y eut même un embarras vulgaire, une gêne, qui détruisirent tout le plaisir que mademoiselle de Verneuil et le jeune marin s'étaient promis un moment auparavant. Mais les femmes ont entre elles un si admirable tact des convenances, des liens si intimes ou de si vifs désirs d'émotions, qu'elles savent toujours rompre la glace dans ces occasions. Tout à coup, comme si les deux belles convives eussent eu la même pensée, elles se mirent à plaisanter innocemment leur unique cavalier, et rivalisèrent à son égard de moqueries, d'attentions et de soins : cette unanimité d'esprit les laissait libres. Un regard ou un mot qui, échappés dans la gêne, ont de la valeur, devenaient alors insignifiants. Bref, au bout d'une demi-heure, ces deux femmes, déjà secrètement ennemies, parurent être les meilleures amies du monde. Le jeune marin se surprit alors à en vouloir autant à mademoiselle de Verneuil de sa liberté d'esprit que de sa réserve. Il était tellement contrarié, qu'il regrettait avec une sourde colère d'avoir partagé son déjeuner avec elle.

— Madame, dit mademoiselle de Verneuil à madame du Gua, monsieur votre fils est-il toujours aussi triste qu'en ce moment ?

— Mademoiselle, répondit-il, je me demandais à quoi sert un bonheur qui va s'enfuir. Le secret de ma tristesse est dans la vivacité de mon plaisir.

— Voilà des madrigaux, observa-t-elle en riant, qui sentent plus la cour que l'École polytechnique.

— Il n'a fait qu'exprimer une pensée bien naturelle, mademoiselle, dit madame du Gua, qui avait ses raisons pour apprivoiser l'inconnue.

— Allons, riez donc ! reprit mademoiselle de Verneuil en souriant au jeune homme. Comment êtes-vous donc quand vous pleurez, si ce qu'il vous plaît d'appeler un bonheur vous attriste ainsi?

Ce sourire, accompagné d'un regard agressif qui détruisit l'harmonie de ce masque de candeur, rendit un peu d'espoir au marin. Mais, inspirée par sa nature, qui entraîne la femme à toujours faire trop ou trop peu, tantôt mademoiselle de Verneuil semblait s'emparer de ce jeune homme par un coup d'œil où brillaient les fécondes promesses de l'amour ; tantôt elle opposait à ses galantes expressions une modestie froide et sévère ; vulgaire manège sous lequel les femmes cachent leurs véritables émotions. Un moment, un seul, où chacun d'eux crut trouver chez l'autre des paupières baissées, ils se communiquèrent leurs véritables pensées ; mais ils furent aussi prompts à voiler leurs regards qu'ils l'avaient été à confondre cette lumière qui bouleversa leurs cœurs en les éclairant. Honteux de s'être dit tant de choses en un seul coup d'œil, ils n'osèrent plus se regarder. Mademoiselle de Verneuil, jalouse de détromper l'inconnu, se renferma dans une froide politesse et parut même attendre la fin du repas avec impatience.

— Mademoiselle, vous avez dû bien souffrir en prison? lui demanda madame du Gua.

— Hélas ! madame, il me semble que je n'ai pas cessé d'y être.

— Votre escorte est-elle destinée à vous protéger, mademoiselle, ou à vous surveiller ?... Êtes-vous précieuse ou suspecte à la République ?

Mademoiselle de Verneuil comprit instinctivement qu'elle inspirait peu d'intérêt à madame du Gua, et s'effaroucha de cette question.

— Madame, répondit-elle, je ne sais pas bien précisément quelle est en ce moment la nature de mes relations avec la République.

— Vous la faites peut-être trembler? dit le jeune homme avec un peu d'ironie.

— Pourquoi ne pas respecter les secrets de mademoiselle? reprit madame du Gua.

— Oh ! madame, les secrets d'une jeune personne qui ne connaît encore de la vie que ses malheurs ne sont pas bien curieux.

— Mais, ajouta madame du Gua pour continuer une conversation qui pouvait lui apprendre ce qu'elle voulait savoir, le premier consul paraît avoir des intentions parfaites. Ne va-t-il pas, dit-on, arrêter l'effet des lois contre les émigrés?

— C'est vrai, madame, répondit-elle avec trop de vivacité peut-être ; mais, alors, pourquoi soulevons-nous la Vendée et la Bretagne? Pourquoi donc incendier la France?...

Ce cri généreux, par lequel elle semblait se faire un reproche à elle-même, causa un tressaillement au marin. Il regarda fort attentivement mademoiselle de Verneuil, mais il ne put découvrir sur sa figure ni haine ni amour. Cette peau dont le coloris attestait la finesse était impénétrable. Une curiosité invincible l'attacha soudain à cette singulière créature,

MONSIEUR VOTRE FILS EST-IL TOUJOURS AUSSI TRISTE QU'EN CE MOMENT ?

vers laquelle il était attiré déjà par de violents désirs.

— Mais, dit-elle après une courte pause, madame, allez-vous à Mayenne?

— Oui, mademoiselle, répondit le jeune homme d'un air interrogateur.

— Eh bien, madame, continua mademoiselle de Verneuil, puisque monsieur votre fils sert la République...

Elle prononça ces paroles d'un air indifférent en apparence, mais elle jeta sur les deux inconnus un de ces regards furtifs qui n'appartiennent qu'aux femmes et aux diplomates.

— Vous devez redouter les chouans? reprit-elle ; une escorte n'est pas à dédaigner. Nous sommes devenus presque compagnons de voyage, venez avec nous jusqu'à Mayenne.

Le fils et la mère hésitèrent et parurent se consulter.

— Je ne sais, mademoiselle, répondit le jeune homme, s'il est bien prudent de vous avouer que des intérêts d'une haute importance exigent pour cette nuit notre présence aux environs de Fougères, et que nous n'avons pas encore trouvé de moyens de transport ; mais les femmes sont si naturellement généreuses, que j'aurais honte de ne pas me confier à vous. Néanmoins, ajouta-t-il, avant de nous remettre entre vos mains, au moins devons-nous savoir si nous pourrons en sortir sains et saufs. Êtes-vous la reine ou l'esclave de votre escorte républicaine? Excusez la franchise d'un jeune marin, mais je ne vois dans votre situation rien de bien naturel...

— Nous vivons dans un temps, monsieur, où rien de ce qui se passe n'est naturel. Ainsi vous pouvez accepter sans scrupule, croyez-le bien. Et surtout, ajouta-t-elle en appuyant sur ses paroles, vous n'avez à craindre aucune trahison dans une offre faite avec simplicité par une personne qui n'épouse point les haines politiques.

— Le voyage ainsi fait ne sera pas sans danger, remarqua-t-il en mettant dans son regard une finesse qui donnait de l'esprit à cette vulgaire réponse.

— Que craignez-vous donc encore? demanda-t-elle avec un sourire moqueur ; je ne vois de périls pour personne.

« La femme qui parle ainsi est-elle la même dont le regard partageait mes désirs? se disait le jeune homme. Quel accent ! Elle me tend quelque piège. »

En ce moment, le cri clair et perçant d'une chouette qui semblait perchée sur le sommet de la cheminée vibra comme un sombre avis.

— Qu'est-ceci? dit mademoiselle de Verneuil. Notre voyage ne commencera pas sous d'heureux présages. Mais comment se trouve-t-il ici des chouettes qui chantent en plein jour? demanda-t-elle en faisant un geste de surprise.

— Cela peut arriver quelquefois, dit le jeune homme froidement. Mademoiselle, reprit-il, nous vous porterions peut-être malheur. N'est-ce pas là votre pensée? Ne voyageons donc pas ensemble.

Ces paroles furent dites avec un calme et une réserve qui surprirent mademoiselle de Verneuil.

— Monsieur, dit-elle avec une impertinence tout aristocratique, je suis loin de vouloir vous contraindre. Gardons le peu de liberté que nous laisse la République. Si madame était seule, j'insisterais...

Les pas pesants d'un militaire retentirent dans le corridor, et le commandant Hulot montra bientôt une mine refrognée.

— Venez ici, mon colonel, dit en souriant mademoiselle de Verneuil, qui lui indiqua de la main une chaise auprès d'elle. Occupons-nous, puisqu'il le faut, des affaires de l'État. Mais riez donc ! Qu'avez-vous? Y a-t-il des chouans ici ?

Le commandant était resté beant à l'aspect du jeune inconnu, qu'il contemplait avec une singulière attention.

— Ma mère, désirez-vous encore du lièvre ? Mademoiselle, vous ne mangez pas, disait à Francine le marin en s'occupant des convives.

Mais la surprise de Hulot et l'attention de mademoiselle de Verneuil avaient quelque chose de cruellement sérieux qu'il était dangereux de méconnaître.

— Qu'as-tu donc, commandant? Est-ce que tu me connaîtrais? reprit brusquement le jeune homme.

— Peut-être, répondit le républicain.

— En effet, je crois t'avoir vu venir à l'École.

— Je ne suis jamais allé à l'École, répliqua brusquement le commandant. Et de quelle école sors-tu donc, toi ?

— De l'École polytechnique.

— Ah ! ah ! oui, de cette caserne où l'on veut faire des militaires dans des dortoirs, répondit le commandant, dont l'aversion était insurmontable pour les officiers sortis de cette savante pépinière. Mais dans quel corps sers-tu?

— Dans la marine.

— Ah ! dit Hulot en riant avec malice. Connais-tu beaucoup d'élèves de cette École-là dans la marine? Il n'en sort, reprit-il d'un accent grave, que des officiers d'artillerie et du génie.

Le jeune homme ne se déconcerta pas.

— J'ai fait exception à cause du nom que je porte, répondit-il. Nous avons tous été marins dans notre famille.

— Ah ! reprit Hulot, quel est donc ton nom de famille, citoyen ?

— Du Gua Saint-Cyr.

— Tu n'as donc pas été assassiné à Mortagne?

— Ah ! il s'en est de bien peu fallu ! dit vivement madame du Gua, mon fils a reçu deux balles...

— Et as-tu des papiers? dit Hulot sans écouter la mère.

— Est-ce que vous voulez les lire? demanda impertinemment le jeune marin, dont l'œil bleu plein de malice étudiait alternativement la sombre figure du commandant et celle de mademoiselle de Verneuil.

— Un blanc-bec comme toi voudrait-il m'embêter, par hasard? Allons, donne-moi tes papiers, ou sinon, en route !

— Là, là, mon brave, je ne suis pas un *serin*. Ai-je donc besoin de te répondre ! Qui es-tu?

— Le commandant du département, répliqua Hulot.

— Oh ! alors, mon cas peut devenir très grave, je serais pris les armes à la main.

Et il tendit un verre de vin de Bordeaux au commandant.

— Je n'ai pas soif, répondit Hulot. Allons, voyons tes papiers.

En ce moment, un bruit d'armes et les pas de quelques soldats ayant retenti dans la rue, Hulot s'approcha de la fenêtre et prit un air satisfait qui fit trembler mademoiselle de Verneuil. Ce signe d'intérêt réchauffa le jeune homme, dont la figure était devenue froide et fière. Après avoir fouillé dans la poche de son habit, il tira d'un élégant portefeuille et offrit au commandant des papiers que Hulot se mit à lire lentement, en comparant le signalement du passe-port avec le visage du voyageur suspect. Pendant cet examen, le cri de la chouette recommença ; mais, cette fois, il ne fut pas difficile d'y distinguer l'accent et les jeux d'une voix humaine. Le commandant rendit alors au jeune homme les papiers d'un air moqueur.

— Tout cela est bel et bon, lui dit-il, mais il faut me suivre au district. Je n'aime pas la musique, moi !

— Pourquoi l'emmenez-vous au district? demanda mademoiselle de Verneuil d'une voix altérée.

— Ma petite fille, répondit le commandant en faisant sa grimace habituelle, cela ne vous regarde pas.

Irritée du ton, de l'expression du vieux militaire, et plus encore de cette espèce d'humiliation subie devant un homme à qui elle plaisait, mademoiselle de Verneuil se leva, quitta tout à coup l'attitude de candeur et de modestie dans laquelle elle s'était tenue jusqu'alors, son teint s'anima et ses yeux brillèrent.

— Dites-moi, ce jeune homme a-t-il satisfait à tout ce qu'exige la loi? s'écria-t-elle doucement, mais avec une sorte de tremblement dans la voix.

— Oui, en apparence, répondit ironiquement Hulot.

— Eh bien, j'entends que vous le laissiez tranquille *en apparence*, reprit-elle. Avez-vous peur qu'il ne vous échappe? Vous allez l'escorter avec moi jusqu'à Mayenne, il sera dans la malle avec madame sa mère... Pas d'observation, je le veux ! Eh bien, quoi !... reprit-elle en voyant Hulot qui se permit de faire sa petite grimace, le trouvez-vous encore suspect ?

— Mais un peu, je pense.

— Que voulez-vous donc en faire ?

— Rien, si ce n'est de lui rafraîchir la tête avec un peu de plomb... C'est un étourdi, reprit le commandant avec ironie.

— Plaisantez-vous, colonel ? s'écria mademoiselle de Verneuil.

— Allons, camarade ! dit le commandant en faisant un signe de tête au marin ; allons, dépêchons !

A cette impertinence de Hulot, mademoiselle de Verneuil devint calme et sourit.

IL CASSA SON ÉPÉE SUR SON GENOU ET JETA LES MORCEAUX.

— N'avancez pas, dit-elle au jeune homme qu'elle protégea par un geste plein de dignité.

— Oh ! la belle tête ! dit le marin à l'oreille de sa mère, qui fronça les sourcils.

Le dépit et mille sentiments irrités, mais combattus, déployaient alors des beautés nouvelles sur le visage de la Parisienne. Francine, madame du Gua, son fils, s'étaient levés tous. Mademoiselle de Verneuil se plaça vivement entre eux et le commandant, qui souriait, et défit lestement deux brandebourgs de son spencer. Puis, agissant par suite de cet aveuglement dont les femmes sont saisies lorsqu'on attaque fortement leur amour-propre, mais flattée ou impatiente aussi d'exercer son pouvoir, comme un enfant peut l'être d'essayer le nouveau jouet qu'on lui a donné, elle présenta vivement au commandant une lettre ouverte.

— Lisez, lui dit-elle avec un sourire sardonique.

Elle se retourna vers le jeune homme, à qui, dans l'ivresse du triomphe, elle lança un regard où la malice se mêlait à une expression amoureuse. Chez tous deux, les fronts s'éclaircirent ; la joie colora leurs figures agitées, et mille pensées contradictoires s'élevèrent dans leurs âmes. Par un seul regard, madame du Gua parut attribuer bien plus à l'amour qu'à la charité la générosité de mademoiselle de Verneuil, et certes elle avait raison. La jolie voyageuse rougit d'abord et baissa modestement les paupières en devinant tout ce que disait ce regard de femme. Devant cette menaçante accusation, elle releva fièrement la tête et défia tous les yeux. Le commandant, pétrifié, rendit cette lettre contresignée des ministres, et qui enjoignait à toutes les autorités d'obéir aux ordres de cette mystérieuse personne ; mais il tira son épée du fourreau, la prit, la cassa sur son genou et jeta les morceaux.

— Mademoiselle, vous savez probablement bien ce que vous avez à faire ; mais un républicain a ses idées et sa fierté, dit-il. Je ne sais pas servir là où les belles filles commandent ; le premier consul aura, dès ce soir, ma démission, et d'autres que Hulot vous obéiront. Là où je ne comprends plus, je m'arrête ; surtout, quand je suis tenu de comprendre.

Il y eut un moment de silence ; mais il fut bientôt rompu par la jeune Parisienne, qui marcha au commandant, lui tendit la main et lui dit :

— Colonel, quoique votre barbe soit un peu longue, vous pouvez m'embrasser, vous êtes un homme.

— Et je m'en flatte, mademoiselle, répondit-il en déposant assez gauchement un baiser sur la main de cette singulière fille. Quant à toi, camarade, ajouta-t-il en menaçant du doigt le jeune homme, tu en reviens d'une belle !

— Mon commandant, dit en riant l'inconnu, il est temps que la plaisanterie finisse, et, si tu le veux, je vais te suivre au district.

— Y viendras-tu avec ton siffleur invisible, Marche-à-Terre...

— Qui, Marche-à-Terre? demanda le marin avec tous les signes de la surprise la plus vraie.

— N'a-t-on pas sifflé tout à l'heure?

— Eh bien, répliqua l'étranger, qu'a de commun ce sifflement et moi, je te le demande? J'ai cru que les soldats que tu avais commandés pour m'arrêter, sans doute, te prévenaient ainsi de leur arrivée.

— Vraiment, tu as cru cela?

— Eh ! mon Dieu, oui. Mais bois donc ton verre de vin de Bordeaux, il est délicieux.

Surpris de l'étonnement naturel du marin, de l'incroyable légèreté de ses manières, de la jeunesse de sa figure, que rendaient presque enfantine les boucles de ses cheveux blonds soigneusement frisés, le commandant flottait entre mille soupçons. Il remarqua madame du Gua, qui essayait de surprendre le secret des regards que son fils jetait à mademoiselle de Verneuil, et lui demanda brusquement :

— Votre âge, citoyenne?

— Hélas ! monsieur l'officier, les lois de notre République deviennent bien cruelles ! J'ai trente-huit ans.

— Quand on devrait me fusiller, je n'en croirais rien encore. Marche-à-Terre est ici, il a sifflé, vous êtes des chouans déguisés. Tonnerre de Dieu ! je vais faire entièrement cerner et fouiller l'auberge.

En ce moment, un sifflement irrégulier, assez semblable à ceux qu'on avait entendus, et qui partait de la cour de l'auberge, coupa la parole au commandant ; il se précipita fort heureusement dans le corridor, et n'aperçut point la pâleur que ses paroles avaient répandue sur la figure de madame du Gua. Hulot vit, dans le siffleur, un postillon qui attelait ses chevaux à la malle ; il déposa ses soupçons, tant il lui sembla ridicule que des chouans se hasardassent au milieu d'Alençon, et il revint confus.

— Je lui pardonne, mais, plus tard, il payera cher le moment qu'il nous a fait passer ici, dit gravement la mère à l'oreille de son fils au moment où Hulot rentrait dans la chambre.

Le brave officier offrait sur sa figure embarrassée l'expression de la lutte que la sévérité de ses devoirs livrait dans son cœur à sa bonté naturelle. Il conserva son air bourru, peut-être parce qu'il croyait alors s'être trompé ; mais il prit le verre de vin de Bordeaux et dit :

— Camarade, excuse-moi ; mais ton Ecole envoie à l'armée des officiers si jeunes...

— Les brigands en ont donc de plus jeunes encore? demanda en riant le prétendu marin.

— Pour qui preniez-vous donc mon fils? reprit madame du Gua.

— Pour le Gars, le chef envoyé aux chouans et aux Vendéens par le cabinet de Londres et qu'on nomme le marquis de Montauran.

Le commandant épia encore attentivement la figure de ces deux personnages suspects, qui se regardèrent avec cette singulière expression de physionomie que prennent successivement deux ignorants présomptueux, et qu'on peut traduire par ce dialogue : « Connais-tu cela? — Non ; et toi ? — Connais pas du tout. — Qu'est-ce qu'il nous dit donc là? — Il rêve. » Puis le rire insultant et goguenard de la sottise, quand elle croit triompher.

La subite altération des manières et la torpeur de Marie de Verneuil en entendant prononcer le nom du général royaliste ne furent sensibles que pour Francine, la seule à qui fussent connues les imperceptibles nuances de cette jeune figure. Tout à fait mis en déroute, le commandant ramassa les deux morceaux de son épée, regarda mademoiselle de Verneuil, dont la chaleureuse expression avait trouvé le secret d'émouvoir son cœur, et lui dit :

— Quant à vous, mademoiselle, je ne m'en dédis pas, et, demain, les tronçons de mon épée parviendront à Bonaparte, à moins que...

— Eh ! que me font Bonaparte, votre République, les chouans, le roi et le Gars ? s'écria-t-elle en réprimant assez mal un emportement de mauvais goût.

Des caprices inconnus ou la passion donnèrent à cette figure des couleurs étincelantes, et l'on vit que le monde entier ne devait plus être rien pour cette jeune fille du moment qu'elle y distinguait une créature ; mais, tout à coup, elle rentra dans un calme forcé en se voyant, comme un acteur sublime, l'objet des regards de tous les spectateurs. Le commandant se leva brusquement. Inquiète et agitée, mademoiselle de Verneuil le suivit, l'arrêta dans le corridor et lui demanda d'un ton solennel :

— Vous aviez donc de bien fortes raisons de soupçonner ce jeune homme d'être le Gars ?

— Tonnerre de Dieu ! mademoiselle, le fantassin qui vous accompagne est venu me prévenir que les voyageurs et le courrier avaient été assassinés par les chouans, ce que je savais ; mais ce que je ne savais pas, c'était les noms des voyageurs morts, et ils s'appelaient du Gua Saint-Cyr !

— Oh ! s'il y a du Corentin là-dedans, je ne m'étonne plus de rien ! s'écria-t-elle avec un mouvement de dégoût.

Le commandant s'éloigna sans oser regarder mademoiselle de Verneuil, dont la dangereuse beauté lui troublait déjà le cœur.

« Si j'étais resté deux minutes de plus, j'aurais fait la sottise de reprendre mon épée pour l'escorter », se disait-il en descendant l'escalier.

En voyant le jeune homme les yeux attachés sur la porte par où mademoiselle de Verneuil était sortie, madame du Gua lui dit à l'oreille :

— Toujours le même ! Vous ne périrez que par la femme. Une poupée vous fait tout oublier. Pourquoi donc avez-vous souffert qu'elle déjeunât avec nous? Qu'est-ce qu'une demoiselle de Verneuil qui accepte le déjeuner de gens inconnus, que les bleus escortent, et qui les désarme avec une lettre mise en réserve, comme un billet doux, dans son spencer? C'est une de ces mauvaises créatures à l'aide desquelles Fouché veut s'emparer de vous, et la lettre qu'elle a montrée est donnée pour requérir les bleus contre vous.

— Eh ! madame, répondit le jeune homme d'un ton aigre qui perça le cœur de la dame et la fit pâlir, sa générosité dément votre supposition. Souvenez-vous bien que l'intérêt seul du roi nous rassemble. Après avoir eu Charette à vos pieds, l'univers ne serait-il donc pas vide pour vous? Ne vivriez-vous déjà plus pour le venger ?

La dame resta pensive et debout, comme un homme qui, du rivage, contemple le naufrage de ses trésors et n'en convoite que plus ardemment sa fortune perdue. Mademoiselle de Verneuil rentra, le jeune marin échangea avec elle un sourire et un regard empreint de douce moquerie. Quelque incertain que parût l'avenir, quelque éphémère que fût leur union, les prophéties de cet espoir n'en étaient que plus caressantes. Quoique rapide, ce regard ne put échapper à l'œil sagace de madame du Gua, qui le comprit : aussitôt, son front se contracta légèrement, et sa physionomie ne put entièrement cacher de jalouses pensées. Francine observait cette femme ; elle en vit les yeux briller, les joues s'animer ; elle crut apercevoir un esprit infernal animer ce visage, en proie à quelque révolution terrible ; mais l'éclair n'est pas plus vif ni la mort plus prompte que ne le fut cette expression passagère ; madame du Gua reprit son air enjoué avec un tel aplomb, que Francine crut avoir rêvé. Néanmoins, en reconnaissant chez cette femme une violence au moins égale à celle de mademoiselle de Verneuil, elle frémit en prévoyant les terribles chocs qui devaient survenir entre deux esprits de cette trempe, et frissonna quand elle vit mademoiselle de Verneuil allant vers le jeune officier, lui jetant un de ces regards passionnés qui enivrent, lui prenant les deux mains, l'attirant à elle et le menant au jour par un geste de coquetterie pleine de malice.

— Maintenant, avouez-le-moi, dit-elle en cherchant à lire dans ses yeux, vous n'êtes pas le citoyen du Gua Saint-Cyr?

— Si, mademoiselle.

— Mais sa mère et lui ont été tués avant-hier !

— J'en suis désolé, répondit-il en riant. Quoi qu'il en soit, je ne vous en ai pas moins une obligation pour laquelle je vous conserverai toujours une grande reconnaissance, et je voudrais être à même de vous la témoigner.

— J'ai cru sauver un émigré, mais je vous aime mieux républicain.

A ces mots, échappés de ses lèvres comme par étourderie, elle devint confuse ; ses yeux semblèrent rougir, et il n'y eut plus dans sa contenance qu'une délicieuse naïveté de sentiment ; elle quitta mollement les mains de l'officier, poussée non par la honte de les avoir pressées, mais par une pensée trop lourde à porter dans son cœur, et elle le laissa ivre d'espérance. Tout à coup, elle parut s'en vouloir à elle seule de cette liberté, autorisée peut-être par ces fugitives aventures de voyage; elle reprit son attitude de convention, salua ses deux compagnons de route et disparut avec Francine. En arrivant dans leur chambre, Francine se croisa les doigts, retourna les paumes de ses mains en se tordant les bras, et contempla sa maîtresse en lui disant :

— Ah ! Marie, combien de choses en peu de temps ! Il n'y a que vous pour ces histoires-là !

Mademoiselle de Verneuil bondit et sauta au cou de Francine :

— Ah ! voilà la vie, je suis dans le ciel !

— Dans l'enfer, peut-être, répliqua Francine.

— Oh ! va pour l'enfer ! reprit mademoiselle de Verneuil avec gaieté. Tiens, donne-moi ta main : sens mon cœur, comme il bat ! J'ai la fièvre. Le monde entier est maintenant peu de chose ! Combien de fois n'ai-je pas vu cet homme dans mes rêves ! Oh ! comme sa tête est belle, et quel regard étincelant !

— Vous aimera-t-il? demanda d'une voix affaiblie la naïve et simple paysanne, dont le visage s'était empreint de mélancolie.

— Tu le demandes? répondit mademoiselle de Verneuil. Mais dis donc, Francine, ajouta-t-elle en se montrant à elle dans une attitude moitié sérieuse, moitié comique, il serait donc bien difficile !

— Oui, mais vous aimera-t-il toujours? reprit Francine en souriant.

Elles se regardèrent un moment, tout interdites, Francine de révéler tant d'expérience, Marie d'apercevoir pour la première fois un avenir de bonheur dans la passion ; aussi resta-t-elle comme penchée sur un précipice dont elle aurait voulu sonder la profondeur en attendant le bruit d'une pierre jetée d'abord avec insouciance.

— Eh ! c'est mon affaire, dit-elle en laissant échapper le geste d'un joueur au désespoir. Je ne plaindrai jamais une femme trahie, elle ne doit s'en prendre qu'à elle-même de son abandon. Je saurai bien garder, vivant ou mort, l'homme dont le cœur m'aura appartenu. Mais, ajouta-t-elle avec surprise et après un moment de silence, d'où te vient tant de science, Francine?...

— Mademoiselle, répondit vivement la paysanne, j'entends des pas dans le corridor...

— Ah ! dit-elle en écoutant, ce n'est pas *lui !* Mais, reprit-elle, voilà comment tu réponds ! Je te comprends : je t'attendrai ou je te devinerai.

Francine avait raison. Trois coups frappés à la porte interrompirent cette conversation. Le capitaine Merle se montra bientôt, après avoir entendu l'invitation d'entrer que lui adressa mademoiselle de Verneuil.

En faisant un salut militaire à mademoiselle de Verneuil, le capitaine hasarda de lui jeter une œillade, et, tout ébloui par sa beauté, il ne trouva rien autre chose à lui dire que :

— Mademoiselle, je suis à vos ordres !

— Vous êtes donc devenu mon protecteur par la démission de votre chef de demi-brigade? Votre régiment ne s'appelle-t-il pas ainsi?

— Mon supérieur est l'adjudant-major Gérard, qui m'envoie.

— Votre commandant a donc bien peur de moi? demanda-t-elle.

— Faites excuse, mademoiselle, Hulot n'a pas peur ; mais les femmes, voyez-vous, ça n'est pas son affaire ; et ça l'a chiffonné de trouver son général en cornette.

— Cependant, repartit mademoiselle de Verneuil, son devoir était d'obéir à ses supérieurs ! J'aime la subordination, je vous en préviens, et je ne veux pas qu'on me résiste.

— Cela serait difficile, répondit Merle.

— Tenons conseil, reprit mademoiselle de Verneuil. Vous avez ici des troupes fraîches, elles m'accompagneront à Mayenne, où je puis arriver ce soir. Pouvons-nous y trouver de nouveaux soldats pour en repartir sans nous y arrêter? Les chouans ignorent notre petite expédition. En voyageant ainsi nuitamment, nous aurions bien du malheur si nous les rencontrions en assez grand nombre pour être attaqués... Voyons, dites, croyez-vous que ce soit possible?

— Oui, mademoiselle.

— Comment est le chemin de Mayenne à Fougères?

— Rude. Il faut toujours monter et descendre, un vrai pays d'écureuil.

— Partons, partons ! dit-elle ; et, comme nous n'avons pas de dangers à redouter en

MAINTENANT, AVOUEZ-LE-MOI...

sortant d'Alençon, allez en avant, nous vous rejoindrons bien.

« On dirait qu'elle a dix ans de grade, se dit Merle en sortant. Hulot se trompe, cette jeune fille-là n'est pas de celles qui se font des rentes avec un lit de plume. Et, mille cartouches ! si le capitaine Merle veut devenir adjudant-major, je ne lui conseille pas de prendre saint Michel pour le diable. »

Pendant la conférence de mademoiselle de Verneuil avec le capitaine, Francine était sortie dans l'intention d'examiner par une fenêtre du corridor un point de la cour vers lequel une irrésistible curiosité l'entraînait depuis son arrivée dans l'auberge. Elle contemplait la paille de l'écurie avec une attention si profonde, qu'on l'aurait pu croire en prière devant une bonne Vierge. Bientôt, elle aperçut madame du Gua se dirigeant vers Marche-à-Terre avec les précautions d'un chat qui ne veut pas se mouiller les pattes. En voyant cette dame, le chouan se leva et garda devant elle l'attitude du plus profond respect. Cette étrange circonstance éveilla la curiosité de Francine, qui s'élança dans la cour, se glissa le long des murs de manière à

ELLE TÂCHA DE SE CACHER DERRIÈRE LA PORTE...

ne point être vue par madame du Gua, et tâcha de se cacher derrière la porte de l'écurie; elle marcha sur la pointe du pied, retint son haleine, évita de faire le moindre bruit, et réussit à se poser près de Marche-à-Terre sans avoir excité son attention.

— Et si, après toutes ces informations, disait l'inconnue au chouan, ce n'est pas son nom, tu tireras dessus sans pitié, comme sur une chienne enragée.

— Entendu, répondit Marche-à-Terre.

La dame s'éloigna. Le chouan remit son bonnet de laine rouge sur sa tête, resta debout, et se grattait l'oreille à la manière des gens embarrassés, lorsqu'il vit Francine lui apparaître comme par magie.

— Sainte Anne d'Auray ! s'écria-t-il.

Tout à coup, il laissa tomber son fouet, joignit les mains et demeura en extase. Une faible rougeur illumina son visage grossier, et ses yeux brillèrent comme des diamants perdus dans de la fange.

— Est-ce bien la garce à Cottin ? dit-il d'une voix si sourde que lui seul pouvait s'entendre. — Êtes-vous *godaine !* reprit-il après une pause.

Ce mot assez bizarre de *godain*, *godaine*, est un superlatif du patois de ces contrées qui sert aux amoureux à exprimer l'accord d'une riche toilette et de la beauté.

— Je n'oserais point vous toucher, ajouta Marche-à-Terre en avançant néanmoins sa large main vers Francine, comme pour s'assurer du poids d'une grosse chaîne d'or qui tournait autour de son cou et descendait jusqu'à sa taille.

— Et *vous* feriez bien, Pierre ! répondit Francine, inspirée par cet instinct de la femme qui la rend despote quand elle n'est pas opprimée.

Elle se recula avec hauteur après avoir joui de la surprise du chouan ; mais elle compensa la dureté de ses paroles par un regard plein de douceur, et se rapprocha de lui.

— Pierre, reprit-elle, cette dame-là *te* parlait de la jeune demoiselle que je sers, n'est-ce pas?

Marche-à-Terre resta muet et sa figure lutta comme l'aurore entre les ténèbres et la lumière. Il regarda tour à tour Francine, le gros fouet qu'il avait laissé tomber et la chaîne d'or qui paraissait exercer sur lui des séductions aussi puissantes que le visage de la Bretonne ; puis, comme pour mettre un terme à son inquiétude, il ramassa son fouet et garda le silence.

— Oh ! il n'est pas difficile de deviner que cette dame t'a ordonné de tuer ma maîtresse, reprit Francine, qui connaissait la discrète fidélité du gars et qui voulut en dissiper les scrupules.

Marche-à-Terre baissa la tête d'une manière significative. Pour la garce à Cottin, ce fut une réponse.

— Eh bien, Pierre, s'il lui arrive le moindre malheur, si un seul cheveu de sa tête est arraché, nous nous serons vus ici pour la dernière fois et pour l'éternité, car je serai dans le paradis, moi ! et toi tu iras en enfer !

Le possédé que l'Église allait jadis exorciser en grande pompe n'était pas plus agité que Marche-à-Terre ne le fut sous cette prédiction prononcée avec une croyance qui lui donnait une sorte de certitude. Ses regards, d'abord empreints d'une tendresse sauvage, puis combattus par les devoirs d'un fanatisme aussi exigeant que celui de l'amour, devinrent tout à coup farouches quand il aperçut l'air impérieux de l'innocente maîtresse qu'il s'était jadis donnée. Francine interpréta le silence du chouan à sa manière.

— Tu ne veux donc rien faire pour moi? dit-elle d'un ton de reproche.

A ces mots, le chouan jeta sur sa maîtresse un coup d'œil aussi noir que l'aile d'un corbeau.

— Es-tu libre? demanda-t-il par un grognement que Francine seule pouvait entendre.

— Serais-je là?... répondit-elle avec indignation. Mais, toi, que fais-tu ici? Tu chouannes encore, tu cours par les chemins comme une bête enragée qui cherche à mordre. Oh ! Pierre, si tu étais sage, tu viendrais avec moi. Cette belle demoiselle, qui, je puis te le dire, a été jadis nourrie chez nous, a eu soin de moi. J'ai maintenant deux cents livres de bonnes rentes. Enfin, mademoiselle m'a acheté pour cinq cents écus la grande maison à mon oncle Thomas, et j'ai deux mille livres d'économies.

Mais son sourire et l'énumération de ses trésors échouèrent devant l'impénétrable expression de Marche-à-Terre.

— Les recteurs ont dit de se mettre en guerre, répondit-il. Chaque bleu jeté par terre vaut une indulgence.

— Mais les bleus te tueront peut-être !

Il répondit en laissant aller ses bras comme pour regretter la modicité de l'offrande qu'il faisait à Dieu et au roi.

— Et que deviendrais-je, moi? demanda douloureusement la jeune fille.

Marche-à-Terre regarda Francine avec stupidité ; ses yeux semblèrent s'agrandir, il s'en échappa deux larmes qui roulèrent parallèlement de ses joues velues sur les peaux de chèvre dont il était couvert, et un sourd gémissement sortit de sa poitrine.

— Sainte Anne d'Auray !... Pierre, voilà donc tout ce que tu me diras après une séparation de sept ans?... Tu as bien changé !

— Je t'aime toujours, répondit le chouan d'une voix brusque.

— Non, lui dit-elle à l'oreille, le roi passe avant moi.

— Si tu me regardes ainsi, reprit-il, je m'en vais.

— Eh bien, adieu, reprit-elle avec tristesse.

— Adieu ! répéta Marche-à-Terre.

Il saisit la main de Francine, la serra, la baisa, fit un signe de croix, et se sauva dans l'écurie, comme un chien qui vient de dérober un os.

— Pille-Miche, dit-il à son camarade, je n'y vois goutte. As-tu ta *chinchoire ?*

— Oh ! *cré bleu !* la belle chaîne !... répondit Pille-Miche en fouillant dans une poche pratiquée sous sa peau de bique.

Il tendit à Marche-à-Terre ce petit cône en corne de bœuf dans lequel les Bretons mettent le tabac fin qu'ils lévigent eux-mêmes pendant les longues soirées d'hiver. Le chouan leva le pouce de manière à former dans son poignet gauche ce creux où les invalides se mesurent leurs prises de tabac, il y secoua fortement la chinchoire dont la pointe avait été dévissée par Pille-Miche. Une poussière impalpable tomba lentement par le petit trou qui terminait le cône de ce meuble breton. Marche-à-Terre recommença sept ou huit fois ce manège silencieux, comme si cette poudre eût possédé le pouvoir de changer la nature de ses pensées. Tout à coup, il laissa échapper un geste désespéré, jeta la chinchoire à Pille-Miche et ramassa une carabine cachée dans la paille.

— Sept ou huit *chinchées* comme ça de suite, ça ne vaut *rin !* dit l'avare Pille-Miche.

— En route ! s'écria Marche-à-Terre d'une voix rauque. Nous avons de la besogne.

Une trentaine de chouans qui dormaient sous les râteliers et dans la paille levèrent la tête, virent Marche-à-Terre debout, et disparurent aussitôt par une porte qui donnait sur des jardins et d'où l'on pouvait gagner les champs. Lorsque Francine sortit de l'écurie, elle trouva la malle en état de partir. Mademoiselle de Verneuil et ses deux compagnons de voyage y étaient déjà montés. La Bretonne frémit en voyant sa maîtresse, au fond de la voiture, à côté de la femme qui venait d'en ordonner la mort. Le *suspect* se mit en avant de Marie, et, aussitôt que Francine se fut assise, la lourde voiture partit au grand trot.

Le soleil avait dissipé les nuages gris de l'automne, et ses rayons animaient la mélancolie des champs par un certain air de fête et de jeunesse. Beaucoup d'amants prennent ces hasards du ciel pour des présages. Francine fut étrangement surprise du silence qui régna d'abord entre les voyageurs. Mademoiselle de Verneuil avait repris son air froid, et se tenait les yeux baissés, la tête doucement inclinée et les mains cachées sous une espèce de mante, dans laquelle elle s'enveloppa. Si elle leva les yeux, ce fut pour voir les paysages qui s'enfuyaient en tournoyant avec rapidité. Certaine d'être admirée, elle se refusait à l'admiration : mais son apparente insouciance accusait plus de coquetterie que de candeur. La touchante pureté, qui donne tant d'harmonie aux diverses expressions par lesquelles se révèlent les âmes faibles, semblait ne pas pouvoir prêter son charme à une créature que ses vives impressions destinaient aux orages de l'amour. En proie au plaisir que donnent les commencements d'une intrigue, l'inconnu ne cherchait pas encore à s'expliquer la discordance qui existait entre la coquetterie et l'exaltation de cette singulière fille. Cette candeur jouée

EN ROUTE ! S'ÉCRIA MARCHE-A-TERRE.

ne lui permettait-elle pas de contempler à son aise une figure que le calme embellissait alors autant que l'avait embellie l'agitation ! Nous n'accusons guère la source de nos jouissances.

Il est difficile à une jolie femme de se soustraire, en voiture, aux regards de ses compagnons, dont les yeux s'attachent sur elle comme pour y chercher une distraction de plus à la monotonie du voyage. Aussi, très heureux de pouvoir satisfaire l'avidité de sa passion naissante sans que l'inconnue évitât son regard ou s'offensât de sa persistance, le jeune officier se plut-il à étudier les lignes pures et brillantes qui dessinaient les contours de ce visage. Ce fut pour lui comme un tableau. Tantôt, le jour faisait ressortir la transparence rose des narines et le double arc qui unissait le nez à la lèvre supérieure ; tantôt, un pâle rayon de soleil mettait en lumière les nuances du teint, nacrées sous les yeux et autour de la bouche, rosées sur les joues, mates vers les tempes et sur le cou. Il admira les oppositions de clair et d'ombre produites par des cheveux dont les rouleaux noirs environnaient la figure, en y imprimant une grâce éphémère ; car tout est si fugitif chez la femme ! Sa beauté d'aujourd'hui n'est souvent pas celle d'hier, heureusement pour elle peut-être ! Encore dans l'âge où l'homme peut jouir de ces riens qui sont tout l'amour, le soi-disant marin attendait avec bonheur le mouvement répété des paupières et les jeux séduisants que la respiration donnait au corsage. Parfois, au gré de ses pensées, il épiait un accord entre l'expression des yeux et l'imperceptible inflexion des lèvres. Chaque geste lui livrait une âme, chaque mouvement une face nouvelle de cette jeune fille. Si quelques idées venaient agiter ces traits mobiles, si quelque soudaine rougeur s'y infusait, si le sourire y répandait la vie, il savourait mille délices en cherchant à deviner les secrets de cette femme mystérieuse. Tout était piège pour l'âme, piège pour les sens. Enfin le silence, loin d'élever des obstacles à l'entente des cœurs, devenait un lien commun pour les pensées. Plusieurs regards où ses yeux rencontrèrent ceux de l'étranger apprirent à Marie de Verneuil que ce silence allait la compromettre ; elle fit alors à madame du Gua quelques-unes de ces demandes insignifiantes qui préludent aux conversations, mais elle ne put s'empêcher d'y mêler le fils.

— Madame, comment avez-vous pu, disait-elle, vous décider à mettre monsieur votre fils dans la marine? N'est-ce pas vous condamner à de perpétuelles inquiétudes?

— Mademoiselle, le destin des femmes, des mères, veux-je dire, est de toujours trembler pour leurs plus chers trésors.

— Monsieur vous ressemble beaucoup.

— Vous trouvez, mademoiselle.

Cette innocente *légitimation* de l'âge que madame du Gua s'était donné fit sourire le jeune homme et inspira à sa prétendue mère un nouveau dépit. La haine de cette femme grandissait à chaque regard passionné que jetait son fils sur Marie. Le silence, le discours, tout allumait en elle une effroyable rage déguisée sous les manières les plus affectueuses.

— Mademoiselle, dit alors l'inconnu, vous êtes dans l'erreur. Les marins ne sont pas plus exposés que ne le sont les autres militaires. Les femmes ne devraient pas haïr la marine : n'avons-nous pas sur les troupes de terre l'immense avantage de rester fidèles à nos maîtresses?

— Oh ! de force, répondit en riant mademoiselle de Verneuil.

— C'est toujours de la fidélité, répliqua madame du Gua d'un ton presque sombre.

La conversation s'anima, se porta sur des sujets qui n'étaient intéressants que pour les trois voyageurs ; car, en ces sortes de circonstances, les gens d'esprit donnent aux banalités des significations neuves ; mais l'entretien, frivole en apparence, par lequel ces inconnus se plurent à s'interroger mutuellement, cacha les désirs, les passions et les espérances qui les agitaient. La finesse et la malice de Marie, qui fut constamment sur ses gardes, apprirent à madame du Gua que la calomnie et la trahison pourraient seules la faire triompher d'une rivale aussi redoutable par son esprit que par sa beauté. Les voyageurs atteignirent l'escorte, et la voiture alla moins rapidement. Le jeune marin aperçut une longue côte à monter et proposa une promenade à mademoiselle de Verneuil. Le bon goût, l'affectueuse politesse du jeune homme, semblèrent décider la Parisienne, et son consentement le flatta.

— Madame est-elle de notre avis? demanda-t-elle à madame du Gua. Veut-elle aussi se promener?

— Coquette, dit la dame en descendant de voiture.

Marie et l'inconnu marchèrent ensemble, mais séparés. Le marin, déjà saisi par de violents désirs, fut jaloux de faire tomber la réserve qu'on lui opposait, et de laquelle il n'était pas la dupe. Il crut pouvoir y réussir en badinant avec sa compagne à la faveur de cette amabilité française, de cet esprit parfois léger, parfois sérieux, toujours chevaleresque, souvent moqueur, qui distinguait les hommes remarquables de l'aristocratie exilée. Mais la rieuse Parisienne plaisanta si malicieusement le jeune républicain, sut lui reprocher ses intentions de frivolité si dédaigneusement en s'attachant de préférence aux idées fortes et à l'exaltation qui perçaient malgré lui dans ses discours, qu'il devina facilement le secret de lui plaire. La conversation changea donc. L'étranger réalisa dès lors les espérances que donnait sa figure expressive. De moment en moment, il éprouvait de nouvelles difficultés en voulant apprécier la sirène de laquelle il s'éprenait de plus en plus, et fut forcé de suspendre ses jugements sur une fille qui se faisait un jeu de les infirmer tous. Après avoir été séduit par la contemplation de la beauté, il fut donc entraîné vers cette âme inconnue par une curiosité que Marie se plut à exciter. Cet entretien prit insensiblement un caractère d'intimité très étranger au ton d'indifférence que mademoiselle de Verneuil s'efforça d'y imprimer sans pouvoir y parvenir. Quoique madame du Gua eût suivi les deux amoureux, ils avaient insensiblement marché plus vite qu'elle, et ils s'en trouvèrent bientôt séparés par une centaine de pas environ. Ces deux charmants êtres foulaient le sable fin de la route, emportés par le charme enfantin d'unir le léger retentissement de leurs pas, heureux de se voir enveloppés par un même rayon de lumière qui paraissait appartenir au soleil du printemps, et de respirer ensemble ces parfums d'automne chargés de tant de dépouilles végétales qu'ils semblent une nourriture apportée par les airs à la mélancolie de l'amour naissant. Quoiqu'ils ne parussent voir l'un et l'autre qu'une aventure ordinaire dans leur union momentanée, le ciel, le site et la saison communiquèrent à leurs sentiments une teinte de gravité qui leur donna l'apparence de la passion. Ils commencèrent à faire l'éloge de la journée, de sa beauté ; puis ils parlèrent de leur étrange rencontre, de la rupture prochaine d'une liaison si douce et de la facilité qu'on met en voyage à s'épancher avec les personnes aussitôt perdues qu'entrevues. A cette dernière observation, le jeune homme profita de la permission tacite qui semblait l'autoriser à faire quelques douces confidences, et essaya de risquer des aveux, en homme accoutumé à de semblables situations.

— Remarquez-vous, mademoiselle, lui dit-il, combien les sentiments suivent peu la route commune, dans les temps de terreur où nous vivons? Autour de nous, tout n'est-il pas frappé d'une inexplicable soudaineté? Aujourd'hui, nous aimons, nous haïssons sur la foi d'un regard. On s'unit pour la vie ou l'on se quitte avec la célérité dont on marche à la mort. On se dépêche en toute chose, comme la nation dans ses tumultes. Au milieu des dangers, les étreintes doivent être plus vives que dans le train ordinaire de la vie. A Paris, dernièrement, chacun a su, comme sur un champ de bataille, tout ce que pouvait dire une poignée de main.

— On sentait la nécessité de vivre vite et beaucoup, répondit-elle, parce qu'on avait alors peu de temps à vivre.

Et, après avoir lancé à son jeune compagnon un regard qui semblait lui montrer le terme de leur court voyage, elle ajouta malicieusement :

— Vous êtes bien instruit des choses de la vie, pour un jeune homme qui sort de l'École!

— Que pensez-vous de moi? demanda-t-il après un moment de silence. Dites-moi votre opinion sans ménagement.

— Vous voulez sans doute acquérir ainsi le droit de me parler de moi ?... répliqua-t-elle en riant.

— Vous ne répondez pas, reprit-il après une légère pause. Prenez garde, le silence est souvent une réponse.

— Ne deviné-je pas tout ce que vous voudriez pouvoir me dire? Eh! mon Dieu, vous avez déjà trop parlé.

— Oh ! si nous nous entendons, fit-il en riant, j'obtiens plus que je n'osais espérer.

Elle se mit à sourire si gracieusement, qu'elle parut accepter la lutte courtoise de laquelle tout homme se plaît à menacer une femme. Ils se persuadèrent alors, autant sérieusement que par plaisanterie, qu'il leur était impossible d'être jamais l'un pour l'autre autre chose que ce qu'ils étaient en ce moment. Le jeune homme pouvait se livrer à une passion qui n'avait point d'avenir, et Marie pouvait en rire. Puis, quand ils eurent élevé ainsi entre eux une barrière imaginaire, ils parurent l'un et l'autre fort empressés de mettre à profit la dangereuse liberté qu'ils venaient de stipuler. Marie heurta tout à coup une pierre et fit un faux pas.

— Prenez mon bras, dit l'inconnu.

— Il le faut bien, étourdi ! Vous seriez trop fier si je refusais. N'aurais-je pas l'air de vous craindre?

— Ah ! mademoiselle, répondit-il en lui pressant le bras pour lui faire sentir les battements de son cœur, vous allez me rendre fier de cette faveur.

— Eh bien, ma facilité vous ôtera vos illusions.

— Voulez-vous déjà me défendre contre le danger des émotions que vous causez?

— Cessez, je vous prie, dit-elle, de m'entortiller dans ces petites idées de boudoir, dans ces logogriphes de ruelle. Je n'aime pas à rencontrer chez un homme de votre caractère l'esprit que les sots peuvent avoir. Voyez !... nous sommes sous un beau ciel, en pleine campagne ; devant nous, au-dessus de nous, tout est grand. Vous voulez me dire que je suis belle, n'est-ce pas? mais vos yeux me le prouvent, et d'ailleurs, je le sais ; mais je ne suis pas une femme que des compliments puissent flatter. Voudriez-vous, par hasard, me parler de vos *sentiments*? ajouta-t-elle avec une emphase sardonique. Me supposeriez-vous donc la simplicité de croire à des sympathies soudaines assez fortes pour dominer une vie entière par le souvenir d'une matinée?...

— Non pas d'une matinée, répondit-il, mais d'une belle femme qui s'est montrée généreuse.

— Vous oubliez, reprit-elle en riant, de bien plus grands attraits, une femme inconnue, et chez laquelle tout doit sembler bizarre, le nom, la qualité, la situation, la liberté d'esprit et de manières.

— Vous ne m'êtes point inconnue, s'écria-t-il, j'ai su vous deviner et ne voudrais rien ajouter à vos perfections, si ce n'est un peu plus de foi dans l'amour que vous inspirez tout d'abord.

— Ah ! mon pauvre enfant de dix-sept ans, vous parlez déjà d'amour? dit-elle en souriant. Eh bien, soit... C'est là un sujet de conversation entre deux personnes, comme la pluie et le beau temps quand nous faisons une visite, prenons-le ! Vous ne trouverez en moi ni fausse modestie, ni petitesse. Je puis écouter ce mot sans rougir, il m'a été tant de fois prononcé sans l'accent du cœur, qu'il est devenu presque insignifiant pour moi. Il m'a été répété au théâtre, dans les livres, dans le monde, partout ; mais je n'ai jamais rien rencontré qui ressemblât à ce magnifique sentiment.

— L'avez-vous cherché?

— Oui.

Ce mot fut prononcé avec tant de laisser-aller, que le jeune homme fit un geste de surprise et regarda fixement Marie comme s'il eût tout à coup changé d'opinion sur son caractère et sa véritable situation.

— Mademoiselle, dit-il avec une émotion mal déguisée, êtes-vous fille ou femme, ange ou démon?

— Je suis l'un et l'autre, répondit-elle en riant. N'y a-t-il pas toujours quelque chose de diabolique et d'angélique chez une jeune fille qui n'a point aimé, qui n'aime pas et qui n'aimera peut-être jamais ?

— Et vous trouvez-vous heureuse ainsi?... dit-il en prenant un ton et des manières libres, comme s'il eût déjà conçu moins d'estime pour sa libératrice.

— Oh ! heureuse, reprit-elle, non. Si je viens à penser que je suis seule, dominée par des conventions sociales qui me rendent nécessairement artificieuse, j'envie les privilèges de l'homme. Mais, si je songe à tous les moyens que la nature nous a donnés pour vous envelopper, vous autres, pour vous enlacer dans les filets invisibles d'une puissance à laquelle aucun de vous ne peut résister, alors mon rôle ici-bas me sourit ; puis, tout à coup, il me semble petit, et je sens que je mépriserais un homme s'il était la dupe de séductions vulgaires. Enfin, tantôt, j'aperçois notre joug, et il me plaît, puis il me semble horrible, et je m'y refuse ; tantôt, je sens en moi ce désir de dévouement qui rend la femme si noblement belle, puis j'éprouve un désir de domination qui me dévore. Peut-être est-ce le combat naturel du bon et du mauvais principe qui fait vivre toute créature ici-bas. Ange et démon, vous l'avez dit. Ah ! ce n'est pas d'aujourd'hui que je reconnais ma double nature. Pourtant, nous autres femmes, nous comprenons encore mieux que vous notre insuffisance. N'avons-nous pas un instinct qui nous fait pressentir en toute chose une perfection à laquelle il est sans doute impossible d'atteindre. Mais, ajouta-t-elle en regardant le ciel et jetant un soupir, ce qui nous grandit à vos yeux...

— C'est? dit-il.

— Eh bien, répondit-elle, c'est que nous luttons toutes, plus ou moins, contre une destinée incomplète.

— Mademoiselle, pourquoi donc nous quittons-nous ce soir?

— Ah ! dit-elle en souriant au regard passionné que lui lança le jeune homme, remontons en voiture, le grand air ne nous vaut rien.

Marie se retourna brusquement, l'inconnu la suivit, et lui serra le bras par un mouvement peu respectueux, mais qui exprima tout à la fois d'impérieux désirs et de l'admiration. Elle marcha plus vite ; le marin devina qu'elle voulait fuir une déclaration peut-être importune, il n'en devint que plus ardent, risqua tout pour arracher une première faveur à cette femme, et il lui dit en la regardant avec finesse :

— Voulez-vous que je vous apprenne un secret?

— Oh ! dites promptement, s'il vous concerne?

— Je ne suis point au service de la République. Où allez-vous? j'irai.

A cette phrase, Marie trembla violemment, elle retira son bras et se couvrit le visage de ses deux mains pour dérober la rougeur ou la pâleur peut-être qui en altéra les traits ; mais elle dégagea tout à coup sa figure, et dit d'une voix attendrie :

— Vous avez donc débuté comme vous auriez fini, vous m'avez trompée ?

— Oui, dit-il.

A cette réponse, elle tourna le dos à la grosse malle vers laquelle ils se dirigeaient, et se mit à courir presque.

— Mais, reprit l'inconnu, l'air ne vous valait rien?...

— Oh! il a changé, dit-elle avec un son de voix grave en continuant à marcher en proie à des pensées orageuses.

— Vous vous taisez? demanda l'étranger, dont le cœur se remplit de cette douce appréhension que donne l'attente du plaisir.

— Oh! dit-elle d'un accent bref, la tragédie a bien promptement commencé.

— De quelle tragédie parlez-vous? demanda-t-il.

Elle s'arrêta, toisa l'élève d'abord d'un air empreint d'une double expression de crainte et de curiosité : puis elle cacha sous un calme impénétrable les sentiments qui l'agitaient, et montra que, pour une jeune fille, elle avait une grande habitude de la vie.

— Qui êtes-vous? reprit-elle ; mais je le sais ! En vous voyant, je m'en étais doutée, vous êtes le chef royaliste nommé le Gars? L'ex-évêque d'Autun a bien raison, en nous disant de toujours croire aux pressentiments qui annoncent des malheurs.

— Quel intérêt avez-vous donc à connaître ce garçon-là?

— Quel intérêt aurait-il donc à se cacher de moi, si je lui ai déjà sauvé la vie ?

Elle se mit à rire, mais forcément.

— J'ai sagement fait de vous empêcher de me dire que vous m'aimez. Sachez-le bien, monsieur, je vous abhorre. Je suis républicaine, vous êtes royaliste, et je vous livrerais si vous n'aviez ma parole, si je ne vous avais déjà sauvé une fois, et si...

Elle s'arrêta. Ces violents retours sur elle-même, ces combats qu'elle ne se donnait plus la peine de déguiser inquiétèrent l'inconnu, qui tâcha, mais vainement, de l'observer.

— Quittons-nous à l'instant, je le veux. Adieu ! dit-elle.

Elle se retourna vivement, fit quelques pas et revint.

— Mais non, j'ai un immense intérêt à apprendre qui vous êtes, reprit-elle. Ne me cachez rien et dites-moi la vérité. Qui êtes-vous ? car vous n'êtes pas plus un élève de l'École que vous n'avez dix-sept ans...

— Je suis un marin, tout prêt à quitter l'Océan pour vous suivre partout où votre imagination voudra me guider. Si j'ai le bonheur de vous offrir quelque mystère, je me garderai bien de détruire votre curiosité. Pourquoi mêler les graves intérêts de la vie réelle à la vie du cœur, où nous commencions à si bien nous comprendre?

— Nos âmes auraient pu s'entendre, dit-elle d'un ton grave. Mais, monsieur, je n'ai pas le droit d'exiger votre confiance. Vous ne connaîtrez jamais l'étendue de vos obligations envers moi : je me tairai.

Ils avancèrent de quelques pas dans le plus profond silence.

— Combien ma vie vous intéresse ! reprit l'inconnu.

— Monsieur, dit-elle, de grâce, votre nom? ou taisez-vous. Vous êtes un enfant, ajouta-t-elle en haussant les épaules, et vous me faites pitié.

L'obstination que la voyageuse mettait à connaître son secret fit hésiter le prétendu marin entre la prudence et ses désirs. Le dépit d'une femme souhaitée a de bien puissants attraits ; sa soumission, comme sa colère, est si impérieuse, elle attaque tant de fibres dans le cœur de l'homme, elle le pénètre et le subjugue ! Était-ce chez mademoiselle de Verneuil une coquetterie de plus? Malgré sa passion, l'étranger eut la force de se défier d'une femme qui voulait lui violemment arracher un secret de vie ou de mort.

— Pourquoi, dit-il en lui prenant la main qu'elle laissa prendre par distraction, pourquoi mon indiscrétion, qui donnait un avenir à cette journée, en a-t-elle détruit le charme?

Mademoiselle de Verneuil, qui paraissait souffrante, garda le silence.

— En quoi puis-je vous affliger, reprit-il, et que puis-je faire pour vous apaiser?

— Dites-moi votre nom.

A son tour, il marcha en silence, et ils avancèrent de quelques pas. Tout à coup, mademoiselle de Verneuil s'arrêta, comme une personne qui a pris une importante détermination.

— Monsieur le marquis de Montauran, dit-elle avec dignité, sans pouvoir entièrement déguiser une agitation qui donnait une sorte de tremblement nerveux à ses traits, quoi qu'il puisse m'en coûter, je suis heureuse de vous rendre un bon office. Ici, nous allons nous séparer. L'escorte et la malle sont trop nécessaires à votre sûreté pour que vous n'acceptiez pas l'une et l'autre. Ne craignez rien des républicains ; tous ces soldats, voyez-vous, sont des hommes d'honneur, et je vais donner à l'adjudant des ordres qu'il exécutera fidèlement. Moi, je puis regagner Alençon à pied, avec ma femme de chambre : quelques soldats nous accompagneront. Écoutez-moi bien, car il s'agit de votre tête. Si vous rencontriez, avant d'être en sûreté, l'horrible muscadin que vous avez vu dans l'auberge, fuyez, car il vous livrerait aussitôt. Quant à moi...

Elle fit une pause.

— Quant à moi, je me rejette avec orgueil dans les misères de la vie, reprit-elle à voix basse en retenant ses pleurs. Adieu, monsieur. Puissiez-vous être heureux ! Adieu...

Et elle fit un signe au capitaine Merle, qui atteignait alors le haut de la colline. Le jeune homme ne s'attendait pas à un si brusque dénouement.

— Attendez ! cria-t-il avec une sorte de désespoir assez bien joué.

Ce singulier caprice d'une fille pour laquelle il aurait alors sacrifié sa vie surprit tellement l'inconnu, qu'il inventa une déplorable ruse pour tout à la fois cacher son nom et satisfaire la curiosité de mademoiselle de Verneuil.

— Vous avez presque deviné, dit-il ; je suis émigré, condamné à mort, et je me nomme le vicomte de Bauvan. L'amour de mon pays m'a ramené en France, près de mon frère. J'espère être radié de la liste par l'influence de madame de Beauharnais, aujourd'hui la femme du premier consul ; mais, si j'échoue, alors, je veux mourir sur la terre de mon pays en combattant auprès de Montauran, mon ami. Je vais d'abord, en secret, à l'aide d'un passe-port qu'il m'a fait parvenir, savoir s'il me reste quelques propriétés en Bretagne.

Pendant que le jeune gentilhomme parlait, mademoiselle de Verneuil l'examinait d'un œil perçant. Elle essaya de douter de la vérité de ses paroles ; mais, crédule et confiante, elle reprit lentement une expression de sérénité, et s'écria :

— Monsieur, ce que vous me dites en ce moment est-il vrai ?

— Parfaitement vrai, répéta l'inconnu, qui paraissait mettre peu de probité dans ses relations avec les femmes.

Mademoiselle de Verneuil soupira fortement comme une personne qui revient à la vie.

— Ah ! s'écria-t-elle, je suis bien heureuse.

— Vous haïssez donc bien mon pauvre Montauran ?

— Non, dit-elle, vous ne sauriez me comprendre. Je n'aurais pas voulu que *vous* fussiez menacé des dangers contre lesquels je vais tâcher de le défendre, puisqu'il est votre ami.

— Qui vous a dit que Montauran fût en danger ?

NON, VOUS NE M'AIMEZ PAS.

— Eh ! monsieur, si je ne venais pas de Paris, où il n'est question que de son entreprise, le commandant d'Alençon nous en a dit assez sur lui, je pense.

— Je vous demanderai alors comment vous pourriez le préserver de tout danger ?

— Et si je ne voulais pas répondre ! dit-elle avec cet air dédaigneux sous lequel les femmes savent si bien cacher leurs émotions. De quel droit voulez-vous connaître mes secrets ?

— Du droit que doit avoir un homme qui vous aime.

— Déjà ?... dit-elle. Non, vous ne m'aimez pas, monsieur, vous voyez en moi l'objet d'une galanterie passagère, voilà tout. Ne vous ai-je pas sur-le-champ deviné ? Une personne qui a quelque habitude de la bonne compagnie peut-elle, par les mœurs qui courent, se tromper en entendant un élève de l'École polytechnique se servir d'expressions choisies, et déguiser, aussi mal que vous l'avez fait, les manières d'un grand seigneur sous l'écorce des républicains ; mais vos cheveux ont un reste de poudre, et vous avez un parfum de gentilhomme que doit sentir tout d'abord une femme du monde. Aussi, tremblant pour vous que mon surveillant, qui a toute la finesse d'une femme, ne vous reconnût, l'ai-je promptement congédié. Monsieur, un véritable officier républicain sorti de l'École ne se croirait pas près de moi en bonne fortune, et ne me prendrait pas pour une jolie intrigante. Permettez-moi, monsieur de Bauvan, de vous soumettre à ce propos un léger raisonnement de femme. Êtes-vous si jeune que vous ne sachiez pas que, de toutes les créatures de notre sexe, la plus difficile à soumettre est celle dont la valeur est chiffrée et qui s'ennuie du plaisir? Cette sorte de femme exige, m'a-t-on dit, d'immenses séductions, ne cède qu'à ses caprices ; et prétendre lui plaire est, chez un homme, la plus grande des fatuités. Mettons à part cette classe de femmes dans laquelle vous me faites la galanterie de me ranger, car elles sont tenues toutes d'être belles, vous devez comprendre qu'une jeune femme, noble, belle, spirituelle (vous m'accordez ces avantages), ne se vend pas, et ne peut s'obtenir que d'une seule façon, quand elle est aimée. Vous m'entendez! Si elle aime, et qu'elle veuille faire une folie, cette folie doit être justifiée par quelque grandeur ! Pardonnez-moi ce luxe de logique, si rare chez les personnes de notre sexe ; mais, pour votre honneur et... le mien, dit-elle en s'inclinant, je ne voudrais pas que nous nous trompassions sur notre mérite, ou que vous crussiez mademoiselle de Verneuil, ange ou démon, fille ou femme, capable de se laisser prendre à de banales galanteries.

— Mademoiselle, dit le prétendu vicomte dont la surprise, quoique dissimulée, fut extrême et qui redevint tout à coup homme de grande compagnie, je vous supplie de croire que je vous accepte comme une très noble personne, pleine de cœur et de sentiments élevés, ou... comme une bonne fille, à votre choix !

— Je ne vous demande pas tant, monsieur, dit-elle en riant. Laissez-moi mon incognito. D'ailleurs, mon masque est mieux mis que le vôtre, et il me plaît, à moi, de le garder, ne fût-ce que pour savoir si les gens qui me parlent d'amour sont sincères... Ne vous hasardez donc pas légèrement près de moi. Monsieur, écoutez, ajouta-t-elle en lui saisissant le bras avec force, si vous pouviez me prouver un véritable amour, aucune puissance humaine ne nous séparerait. Oui, je voudrais m'associer à quelque grande existence d'homme, épouser une vaste ambition, de belles pensées. Les nobles cœurs ne sont pas infidèles, car la constance est une force qui leur va ; je serais donc toujours aimée, toujours heureuse ; mais aussi, ne serais-je pas toujours prête à faire de mon corps une marche pour élever l'homme qui aurait mes affections, à me sacrifier pour lui, à tout supporter de lui, à l'aimer toujours, même quand il ne m'aimerait plus? Je n'ai jamais osé confier à un autre cœur ni les souhaits du mien, ni les élans passionnés de l'exaltation qui me dévore; mais je puis bien vous en dire quelque chose, puisque nous allons nous quitter aussitôt que vous serez en sûreté.

— Nous quitter?... jamais! dit-il électrisé par les sons que rendait cette âme vigoureuse, qui semblait se débattre contre quelque immense pensée.

— Êtes-vous libre? reprit-elle en lui jetant un regard dédaigneux qui le rapetissa.

— Oh! pour libre... oui, sauf la condamnation à mort.

Elle lui dit alors d'une voix pleine de sentiments amers :

— Si tout ceci n'était pas un songe, quelle belle vie serait la nôtre !... Mais, si j'ai dit des folies, n'en faisons pas. Quand je pense à tout ce que vous devriez être pour m'apprécier à ma juste valeur, je doute de tout.

— Et moi, je ne douterais de rien, si vous vouliez m'appar...

— Chut ! s'écria-t-elle en entendant cette phrase dite avec un véritable accent de passion ; l'air ne nous vaut décidément plus rien, allons retrouver nos chaperons.

La malle ne tarda pas à rejoindre ces deux personnages, qui reprirent leurs places et firent quelques lieues dans le plus profond silence. S'ils avaient l'un de l'autre trouvé matière à d'amples réflexions, leurs yeux ne craignaient plus désormais de se rencontrer. Tous deux, ils semblaient avoir un égal intérêt à s'observer et à se cacher un secret important ; mais ils se sentaient entraînés l'un vers l'autre par un même désir qui, depuis leur entretien, contractait l'étendue de la passion, car ils avaient réciproquement reconnu chez eux des qualités qui rehaussaient encore à leurs yeux les plaisirs qu'ils se promettaient de leur lutte ou de leur union. Peut-être chacun d'eux, embarqué dans une vie aventureuse, était-il arrivé à cette singulière situation morale où, soit par lassitude, soit pour défier le sort, on se refuse à des réflexions sérieuses et où l'on se livre aux chances du hasard en poursuivant une entreprise, précisément parce qu'elle n'offre aucune issue et qu'on veut en voir le dénouement nécessaire. La nature morale n'a-t-elle pas, comme la nature physique, ses gouffres et ses abîmes où les caractères forts aiment à se plonger en risquant leur vie, comme un joueur aime à jouer sa fortune? Le gentilhomme et mademoiselle de Verneuil eurent, en quelque sorte, une révélation de ces idées, qui leur furent communes après l'entretien dont elles étaient la conséquence, et ils firent ainsi tout à coup un pas immense, car la sympathie des âmes suivit celle de leurs sens. Néanmoins, plus ils se sentirent fatalement entraînés l'un vers l'autre, plus ils furent intéressés à s'étudier, ne fût-ce que pour augmenter, par un involontaire calcul, la somme de leurs jouissances futures. Le jeune homme, encore étonné de la profondeur des idées de cette fille bizarre, se demanda tout d'abord comment elle pouvait allier tant de connaissances à tant de fraîcheur et de jeunesse. Il crut découvrir alors un extrême désir de paraître chaste, dans l'extrême chasteté que Marie cherchait à donner à ses attitudes ; il la soupçonna de feinte, se querella sur son plaisir, et ne voulut plus voir dans cette inconnue qu'une habile comédienne : il avait raison. Mademoiselle de Verneuil, comme toutes les filles du monde, devenue d'autant plus modeste qu'elle ressentait plus d'ardeur, prenait fort naturellement cette contenance de pruderie sous laquelle les femmes savent si bien voiler leurs excessifs désirs. Toutes voudraient s'offrir vierges à la passion ; et, si elles ne le sont pas, leur dissimulation est toujours un hommage qu'elles rendent à leur amour. Ces réflexions passèrent rapidement dans l'âme du gentilhomme, et lui firent plaisir. En effet, pour tous deux, cet examen devait être un progrès, et l'amant en vint bientôt à cette phase de la passion où un homme trouve dans les défauts de sa maîtresse des raisons pour l'aimer davantage. Mademoiselle de Verneuil resta plus longtemps pensive que ne le fut l'émigré ; peut-être son imagination lui faisait-elle franchir une plus grande étendue de l'avenir : le jeune homme obéissait à quelqu'un des mille sentiments qu'il devait éprouver dans sa vie d'homme, et la jeune fille apercevait toute une vie en se complaisant à l'arranger belle, à la remplir de bonheur, de grands et de nobles sentiments. Heureuse en idée, éprise autant de ces chimères que de la réalité, autant de l'avenir que du présent, Marie essaya de revenir sur ses pas pour mieux établir son pouvoir sur ce jeune cœur, agissant en cela instinctivement, comme agissent toutes les femmes. Après être convenue avec elle-même de se donner tout entière, elle désirait, pour ainsi dire, se disputer en détail ; elle aurait voulu pouvoir reprendre dans le passé toutes ses actions, ses paroles, ses regards, pour les mettre en harmonie avec la dignité de la femme aimée. Aussi, ses yeux exprimèrent-ils parfois une sorte de terreur quand elle songeait à l'entretien qu'elle venait d'avoir, et où elle s'était montrée si agressive. Mais, en contemplant cette figure empreinte de force, elle se dit qu'un être si puissant devait être généreux, et s'applaudit de rencontrer une part plus belle que celle de beaucoup d'autres femmes, en trouvant dans son amant un homme de caractère, un homme condamné à mort qui venait jouer lui-même sa tête et faire la guerre à la République. La pensée de pouvoir occuper sans partage une telle âme prêta bientôt à toutes les choses une physionomie différente. Entre le moment où, cinq heures auparavant, elle composa son visage et sa voix pour agacer ce gentilhomme, et le moment actuel où elle pouvait le bouleverser d'un regard, il y eut la différence de l'univers mort à un vivant univers. De bons rires, de joyeuses coquetteries cachèrent une immense passion qui se présenta, comme le malheur, en souriant. Dans les dispositions d'âme où se trouvait mademoiselle de Verneuil, la vie extérieure prit donc pour elle le caractère d'une fantasmagorie. La calèche passa par des villages, par des vallons, par des montagnes dont aucune image ne s'imprima dans sa mémoire. Elle arriva dans Mayenne, les soldats de l'escorte changèrent, Merle lui parla, elle répondit, traversa toute une ville, et se remit en route ; mais les figures, les maisons, les rues, les paysages, les hommes furent emportés comme les formes indistinctes d'un rêve. La nuit vint. Marie voyagea sous un ciel de diamants, enveloppée d'une douce lumière, et sur la route de Fougères, sans qu'il lui vînt dans la pensée que le ciel eût changé d'aspect, sans savoir ce qu'était ni Mayenne ni Fougères, ni où elle allait. Qu'elle pût quitter dans peu d'heures l'homme de son choix, et par qui elle se croyait choisie, n'était pas, pour elle, une chose possible. L'amour est la seule passion qui ne souffre ni passé ni avenir. Si parfois sa pensée se trahissait par des paroles, elle laissait échapper des phrases presque dénuées de sens, mais qui résonnaient dans le cœur de son amant comme des promesses de plaisir. Aux yeux des deux témoins de cette passion naissante, elle prenait une marche effrayante. Francine connaissait Marie aussi bien que l'étrangère connaissait le jeune homme, et cette expérience du passé leur faisait attendre en silence quelque terrible dénouement. En effet, elles ne tardèrent pas à voir finir ce drame, que mademoiselle de Verneuil avait si tristement, sans le savoir peut-être, nommé une tragédie.

Quand les quatre voyageurs eurent fait environ une lieue hors de Mayenne, ils entendirent un homme à cheval qui se dirigeait vers eux avec une excessive rapidité : lorsqu'il atteignit la voiture, il se pencha pour y regarder mademoiselle de Verneuil, qui reconnut Corentin. Ce sinistre personnage se permit de lui adresser un signe d'intelligence dont la familiarité eut quelque chose de flétrissant pour elle ; et il s'enfuit après l'avoir glacée par ce signe empreint de bassesse. L'émigré parut désagréablement affecté de cette circonstance, qui n'échappa certes point à sa prétendue mère ; mais Marie le pressa légèrement, et sembla se réfugier par un regard dans son cœur, comme dans le seul asile qu'elle eût sur terre. Le front du jeune homme s'éclaircit alors en savourant l'émotion que lui fit éprouver le geste par lequel sa maîtresse lui avait révélé, comme par mégarde, l'étendue de son attachement. Une inexplicable peur avait fait évanouir toute coquetterie, et l'amour se montra pendant un moment sans voile ; ils se turent comme pour prolonger la douceur de ce moment. Malheureusement, au milieu d'eux, madame du Gua voyait tout ; et, comme un avare qui donne un festin, elle paraissait leur compter les morceaux et leur mesurer la vie. En proie à leur bonheur, les deux amants arrivèrent, sans se douter du chemin qu'ils avaient fait, à la partie de la route qui se trouve au fond de la vallée d'Ernée, et qui forme le premier des trois bassins à travers lesquels se sont passés les événements qui servent d'exposition à cette histoire. Là, Francine aperçut et montra d'étranges figures qui semblaient se mouvoir comme des ombres à travers les arbres et dans les ajoncs dont les champs étaient entourés. Quand la voiture arriva dans la direction de ces ombres, une décharge générale, dont les balles passèrent en sifflant au-dessus des têtes, apprit aux voyageurs que tout était positif dans cette apparition. L'escorte tombait dans une embuscade.

FRANCINE MONTRA D'ÉTRANGES FIGURES.

A cette vive fusillade, le capitaine Merle regretta vivement d'avoir partagé l'erreur de mademoiselle de Verneuil, qui, croyant à la sécurité d'un voyage nocturne et rapide, ne lui avait laissé prendre qu'une soixantaine d'hommes. Aussitôt le capitaine, commandé par Gérard, divisa la petite troupe en deux colonnes pour tenir les deux côtés de la route, et chacun des officiers se dirigea vivement au pas de course à travers les champs de genêts et d'ajoncs, en cherchant à combattre les assaillants avant de les compter. Les bleus se mirent à battre à droite et à gauche ces épais buissons avec une intrépidité pleine d'imprudence, et répondirent à l'attaque des chouans par un feu soutenu dans les genêts d'où partaient les coups de fusil. Le premier mouvement de mademoiselle de Verneuil avait été de sauter hors de la calèche et de courir assez loin en arrière pour s'éloigner du champ de bataille ; mais, honteuse de sa peur, et mue par ce sentiment qui porte à se grandir aux yeux de l'être aimé, elle demeura immobile et tâcha d'examiner froidement le combat.

L'émigré la suivit, lui prit la main et la plaça sur son cœur.

— J'ai eu peur, dit-elle en souriant ; mais maintenant...

En ce moment, sa femme de chambre effrayée lui cria :

— Marie, prenez garde !

Mais Francine, qui voulait s'élancer hors de la voiture, s'y sentit arrêtée par une main vigoureuse. Le poids de cette main énorme lui arracha un cri violent, elle se retourna et garda le silence en reconnaissant la figure de Marche-à-Terre.

— Je devrai donc à vos terreurs, disait l'étranger à mademoiselle de Verneuil, la révélation des plus doux secrets du cœur ! Grâce à Francine, j'apprends que vous portez le nom gracieux de Marie ; Marie, le nom que j'ai prononcé dans toutes mes angoisses ! Marie, le nom que je prononcerai désormais dans la joie, et que je ne dirai plus maintenant sans faire un sacrilège, en confondant la religion et l'amour ! Mais serait-ce donc un crime que de prier et d'aimer tout ensemble ?

A ces mots, ils se serrèrent fortement la main, se regardèrent en silence, et l'excès de leurs sensations leur ôta la force et le pouvoir de les exprimer.

— *Ce n'est pas pour vous autres qu'il y a du danger !* dit brutalement Marche-à-Terre à Francine en donnant aux sons rauques et gutturaux de sa voix une sinistre expression de reproche, et appuyant sur chaque mot de manière à jeter l'innocente paysanne dans la stupeur.

Pour la première fois, la pauvre fille apercevait de la férocité dans les regards de Marche-à-Terre. La lueur de la lune semblait être la seule qui convînt à cette figure. Ce sauvage Breton, tenant son bonnet d'une main, sa lourde carabine de l'autre, ramassé comme un gnome et enveloppé par cette blanche lumière dont les flots donnent aux formes de si bizarres aspects, appartenait ainsi plutôt à la féerie qu'à la vérité. Cette apparition et son reproche eurent quelque chose de la rapidité des fantômes. Il se tourna brusquement vers madame du Gua, avec laquelle il échangea de vives paroles, et Francine, qui avait un peu oublié le bas-breton, ne put y rien comprendre. La dame paraissait donner à Marche-à-Terre des ordres multipliés. Cette courte conférence fut terminée par un geste impérieux de cette femme qui désignait au chouan les deux amants. Avant d'obéir, Marche-à-Terre jeta un dernier regard à Francine, qu'il semblait plaindre ; il aurait voulu lui parler, mais la Bretonne sut que le silence de son amant était imposé. La peau rude et tannée de cet homme parvint à se plisser sur son front, et ses sourcils se rapprochèrent violemment. Résistait-il à l'ordre renouvelé de tuer mademoiselle de Verneuil ? Cette grimace le rendit sans doute plus hideux à madame du Gua, mais l'éclair de ses yeux devint presque doux pour Francine, qui, devinant par ce regard qu'elle pourrait faire plier l'énergie de ce sauvage sous sa volonté de femme, espéra régner encore, après Dieu, sur ce cœur grossier.

Le doux entretien de Marie fut interrompu par madame du Gua, qui vint la prendre en criant comme si quelque danger la menaçait ; mais elle voulait uniquement laisser l'un des membres du comité royaliste d'Alençon, qu'elle reconnut, libre de parler à l'émigré.

— Défiez-vous de la fille que vous avez rencontrée à l'hôtel des *Trois Maures !*

Après avoir dit cette phrase à l'oreille du jeune homme, le chevalier de Valois, qui montait un petit cheval breton, disparut dans les genêts d'où il venait de sortir. En ce moment, le feu de l'escarmouche roulait avec une étonnante vivacité, mais sans que les deux parties en vinssent aux mains.

— Mon adjudant, ne serait-ce pas une fausse attaque pour enlever nos voyageurs et leur imposer une rançon ?... dit la Clef-des-Cœurs.

— Tu as les pieds dans leurs souliers, ou le diable m'emporte ! répondit Gérard en volant sur la route.

En ce moment, le feu des chouans se ralentit, car la communication faite au chef par le chevalier était le seul but de leur escarmouche. Merle, qui les vit se sauvant en petit nombre à travers les haies, ne jugea pas à propos de s'engager dans une lutte inutilement dangereuse. Gérard, en deux mots, fit reprendre à l'escorte sa position sur le chemin, et se remit en marche sans avoir essuyé de perte. Le capitaine put offrir la main à mademoiselle de Verneuil pour remonter en voiture, car le gentilhomme resta comme frappé de la foudre. La Parisienne, étonnée, monta sans accepter la politesse du républicain ; elle tourna la tête vers son amant, le vit immobile, et fut stupéfaite du changement subit que les mystérieuses paroles du cavalier venaient d'opérer en lui. Le jeune émigré revint lentement, et son attitude décelait un profond sentiment de dégoût.

— N'avais-je pas raison ? dit à l'oreille du jeune homme madame du Gua en le ramenant à la voiture ; nous sommes certes entre les mains d'une créature avec laquelle on a trafiqué de votre tête ; mais, puisqu'elle est assez sotte pour s'amouracher de vous, au lieu de faire son métier, n'allez pas vous conduire en enfant, et feignez de l'aimer jusqu'à ce que nous ayons gagné la Vivetière... Une fois là !...

« Mais l'aimerait-il donc déjà ?... » se dit-elle en voyant le jeune homme à sa place, dans l'attitude d'un homme endormi.

La calèche roula sourdement sur le sable de la route. Au premier regard que mademoiselle de Verneuil jeta autour d'elle, tout lui parut avoir changé. La mort se glissait déjà dans son amour. Ce n'était peut-être que des nuances ; mais, aux yeux de toute femme qui aime, ces nuances sont aussi tranchées que de vives couleurs. Francine avait compris, par le regard de Marche-à-Terre, que le destin de mademoiselle de Verneuil, sur laquelle elle lui avait ordonné de veiller, était entre d'autres mains que les siennes, et offrait un visage pâle, sans pouvoir retenir ses larmes quand sa maîtresse la regardait. La dame inconnue cachait mal sous de faux sourires la malice d'une vengeance féminine, et le subit changement que son obséquieuse bonté pour mademoiselle de Verneuil introduisit dans son maintien, dans sa voix et sa physionomie, était de nature à donner des craintes à une personne perspicace. Aussi mademoiselle de Verneuil frissonna-t-elle par instinct en se demandant :

« Pourquoi frissonné-je ?... C'est sa mère. »

Mais elle trembla de tous ses membres en se disant tout à coup :

« Est-ce bien sa mère ? »

Elle vit un abîme, qu'un dernier coup d'œil jeté sur l'inconnu acheva d'éclairer.

« Cette femme l'aime ! pensa-t-elle. Mais pourquoi m'accabler de prévenances, après m'avoir témoigné tant de froideur ? Suis-je perdue ? Aurait-elle peur de moi ? »

Quant au gentilhomme, il pâlissait, rougissait tour à tour, et gardait une attitude calme en baissant les yeux pour dérober les étranges émotions qui l'agitaient. Une compression violente détruisait la gracieuse courbure de ses lèvres, et son teint jaunissait sous les efforts d'une orageuse pensée. Mademoiselle de Verneuil ne pouvait même plus deviner s'il y avait encore de l'amour dans sa fureur. Le chemin, flanqué de bois en cet endroit, devint sombre et empêcha ces muets acteurs de s'interroger des yeux. Le murmure du vent, le bruissement des touffes d'arbres, le bruit des pas mesurés de l'escorte donnèrent à cette scène ce caractère solennel qui accélère les battements du cœur. Mademoiselle de Verneuil ne pouvait pas chercher en vain la cause de ce changement. Le souvenir de Corentin passa comme un éclair et lui apporta l'image de sa véritable destinée, qui lui apparut tout à coup. Pour la première fois depuis la matinée, elle réfléchit sérieusement à sa situation. Jusqu'en ce moment, elle s'était laissée aller au bonheur d'aimer, sans penser ni à elle, ni à l'avenir. Incapable de supporter plus longtemps ses angoisses, elle chercha, elle attendit, avec la douce patience de l'amour, un des regards du jeune homme, et le supplia si vivement, sa pâleur et son frisson eurent une éloquence si pénétrante, qu'il chancela; mais la chute n'en fut que plus complète.

— Souffririez-vous, mademoiselle? demanda-t-il.

Cette voix dépouillée de douceur, la demande elle-même, le regard, le geste, tout servit à convaincre la pauvre fille que les événements de cette journée appartenaient à un mirage de l'âme qui se dissipait alors comme ces nuages à demi formés que le vent emporte.

— Si je souffre?... répondit-elle en riant forcément ; j'allais vous faire la même question.

— Je croyais que vous vous entendiez, dit madame du Gua avec une fausse bonhomie.

Ni le gentilhomme ni mademoiselle de Verneuil ne répondirent. La jeune fille, doublement outragée, se dépita de voir sa puissante beauté sans puissance. Elle savait pouvoir apprendre au moment où elle le voudrait la cause de cette situation ; mais, peu curieuse de la pénétrer, pour la première fois, peut-être, une femme recula devant un secret. La vie humaine est tristement fertile en situations où, par suite soit d'une méditation trop forte, soit d'une catastrophe, nos idées ne tiennent plus à rien, sont sans substance, sans point de départ, où le présent ne trouve plus de liens pour se rattacher au passé, ni dans l'avenir. Tel fut l'état de mademoiselle de Verneuil. Penchée dans le fond de la voiture, elle y resta comme un arbuste déraciné. Muette et souffrante, elle ne regarda plus personne, s'enveloppa de sa douleur, et demeura avec tant de volonté dans le monde inconnu où se réfugient les malheureux, qu'elle ne vit plus rien. Des corbeaux passèrent en croassant au-dessus d'eux ; mais, quoique, semblable à toutes les âmes fortes, elle eût un coin du cœur pour les superstitions, elle n'y fit aucune attention. Les voyageurs cheminèrent quelque temps en silence.

« Déjà séparés ! se disait mademoiselle de Verneuil. Cependant, rien autour de moi n'a parlé. Serait-ce Corentin? Ce n'est pas son intérêt. Qui donc a pu se lever pour m'accuser? A peine aimée, voici déjà l'horreur de l'abandon. Je sème l'amour et je recueille le mépris. Il est donc dans ma destinée de toujours voir le bonheur et de toujours le perdre ! »

Elle sentit alors dans son cœur des troubles inconnus, car elle aimait réellement et pour la première fois. Cependant, elle ne s'était pas tellement livrée qu'elle ne pût trouver des ressources contre sa douleur dans la fierté naturelle à une femme jeune et belle. Le secret de son amour, ce secret souvent gardé dans les tortures, ne lui était pas échappé. Elle se releva et, honteuse de donner la mesure de sa passion par sa silencieuse souffrance, elle secoua la tête par un mouvement de gaieté, montra un visage ou plutôt un masque riant, puis elle força sa voix pour en déguiser l'altération.

— Où sommes-nous? demanda-t-elle au capitaine Merle, qui se tenait toujours à une certaine distance de la voiture.

— A trois lieues et demie de Fougères, mademoiselle.

— Nous allons donc y arriver bientôt? lui dit-elle pour l'encourager à lier une conversation où elle se promettait bien de témoigner quelque estime au jeune capitaine.

— Ces lieues-là, répliqua Merle tout joyeux, ne sont pas larges ; seulement, elles se permettent dans ce pays-ci de ne jamais finir. Lorsque vous serez sur le plateau de la côte que nous gravissons, vous apercevrez une vallée semblable à celle que nous allons quitter, et à l'horizon vous pourrez alors voir le sommet de la Pèlerine. Plaise à Dieu que les chouans ne veuillent pas y prendre leur revanche ! Or, vous concevez qu'à monter et descendre ainsi, l'on n'avance guère. De la Pèlerine, vous découvrirez encore...

A ce mot, l'émigré tressaillit pour la seconde fois, mais si légèrement, que mademoiselle de Verneuil fut seule à remarquer ce tressaillement.

— Qu'est-ce donc que cette Pèlerine? demanda vivement la jeune fille en interrompant le capitaine, engagé dans sa topographie bretonne.

— C'est, répondit Merle, le sommet d'une montagne qui donne son nom à la vallée du Maine, dans laquelle nous allons entrer, et qui sépare cette province de la vallée du Couësnon, à l'extrémité de laquelle est située Fougères, la première ville de Bretagne. Nous nous y sommes battus, à la fin de vendémiaire, contre le Gars et ses brigands. Nous emmenions des conscrits, qui, pour ne pas quitter leur pays, ont voulu nous tuer sur la limite : mais Hulot est un rude chrétien qui leur a donné...

— Alors, vous avez dû voir le Gars ? demanda-t-elle. Quel homme est-ce ?...

Ses yeux perçants et malicieux ne quittèrent pas la figure du faux vicomte de Bauvan.

— Oh ! mon Dieu ! mademoiselle, répondit Merle toujours interrompu, il ressemble tellement au citoyen du Gua, que, s'il ne portait pas l'uniforme de l'École polytechnique, je gagerais que c'est lui.

Mademoiselle de Verneuil regarda fixement le froid et immobile jeune homme qui la dédaignait, mais elle ne vit rien en lui qui pût trahir un sentiment de crainte ; elle l'instruisit par un sourire amer de la découverte qu'elle faisait en ce moment du secret si traîtreusement gardé par lui ; puis, d'une voix railleuse, les narines enflées de joie, la tête de côté pour examiner le gentilhomme et voir Merle tout à la fois, elle dit au républicain :

— Ce chef-là, capitaine, donne bien des inquiétudes au premier consul. Il a de la hardiesse, dit-on ; seulement, il s'aventure dans certaines entreprises comme un étourneau, surtout auprès des femmes.

— Nous comptons bien là-dessus, répondit le capitaine, pour solder notre compte avec lui. Si nous le tenons seulement deux heures, nous lui mettrons un peu de plomb dans la tête. S'il nous rencontrait, le Coblentz en ferait autant de nous, et nous mettrait à l'ombre ; ainsi, *par pari*...

— Oh ! dit l'émigré, nous n'avons rien à craindre ! Vos soldats n'iront pas jusqu'à la Pèlerine, ils sont trop fatigués, et, si vous y consentez, ils pourront se reposer à deux pas d'ici. Ma mère descend à la Vivetière, et en voici le chemin, à quelques portées de fusil. Ces deux dames voudront s'y reposer, elles doivent être lasses d'être venues, d'une seule traite, d'Alençon ici. Et, puisque mademoiselle, dit-il avec une politesse forcée en se tournant vers sa maîtresse, a eu la générosité de donner à notre voyage autant de sécurité que d'agrément, elle daignera peut-être accepter à souper chez ma mère ? Enfin, capitaine, ajouta-t-il en s'adressant à Merle, les temps ne sont pas si malheureux, qu'il ne puisse se trouver encore à la Vivetière une pièce de cidre à défoncer pour vos hommes. Allez, le Gars n'y aura pas tout pris ; du moins, ma mère le croit...

— Votre mère ?... fit mademoiselle de Verneuil en interrompant avec ironie et sans répondre à la singulière invitation qu'on lui faisait.

— Mon âge ne vous semble donc plus croyable ce soir, mademoiselle ? répondit madame du Gua. J'ai eu le malheur d'être mariée fort jeune, j'ai eu mon fils à quinze ans...

— Ne vous trompez-vous pas, madame ? Ne serait-ce pas à trente ?

Madame du Gua pâlit en dévorant ce sarcasme, elle aurait voulu pouvoir se venger, et se trouvait forcée de sourire, car elle désira reconnaître à tout prix, même à de plus cruelles épigrammes, le sentiment dont la jeune fille était animée ; aussi feignit-elle de ne l'avoir pas comprise.

— Jamais les chouans n'ont eu de chef plus cruel que celui-là, s'il faut ajouter foi aux bruits qui courent sur lui ? dit-elle en s'adressant à la fois à Francine et à sa maîtresse.

— Oh ! pour cruel, je ne crois pas, répondit mademoiselle de Verneuil ; mais il sait mentir et me semble fort crédule : un chef de parti ne doit être le jouet de personne.

— Vous le connaissez ? demanda froidement le jeune émigré.

— Non, répliqua-t-elle en lui lançant un regard de mépris, je croyais le connaître...

— Oh ! mademoiselle, c'est décidément un *malin !* reprit le capitaine en hochant la tête et donnant, par un geste expressif, la physionomie particulière que ce mot avait alors et qu'il a perdue depuis. Ces vieilles familles poussent quelquefois de vigoureux rejetons. Il revient d'un pays où les ci-devant n'ont pas eu, dit-on, toutes leurs aises ; et les hommes, voyez-vous, sont comme les nèfles, ils mûrissent sur la paille. Si ce garçon-là est habile, il pourra nous faire courir longtemps. Il a bien su opposer des compagnies légères à nos compagnies franches et neutraliser les efforts du gouvernement. Si l'on brûle un village aux royalistes, il en fait brûler deux aux républicains. Il se développe sur une immense étendue, et nous force ainsi à employer un nombre considérable de troupes dans un moment où nous n'en avons pas de trop !... Oh ! il entend les affaires.

— Il assassine sa patrie ! dit Gérard d'une voix forte en interrompant le capitaine.

— Mais, répliqua le gentilhomme, si sa mort délivre le pays, fusillez-le donc bien vite.

Puis il sonda par un regard l'âme de mademoiselle de Verneuil, et il se passa entre eux une de ces scènes muettes dont la langue ne peut reproduire que très imparfaitement la vivacité dramatique et la fugitive finesse. Le danger rend intéressant. Quand il s'agit de mort, le criminel le plus vil excite toujours un peu de pitié. Or, quoique mademoiselle de Verneuil fût alors certaine que l'amant qui la dédaignait était ce chef dangereux, elle ne voulait pas encore s'en assurer par son supplice ; elle avait une tout autre curiosité à satisfaire. Elle préféra donc douter ou croire selon sa passion, et se mit à jouer avec le péril. Son regard, empreint d'une perfidie moqueuse, montrait les soldats au jeune chef d'un air de triomphe : en lui présentant ainsi l'image de son danger, elle se plaisait à lui faire durement sentir que sa vie dépendait d'un seul mot, et déjà ses lèvres paraissaient se mouvoir pour le prononcer. Semblable à un sauvage d'Amérique, elle interrogeait les fibres du visage de son ennemi lié au poteau, et brandissait le *casse-tête* avec grâce, savourant une vengeance tout innocente, et punissant comme une maîtresse qui aime encore.

— Si j'avais un fils comme le vôtre, madame, dit-elle à l'étrangère visiblement épouvantée, je porterais son deuil le jour où je l'aurais livré aux dangers.

Elle ne reçut point de réponse. Elle tourna vingt fois la tête vers les officiers et la retourna brusquement vers madame du Gua, sans surprendre entre elle et le Gars aucun signe secret qui pût lui confirmer une intimité qu'elle soupçonnait et dont elle voulait douter. Une femme aime tant à hésiter dans une lutte de vie et de mort, quand elle tient l'arrêt ! Le jeune général souriait de l'air le plus calme, et soutenait sans trembler la torture que mademoiselle de Verneuil lui faisait subir ; son attitude et l'expression de sa physionomie annonçaient un homme insouciant des dangers auxquels il s'était soumis, et parfois il semblait lui dire : « Voici l'occasion de venger votre vanité blessée, saisissez-la ! Je serais au désespoir de revenir de mon mépris pour vous. » Mademoiselle de Verneuil se mit à examiner le chef de toute la hauteur de sa position avec une impertinence et une dignité apparentes, car au fond de son cœur, elle en admirait le courage et la tranquillité. Joyeuse de découvrir que son amant portait un vieux titre, dont les privilèges plaisent à toutes les femmes, elle éprouvait quelque plaisir à le rencontrer dans une situation où, champion d'une cause ennoblie par le malheur, il luttait avec toutes les facultés d'une âme forte contre une république tant de fois victorieuse, et de le voir aux prises avec le danger, déployant cette bravoure si puissante sur le cœur des femmes ; elle le mit vingt fois à l'épreuve, en obéissant peut-être à cet instinct qui porte la femme à jouer avec sa proie comme le chat joue avec la souris qu'il a prise.

— En vertu de quelle loi condamnez-vous donc les chouans à mort ? demanda-t-elle à Merle.

— Mais, celle du 14 fructidor dernier, qui met hors la loi les départements insurgés et y institue des conseils de guerre, répondit le républicain.

— A quoi dois-je maintenant l'honneur d'attirer vos regards, dit-elle au jeune chef qui l'examinait attentivement.

— A un sentiment qu'un galant homme ne saurait exprimer à quelque femme que ce puisse être, répondit le marquis de Montauran à voix basse, en se penchant vers elle. Il fallait, dit-il à haute voix, vivre en ce temps pour voir des filles faisant l'office du bourreau, et enchérissant sur lui par la manière dont elles jouent avec la hache...

Elle regarda Montauran fixement ; puis, ravie d'être insultée par cet homme au moment où elle en tenait la vie entre ses mains, elle lui dit à l'oreille, en riant avec une douce malice :

— Vous avez une trop mauvaise tête, les bourreaux n'en voudraient pas, je la garde.

Le marquis, stupéfait, contempla pendant un moment cette inexplicable fille, dont l'amour triomphait de tout, même des plus piquantes injures, et qui se vengeait par le pardon d'une offense que les femmes ne pardonnent jamais. Ses yeux furent moins sévères, moins froids, et même une expression de mélancolie se glissa dans ses traits. Sa passion était déjà plus forte qu'il ne le croyait lui-même. Mademoiselle de Verneuil, satisfaite de ce faible gage d'une réconciliation cherchée, regarda le chef tendrement, lui jeta un sourire qui ressemblait à un baiser ; puis elle se pencha dans le fond de la voiture, et ne voulut plus risquer l'avenir de ce drame de bonheur, croyant en avoir rattaché le nœud par ce sourire. Elle était si belle ! elle savait si bien triompher des obstacles en amour ! elle était si fort habituée à se jouer de tout, à marcher au hasard ! elle aimait tant l'imprévu et les orages de la vie !

Bientôt, par l'ordre du marquis, la voiture quitta la grande route et se dirigea vers la Vivetière, à travers un chemin creux encaissé de hauts talus plantés de pommiers qui en faisaient plutôt un fossé qu'une route. Les voyageurs laissèrent les bleus gagner lentement à leur suite le manoir dont les faîtes grisâtres apparaissaient et disparaissaient tour à tour entre les arbres de cette route, où quelques soldats restèrent occupés à disputer leurs souliers à sa forte argile.

— Cela ressemble furieusement au chemin du paradis ! s'écria Beau-Pied.

Grâce à l'expérience du postillon, mademoiselle de Verneuil ne tarda pas à voir le château de la Vivetière. Cette maison, située sur la croupe d'une espèce de promontoire, était enveloppée par deux étangs profonds qui ne permettaient d'y arriver qu'en suivant une étroite chaussée. La partie de cette péninsule où se trouvaient les habitations et les jardins était protégée à une certaine distance, derrière le château, par un large fossé où se déchargeait l'eau superflue des étangs avec lesquels il communiquait, et formait ainsi réellement une île presque inexpugnable, retraite précieuse pour un chef qui ne pouvait être surpris que par trahison. En entendant crier les gonds rouillés de la porte et en passant sous la voûte en ogive d'un portail ruiné par la guerre précédente, mademoiselle de Verneuil avança la tête. Les couleurs sinistres du tableau qui s'offrit à ses regards effacèrent presque les pensées d'amour et de coquetterie entre lesquelles elle se berçait. La voiture entra dans une grande cour presque carrée et fermée par les rives abruptes des étangs. Ces berges sauvages, baignées par des eaux couvertes de grandes taches vertes, avaient pour tout ornement des arbres aquatiques dépouillés de feuilles, dont les troncs rabougris, les têtes énormes et chenues, élevées au-dessus des roseaux et des broussailles, ressemblaient à des marmousets grotesques. Ces haies disgracieuses parurent s'animer et parler quand les grenouilles les désertèrent en coassant, et que des poules d'eau, réveillées par le bruit de la voiture, volèrent en barbotant sur la surface des étangs. La cour, entourée d'herbes hautes et flétries, d'ajoncs, d'arbustes nains ou parasites, excluait toute idée d'ordre et de splendeur. Le château semblait abandonné depuis longtemps. Les toits paraissaient plier sous le poids des végétations qui y croissaient. Les murs, quoique construits de ces pierres schisteuses et solides dont abonde le sol, offraient de nombreuses lézardes où le lierre attachait ses griffes. Deux corps de bâtiments réunis en équerre à une haute tour, et qui faisaient face à l'étang, composaient tout le château, dont les portes et les volets pendants et pourris, les balustrades rouillées, les fenêtres ruinées paraissaient devoir tomber au premier souffle d'une tempête. La bise sifflait à travers ces ruines, auxquelles la lune prêtait, par sa lumière indécise, le caractère et la physionomie d'un grand spectre. Il faut avoir vu les couleurs de ces pierres granitiques grises et bleues, mariées aux schistes noirs et fauves, pour savoir combien est vraie l'image que suggérait la vue de cette carcasse vide et sombre. Ses pierres disjointes, ses croisées sans vitres, sa tour à créneaux, ses toits à jour lui donnaient tout à fait l'air d'un squelette ; et les oiseaux de proie qui s'envolèrent en criant ajoutaient un trait de plus à cette vague ressemblance. Quelques hauts sapins plantés derrière la maison balançaient au-dessus des toits leur feuillage sombre, et quelques ifs, taillés pour en décorer les angles, l'encadraient de tristes festons, semblables aux tentures d'un convoi. Enfin, la forme des portes, la grossièreté des ornements, le peu d'ensemble des constructions, tout annonçait un de ces manoirs féodaux dont s'enorgueillit la Bretagne, avec raison peut-être, car ils forment sur cette terre gaélique une espèce d'histoire monumentale des temps nébuleux qui précèdent l'établissement de la monarchie. Mademoiselle de Verneuil, dans l'imagination de laquelle le mot de château réveillait toujours les formes d'un type convenu, frappée de la physionomie funèbre de ce tableau, sauta légèrement hors de la calèche, et le contempla toute seule avec terreur, en songeant au parti qu'elle devait prendre. Francine entendit pousser à madame du Gua un soupir de joie en se trouvant hors de l'atteinte des bleus, et une exclamation involontaire lui échappa quand le portail fut fermé et qu'elle se vit dans cette espèce de forteresse naturelle. Montauran s'était vivement élancé vers mademoiselle de Verneuil en devinant les pensées qui la préoccupaient.

CELA RESSEMBLE FURIEUSEMENT AU CHEMIN DU PARADIS ! S'ÉCRIA BEAU-PIED.

— Ce château, dit-il avec une légère tristesse, a été ruiné par la guerre, comme les projets que j'élevais pour notre bonheur l'ont été par vous.

— Et comment? demanda-t-elle toute surprise.

— Êtes-vous une *jeune femme belle*, NOBLE *et spirituelle !* dit-il avec un accent d'ironie en lui répétant les paroles qu'elle lui avait si coquettement prononcées dans leur conversation sur la route.

— Qui vous a dit le contraire?

— Des amis dignes de foi, qui s'intéressent à ma sûreté et veillent à déjouer les trahisons.

— Des trahisons! dit-elle d'un air moqueur. Alençon et Hulot sont-ils donc déjà si loin? Vous n'avez pas de mémoire, un défaut dangereux pour un chef de parti! Mais, du moment que des amis, ajouta-t-elle avec une rare impertinence, règnent si puissamment dans votre cœur, gardez vos amis. Rien n'est comparable aux plaisirs de l'amitié. Adieu! Ni moi ni les soldats de la République, nous n'entrerons ici.

Elle s'élança vers le portail par un mouvement de fierté blessée et de dédain, mais elle déploya dans sa démarche une noblesse et un désespoir qui changèrent toutes les idées du marquis, à qui il en coûtait trop de renoncer à ses désirs pour qu'il ne fût pas imprudent et crédule. Lui aussi aimait déjà. Ces deux amants n'avaient donc envie ni l'un ni l'autre de se quereller longtemps.

— Ajoutez un mot et je vous crois, dit-il d'une voix suppliante.

— Un mot? reprit-elle avec ironie en serrant ses lèvres, un mot? Pas seulement un geste!

— Au moins grondez-moi, demanda-t-il en essayant de prendre une main qu'elle retira; si toutefois vous osez bouder un chef de rebelles, maintenant aussi défiant et sombre qu'il était joyeux et confiant naguère.

Marie ayant regardé le marquis sans colère, il ajouta :

— Vous avez mon secret, et je n'ai pas le vôtre.

A ces mots, le front d'albâtre sembla devenu brun. Marie jeta un regard d'humeur au chef et répondit:

— Mon secret?... jamais!

En amour, chaque parole, chaque coup d'œil a son éloquence du moment : mais, là, mademoiselle de Verneuil n'exprima rien de précis, et, quelque habile que fût Montauran, le secret de cette exclamation resta impénétrable, quoique la voix de cette femme eût trahi des émotions peu ordinaires, qui durent vivement piquer sa curiosité.

— Vous avez, reprit-il, une plaisante manière de dissiper les soupçons.

— En conservez-vous donc? demanda-t-elle en le toisant des yeux comme si elle lui eût dit : « Avez-vous quelques droits sur moi? »

— Mademoiselle, répondit le jeune homme d'un air soumis et ferme, le pouvoir que vous exercez sur les troupes républicaines, cette escorte...

— Ah! vous m'y faites penser. Mon escorte et moi, lui demanda-t-elle avec une légère ironie, vos protecteurs enfin, seront-ils en sûreté ici?

— Oui, foi de gentilhomme! Qui que vous soyez, vous et les vôtres, vous n'avez rien à craindre chez moi.

Ce serment fut prononcé par un mouvement si loyal et si généreux, que mademoiselle de Verneuil dut avoir une entière sécurité sur le sort des républicains. Elle allait parler, quand l'arrivée de madame du Gua lui imposa silence. Cette dame avait pu entendre ou deviner une partie de la conversation des deux amants, et ne concevait pas de médiocres inquiétudes en les apercevant dans une position qui n'accusait plus la moindre inimitié. En voyant cette femme, le marquis offrit la main à mademoiselle de Verneuil, et s'avança vers la maison avec vivacité comme pour se défaire d'une importune compagnie.

« Je les gêne! » se dit l'inconnue en restant immobile à sa place.

Elle regarda les deux amants réconciliés s'en allant lentement vers le perron, où ils s'arrêtèrent pour causer aussitôt qu'ils eurent mis entre elle et eux un certain espace.

« Oui, oui, je les gêne! reprit-elle en se parlant à elle-même; mais dans peu cette créature-là ne me gênera plus; l'étang sera, pardieu! son tombeau. Ne tiendrai-je pas bien ta parole de gentilhomme? Une fois sous cette eau, qu'a-t-on à craindre? N'y sera-t-elle pas en sûreté? »

Elle regardait d'un œil fixe le miroir calme du petit lac de droite, quand tout à coup elle entendit bruire les ronces de la berge et aperçut au clair de la lune la figure de Marche-à-Terre, qui se dressa par-dessus la noueuse écorce d'un vieux saule. Il fallait connaître le chouan pour le distinguer au milieu de cette assemblée de truisses ébranchées, parmi lesquelles la sienne se confondait si facilement. Madame du Gua jeta d'abord autour d'elle un regard de défiance; elle vit le postillon conduisant ses chevaux à une écurie située dans celle des deux ailes du château qui faisait face à la rive où Marche-à-Terre était caché; Francine allait vers les deux amants, qui, dans ce moment, oubliaient toute la terre; alors, l'inconnue s'avança, mettant un doigt sur ses lèvres pour réclamer un profond silence; puis le chouan comprit plutôt qu'il n'entendit, les paroles suivantes :

— Combien êtes-vous ici ?

— Quatre-vingt-sept.

— Ils ne sont que soixante-cinq, je les ai comptés.

— Bien, répondit le sauvage avec une satisfaction farouche.

Attentif aux moindres gestes de Francine, le chouan disparut dans l'écorce du saule en la voyant se retourner pour chercher des yeux l'ennemie sur laquelle elle veillait par instinct.

Sept ou huit personnes, attirées par le bruit de la voiture, se montrèrent en haut du principal perron et s'écrièrent :

— C'est le Gars !... c'est lui, le voici !

A ces exclamations, d'autres hommes accoururent, et leur présence interrompit la conversation des deux amants. Le marquis de Montauran s'avança précipitamment vers les gentilhommes, leur fit un signe impératif pour leur imposer silence, et leur indiqua le haut de l'avenue par laquelle débouchaient les soldats républicains. A l'aspect de ces uniformes bleus à revers rouges, si connus, et de ces baïonnettes luisantes, les conspirateurs étonnés s'écrièrent :

— Seriez-vous donc venu pour nous trahir ?

— Je ne vous avertirais pas du danger, répondit le marquis en souriant avec amertume. Ces bleus, reprit-il après une pause, forment l'escorte de cette jeune dame, dont la générosité nous a miraculeusement délivrés d'un péril auquel nous avons failli succomber dans une auberge d'Alençon. Nous vous conterons cette aventure. Mademoiselle et son escorte sont ici sur ma parole, et doivent être reçus en amis.

Madame du Gua et Francine étaient arrivées jusqu'au perron, le marquis présenta galamment la main à mademoiselle de Verneuil, le groupe de gentilshommes se partagea en deux haies pour les laisser passer, et tous essayèrent d'apercevoir les traits de l'inconnue, car madame du Gua avait déjà rendu leur curiosité plus vive en leur faisant quelques signes à la dérobée. Mademoiselle de Verneuil vit dans la première salle une grande table parfaitement servie et préparée pour une vingtaine de convives. Cette salle à manger communiquait à un vaste salon où l'assemblée se trouva bientôt réunie. Ces deux pièces étaient en harmonie avec le spectacle de destruction qu'offraient les dehors du château. Les boiseries de noyer poli, mais de formes rudes et grossières, saillantes, mal travaillées, étaient disjointes et semblaient près de tomber. Leur couleur sombre ajoutait encore à la tristesse de ces salles sans glaces ni rideaux, où quelques meubles séculaires et en ruine s'harmonisaient avec cet ensemble de débris. Marie aperçut des cartes géographiques, et des plans déroulés sur une grande table ; puis, dans les angles de l'appartement, des armes et des carabines amoncelées. Tout témoignait d'une conférence importante entre les chefs des Vendéens et ceux des chouans. Le marquis conduisit mademoiselle de Verneuil à un immense fauteuil vermoulu qui se trouvait auprès de la cheminée, et Francine vint se placer derrière sa maîtresse en s'appuyant sur le dossier de ce meuble antique.

— Vous me permettrez bien de faire un moment le maître de maison? dit le marquis en quittant les deux étrangères pour se mêler aux groupes formés par ses hôtes.

Francine vit tous les chefs, sur quelques mots de Montauran, s'empressant de cacher leurs armes, les cartes et tout ce qui pouvait éveiller les soupçons des officiers républicains ; quelques-uns quittèrent de larges ceintures de peau contenant des pistolets et des couteaux de chasse. Le marquis recommanda la plus grande discrétion, et sortit en s'excusant sur la nécessité de pourvoir à la réception des hôtes gênants que le hasard lui donnait. Mademoiselle de Verneuil, qui avait levé ses pieds vers le feu en s'occupant à les chauffer, laissa partir Montauran sans retourner la tête, et trompa l'attente des assistants, qui tous désiraient la voir. Seule, Francine fut donc témoin du changement que produisit dans l'assemblée le départ du jeune chef. Les gentilshommes se groupèrent autour de la dame inconnue, et, pendant la sourde conversation qu'elle tint avec eux, il n'y en eut pas un qui ne regardât à plusieurs reprises les deux étrangères.

— Vous connaissez Montauran ! leur disait-elle, il s'est amouraché en un moment de cette fille, et vous comprenez bien que, dans ma bouche, les meilleurs avis lui ont été suspects. Les amis que nous avons à Paris, messieurs de Valois et d'Esgrignon d'Alençon, tous l'ont prévenu du piège qu'on veut lui tendre en lui jetant à la tête une créature, et il se coiffe de la première qu'il rencontre ; d'une fille qui, suivant les renseignements que j'ai fait prendre, s'empare d'un grand nom pour le souiller, qui..., etc., etc.

Cette dame, dans laquelle on a pu reconnaître la femme qui décida l'attaque de la turgotine, conservera désormais dans cette histoire le nom qui lui servit à échapper aux dangers de son passage par Alençon. La publication du vrai nom ne pourrait qu'offenser une noble famille, déjà profondément affligée par les écarts de cette jeune dame, dont la destinée a d'ailleurs été le sujet d'une autre scène. Bientôt, l'attitude de curiosité que prit l'assemblée devint impertinente et presque hostile. Quelques exclamations assez dures parvinrent à l'oreille de Francine, qu , après avoir dit un mot à sa maîtresse, se réfugia dans l'embrasure d'une croisée. Marie se leva, se tourna vers le groupe insolent, y jeta quelques regards pleins de dignité, de mépris même. Sa beauté, l'élégance de ses manières et sa fierté changèrent tout à coup les dispositions de ses ennemis et lui valurent un murmure flatteur qui leur échappa. Deux ou trois hommes, dont l'extérieur trahissait les habitudes de politesse et de galanterie qui s'acquièrent dans la sphère élevée des cours, s'approchèrent de Marie avec bonne grâce ; sa décence leur imposa le respect, aucun d'eux n'osa lui adresser la parole, et, loin d'être accusée par eux, ce fut elle qui sembla les juger. Les chefs de cette guerre entreprise pour Dieu et le roi ressemblaient bien peu aux portraits de fantaisie qu'elle s'était plu à tracer. Cette lutte, véritablement grande, se rétrécit et prit des proportions mesquines quand elle vit, sauf deux ou trois figures vigoureuses, ces gentilshommes de province, tous dénués d'expression et de vie. Après avoir fait de la poésie, Marie tomba tout à coup dans le vrai. Ces physionomies paraissaient annoncer d'abord plutôt un besoin d'intrigue que l'amour de la gloire ; l'intérêt mettait bien réellement à tous ces gentilshommes les armes à la main ; mais, s'ils devenaient héroïques dans l'action, là ils se montraient à nu. La perte de ses illusions rendit mademoiselle de Verneuil injuste et l'empêcha de reconnaître le dévouement vrai qui fit plusieurs de ces hommes si remarquables. Cependant, la plupart d'entre eux montraient des manières communes. Si quelques têtes originales se faisaient distinguer entre les autres, elles étaient rapetissées par les formules et par l'étiquette de l'aristocratie. Si Marie accorda généralement de la finesse et de l'esprit à ces hommes, elle trouva chez eux une absence complète de cette simplicité, de ce grandiose auxquels les triomphes et les hommes de la République l'habituaient. Cette assemblée nocturne, au milieu de ce vieux castel en ruine et sous ces ornements contournés assez bien assortis aux figures, la fit sourire, elle voulut y voir un tableau symbolique de la monarchie. Elle pensa bientôt avec délices qu'au moins le marquis jouait le premier rôle parmi ces gens, dont le seul mérite, pour elle, était de se dévouer à une cause perdue. Elle dessina la figure de son amant sur cette masse, se plut à l'en faire ressortir, et ne vit plus dans ces figures maigres et grêles que les instruments de ses nobles desseins. En ce moment, les pas du marquis retentirent dans la salle voisine. Tout à coup, les conspirateurs se séparèrent en plusieurs groupes, et les chuchotements cessèrent. Semblables à des écoliers qui ont comploté quelque malice en l'absence de leur maître, ils s'empressèrent d'affecter l'ordre et le silence. Montauran entra, Marie eut le bonheur de l'admirer au milieu de ces gens, parmi lesquels il était le plus jeune, le plus beau, le premier. Comme un roi dans sa cour, il alla de groupe en groupe, distribua de légers coups de tête, des serrements de main, des regards, des paroles d'intelligence ou de reproche, en faisant son métier de chef de parti avec une grâce et un aplomb difficiles à supposer dans ce jeune homme, d'abord accusé par elle d'étourderie. La présence du marquis mit un terme à la curiosité qui s'était attachée à mademoiselle de Verneuil ; mais, bientôt, les méchancetés de madame du Gua produisirent leur effet. Le baron du Guénic, surnommé l'*Intimé*, qui, parmi tous ces hommes rassemblés par de graves intérêts, paraissait autorisé par son nom et par son rang à traiter familièrement Montauran, le prit par le bras et l'emmena dans un coin.

— Écoute, mon cher marquis, lui dit-il, nous te voyons tous avec peine sur le point de faire une insigne folie.

— Qu'entends-tu par ces paroles ?

— Mais sais-tu bien d'où vient cette fille, qui elle est réellement, et quels sont ses desseins sur toi?

— Mon cher l'Intimé, entre nous soit dit, demain matin, ma fantaisie sera passée.

— D'accord ; mais, si cette créature te livre avant le jour?...

— Je te répondrai quand tu m'auras dit pourquoi elle ne l'a pas déjà fait, répliqua Montauran, qui prit par badinage un air de fatuité.

— Mais, si tu lui plais, elle ne veut peut-être pas te trahir avant que sa fantaisie, à elle, soit passée.

— Mon cher, regarde cette charmante fille, étudie ses manières, et ose dire que ce n'est pas une femme de distinction ! Si elle jetait sur toi des regards favorables, ne sentirais-tu pas, au fond de ton âme, quelque respect pour elle ? Certaine dame vous a déjà prévenus contre cette personne ; mais, après ce que nous nous sommes dit l'un à l'autre, si c'était une de ces créatures perdues dont nous ont parlé nos amis, je la tuerais...

— Croyez-vous, dit madame du Gua, qui intervint, Fouché assez bête pour vous envoyer une fille prise au coin d'une rue? Il a proportionné les séductions à votre mérite. Mais, si vous êtes aveugle, vos amis auront les yeux ouverts pour veiller sur vous.

— Madame, répondit le Gars en lui dardant des regards de colère, songez à ne rien entreprendre contre cette personne, ni contre son escorte, ou rien ne vous garantirait de ma vengeance. Je veux que mademoiselle soit traitée avec les plus grands égards et comme une femme qui m'appartient. Nous sommes, je crois, alliés aux Verneuil.

L'opposition que rencontrait le marquis produisit l'effet ordinaire que font sur les jeunes gens de semblables obstacles. Quoiqu'il eût, en apparence, traité fort légèrement mademoiselle de Verneuil et fait croire que sa passion pour elle était un caprice, il venait, par un sentiment d'orgueil, de franchir un espace immense. En avouant cette femme, il trouva son honneur intéressé à ce qu'elle fût respectée : il alla donc de groupe en groupe, assurant, en homme qu'il eût été dangereux de froisser, que cette inconnue était réellement mademoiselle de Verneuil. Aussitôt, toutes les rumeurs s'apaisèrent.

Lorsque Montauran eut établi une espèce d'harmonie dans le salon et satisfait à toutes les exigences, il se rapprocha de sa maîtresse avec empressement et lui dit à voix basse :

— Ces gens-là m'ont volé un moment de bonheur.

— Je suis bien contente de vous avoir près de moi, répondit-elle en riant. Je vous préviens que je suis curieuse : ainsi, ne vous fatiguez pas trop de mes questions. Dites-moi d'abord qui est ce bonhomme qui porte une veste de drap vert?

— C'est le fameux major Brigaut, un homme du Marais, compagnon de feu Mercier, dit la Vendée.

— Mais qui est le gros ecclésiastique à face rubiconde avec lequel il cause maintenant de moi ? reprit mademoiselle de Verneuil.

— Vous voulez savoir ce qu'ils disent?

— Si je veux le savoir?... est-ce une question ?

— Mais je ne pourrais vous en instruire sans vous offenser.

— Du moment que vous me laissez offenser sans tirer vengeance des injures que je reçois chez vous, adieu, marquis ! Je ne veux pas rester un moment ici. J'ai déjà des remords de tromper ces pauvres républicains, si loyaux et si confiants.

Elle fit quelques pas et le marquis la suivit.

— Ma chère Marie, écoutez-moi. Sur mon honneur, j'ai imposé silence à leurs méchants propos avant de savoir s'ils étaient faux ou vrais. Néanmoins, dans ma situation, quand les amis que nous avons dans les ministères à Paris m'ont averti de me défier de toute espèce de femme qui se trouverait sur mon chemin, en m'annonçant que Fouché voulait employer contre moi une Judith des rues, il est permis à mes meilleurs amis de penser que vous êtes trop belle pour être une honnête femme...

En parlant, le marquis plongeait son regard dans les yeux de mademoiselle de Verneuil, qui rougit et ne put retenir quelques pleurs.

— J'ai mérité ces injures, dit-elle. Je voudrais vous voir persuadé que je suis une méprisable créature et me savoir aimée... alors, je ne douterais plus de vous. Moi, je vous ai cru quand vous me trompiez, et vous ne me croyez pas quand je suis vraie ! Brisons là, monsieur, dit-elle en fronçant le sourcil et pâlissant comme une femme qui va mourir. Adieu.

Elle s'élança hors de la salle à manger par un mouvement de désespoir.

— Marie, ma vie est à vous ! lui dit le jeune marquis à l'oreille.

Elle s'arrêta, le regarda.

— Non, non, dit-elle, je serai généreuse. Adieu. Je ne pensais, en vous suivant, ni à mon passé ni à votre avenir, j'étais folle.

— Comment ! vous me quittez au moment où je vous offre ma vie?...

— Vous l'offrez dans un moment de passion, de désir...

— Sans regret, et pour toujours, dit-il.

Elle rentra. Pour cacher ses émotions, le marquis continua l'entretien :

— Ce gros homme de qui vous me demandiez le nom est un homme redoutable, l'abbé Gudin, un de ces jésuites assez obstinés, assez dévoués peut-être pour rester en France malgré l'édit de 1763, qui les en a bannis. Il est le boute-feu de la guerre dans ces contrées et le propagateur de l'association religieuse dite du Sacré-Cœur. Habitué à se servir de la religion comme d'un instrument, il persuade à ses affiliés qu'ils ressusciteront, et sait entretenir leur fanatisme par d'adroites prédications. Vous le voyez : il faut employer les intérêts particuliers de chacun pour arriver à un grand but. Là sont tous les secrets de la politique.

— Et ce vieillard encore vert, tout musculeux, dont la figure est si repoussante ? Tenez, là, l'homme habillé avec les lambeaux d'une robe d'avocat?

— Avocat ! Il prétend au grade de maréchal de camp. N'avez-vous pas entendu parler de Longuy?

— Ce serait lui ! dit mademoiselle de Verneuil effrayée. Vous vous servez de ces hommes !

— Chut ! il peut vous entendre. Voyez-vous cet autre en conversation criminelle avec madame du Gua?...

— Cet homme en noir qui ressemble à un juge ?

— C'est un de nos négociateurs, la Billardière, fils d'un conseiller au parlement de Bretagne, dont le nom est quelque chose comme Flamet ; mais il a la confiance des princes.

— Et son voisin, celui qui serre en ce moment sa pipe de terre blanche, et qui appuie tous les doigts de sa main droite sur le panneau comme un pacant? dit mademoiselle de Verneuil en riant.

— Vous l'avez, pardieu ! deviné, c'est l'ancien garde-chasse du défunt mari de cette dame. Il commande une des compagnies que j'oppose aux bataillons mobiles. Lui et Marche-à-Terre sont peut-être les plus consciencieux serviteurs que le roi ait ici.

— Mais elle, qui est-elle?

— Elle, répondit le marquis, elle est la dernière maîtresse qu'ait eue Charette. Elle possède une grande influence sur tout ce monde.

— Lui est-elle restée fidèle?

Pour toute réponse le marquis fit une petite moue dubitative.

— Et l'estimez-vous?

— Vous êtes effectivement bien curieuse.

— Elle est mon ennemie, parce qu'elle ne peut plus être ma rivale, dit en riant mademoiselle de Verneuil ; je lui pardonne ses erreurs passées, qu'elle me pardonne les miennes. Et cet officier à moustaches?

— Permettez-moi de ne pas le nommer. Il veut se défaire du premier consul en l'attaquant à main armée. Qu'il réussisse ou non, vous le connaîtrez, il deviendra célèbre.

— Et vous êtes venu commander à de pareilles gens?... dit-elle avec horreur. Voilà les défenseurs du roi! Où sont donc les gentilshommes et les seigneurs?...

— Mais, dit le marquis avec impertinence, ils sont répandus dans toutes les cours de l'Europe. Qui donc enrôle les rois, leurs cabinets, leurs armées, au service de la maison de Bourbon, et les lance sur cette République qui menace de mort toutes les monarchies et l'ordre social d'une destruction complète !...

— Ah ! répondit-elle avec une généreuse émotion, soyez désormais la source pure où je puiserai les idées que je dois encore acquérir... j'y consens. Mais laissez-moi penser que vous êtes le seul noble qui fasse son devoir en attaquant la France avec des Français, et non à l'aide de l'étranger. Je suis femme et sens que, si mon enfant me frappait dans sa colère, je pourrais lui pardonner ; mais, s'il me voyait de sang-froid déchirée par un inconnu, je le regarderais comme un monstre.

— Vous serez toujours républicaine, dit le marquis en proie à une délicieuse ivresse excitée par les généreux accents qui le confirmaient dans ses présomptions.

— Républicaine? Non, je ne le suis plus. Je ne vous estimerais pas si vous vous soumettiez au premier consul, répliqua-t-elle ; mais je ne voudrais pas non plus vous voir à la tête de gens qui pillent un coin de la France, au lieu d'assaillir toute la République. Pour qui vous battez-vous? Qu'attendez-vous d'un roi rétabli sur le trône par vos mains? Une femme a déjà entrepris ce beau chef-d'œuvre, le roi libéré l'a laissé brûler vive... Ces hommes-là sont les oints du Seigneur, et il y a du danger à toucher aux choses consacrées. Laissez Dieu seul les placer, les déplacer, les replacer sur leurs tabourets de pourpre. Si vous avez pesé la récompense qui vous en reviendra, vous êtes, à mes yeux, dix fois plus grand que je ne vous croyais ; foulez-moi alors, si vous le voulez, aux pieds, je vous le permets, je serai heureuse.

— Vous êtes ravissante ! N'essayez pas d'endoctriner ces messieurs, je serais sans soldats.

— Ah! si vous vouliez me laisser vous convertir, nous irions à mille lieues d'ici.

— Ces hommes que vous paraissez mépriser sauront périr dans la lutte, répliqua le marquis d'un ton plus grave, et leurs torts seront oubliés. D'ailleurs, si mes efforts sont couronnés de quelque succès, les lauriers du triomphe ne cacheront-ils pas tout?

— Il n'y a que vous ici à qui je voie risquer quelque chose.

— Je ne suis pas le seul, reprit-il avec une modestie vraie. Voici là-bas deux nouveaux chefs de la Vendée. Le premier, que vous avez entendu nommer le Grand-Jacques, est le comte de Fontaine ; l'autre est la Billardière, que je vous ai déjà montré.

— Et oubliez-vous Quiberon, où la Billardière a joué le rôle le plus singulier?... répondit-elle frappée d'un souvenir.

— La Billardière a beaucoup pris sur lui, croyez-moi. Ce n'est pas être sur des roses que de servir les princes...

— Ah! vous me faites frémir! s'écria Marie. Marquis, reprit-elle d'un ton qui semblait annoncer une réticence dont le mystère lui était personnel, il suffit d'un instant pour détruire une illusion et dévoiler des secrets d'où dépendent la vie et le bonheur de bien des gens...

Elle s'arrêta comme si elle eût craint d'en trop dire, et ajouta :

— Je voudrais savoir les soldats de la République en sûreté.

— Je serai prudent, dit-il en souriant pour déguiser son émotion ; mais ne me parlez plus de vos soldats, je vous en ai répondu sur ma foi de gentilhomme.

— Et, après tout, de quel droit voudrais-je vous conduire? reprit-elle. Entre nous, soyez toujours le maître. Ne vous ai-je pas dit que je serais au désespoir de régner sur un esclave?

— Monsieur le marquis, dit respectueusement le major Brigaut en interrompant cette conversation, les bleus resteront-ils donc longtemps ici?

— Ils partiront aussitôt qu'ils se seront reposés, s'écria Marie.

Le marquis lança des regards scrutateurs sur l'assemblée, y remarqua de l'agitation, quitta mademoiselle de Verneuil, et laissa madame du Gua venir le remplacer auprès d'elle. Cette femme apportait un masque riant et perfide que le sourire amer du jeune chef ne déconcerta point. En ce moment, Francine jeta un cri promptement étouffé. Mademoiselle de Verneuil, qui vit avec étonnement sa fidèle campagnarde s'élançant vers la salle à manger, regarda madame du Gua, et sa surprise augmenta à l'aspect de la pâleur répandue sur le visage de son ennemie. Curieuse de pénétrer le secret de ce brusque départ, elle s'avança vers l'embrasure de la fenêtre, où sa rivale la suivit afin de détruire les soupçons qu'une imprudence pouvait avoir éveillés, et lui sourit avec une indéfinissable malice quand, après avoir jeté toutes deux un regard sur le paysage du lac, elles revinrent ensemble à la cheminée, Marie sans avoir rien aperçu qui justifiât la fuite de Francine, madame du Gua satisfaite d'être obéie. Le lac, au bord duquel Marche-à-Terre avait comparu dans la cour à l'évocation de cette femme, allait rejoindre le fossé d'enceinte qui protégeait ses jardins, en décrivant de vaporeuses sinuosités, tantôt larges comme des étangs, tantôt resserrées comme les rivières artificielles d'un parc. Le rivage rapide et incliné que baignaient ces eaux claires passait à quelques toises de la fenêtre. Occupée à contempler, sur la surface des eaux, les lignes noires qu'y projetaient les têtes de quelques vieux saules, Francine observait assez insouciamment l'uniformité de courbure qu'une brise légère imprimait à leurs branchages. Tout à coup, elle crut apercevoir une de leurs figures remuant sur le miroir des eaux par quelques-uns de ces mouvements irréguliers et spontanés qui trahissent la vie. Cette figure, quelque vague qu'elle fût, semblait être celle d'un homme. Francine attribua d'abord sa vision aux imparfaites configurations que produisait la lumière de la lune à travers les feuillages ; mais bientôt une seconde tête se montra, puis d'autres apparurent encore dans le lointain. Les petits arbustes de la berge se courbèrent et se relevèrent avec violence. Francine vit alors cette longue haie insensiblement agitée comme un de ces grands serpents indiens aux formes fabuleuses. Puis, çà et là, dans les genêts et les hautes épines, plusieurs points lumineux brillèrent et se déplacèrent. En redoublant d'attention, l'amante de Marche-à-Terre crut reconnaître la première des figures noires qui allaient au sein de ce mouvant rivage. Quelque indistinctes que fussent les formes de cet homme, le battement de son cœur lui persuada qu'elle voyait en lui Marche-à-Terre. Éclairée par un geste, et impatiente de savoir si cette marche mystérieuse ne cachait pas quelque perfidie, elle s'élança vers la cour. Arrivée au milieu de ce plateau de verdure, elle regarda tour à tour les deux corps de logis et les deux berges sans découvrir dans celle qui faisait face à l'aile inhabitée aucune trace de ce sourd mouvement. Elle prêta une oreille attentive, et entendit un léger bruissement semblable à celui que peuvent produire les pas d'une bête fauve dans le silence des

IL N'Y A QUE VOUS ICI À QUI JE VOIE RISQUER QUELQUE CHOSE.

forêts ; elle tressaillit et ne trembla pas. Quoique jeune et innocente encore, la curiosité lui inspira promptement une ruse. Elle aperçut la voiture, courut s'y blottir et ne leva sa tête qu'avec la précaution du lièvre aux oreilles duquel résonne le bruit d'une chasse ointaine. Elle vit Pille-Miche qui sortait de l'écurie. Ce chouan était accompagné de deux paysans, et tous trois portaient des bottes de paille ; ils les étalèrent de manière à former une longue litière devant le corps de bâtiment inhabité parallèle à la berge bordée d'arbres nains, où les chouans marchaient avec un silence qui trahissait les apprêts de quelque horrible stratagème.

— Tu leur donnes de la paille comme s'ils devaient réellement dormir là... Assez, Pille-Miche ! dit une voix rauque et sourde que Francine reconnut.

— N'y dormiront-ils pas ? repartit Pille-Miche en laissant échapper un gros rire bête. Mais ne crains-tu pas que le Gars ne se fâche ? ajouta-t-il si bas que Francine n'entendit rien.

— Eh bien, il se fâchera, répondit à demi-voix Marche-à-Terre ; mais nous aurons tué les bleus, tout de même. Voilà, reprit-il, une voiture qu'il faut rentrer à nous deux.

Pille-Miche tira la voiture par le timon, et Marche-à-Terre la poussa par une des roues avec une telle prestesse, que Francine se trouva dans la grange et sur le point d'y rester enfermée, avant d'avoir eu le temps de réfléchir à sa situation. Pille-Miche sortit pour aider à amener la pièce de cidre que le marquis avait ordonné de distribuer aux soldats de l'escorte, Marche-à-Terre passait le long de la calèche pour se retirer et fermer la porte quand il se sentit arrêté par une main qui saisit les longs crins de sa peau de chèvre. Il reconnut des yeux dont la douceur exerçait sur lui la puissance du magnétisme, et demeura pendant un moment comme *charmé*. Francine sauta vivement hors de la voiture, et lui dit de cette voix agressive qui va merveilleusement à une femme irritée :

— Pierre, quelles nouvelles as-tu donc apportées sur le chemin à cette dame et à son fils ? Que fait-on ici ? Pourquoi te caches-tu ? Je veux tout savoir.

Ces mots donnèrent au visage du chouan une expression que Francine ne lui connaissait pas. Le Breton amena son innocente maîtresse sur le seuil de la porte ; là, il la tourna vers la lueur blanchissante de la lune, et lui répondit en la regardant avec des yeux terribles :

— Oui, par ma damnation ! Francine, je te le dirai, mais quand tu m'auras juré sur ce chapelet...

Et il tira un vieux chapelet de dessous sa peau de bique.

— Sur cette relique que tu connais, reprit-il, de me répondre la vérité à une seule demande.

Francine rougit en regardant ce chapelet, qui sans doute était un gage de leur amour.

— C'est là-dessus, continua le chouan tout ému, que tu as juré...

Il n'acheva pas. La paysanne appliqua sa main sur les lèvres de son sauvage amant pour lui imposer silence.

— Ai-je donc besoin de jurer ? dit-elle.

Il prit sa maîtresse doucement par la main, la contempla pendant un instant et reprit :

— La demoiselle que tu sers se nomme-t-elle réellement mademoiselle de Verneuil ?

Francine demeura les bras pendants, les paupières baissées, la tête inclinée, pâle, interdite.

— C'est une catau ! reprit Marche-à-Terre d'une voix terrible.

A ce mot, la jolie main lui couvrit encore les lèvres, mais cette fois il se recula violemment. La petite Bretonne ne vit plus d'amant, mais bien une bête féroce dans toute l'horreur de sa nature. Les sourcils du chouan étaient violemment serrés, ses lèvres se contractèrent, et il montra les dents comme un chien qui défend son maître.

— Je t'ai laissée fleur et je te retrouve fumier. Ah ! pourquoi t'ai-je abandonnée ? Vous venez pour nous trahir, pour livrer le Gars !

Ces phrases furent plutôt des rugissements que des paroles. Quoique Francine eût peur, à ce dernier reproche, elle osa contempler ce visage farouche, leva sur lui des yeux angéliques et répondit avec calme :

— Je gage mon salut que cela est faux. C'est des idées de ta dame...

A son tour il baissa la tête ; puis elle lui prit la main, se tourna vers lui par un mouvement mignon et lui dit :

— Pierre, pourquoi sommes-nous dans tout ça ? Écoute, je ne sais pas comment, toi, tu peux y comprendre quelque chose, car je n'y entends rien ! Mais souviens-toi que cette belle et noble demoiselle est ma bienfaitrice ; elle est aussi la tienne, et nous vivons quasiment comme deux sœurs. Il ne doit jamais lui arriver rien de mal là où nous serons avec elle, de notre vivant du moins. Jure-le-moi ! Ici, je n'ai confiance qu'en toi.

— Je ne commande pas ici, répondit le chouan d'un ton bourru.

Son visage devint sombre. Elle lui prit ses grosses oreilles pendantes et les lui tordit doucement, comme si elle caressait un chat.

— Eh bien, promets-moi, reprit-elle en le voyant moins sévère, d'employer à la sûreté de notre bienfaitrice tout le pouvoir que tu as.

Il remua la tête comme s'il doutait du succès, et ce geste fit frémir la Bretonne. En ce moment critique, l'escorte était parvenue à la chaussée. Le pas des soldats et le bruit de leurs armes réveillèrent les échos de la cour et parurent mettre un terme à l'indécision de Marche-à-Terre.

— Je la sauverai peut-être, dit-il à sa maîtresse, si tu peux la faire demeurer dans la maison. Et, ajouta-t-il, quoi qu'il puisse arriver, restes-y avec elle et garde le silence le plus profond : sans quoi, *rin !*

— Je te le promets, répondit-elle dans son effroi.

— Eh bien, rentre... Rentre à l'instant et cache ta peur à tout le monde, même à ta maîtresse.

— Oui.

Elle serra la main du chouan, qui la regarda d'un air paternel, courant avec la légèreté d'un oiseau vers le perron ; puis il se coula dans sa haie, comme un acteur qui se sauve vers la coulisse au moment où se lève le rideau tragique.

— Sais-tu, Merle, que cet endroit-ci m'a l'air d'une véritable souricière, dit Gérard en arrivant au château.

— Je le vois bien, répondit le capitaine soucieux.

Les deux officiers s'empressèrent de placer des sentinelles pour s'assurer de la chaussée et du portail, puis ils jetèrent des regards de défiance sur les berges et les alentours du paysage.

— Bah ! dit Merle, il faut nous livrer à cette baraque-là en toute confiance ou ne pas y entrer.

— Entrons, dit Gérard.

Les soldats, rendus à la liberté par un mot de leur chef, se hâtèrent de déposer leurs fusils en faisceaux coniques et formèrent un petit front de bandière devant la litière de paille, au milieu laquelle figurait la pièce de cidre. Ils se divisèrent en groupes auxquels deux paysans commencèrent à distribuer du beurre et du pain de seigle. Le marquis vint au-devant des deux officiers et les emmena au salon. Quant Gérard eut monté le perron, et qu'il regarda les deux ailes où les vieux mélèzes étendaient leurs branches noires, il appela Beau-Pied et la Clef-des-Cœurs.

— Vous allez, à vous deux, faire une reconnaissance dans les jardins et fouiller les haies, entendez-vous ? Puis vous placerez une sentinelle devant votre front de bandière.

— Pouvons-nous allumer notre feu avant de nous mettre en chasse, mon adjudant ? dit la Clef-des-Cœurs.

Gérard inclina la tête.

— Tu le vois bien, la Clef-des-Cœurs, dit Beau-Pied, l'adjudant a tort de se fourrer dans ce guêpier. Si Hulot nous commandait, il ne se serait jamais acculé ici ; nous sommes là comme dans une marmite.

— Es-tu bête ! répondit la Clef-des-Cœurs ; comment, toi, le roi des malins, tu ne devines pas que cette guérite est le château de l'aimable particulière auprès de laquelle siffle notre joyeux Merle, le plus fini des capitaines, et il l'épousera, cela est clair comme une baïonnette bien fourbie.

PIERRE, POURQUOI SOMMES-NOUS DANS TOUT ÇA ?

Ça fera honneur à la demi-brigade, une femme comme ça.

— C'est vrai, reprit Beau-Pied. Tu peux encore ajouter que voilà de bon cidre, mais je ne le bois pas avec plaisir devant ces chiennes de haies-là. Il me semble toujours voir dégringoler Larose et Vieux-Chapeau dans le fossé de la Pèlerine. Je me souviendrai toute ma vie de la queue de ce pauvre Larose, elle allait comme un marteau de grande porte.

— Beau-Pied, mon ami, tu as trop d'*imagination* pour un soldat. Tu devrais faire des chansons à l'Institut national.

— Si j'ai trop d'imagination, lui répliqua Beau-Pied, tu n'en as guère, toi, et il te faudra du temps pour passer consul.

Le rire de la troupe mit fin à la discussion, car la Clef-des-Cœurs ne trouva rien dans sa giberne pour riposter à son antagoniste.

— Viens-tu faire ta ronde? Je vais prendre à droite, moi, lui dit Beau-Pied.

— Eh bien, je prendrai la gauche, répondit son camarade. Mais auparavant, minute! je veux boire un verre de cidre, mon gosier s'est collé comme le taffetas gommé qui enveloppe le beau chapeau de Hulot.

Le côté gauche des jardins, que la Clef-des-Cœurs négligeait d'aller explorer immédiatement, était par malheur la berge dangereuse où Francine avait observé un mouvement d'hommes. Tout est hasard à la guerre. En entrant dans le salon et en saluant la compagnie, Gérard jeta un regard pénétrant sur les hommes qui la composaient. Le soupçon revint avec plus de force dans son âme, il alla tout à coup vers mademoiselle de Verneuil et lui dit à voix basse :

VIENS-TU FAIRE TA RONDE ?

— Je crois qu'il faut vous retirer promptement, nous ne sommes pas en sûreté ici.

— Craindriez-vous quelque chose chez moi? demanda-t-elle en riant. Vous êtes plus en sûreté ici que vous ne le seriez à Mayenne.

Une femme répond toujours de son amant avec assurance. Les deux officiers furent moins inquiets. En ce moment, la compagnie passa dans la salle à manger, malgré quelques phrases insignifiantes relatives à un convive assez important qui se faisait attendre. Mademoiselle de Verneuil put, à la faveur du silence qui règne toujours au commencement des repas, donner quelque attention à cette réunion curieuse dans les circonstances présentes, et de laquelle elle était en quelque sorte la cause, par suite de cette ignorance que les femmes accoutumées à se jouer de tout portent dans les actions les plus critiques de la vie. Un fait la surprit soudain. Les deux officiers républicains dominaient cette assemblée par le caractère imposant de leurs physionomies. Leurs longs cheveux, tirés des tempes et réunis dans une queue énorme derrière le cou, dessinaient sur leurs fronts ces lignes qui donnent tant de candeur et de noblesse à de jeunes têtes. Leurs uniformes bleus râpés, à parements rouges usés; tout, jusqu'à leurs épaulettes rejetées en arrière par les marches et qui accusaient dans toute l'armée, même chez les chefs, le manque de capotes, faisait ressortir ces deux militaires des hommes au milieu desquels ils se trouvaient.

« Oh! là est la nation, la liberté! » se dit-elle.

Puis, jetant un regard sur les royalistes :

« Et là est un homme, un roi, des privilèges! »

Elle ne put se refuser à admirer la figure de Merle, tant ce gai soldat répondait complètement aux idées qu'on peut avoir de ces troupiers français qui savent siffler un air au milieu des balles et n'oublient pas de faire un lazzi sur le camarade qui tombe mal. Gérard imposait. Grave et plein de sang-froid, il paraissait avoir une de ces âmes vraiment républicaines qui, à cette époque, se rencontrèrent en foule dans les armées françaises, auxquelles des dévouements noblement obscurs imprimaient une énergie jusqu'alors inconnue.

« Voilà un de mes hommes à grandes vues, se dit mademoiselle de Verneuil. Appuyés sur le présent qu'ils dominent, ils ruinent le passé, mais au profit de l'avenir... »

Cette pensée l'attrista, parce qu'elle ne se rapportait pas à son amant, vers lequel elle se tourna pour se venger, par une autre admiration, de la République, qu'elle haïssait déjà. En voyant le marquis entouré de ces hommes assez hardis, assez fanatiques, assez calculateurs de l'avenir pour attaquer une république victorieuse dans l'espoir de relever une monarchie morte, une religion mise en interdit, des princes errants et des privilèges expirés :

« Celui-ci, se dit-elle, n'a pas moins de portée que l'autre ; car, accroupi sur des décombres, il veut faire du passé l'avenir. »

Son esprit, nourri d'images, hésitait alors entre les jeunes et les vieilles ruines. Sa conscience lui criait bien que l'un se battait pour un homme, l'autre pour un pays ; mais elle était arrivée par le sentiment au point où l'on arrive par la raison, à reconnaître que le roi, c'est le pays.

En entendant retentir dans le salon les pas d'un homme, le marquis se leva pour aller à sa rencontre. Il reconnut le convive attendu qui, surpris de la compagnie, voulut parler ; mais le Gars déroba aux républicains le signe qu'il lui fit pour l'engager à se taire et à prendre place au festin. A mesure que les deux officiers républicains analysaient les physionomies de leurs hôtes, les soupçons qu'ils avaient conçus d'abord renaissaient. Le vêtement ecclésiastique de l'abbé Gudin et la bizarrerie des costumes chouans éveillèrent leur prudence ; ils redoublèrent alors d'attention et découvrirent de plaisants contrastes entre les manières des convives et leurs discours. Autant le républicanisme manifesté par quelques-uns d'entre eux était exagéré, autant les façons de quelques autres étaient aristocratiques. Certains coups d'œil surpris entre le marquis et ses hôtes, certains mots à double sens imprudemment prononcés, mais surtout la ceinture de barbe dont le cou de quelques convives était garni et qu'ils cachaient assez mal dans leurs cravates, finirent par apprendre aux deux officiers une vérité qui les frappa en même temps. Ils se révélèrent leurs communes pensées par un même regard, car madame du Gua les avait habilement séparés et ils en étaient réduits au langage de leurs yeux. Leur situation commandait d'agir avec adresse : ils ne savaient s'ils étaient les maîtres du château, ou s'ils y avaient été attirés dans une embûche ; si mademoiselle de Verneuil était la dupe ou la complice de cette inexplicable aventure ; mais un événement imprévu précipita la crise, avant qu'ils pussent en connaître toute la gravité. Le nouveau convive était un de ces hommes carrés de base comme de hauteur, dont le teint est fortement coloré, qui se penchent en arrière quand ils marchent, qui semblent déplacer beaucoup d'air autour d'eux, et croient qu'il faut à tout le monde plus d'un regard pour les voir. Malgré sa noblesse, il avait pris la vie comme une plaisanterie dont on doit tirer le meilleur parti possible, mais, tout en s'agenouillant devant lui-même, il était bon, poli et spirituel à la manière de ces gentilshommes qui, après avoir fini leur éducation à la cour, reviennent dans leurs terres, et ne veulent jamais supposer qu'ils ont pu, au bout de vingt ans, s'y rouiller. Ces sortes de gens manquent de tact avec un aplomb imperturbable, disent spirituellement une sottise, se défient du bien avec beaucoup d'adresse, et prennent d'incroyables peines pour donner dans un piège. Lorsque, par un jeu de fourchette qui annonçait un grand mangeur, il eut regagné le temps perdu, il leva les yeux sur la compagnie. Son étonnement redoubla en voyant les deux officiers, et il interrogea du regard madame du Gua, qui, pour toute réponse, lui montra mademoiselle de Verneuil. En apercevant la sirène dont la beauté commençait à imposer silence aux sentiments d'abord excités par madame du Gua dans l'âme des convives, le gros inconnu laissa échapper un de ces sourires impertinents et moqueurs qui semblent contenir toute une histoire graveleuse. Il se pencha à l'oreille de son voisin, auquel il dit deux ou trois mots, qui restèrent un secret pour les officiers et pour Marie, voyagèrent d'oreille en oreille, de bouche en bouche, jusqu'au cœur de celui qu'ils devaient frapper à mort. Les chefs des Vendéens et des chouans tournèrent leurs regards sur le marquis de Montauran avec une curiosité cruelle. Les yeux de madame du Gua allèrent du marquis à mademoiselle de Verneuil étonnée, en lançant des éclairs de joie. Les officiers inquiets se consultèrent en attendant le résultat de cette scène bizarre. Puis, en un moment, les fourchettes demeurèrent inactives dans toutes les mains, le silence régna dans la salle, et tous les regards se concentrèrent sur le Gars. Une effroyable rage éclata sur ce visage colère et sanguin, qui prit une teinte de cire. Le jeune chef se tourna vers le convive d'où ce serpenteau était parti, et, d'une voix qui sembla couverte d'un crêpe :

— Mort de mon âme! comte, cela est-il vrai ? demanda-t-il.

— Sur mon honneur, répondit le comte en s'inclinant avec gravité.

Le marquis baissa les yeux un moment, et il les releva bientôt pour les reporter sur Marie, qui, attentive à ce débat, recueillit ce regard plein de mort.

— Je donnerais ma vie, dit-il à voix basse, pour me venger sur l'heure.

Madame du Gua comprit cette phrase au mouvement seul des lèvres et sourit au jeune homme, comme on sourit à un ami dont le désespoir va cesser. Le mépris général pour mademoiselle de Verneuil, peint sur toutes les figures, mit le comble à l'indignation des deux républicains, qui se levèrent brusquement.

— Que désirez-vous, citoyens, demanda madame du Gua.

— Nos épées, *citoyenne*, répondit ironiquement Gérard.

— Vous n'en avez pas besoin à table, dit froidement le marquis.

— Non ; mais nous allons jouer à un jeu que vous connaissez, répondit Gérard en reparaissant. Nous nous verrons d'ici d'un peu plus près qu'à la Pèlerine.

L'assemblée resta stupéfaite. En ce moment, une décharge faite avec un ensemble terrible pour les oreilles des deux officiers retentit dans la cour. Les deux officiers s'élancèrent sur le perron : là, ils virent une centaine de chouans qui ajustaient quelques soldats survivant à leur première décharge, et qui tiraient sur eux comme sur des lièvres. Ces Bretons sortaient de la rive où Marche-à-Terre les avait postés au péril de leur vie ; car, dans cette évolution et après les derniers coups de fusil, on entendit, à travers les cris des mourants, quelques chouans tombant dans les eaux, où ils roulèrent comme des pierres dans un gouffre. Pille-Miche visait Gérard, Marche-à-Terre tenait Merle en respect.

— Capitaine, dit froidement le marquis à Merle en lui répétant les paroles que le républicain avait dites de lui, *voyez-vous, les hommes sont comme les nèfles, ils mûrissent sur la paille.*

LES DEUX OFFICIERS S'ÉLANCÈRENT SUR LE PERRON.

Et, par un geste de main, il montra l'escorte entière des bleus couchés sur la litière ensanglantée, où les chouans achevaient les vivants, et dépouillaient les morts avec une incroyable célérité.

— J'avais bien raison de vous dire que vos soldats n'iraient pas jusqu'à la Pèlerine, ajouta le marquis. Je crois aussi que votre tête sera pleine de plomb avant la mienne, qu'en dites-vous ?

Montauran éprouvait un horrible besoin de satisfaire sa rage. Son ironie envers le vaincu, la férocité, la perfidie même de cette exécution militaire faite sans ordre, et qu'il avouait alors, répondaient aux vœux secrets de son cœur. Dans sa fureur, il aurait voulu anéantir la France. Les bleus égorgés, les deux officiers vivants, tous innocents du crime dont il demandait vengeance, étaient entre ses mains comme les cartes que dévore un joueur au désespoir.

— J'aime mieux périr ainsi que de triompher comme vous, dit Gérard.

Puis, en voyant ses soldats nus et sanglants, il s'écria :

— Les avoir assassinés lâchement !

— Comme le fut Louis XVI, monsieur, répondit vivement le marquis.

— Monsieur, répliqua Gérard avec hauteur, il existe dans le procès d'un roi des mystères que vous ne comprendrez jamais.

— Accuser le roi ! s'écria le marquis hors de lui.

— Combattre la France ! répondit Gérard d'un ton de mépris.

— Niaiserie ! dit le marquis.

— Parricide ! reprit le républicain.

— Régicide !

— Eh bien, vas-tu prendre le moment de ta mort pour te quereller ! s'écria gaiement Merle.

— C'est vrai, dit froidement Gérard en se retournant vers le marquis. Monsieur, si votre intention est de nous donner la mort, reprit-il, faites-nous au moins la grâce de nous fusiller sur-le-champ.

— Te voilà bien ! reprit le capitaine ; toujours pressé d'en finir. Mais, mon ami, quand on va loin et qu'on ne pourra pas déjeuner le lendemain, on soupe.

Gérard s'élança fièrement et sans mot dire vers la muraille ; Pille-Miche l'ajusta, puis, regardant le marquis immobile, il prit le silence de son chef pour un ordre, et l'adjudant-major tomba comme un arbre. Marche-à-Terre courut partager cette nouvelle dépouille avec Pille-Miche. Comme deux corbeaux affamés, ils eurent un débat et grognèrent sur le cadavre encore chaud.

— Si vous voulez achever de souper, capitaine, vous êtes libre de venir avec moi, dit le marquis à Merle, qu'il voulut garder pour faire des échanges.

Le capitaine rentra machinalement avec le marquis, en disant à voix basse, comme s'il s'adressait un reproche :

— C'est cette diablesse de fille qui est cause de ça... Que dira Hulot ?

— Cette fille ! s'écria le marquis d'un ton sourd. C'est donc bien décidément une fille ?

Le capitaine semblait avoir tué Montauran, qui le suivait tout pâle, défait, morne, et d'un pas chancelant. Il s'était passé dans la salle à manger une autre scène qui, par l'absence du marquis, prit un caractère tellement sinistre, que Marie, se trouvant sans son protecteur, put croire à l'arrêt de mort écrit dans les yeux de sa rivale. Au bruit de la décharge, tous les convives s'étaient levés, moins madame du Gua.

— Rasseyez-vous, dit-elle, ce n'est rien, nos gens tuent les bleus.

Lorsqu'elle vit le marquis dehors, elle se leva.

— Mademoiselle que voici, s'écria-t-elle avec le calme d'une sourde rage, venait nous enlever le Gars ! Elle venait essayer de le livrer à la République.

— Depuis ce matin, je l'aurais pu livrer vingt fois, et je lui ai sauvé la vie, répliqua mademoiselle de Verneuil.

Madame du Gua s'élança sur sa rivale avec la rapidité de l'éclair ; elle brisa, dans son aveugle emportement, les faibles brandebourgs du spencer de la jeune fille, surprise par cette soudaine irruption, viola d'une main brutale l'asile sacré où la lettre était cachée, déchira l'étoffe, les broderies, le corset, la chemise ; puis elle profita de cette recherche pour assouvir sa jalousie, et sut froisser avec tant d'adresse et de fureur la gorge palpitante de sa rivale, qu'elle y laissa les traces sanglantes de ses ongles, en éprouvant un sombre plaisir à lui faire subir une si odieuse prostitution. Dans la faible lutte que Marie opposa à cette femme furieuse, sa capote dénouée tomba, ses cheveux rompirent leurs liens et s'échappèrent en boucles ondoyantes ; son visage rayonna de pudeur, puis deux larmes tracèrent un chemin humide et brûlant le long de ses joues et rendirent le feu de ses yeux plus vif ; enfin, le tressaillement de la honte la livra frémissante aux regards des convives. Des juges même endurcis auraient cru à son innocence en voyant sa douleur.

La haine calcule si mal, que madame du Gua ne s'aperçut pas qu'elle n'était écoutée de personne pendant que, triomphante, elle s'écriait :

— Voyez, messieurs, ai-je donc calomnié cette horrible créature ?

— Pas si horrible, dit à voix basse le gros convive auteur du désastre. J'aime prodigieusement ces horreurs-là.

— Voici, reprit la cruelle Vendéenne, un ordre signé Laplace et contre-signé Dubois.

A ces noms, quelques personnes levèrent la tête.

— Et en voici la teneur, dit en continuant madame du Gua :

« Les citoyens commandants militaires de tout grade, administrateurs de district, les procureurs-syndics, etc., des départements insurgés, et particulièrement ceux des localités où se trouvera le ci-devant marquis de Montauran, chef de brigands et surnommé le Gars, devront prêter secours et assistance à la citoyenne Marie Verneuil et se conformer aux ordres qu'elle pourra leur donner, chacun en ce qui le concerne..., etc. »

— Une fille d'Opéra prendre un nom illustre pour le souiller de cette infamie! ajouta-t-elle.

Un mouvement de surprise se manifesta dans l'assemblée.

— La partie n'est pas égale si la République emploie de si jolies femmes contre nous! dit gaiement le baron du Guénic.

ELLE LUI ENFONÇA L'ÉPÉE JUSQU'A LA GARDE.

— Surtout des filles qui ne mettent rien au jeu, répliqua madame du Gua.

— Rien? dit le chevalier du Vissard; mademoiselle a cependant un domaine qui doit lui rapporter de bien grosses rentes!

— La République aime donc bien à rire, pour nous envoyer des filles de joie en ambassade? s'écria l'abbé Gudin.

— Mais mademoiselle recherche malheureusement des plaisirs qui tuent, reprit madame du Gua avec une horrible expression de joie qui indiquait le terme de ces plaisanteries.

— Comment donc vivez-vous encore, madame? dit Marie en se relevant, après avoir réparé le désordre de sa toilette.

Cette sanglante épigramme imprima une sorte de respect pour une si fière victime et imposa silence à l'assemblée. Madame du Gua vit errer sur les lèvres des chefs un sourire dont l'ironie la mit en fureur; et alors, sans apercevoir le marquis ni le capitaine qui survinrent :

— Pille-Miche, emporte-la, dit-elle au chouan en lui désignant mademoiselle de Verneuil : c'est ma part du butin, je te la donne, fais-en tout ce que tu voudras.

A ce mot *tout* prononcé par cette femme, l'assemblée entière frissonna, car les têtes hideuses de Marche-à-Terre et de Pille-Miche se montrèrent derrière le marquis, et le supplice apparut dans toute son horreur.

Francine, debout, les mains jointes, les yeux pleins de larmes, restait comme frappée de la foudre. Mademoiselle de Verneuil, qui recouvra dans le danger toute sa présence d'esprit, jeta sur l'assemblée un regard de mépris, ressaisit la lettre que tenait madame du Gua, leva la tête, et, l'œil sec, mais fulgurant, elle s'élança vers la porte où l'épée de Merle était restée. Là, elle rencontra le marquis, froid et immobile comme une statue. Rien ne plaidait pour elle sur ce visage dont tous les traits étaient fixes et fermes. Blessée dans son cœur, la vie lui devint odieuse. L'homme qui lui avait témoigné tant d'amour avait donc entendu les plaisanteries dont elle venait d'être accablée, et restait le témoin glacé de la prostitution qu'elle venait d'endurer lorsque les beautés qu'une femme réserve à l'amour essuyèrent tous les regards! Peut-être aurait-elle pardonné à Montauran ses sentiments de mépris, mais elle s'indigna d'avoir été vue par lui dans une infâme situation; elle lui lança un regard stupide et plein de haine, car elle sentit naître dans son cœur d'effroyables désirs de vengeance. En voyant la mort derrière elle, son impuissance l'étouffa. Il s'éleva dans sa tête comme un tourbillon de folie : son sang bouillonnant lui fit voir le monde comme un incendie; alors, au lieu de se tuer, elle saisit l'épée, la brandit sur le marquis, la lui enfonça jusqu'à la garde; mais, l'épée ayant glissé entre le bras et le flanc, le Gars arrêta Marie par le poignet et l'entraîna hors de la salle, aidé par Pille-Miche, qui se jeta sur cette créature furieuse au moment où elle essayait de tuer le marquis. A ce spectacle, Francine jeta des cris perçants.

— Pierre! Pierre! Pierre! s'écria-t-elle avec des accents lamentables.

Et, tout en criant, elle suivit sa maîtresse.

Le marquis laissa l'assemblée stupéfaite, et

sortit en fermant la porte de la salle. Quand il arriva sur le perron, il tenait encore le poignet de cette femme et le serrait par un mouvement convulsif, tandis que les doigts nerveux de Pille-Miche en brisaient presque l'os du bras ; mais elle ne sentait que la main brûlante du jeune chef, qu'elle regarda froidement.

— Monsieur, vous me faites mal !

Pour toute réponse, le marquis contempla pendant un moment sa maîtresse.

— Avez-vous donc quelque chose à venger bassement comme cette femme a fait ? dit-elle.

Puis, apercevant les cadavres étendus sur la paille, elle s'écria en frissonnant :

— La foi d'un gentilhomme !... ah ! ah ! ah !

Après ce rire, qui fut affreux, elle ajouta :

— La belle journée !

— Oui, belle, répéta-t-il, et sans lendemain.

Il abandonna la main de mademoiselle de Verneuil, après avoir contemplé d'un dernier, d'un long regard cette ravissante créature, à laquelle il lui était presque impossible de renoncer. Aucun de ces deux esprits altiers ne voulut fléchir. Le marquis attendait peut-être une larme ; mais les yeux de la jeune fille restèrent secs et fiers. Il se retourna vivement, en laissant à Pille-Miche sa victime.

— Dieu m'entendra, marquis, je lui demanderai pour vous une belle journée sans lendemain !

Pille-Miche, embarrassé d'une si magnifique proie, l'entraîna avec une douceur mêlée de respect et d'ironie. Le marquis poussa un soupir, rentra dans la salle et offrit à ses hôtes un visage semblable à celui d'un mort dont les yeux n'auraient pas été fermés. La présence du capitaine Merle était inexplicable pour les acteurs de cette tragédie ; aussi tous le contemplèrent-ils avec surprise en s'interrogeant du regard. Merle s'aperçut de l'étonnement des chouans et, sans sortir de son caractère, il leur dit en souriant tristement :

— Je ne crois pas, messieurs, que vous refusiez un verre de vin à un homme qui va faire sa dernière étape.

Ce fut au moment où l'assemblée était calmée par ces paroles prononcées avec une étourderie française qui devait plaire aux Vendéens que Montauran reparut, et sa figure pâle, son regard fixe, glacèrent tous les convives.

— Vous allez voir, dit le capitaine, que le mort va mettre les vivants en train !

— Ah ! dit le marquis en laissant échapper le geste d'un homme qui s'éveille, vous voilà, mon cher conseil de guerre !

Et il lui tendit une bouteille de vin de Grave, comme pour lui verser à boire.

— Oh ! merci, citoyen marquis, je pourrais m'étourdir, voyez-vous...

A cette saillie, madame du Gua dit aux convives en souriant :

— Allons, épargnons-lui le dessert.

— Vous êtes bien cruelle dans vos vengeances, madame, répondit le capitaine. Vous oubliez mon ami assassiné, qui m'attend, et je ne manque pas à mes rendez-vous.

— Capitaine, dit alors le marquis en lui jetant son gant, vous êtes libre ! Tenez, voici un passe-port. Les chasseurs du Roi savent qu'on ne doit pas tuer tout le gibier.

— Va pour la vie ! répondit Merle ; mais vous avez tort, je vous réponds de jouer serré avec vous, je ne vous ferai pas de grâce. Vous pouvez être très habile, mais vous ne valez pas Gérard. Quoique votre tête ne puisse jamais me payer la sienne, il me la faudra, et je l'aurai.

— Il était donc bien pressé ! reprit le marquis.

— Adieu !... Je pouvais trinquer avec mes bourreaux, je ne reste pas avec les assassins de mon ami, dit le capitaine, qui disparut en laissant les convives étonnés.

— Eh bien, messieurs, que dites-vous des échevins, des chirurgiens et des avocats qui dirigent la République ? demanda froidement le Gars.

— Par la mort-Dieu ! marquis, répondit le comte de Bauvan, ils sont, en tout cas, bien mal élevés. Celui-ci nous a fait, je crois, une impertinence.

La brusque retraite du capitaine avait un secret motif. La créature si dédaignée, si humiliée, et qui succombait peut-être en ce moment, lui avait offert dans cette scène des beautés si difficiles à oublier qu'il se disait en sortant :

« Si c'est une fille, ce n'est pas une fille ordinaire, et j'en ferais certes bien ma femme... »

Il désespérait si peu de la sauver de la main de ces sauvages, que sa première pensée, en ayant la vie sauve, avait été de la prendre désormais sous sa protection. Malheureusement, en arrivant sur le perron, le capitaine trouva la cour déserte. Il jeta les yeux autour de lui, écouta le silence et n'entendit rien que les rires bruyants et lointains des chouans qui buvaient dans les jardins, en partageant leur butin. Il se hasarda à tourner l'aile fatale devant laquelle ses soldats avaient été fusillés ; et, de ce coin, à la faible lueur de quelques chandelles, il distingua les différents groupes que formaient les chasseurs du Roi. Ni Pille-Miche, ni Marche-à-Terre, ni la jeune fille, ne s'y trouvaient ; mais, en ce moment, il se sentit doucement tiré par le pan de son uniforme, se retourna et vit Francine à genoux.

— Où est-elle? demanda-t-il.

— Je ne sais pas... Pierre m'a chassée en m'ordonnant de ne pas bouger.

— Par où sont-ils allés?

— Par là, répondit-elle en montrant la chaussée.

Le capitaine et Francine aperçurent alors dans cette direction quelques ombres projetées sur les eaux du lac par la lumière de la lune, et reconnurent des formes féminines dont la finesse, quoique indistincte, leur fit battre le cœur.

— Oh ! c'est elle, dit la Bretonne.

Mademoiselle de Verneuil paraissait être debout et résignée, au milieu de quelques figures dont les mouvements accusaient un débat.

— Ils sont plusieurs ! s'écria le capitaine. C'est égal, marchons !

— Vous allez vous faire tuer inutilement, dit Francine.

— Je suis déjà mort une fois aujourd'hui, répondit-il gaiement.

Et tous deux s'acheminèrent vers le portail sombre derrière lequel la scène se passait. Au milieu de la route, Francine s'arrêta.

— Non, je n'irai pas plus loin ! s'écria-t-elle doucement. Pierre m'a dit de ne pas m'en mêler ; je le connais, nous allons tout gâter. Faites ce que vous voudrez, monsieur l'officier; mais éloignez-vous. Si Pierre vous voyait auprès de moi, il vous tuerait.

En ce moment, Pille-Miche se montra hors du portail, appela le postillon resté dans l'écurie, aperçut le capitaine et s'écria en dirigeant son fusil sur lui :

— Sainte Anne d'Auray ! le recteur d'Antrain avait bien raison de nous dire que les bleus signent des pactes avec le diable. Attends, attends, je m'en vais te faire ressusciter, moi !

— Eh ! j'ai la vie sauve, lui cria Merle en se voyant menacé. Voici le gant de ton chef.

— Oui, voilà bien les esprits, reprit le chouan. Je ne te la donne pas, moi, la vie... *Ave Maria !*

Il tira. Le coup de feu atteignit à la tête le capitaine, qui tomba.

Quand Francine s'approcha de Merle, elle l'entendit prononcer indistinctement ces paroles :

— J'aime encore mieux rester avec eux que de revenir sans eux.

Le chouan s'élança sur le bleu pour le dépouiller en disant :

— Il y a cela de bon chez ces revenants, qu'ils ressuscitent avec leurs habits.

En voyant dans la main du capitaine, qui avait fait le geste de montrer le gant du Gars, cette sauvegarde sacrée, il resta stupéfait.

— Je ne voudrais pas être dans la peau du fils de ma mère ! s'écria-t-il.

Puis il disparut avec la rapidité d'un oiseau.

Pour comprendre cette rencontre si fatale au capitaine, il est nécessaire de suivre mademoiselle de Verneuil quand le marquis, en proie au désespoir et à la rage, l'eut quittée en l'abandonnant à Pille-Miche. Francine saisit alors, par un mouvement convulsif, les bras de Marche-à-Terre, et réclama, les yeux pleins de larmes, la promesse qu'il lui avait faite. A quelques pas d'eux, Pille-Miche entraînait sa victime comme s'il eût tiré après lui quelque fardeau grossier. Marie, les cheveux épars, la tête penchée, tourna les yeux vers le lac ; mais, retenue par un poignet d'acier, elle fut forcée de suivre lentement le chouan, qui se retourna plusieurs fois pour la regarder ou pour lui faire hâter sa marche, et, chaque fois, une pensée joviale dessina sur cette figure un épouvantable sourire.

— Est-elle godaine !... s'écria-t-il avec une grossière emphase.

En entendant ces mots, Francine recouvra la parole.

— Pierre !

— Eh bien ?

— Il va donc tuer mademoiselle?

— Pas tout de suite, répondit Marche-à-Terre.

— Mais elle ne se laissera pas faire, et, si elle meurt, je mourrai !

— Ah ! *ben*, tu l'aimes trop... qu'elle meure ! dit Marche-à-Terre.

— Si nous sommes riches et heureux, c'est à elle que nous devrons notre bonheur; mais qu'importe, n'as-tu pas promis de la sauver de tout malheur?

— Je vais essayer; mais reste là, ne bouge pas.

Sur-le-champ, le bras de Marche-à-Terre resta libre, et Francine, en proie à la plus horrible inquiétude, attendit dans la cour. Marche-à-Terre rejoignit son camarade au moment où ce dernier, après être entré dans la grange, avait contraint sa victime à monter en voiture. Pille-Miche réclama le secours de son compagnon pour sortir la calèche.

— Que veux-tu faire de tout cela? lui demanda Marche-à-Terre.

— *Ben !* la grande garce m'a donné la femme, et tout ce qui est à elle est à *mé*.

— Bon pour la voiture, tu en feras des sous; mais la femme ? elle te sautera au visage comme un chat !

Pille-Miche partit d'un éclat de rire bruyant et répondit :

— *Quien*, je l'emporte *itou* chez *mé*, je l'attacherai.

— Eh ! *ben*, attelons les chevaux, dit Marche-à-Terre.

Un moment après, Marche-à-Terre, qui

avait laissé son camarade gardant sa proie, mena la calèche hors du portail, sur la chaussée, et Pille-Miche monta près de mademoiselle de Verneuil, sans s'apercevoir qu'elle prenait son élan pour se précipiter dans l'étang.

— Ho! Pille-Miche! cria Marche-à-Terre.

— Quoi?

— Je t'achète tout ton butin.

— Gausses-tu? demanda le chouan en tirant sa prisonnière par les jupons comme un boucher ferait d'un veau qui s'échappe.

— Laisse-la-moi voir, je te dirai un prix.

L'infortunée fut contrainte de descendre et demeura entre les deux chouans, qui la tinrent chacun par une main, en la contemplant comme les deux vieillards durent regarder Suzanne dans son bain.

— Veux-tu, dit Marche-à-Terre en poussant un soupir, veux-tu trente livres de bonne rente?

— *Ben* vrai?

— Tope, lui dit Marche-à-Terre en lui tendant la main.

— Oh! je tope... il y a de quoi avoir des Bretonnes avec ça, et des godaines! Mais la voiture, à qui *qué* sera? reprit Pille-Miche en se ravisant.

— A moi! s'écria Marche-à-Terre d'un son de voix terrible qui annonça l'espèce de supériorité que son caractère féroce lui donnait sur tous ses compagnons.

— Mais s'il y avait de l'or dans la voiture?

— N'as-tu pas topé?

— Oui, j'ai topé.

— Eh bien, va chercher le postillon qui est garrotté dans l'écurie.

— Mais s'il y avait de l'or dans...

— Y en a-t-il? demanda brusquement Marche-à-Terre à Marie en lui secouant le bras.

— J'ai une centaine d'écus, répondit mademoiselle de Verneuil.

A ces mots, les deux chouans se regardèrent.

— Eh! mon bon ami, ne nous brouillons pas pour une bleue, dit Pille-Miche à l'oreille de Marche-à-Terre; *boutons-la* dans l'étang avec une pierre au cou, et partageons les cent écus?

— Je te donne les cent écus dans ma part de la rançon de d'Orgemont! s'écria Marche-à-Terre en étouffant un grognement causé par ce sacrifice.

Pille-Miche poussa une espèce de cri rauque, alla chercher le postillon, et sa joie porta malheur au capitaine, qu'il rencontra. En entendant le coup de feu, Marche-à-Terre s'élança vivement à l'endroit où Francine,

A MOI! S'ÉCRIA MARCHE-A-TERRE...

encore épouvantée, priait à genoux, les mains jointes, auprès du pauvre capitaine, tant le spectacle d'un meurtre l'avait vivement frappée.

— Cours à ta maîtresse, lui dit brusquement le chouan, elle est sauvée!

Il courut lui-même chercher le postillon, revint avec la rapidité de l'éclair, et en passant de nouveau devant le corps de Merle, il aperçut le gant du Gars que la main morte serrait convulsivement encore.

— Oh ! oh ! s'écria-t-il, Pille-Miche a fait là un traître coup ! Il n'est pas sûr de vivre de ses rentes...

Il arracha le gant et dit à mademoiselle de Verneuil, qui s'était déjà placée dans la calèche avec Francine :

— Tenez, prenez ce gant. Si, dans la route, des hommes vous attaquaient, criez : « Oh ! le Gars ! » Montrez ce passe-port-là, rien de mal ne vous arrivera. Francine, dit-il en se tournant vers elle et lui saisissant fortement la main, nous sommes quittes avec cette femme-là ; viens avec moi, et que le diable l'emporte.

— Tu veux que je l'abandonne en ce moment ! répondit Francine d'une voix douloureuse.

Marche-à-Terre se gratta l'oreille et le front ; puis il leva la tête et fit voir des yeux armés d'une expression féroce.

— C'est juste, dit-il. Je te laisse à elle huit jours ; si, passé ce terme, tu ne viens pas avec moi...

Il n'acheva pas, mais il donna un violent coup du plat de sa main sur l'embouchure de sa carabine. Après avoir fait le geste d'ajuster sa maîtresse, il s'échappa sans vouloir entendre de réponse.

Aussitôt que le chouan fut parti, une voix qui semblait sortir de l'étang cria sourdement :

— Madame !... madame !...

Le postillon et les deux femmes tressaillirent d'horreur, car quelques cadavres avaient flotté jusque-là. Un bleu, caché derrière un arbre, se montra.

— Laissez-moi monter sur la giberne de votre fourgon, ou je suis un homme mort ! Le damné verre de cidre que la Clef-des-Cœurs a voulu boire a coûté plus d'une pinte de sang ! S'il m'avait imité et fait sa ronde, les pauvres camarades ne seraient pas là, flottant comme des galiotes...

Pendant que ces événements se passaient au dehors, les chefs envoyés de la Vendée et ceux des chouans délibéraient, le verre à la main, sous la présidence du marquis de Montauran. De fréquentes libations de vin de Bordeaux animèrent cette discussion, qui devint importante et grave à la fin du repas. Au dessert, au moment où la ligne commune des opérations militaires était décidée, les royalistes portèrent une santé aux Bourbons. Là, le coup de feu de Pille-Miche retentit comme un écho de la guerre désastreuse que ces gais et ces nobles conspirateurs voulaient faire de la République. Madame du Gua tressaillit ; et, au mouvement que lui causa le plaisir de se savoir débarrassée de sa rivale, les convives se regardèrent en silence, le marquis se leva de table et sortit.

— Il l'aimait pourtant ! dit ironiquement madame du Gua. Allez donc lui tenir compagnie, monsieur de Fontaine ; il sera ennuyeux comme les mouches, si on lui laisse broyer du noir.

Elle alla à la fenêtre qui donnait sur la cour, pour tâcher de voir le cadavre de Marie. De là, elle put distinguer, aux derniers rayons de la lune qui se couchait, la calèche gravissant l'avenue de pommiers avec une célérité incroyable. Le voile de mademoiselle de Verneuil, emporté par le vent, flottait hors de la calèche. A cet aspect, madame du Gua, furieuse, quitta l'assemblée. Le marquis, appuyé sur le perron et plongé dans une sombre méditation, contemplait cent cinquante chouans environ qui, après avoir procédé dans les jardins au partage du butin, étaient revenus achever la pièce de cidre et le pain promis aux bleus. Ces soldats de nouvelle espèce et sur lesquels se fondaient les espérances de la monarchie, buvaient par groupes, tandis que, sur la berge qui faisait face au perron, sept ou huit d'entre eux s'amusaient à lancer dans les eaux les cadavres des bleus, auxquels ils attachaient des pierres. Ce spectacle, joint aux différents tableaux que présentaient les bizarres costumes et les sauvages expressions de ces gars insouciants et barbares, était si extraordinaire et si nouveau pour M. de Fontaine, à qui les troupes vendéennes avaient offert quelque chose de noble et de régulier, qu'il saisit cette occasion pour dire au marquis de Montauran :

— Qu'espérez-vous pouvoir faire avec de semblables bêtes ?

— Pas grand'chose, n'est-ce pas, cher comte ! répondit le Gars.

— Sauront-ils jamais manœuvrer en présence des républicains ?

— Jamais.

— Pourront-ils seulement comprendre et exécuter vos ordres ?

— Jamais.

— A quoi donc vous seront-ils bons ?

— A plonger mon épée dans le ventre de la République ! répondit le marquis d'une voix tonnante ; à me donner Fougères en trois jours et toute la Bretagne en dix !... Allez, monsieur, dit-il d'une voix plus douce, partez pour la Vendée ; que d'Autichamp, Suzannet, l'abbé Bernier, marchent seulement aussi rapidement que moi ; qu'ils ne traitent pas avec le premier consul, comme on me le fait craindre (là, il serra fortement la main du Vendéen), nous serons alors dans vingt jours à trente lieues de Paris.

— Mais la République envoie contre nous soixante mille hommes et le général Brune !

— Soixante mille hommes ! Vraiment ? répliqua le marquis avec un rire moqueur. Et avec quoi Bonaparte ferait-il la campagne d'Italie? Quant au général Brune, il ne viendra pas, Bonaparte l'a dirigé contre les Anglais en Hollande, et le général Hédouville, l'ami de notre ami Barras, le remplace ici... Me comprenez-vous?

En l'entendant parler ainsi, M. de Fontaine regarda le marquis de Montauran d'un air fin et spirituel qui semblait lui reprocher de ne pas comprendre lui-même le sens des paroles mystérieuses qui lui étaient adressées. Les deux gentilshommes s'entendirent alors parfaitement ; mais le jeune chef répondit avec un indéfinissable sourire aux pensées qu'ils s'exprimèrent des yeux :

— Monsieur de Fontaine, connaissez-vous mes armes? Ma devise est : *Persévérer jusqu'à la mort.*

Le comte de Fontaine prit la main de Montauran et la lui serra en disant :

— J'ai été laissé pour mort aux Quatre-Chemins, ainsi vous ne doutez pas de moi ; mais croyez à mon expérience, les temps sont changés...

— Oh! oui, dit la Billardière qui survint. Vous êtes jeune, marquis. Écoutez-moi : vos biens n'ont pas tous été vendus...

— Ah ! concevez-vous le dévouement sans sacrifice ! dit Montauran.

— Connaissez-vous bien le roi? dit la Billardière.

— Oui.

— Je vous admire.

— Le roi, répondit le jeune chef, c'est le prêtre, et je me bats pour la foi !

Ils se séparèrent, le Vendéen convaincu de la nécessité de se résigner aux événements en gardant sa foi dans son cœur, la Billardière pour retourner en Angleterre, Montauran pour combattre avec acharnement et forcer, par les triomphes qu'il rêvait, les Vendéens à coopérer à son entreprise.

Ces événements avaient excité tant d'émotions dans l'âme de mademoiselle de Verneuil, qu'elle se pencha, tout abattue et comme morte, au fond de la voiture, en donnant l'ordre d'aller à Fougères. Francine imita le silence de sa maîtresse. Le postillon, qui craignait quelque nouvelle aventure, se hâta de gagner la grande route, et arriva bientôt au sommet de la Pèlerine.

Marie de Verneuil traversa, dans le brouillard épais et blanchâtre du matin, la belle et large vallée du Couësnon, où cette histoire a commencé, et entrevit à peine, du haut de la Pèlerine, le rocher de schiste sur lequel est bâtie la ville de Fougères. Les trois voyageurs en étaient encore séparés d'environ deux lieues. En se sentant transie de froid, mademoiselle de Verneuil pensa au pauvre fantassin qui se trouvait derrière la voiture, et voulut absolument, malgré ses refus, qu'il montât près de Francine. La vue de Fougères le tira pour un moment de ses réflexions. D'ailleurs, le poste placé à la porte Saint-Léonard ayant refusé l'entrée de la ville à des inconnus, elle fut obligée d'exhiber sa lettre ministérielle ; elle se vit alors à l'abri de toute entreprise hostile en entrant dans cette place, dont, pour le moment, les habitants étaient les seuls défenseurs. Le postillon ne lui trouva pas d'autre asile que l'auberge de la *Poste*.

— Madame, dit le bleu qu'elle avait sauvé, si vous avez jamais besoin d'administrer un coup de sabre à un particulier, ma vie est à vous. Je suis bon là. Je me nomme Jean Falcon, dit Beau-Pied, sergent à la première compagnie des lapins de Hulot, soixante-douzième demi-brigade, surnommée *la Mayençaise*. Faites excuse de ma condescendance et de ma vanité ; mais je ne puis vous offrir que l'âme d'un sergent, je n'ai que ça, pour le quart d'heure, à votre service.

Il tourna sur ses talons et s'en alla en sifflant.

— Plus bas on descend dans la société, dit amèrement Marie, plus on y trouve de sentiments généreux sans ostentation. Un marquis me donne la mort pour la vie, et un sergent... Enfin, laissons cela.

Lorsque la belle Parisienne fut couchée dans un lit bien chaud, sa fidèle Francine attendit en vain le mot affectueux auquel elle était habituée ; mais, en la voyant inquiète et debout, sa maîtresse fit un signe empreint de tristesse.

— On nomme cela une journée, Francine, dit-elle. Je suis de dix ans plus vieille !

Le lendemain matin, à son lever, Corentin se présenta pour voir Marie, qui lui permit d'entrer.

— Francine, dit-elle, mon malheur est donc immense, la vue de Corentin ne m'est pas trop désagréable?

Néanmoins, en revoyant cet homme, elle éprouva pour la millième fois une répugnance instinctive que deux ans de connaissance n'avaient pu adoucir.

— Eh bien, dit-il en souriant, j'ai cru à la réussite. Ce n'était donc pas lui que vous teniez?

— Corentin, répondit-elle avec une lente expression de douleur, ne me parlez de cette affaire que quand j'en parlerai moi-même.

Cet homme se promena dans la chambre et jeta sur mademoiselle de Verneuil des regards obliques, en essayant de deviner les pensées secrètes de cette singulière fille, dont le coup d'œil avait assez de portée pour déconcerter, par instants, les hommes les plus habiles.

— J'ai prévu cet échec, reprit-il après un moment de silence. S'il vous plaisait d'établir votre quartier général dans cette ville, j'ai déjà pris des informations. Nous sommes au cœur de la chouannerie. Voulez-vous y rester?

Elle répondit par un signe de tête affirmatif, qui donna lieu à Corentin d'établir des conjectures, en partie vraies, sur les événements de la veille.

— J'ai loué pour vous une maison nationale invendue. Ils sont bien peu avancés dans ce pays-ci. Personne n'a osé acheter cette baraque, parce qu'elle appartient à un émigré qui passe pour brutal. Elle est située auprès de l'église Saint-Léonard : et, *ma paole d'hôneu*, on y jouit d'une vue ravissante. On peut tirer parti de ce chenil, il est logeable ; voulez-vous y venir?

— A l'instant, s'écria-t-elle.

— Mais il me faut encore quelques heures pour y mettre de l'ordre et de la propreté, afin que vous y trouviez tout à votre goût.

— Qu'importe ! dit-elle, j'habiterais un cloître, une prison sans peine. Néanmoins, faites en sorte que, ce soir, je puisse y reposer dans la plus profonde solitude. Allez, laissez-moi. Votre présence m'est insupportable. Je veux rester seule avec Francine, je m'entendrai mieux avec elle qu'avec moi-même peut-être... Adieu. Allez ! allez donc !

Ces paroles, prononcées avec volubilité, et tour à tour empreintes de coquetterie, de despotisme ou de passion, annoncèrent en elle une tranquillité parfaite. Le sommeil avait sans doute lentement chassé les impressions de la journée précédente, et la réflexion lui avait conseillé la vengeance. Si quelques sombres expressions se peignaient encore parfois sur son visage, elles semblaient attester la faculté que possèdent certaines femmes d'ensevelir dans leur âme les sentiments les plus exaltés, et cette dissimulation qui leur permet de sourire avec grâce en calculant la perte de leur victime. Elle demeura seule occupée à chercher comment elle pourrait amener entre ses mains le marquis tout vivant. Pour la première fois, cette femme avait vécu selon ses désirs ; mais, de cette vie, il ne lui restait qu'un sentiment, celui de la vengeance, d'une vengeance infinie, complète. C'était sa seule pensée, son unique passion. Les paroles et les attentions de Francine trouvèrent Marie muette, elle sembla dormir les yeux ouverts; et cette longue journée s'écoula sans qu'un geste ou une action indiquassent cette vie extérieure qui rend témoignage de nos pensées. Elle resta couchée sur une ottomane qu'elle avait faite avec des chaises et des oreillers. Le soir, seulement, elle laissa tomber négligemment ces mots, en regardant Francine :

— Mon enfant, j'ai compris hier qu'on vécût pour aimer, et je comprends aujourd'hui qu'on puisse mourir pour se venger. Oui, pour l'aller chercher là où il sera, pour de nouveau le rencontrer, le séduire et l'avoir à moi, je donnerais ma vie !... Mais, si je n'ai pas, dans peu de jours, sous mes pieds, humble et soumis, cet homme qui m'a méprisée, si je n'en fais pas mon valet, mais je serai au-dessous de tout, je ne serai plus une femme, je ne serai plus moi !...

La maison que Corentin avait proposée à mademoiselle de Verneuil lui offrit assez de ressources pour satisfaire le goût de luxe et d'élégance inné dans cette fille ; il rassembla tout ce qu'il savait devoir lui plaire avec l'empressement d'un amant pour sa maîtresse, ou, mieux encore, avec la servilité d'un homme puissant qui cherche à courtiser quelque subalterne dont il a besoin. Le lendemain, il vint proposer à mademoiselle de Verneuil de se rendre à cet hôtel improvisé.

Bien qu'elle ne fît que passer de sa mauvaise ottomane sur un antique sofa que Corentin avait su lui trouver, la fantasque Parisienne prit possession de cette maison comme d'une chose qui lui aurait appartenu. Ce fut une insouciance royale pour tout ce qu'elle y vit, une sympathie soudaine pour les moindres meubles qu'elle s'appropria tout à coup comme s'ils lui eussent été connus depuis longtemps : détails vulgaires, mais qui ne sont pas indifférents à la peinture de ces caractères exceptionnels. Il semblait qu'un rêve l'eût familiarisée par avance avec cette demeure, où elle vécut de sa haine comme elle y aurait vécu de son amour.

— Je n'ai pas du moins, se disait-elle, excité en lui cette insultante pitié qui tue, je ne lui dois pas la vie. O mon premier, mon seul et dernier amour, quel dénouement !

Elle s'élança d'un bond sur Francine effrayée.

— Aimes-tu? Oh ! oui, tu aimes, je m'en souviens. Ah ! je suis bien heureuse d'avoir auprès de moi une femme qui me comprenne. Eh bien, ma pauvre Francine, l'homme ne te semble-t-il pas une effroyable créature? Hein ! il disait m'aimer, et il n'a pas résisté à la plus légère des épreuves... Mais, si le monde entier l'avait repoussé, pour lui mon âme eût été un asile : si l'univers l'avait accusé, je l'aurais défendu ! Autrefois, je voyais le monde rempli d'êtres qui allaient et venaient, ils ne m'étaient qu'indifférents ; le monde était triste et non pas horrible ; mais, maintenant, qu'est le monde sans lui? Il va donc vivre sans que je sois près de lui, sans que je le voie, que je lui parle, que je le sente, que je le tienne, que je le serre... Ah! je l'égorgerai plutôt moi-même dans son sommeil !

Francine, épouvantée, la contempla un moment en silence.

— Tuer celui qu'on aime?... dit-elle d'une voix douce.

— Ah ! certes, quand il n'aime plus.

Mais, après ces épouvantables paroles, elle se cacha le visage dans ses mains, se rassit et garda le silence.

Le lendemain, un homme se présenta brusquement devant elle sans être annoncé. Il avait un visage sévère. C'était Hulot. Corentin l'accompagnait. Elle leva les yeux et frémit.

— Vous venez, dit-elle, me demander compte de vos amis? Ils sont morts.

— Je le sais, répondit Hulot. Ce n'est pas au service de la République !

Je livrerai à vos baïonnettes une famille entière : ses aïeux, et lui, son avenir, son passé. Autant j'ai été bonne et vraie pour lui, autant je serai perfide et fausse. Oui, commandant, je veux amener ce petit gentilhomme dans mon lit, et il en sortira pour marcher à la mort. C'est cela, je n'aurai jamais de rivale... Le misérable a prononcé lui-même son arrêt : *un jour sans lendemain !* Votre République et moi, nous serons vengées... La République ! reprit-elle d'une voix dont les intonations bizarres effrayèrent Hulot ; mais le rebelle mourra

UN HOMME SE PRÉSENTA BRUSQUEMENT DEVANT ELLE...

— Pour moi et par moi... reprit-elle. Vous allez me parler de la patrie ! La patrie rend-elle la vie à ceux qui meurent pour elle? Les venge-t-elle seulement? Moi, je les vengerai ! s'écria-t-elle.

Les lugubres images de la catastrophe dont elle avait été la victime s'étant tout à coup développées à son imagination, cet être gracieux, qui mettait la pudeur en premier dans les artifices de la femme, eut un mouvement de folie et marcha d'un pas saccadé vers le commandant stupéfait.

— Pour quelques soldats égorgés, j'amènerai sous la hache de vos échafauds une tête qui vaut des milliers de têtes ! dit-elle. Les femmes font rarement la guerre, mais vous pourrez, quelque vieux que vous soyez, apprendre à mon école de bons stratagèmes.

donc pour avoir porté les armes contre son pays ! La France me volerait donc ma vengeance?... Ah ! qu'une vie est peu de chose, une mort n'expie qu'un crime ! Mais, si ce monsieur n'a qu'une tête à donner, j'aurai une nuit pour lui faire penser qu'il perd plus d'une vie. Sur toute chose, commandant, vous qui le tuerez (elle laissa échapper un soupir), faites en sorte que rien ne trahisse ma trahison, et qu'il meure convaincu de ma fidélité. Je ne vous demande que cela. Qu'il ne voie que moi, moi et mes caresses !

Là, elle se tut ; mais, à travers la pourpre de son visage, Hulot et Corentin s'aperçurent que la colère et le délire n'étouffaient pas entièrement la pudeur. Marie frissonna violemment en disant les derniers mots ;

elle les écouta de nouveau comme si elle eût douté de les avoir prononcés, et tressaillit naïvement en faisant les gestes involontaires d'une femme à laquelle un voile échappe.

— Mais vous l'avez eu entre les mains ! dit Corentin.

— Probablement, répondit-elle avec amertume.

— Pourquoi m'avoir arrêté quand je le tenais? demanda Hulot.

— Eh ! commandant, nous ne savions pas que ce serait *lui*.

Tout à coup, cette femme agitée, qui se promenait à pas précipités en jetant des regards dévorants aux deux spectateurs de cet orage, se calma.

— Je ne me reconnais pas, dit-elle d'un ton d'homme. Pourquoi parler? il faut l'aller chercher !

— L'aller chercher? dit Hulot ; mais, ma chère enfant, prenez-y garde, nous ne sommes pas maîtres des campagnes, et, si vous vous hasardiez à sortir de la ville, vous seriez prise ou tuée à cent pas.

— Il n'y a jamais de danger pour ceux qui veulent se venger ! répondit-elle en faisant un geste de dédain pour bannir de sa présence ces deux hommes, qu'elle avait honte de voir.

— Quelle femme ! s'écria Hulot en se retirant avec Corentin. Quelle idée ils ont eue, à Paris, ces gens de police! Mais elle ne nous le livrera jamais, ajouta-t-il en hochant la tête.

— Oh ! si ! répliqua Corentin.

— Ne voyez-vous pas qu'elle l'aime? reprit Hulot.

— C'est précisément pour cela. D'ailleurs, dit Corentin en regardant le commandant étonné, je suis là pour l'empêcher de faire des sottises; car, selon moi, camarade, il n'y a pas d'amour qui vaille trois cent mille francs.

Quand ce diplomate de l'intérieur quitta le soldat, ce dernier le suivit des yeux ; et, lorsqu'il n'entendit plus le bruit de ses pas, il poussa un soupir en se disant à lui-même :

— Il y a donc quelquefois du bonheur à n'être qu'une bête comme moi ?... Tonnerre de Dieu ! si je rencontre le Gars, nous nous battrons corps à corps, ou je ne me nomme pas Hulot ; car, si ce renard-là me l'amenait à juger, maintenant qu'ils ont créé des conseils de guerre, je croirais ma conscience aussi sale que la chemise d'un jeune troupier qui entend le feu pour la première fois.

Le massacre de la Vivetière et le désir de venger ses deux amis avaient autant contribué à faire reprendre à Hulot le commandement de sa demi-brigade que la réponse par laquelle un nouveau ministre, Berthier, lui déclarait que sa démission n'était pas acceptable dans les circonstances présentes. A la dépêche ministérielle était jointe une lettre confidentielle où, sans l'instruire de la mission dont était chargée mademoiselle de Verneuil, il lui écrivait que cet incident, complètement en dehors de la guerre, n'en devait pas arrêter les opérations. La participation des chefs militaires devait, disait-il, se borner, dans cette affaire, à seconder *cette honorable citoyenne, s'il y avait lieu*. En apprenant par ses rapports que les mouvements des chouans annonçaient une concentration de leurs forces vers Fougères, Hulot avait secrètement ramené, par une marche forcée, deux bataillons de sa demi-brigade sur cette place importante. Le danger de la patrie, la haine de l'aristocratie, dont les partisans menaçaient une étendue de pays considérable, l'amitié, tout avait contribué à rendre au vieux militaire le feu de sa jeunesse.

— Voilà donc cette vie que je désirais ! s'écria mademoiselle de Verneuil quand elle se trouva seule avec Francine ; quelque rapides que soient les heures, elles sont pour moi comme des siècles de pensées...

Elle prit tout à coup la main de Francine, et sa voix, comme celle du premier rouge-gorge qui chante après l'orage, laissa échapper lentement ces paroles :

— J'ai beau faire, mon enfant, je vois toujours ces deux lèvres délicieuses, ce menton court et légèrement relevé, ces yeux de feu, et j'entends encore le *Hue!* du postillon. Enfin, je rêve... et pourquoi donc tant de haine au réveil !

Elle poussa un long soupir, se leva ; puis, pour la première fois, elle se mit à regarder le pays livré à la guerre civile par ce cruel gentilhomme qu'elle voulait attaquer, à elle seule. Séduite par la vue du paysage, elle sortit pour respirer plus à l'aise sous le ciel ; et, si elle suivit son chemin à l'aventure, elle fut certes conduite vers la *Promenade* de la ville par ce maléfice de notre âme qui nous fait chercher des espérances dans l'absurde. Les pensées conçues sous l'empire de ce charme se réalisent souvent; mais on en attribue alors la prévision à cette puissance appelée le pressentiment; pouvoir inexpliqué, mais réel, que les passions trouvent toujours complaisant, comme un flatteur qui, à travers ses mensonges, dit parfois la vérité.

III

UN JOUR SANS LENDEMAIN.

Les derniers événements de cette histoire ayant dépendu de la disposition des lieux où ils se passèrent, il est indispensable d'en donner ici une minutieuse description, sans laquelle le dénouement serait d'une compréhension difficile.

La ville de Fougères est assise en partie sur un rocher de schiste que l'on dirait tombé en avant des montagnes qui ferment au couchant la grande vallée du Couësnon, et prennent différents noms suivant les localités. A cette exposition, la ville est séparée de ces montagnes par une gorge au fond de laquelle coule une petite rivière appelée le Nançon. La portion du rocher qui regarde l'est a pour point de vue le paysage dont on jouit au sommet de la Pèlerine, et celle qui regarde l'ouest a pour toute vue la tortueuse vallée du Nançon ; mais il existe un endroit d'où l'on peut embrasser à la fois un segment du cercle formé par la grande vallée et les jolis détours de la petite qui vient s'y fondre. Ce lieu, choisi par les habitants pour leur promenade, et où allait se rendre mademoiselle de Verneuil, fut précisément le théâtre où devait se dénouer le drame commencé à la Vivetière. Ainsi, quelque pittoresques que soient les autres parties de Fougères, l'attention doit être exclusivement portée sur les accidents du pays que l'on découvre en haut de la Promenade.

Pour donner une idée de l'aspect que présente le rocher de Fougères vu de ce côté, on peut le comparer à l'une de ces immenses tours en dehors desquelles les architectes sarrasins ont fait tourner, d'étage en étage, de larges balcons joints entre eux par des escaliers en spirale. En effet, cette roche est terminée par une église gothique dont les petites flèches, le clocher, les arcs-boutants en rendent presque parfaite la forme en pain de sucre. Devant la porte de cette église, dédiée à saint Léonard, se trouve une petite place irrégulière dont les terres sont soutenues par un mur exhaussé en forme de balustrade, et qui communique par une rampe à la Promenade. Semblable à une seconde corniche, cette esplanade se développe circulairement autour du rocher, à quelques toises en dessous de la place Saint-Léonard, et offre un large terrain planté d'arbres qui vient aboutir aux fortifications de la ville. Puis, à dix toises des murailles et des roches qui supportent cette terrasse due à une heureuse disposition des schistes et à une patiente industrie, il existe un chemin tournant nommé *l'escalier de la Reine*, pratiqué dans le roc, et qui conduit à un pont bâti sur le Nançon par Anne de Bretagne. Enfin, sous ce chemin, qui figure une troisième corniche, des jardins descendent de terrasse en terrasse jusqu'à la rivière, et ressemblent à des gradins chargés de fleurs.

Parallèlement à la Promenade, de hautes roches qui prennent le nom du faubourg de la ville où elles s'élèvent, et qu'on appelle les montagnes de Saint-Sulpice, s'étendent le long de la rivière et s'abaissent en pentes douces dans la grande vallée, où elles décrivent un brusque contour vers le nord. Ces roches, droites, incultes et sombres, semblent toucher aux schistes de la Promenade ; en quelques endroits, elles en sont à une portée de fusil, et garantissent contre les vents du nord une étroite vallée profonde de cent toises, où le Nançon se partage en trois bras qui arrosent une prairie chargée de fabriques et délicieusement plantée.

Vers le sud, à l'endroit où finit la ville proprement dite, et où commence le faubourg Saint-Léonard, le rocher de Fougères fait un pli, s'adoucit, diminue de hauteur et tourne dans la grande vallée en suivant la rivière, qu'il serre ainsi contre les montagnes de Saint-Sulpice, en formant un col d'où elle s'échappe en deux ruisseaux vers le Couësnon, où elle va se jeter. Ce joli groupe de collines rocailleuses est appelé *le Nid-aux-Crocs*, la vallée qu'elles dessinent se nomme *le val de Gibarry*, et ses grasses prairies fournissent une grande partie du beurre connu des gourmets sous le nom de beurre de la Prévalaye.

A l'endroit où la Promenade aboutit aux fortifications s'élève une tour nommée *la tour de Papegaut*. A partir de cette construction carrée, sur laquelle était bâtie la maison où logeait mademoiselle de Verneuil, règnent tantôt une muraille, tantôt le roc, quand il offre des tables droites ; et la partie de la ville assise sur cette haute base inexpugnable décrit une vaste demi-lune, au bout de laquelle les roches s'inclinent et se creusent pour laisser passage au Nançon. Là est située la porte qui mène au faubourg Saint-Sulpice, dont le nom est commun à la porte et au faubourg. Puis, sur un mamelon de granit qui domine trois vallons dans lesquels se réunissent plusieurs routes, surgissent les vieux créneaux et les tours féodales du château de Fougères, l'une des plus immenses constructions faites par les ducs de Bretagne, murailles hautes de quinze toises, épaisses de quinze pieds ; fortifiée à l'est par un étang d'où sort le Nançon, qui coule dans ses fossés et fait tourner des moulins entre la porte Saint-Sulpice et les ponts-levis de la forteresse ; défendue à l'ouest par la raideur des blocs de granit sur lesquels elle repose.

Ainsi, depuis la Promenade jusqu'à ce magnifique débris du Moyen âge, enveloppé de ses manteaux de lierre, paré de ses tours carrées ou rondes, où peut se loger dans chacune un régiment entier, le château, la ville et son rocher, protégés par les murailles à pans droits, ou par des escarpements taillés à pic, forment un vaste fer-à-cheval garni de précipices sur lesquels, à l'aide du temps, les Bretons ont tracé quelques étroits sentiers. Çà et là, des blocs s'avancent comme des ornements. Ici, les eaux suintent par des cassures d'où sortent des arbres rachitiques. Plus loin, quelques tables de granit moins droites que les autres nourrissent de la verdure qui attire les chèvres. Puis, partout des bruyères, venues entre plusieurs fentes humides, tapissent de leurs guirlandes roses de noires anfractuosités. Au fond de cet immense entonnoir, la petite rivière serpente dans une prairie toujours fraîche et mollement posée comme un tapis.

Au pied du château et entre plusieurs masses de granit s'élève l'église dédiée à saint Sulpice, qui donne son nom à un faubourg situé par delà le Nançon. Ce faubourg, comme jeté au fond d'un abîme, et son église, dont le clocher pointu n'arrive pas à la hauteur des roches qui semblent près de tomber sur elle et sur les chaumières qui l'entourent, sont pittoresquement baignés par quelques affluents du Nançon, ombragés par des arbres et décorés par des jardins ; ils coupent irrégulièrement la demi-lune que décrivent la Promenade, la ville et le château, et produisent, par leurs détails, de naïves oppositions avec les graves spectacles de l'amphithéâtre, auquel ils font face. Enfin Fougères tout entier, ses faubourgs et ses églises, les montagnes mêmes de Saint-Sulpice, sont encadrés par les hauteurs de Rillé, qui font partie de l'enceinte générale de la grande vallée du Couësnon.

Tels sont les traits les plus saillants de cette nature, dont le principal caractère est une âpreté sauvage, adoucie par de riants motifs, par un heureux mélange des travaux les plus magnifiques de l'homme avec les caprices d'un sol tourmenté par des oppositions inattendues, par je ne sais quoi d'imprévu qui surprend, étonne et confond. Nulle part, en France, le voyageur ne rencontre de contrastes aussi grandioses que ceux offerts par le grand bassin du Couësnon et par les vallées perdues entre les rochers de Fougères et les hauteurs de Rillé. C'est de ces beautés inouïes où le hasard triomphe, et auxquelles ne manque aucune des harmonies de la nature. Là, des eaux claires, limpides, courantes ; des montagnes vêtues par la puissante végétation de ces contrées ; des rochers sombres et des fabriques élégantes ; des fortifications élevées par la nature et des tours de granit bâties par les hommes ; puis tous les artifices de la lumière et de l'ombre, toutes les oppositions entre les différents feuillages, tant prisées par les dessinateurs ; des groupes de maisons où foisonne une population active, et des places désertes où le granit ne souffre pas même les mousses blanches qui s'accrochent aux pierres ; enfin, toutes les idées qu'on demande à un paysage : de la grâce et de l'horreur, un poème plein de renaissantes magies, de tableaux sublimes, de délicieuses rusticités ! La Bretagne est là dans sa fleur.

La tour dite du Papegaut, sur laquelle est bâtie la maison occupée par mademoiselle de Verneuil, a sa base au fond même du précipice, et s'élève jusqu'à l'esplanade pratiquée en corniche devant l'église Saint-Léonard. De cette maison isolée sur trois côtés, on embrasse à la fois le grand fer-à-cheval qui commence à la tour même, la vallée tortueuse du Nançon et la place Saint-Léonard. Elle fait partie d'une rangée de logis trois fois séculaires et construits en bois, situés sur une ligne parallèle au flanc septentrional de l'église, avec laquelle ils forment une impasse dont la sortie donne dans une rue en pente qui longe l'église et mène à la porte Saint-Léonard, vers laquelle descendait mademoiselle de Verneuil.

Marie négligea naturellement d'entrer sur la place de l'église, au-dessous de laquelle elle était, et se dirigea vers la Promenade. Lorsqu'elle eut franchi la petite barrière peinte en vert qui se trouvait devant le poste alors établi dans la tour Saint-Léonard, la magnificence du spectacle rendit un instant ses passions muettes. Elle admira la vaste portion de la grande vallée du Couësnon que ses yeux embrassaient depuis le sommet de la Pèlerine jusqu'au plateau par où passe le chemin de Vitré ; puis ses yeux se reposèrent sur le Nid-aux-Crocs et sur les sinuosités du val de Gibarry, dont les crêtes étaient baignées par les lueurs vaporeuses du soleil couchant. Elle fut presque effrayée par la profondeur de la vallée du Nançon, dont les plus hauts peupliers atteignaient à peine aux murs des jardins situés au-dessous de l'escalier de la Reine. Enfin, elle marcha de surprise en surprise jusqu'au point d'où elle put apercevoir et la grande vallée, à travers le val de Gibarry, et le délicieux paysage encadré par le fer-à-cheval de la ville, par les rochers de Saint-Sulpice et par les hauteurs de Rillé. A cette heure du jour, la fumée des maisons du faubourg et des vallées formait dans les airs un nuage qui ne laissait poindre les objets qu'à travers un dais bleuâtre ; les teintes trop vives du jour commençaient à s'abolir ; le firmament prenait un ton gris-de-perle ; la lune jetait ses voiles de lumière sur ce bel abîme ; tout, enfin, tendait à plonger l'âme dans la rêverie et l'aider à évoquer les êtres chers. Tout à coup, ni les toits en bardeau du faubourg Saint-Sulpice, ni son église, dont la flèche audacieuse se perd dans la profondeur de la vallée, ni les manteaux séculaires de lierre et de clématite dont s'enveloppent les murailles de la vieille forteresse à travers laquelle le Nançon bouillonne sous la roue des moulins, enfin rien dans ce paysage ne l'intéressa plus. En vain le soleil couchant jeta-t-il sa poussière d'or et ses nappes rouges sur les gracieuses habitations semées dans les rochers, au fond des eaux et sur les prés, elle resta immobile devant les roches de Saint-Sulpice. L'espérance insensée qui l'avait amenée sur la Promenade s'était miraculeusement réalisée. A travers les ajoncs et les genêts qui croissent sur les sommets opposés, elle crut reconnaître, malgré la peau de bique dont ils étaient vêtus, plusieurs convives de la Vivetière, parmi lesquels se distinguait le Gars, dont les moindres mouvements se dessinèrent dans la lumière adoucie du soleil couchant. A quelques pas en arrière du groupe principal, elle vit sa redoutable ennemie, madame du Gua. Pendant un moment, mademoiselle de Verneuil put penser qu'elle rêvait ; mais la haine de sa rivale lui prouva bientôt que tout vivait dans ce rêve. L'attention profonde qu'excitait en elle le plus petit geste du marquis l'empêcha de remarquer le soin avec lequel madame du Gua la mirait avec un long fusil. Bientôt un coup de feu réveilla les échos des montagnes, et la balle qui siffla près de Marie lui révéla l'adresse de sa rivale.

— Elle m'envoie sa carte ! se dit-elle en souriant.

A l'instant, de nombreux *Qui vive?* retentirent, de sentinelle en sentinelle, depuis le château jusqu'à la porte Saint-Léonard, et trahirent aux chouans la prudence des Fougerais, puisque la partie la moins vulnérable de leurs remparts était si bien gardée.

— C'est elle et c'est lui ! se dit Marie.

Aller à la recherche du marquis, le suivre, le surprendre, fut une idée conçue avec la rapidité de l'éclair.

— Je suis sans arme ! s'écria-t-elle.

Elle songea qu'au moment de son départ de Paris elle avait jeté dans un de ses cartons un élégant poignard, jadis porté par une sultane et dont elle voulut se munir en venant sur le théâtre de la guerre, comme ces plaisants qui s'approvisionnent d'albums pour les idées qu'ils auront en voyage ; mais elle fut alors moins séduite par la perspective d'avoir du sang à répandre que par le plaisir de porter un joli kandjar orné de pierreries, et de jouer avec cette lame pure comme un regard. Trois jours auparavant, elle avait bien vivement regretté d'avoir laissé cette arme dans ses cartons, quand, pour se soustraire à l'odieux supplice que lui réservait sa rivale, elle avait souhaité de se tuer. En un instant, elle retourna chez elle, trouva le poignard, le mit à sa ceinture, serra autour de ses épaules et de sa taille un grand châle, enveloppa ses cheveux d'une dentelle noire, se couvrit la tête d'un de ces chapeaux à larges bords que portaient les chouans, et qui appartenait à un domestique de sa maison, et, avec cette présence d'esprit que prêtent parfois les passions, elle prit le gant du marquis donné par Marche-à-Terre comme un passe-port ; puis, après avoir répondu à Francine effrayée : « Que veux-tu ! j'irais *le* chercher dans l'enfer ! » elle revint sur la Promenade.

MADEMOISELLE DE VERNEUIL GAGNA L'ESCALIER DE LA REINE.

Le Gars était encore à la même place, mais seul. D'après la direction de sa longue-vue, il paraissait examiner, avec l'attention scrupuleuse d'un homme de guerre, les différents passages du Nançon, l'escalier de la Reine, et le chemin qui, de la porte Saint-Sulpice, tourne entre cette église et va rejoindre les grandes routes sous le feu du château. Mademoiselle de Verneuil s'élança dans les petits sentiers tracés par les chèvres et leurs pâtres sur le versant de la Promenade, gagna l'escalier de la Reine, arriva au fond du précipice, passa le Nançon, traversa le faubourg, devina, comme l'oiseau dans le désert, sa route au milieu des dangereux escarpements des roches de Saint-Sulpice, atteignit bientôt une route glissante tracée sur des blocs de granit, et, malgré les genêts, les ajoncs piquants, les rocailles qui la hérissaient, elle se mit à la gravir avec ce degré d'énergie inconnu peut-être à l'homme, mais que la femme entraînée par la passion possède momentanément. La nuit surprit Marie à l'instant où, parvenue sur les sommets, elle tâchait de reconnaître, à la faveur des pâles rayons de la lune, le chemin qu'avait dû prendre le marquis ; une recherche obstinée faite sans aucun succès et le silence qui régnait dans la campagne lui apprirent la retraite des chouans et de leur chef. Cet effort de passion tomba tout à coup avec l'espoir qui l'avait inspiré. En se trouvant seule, pendant la nuit, au milieu d'un pays inconnu en proie à la guerre, elle se mit à réfléchir, et les recommandations de Hulot, le coup de feu de madame du Gua, la firent frissonner de peur. Le calme de la nuit, si profond sur les montagnes, lui permit d'entendre la moindre feuille errante, même à de grandes distances, et ces bruits légers vibraient dans les airs comme pour donner une triste mesure de la solitude ou du silence. Le vent agissait sur la haute région et emportait les nuages avec violence, en produisant des alternatives d'ombre et de lumière dont les effets augmentèrent sa terreur, en donnant des apparences fantastiques et terribles aux objets les plus inoffensifs. Elle tourna les yeux vers les maisons de Fougères, dont les lueurs domestiques brillaient comme autant d'étoiles terrestres, et tout à coup elle vit distinctement la tour du Papegaut. Elle n'avait qu'une faible distance à parcourir pour retourner chez elle, mais cette distance était un précipice. Elle se souvenait assez des abîmes qui bordaient l'étroit sentier par où elle était venue, pour savoir qu'elle courrait plus de risques en voulant revenir à Fougères qu'en poursuivant son entreprise. Elle pensa que le gant du marquis écarterait tous les périls de sa promenade nocturne, si les chouans tenaient la campagne. Madame du Gua seule pouvait être redoutable. A cette idée, Marie pressa son poignard, et tâcha de se diriger vers une maison dont elle avait entrevu les toits en arrivant sur les rochers de Saint-Sulpice ; mais elle marcha lentement, car elle avait jusqu'alors ignoré la sombre majesté qui pèse sur un être solitaire pendant la nuit, au milieu d'un site sauvage où, de toutes parts, de hautes montagnes penchent leurs têtes comme des géants assemblés.

Le frôlement de sa robe, arrêtée par des ajoncs, la fit tressaillir plus d'une fois, et plus d'une fois elle hâta le pas, pour le ralentir encore en croyant sa dernière heure venue. Mais, bientôt, les circonstances prirent un caractère auquel les hommes les plus intrépides n'eussent peut-être pas résisté, et plongèrent mademoiselle de Verneuil dans une de ces terreurs qui pressent tellement les ressorts de la vie, qu'alors tout est extrême chez les individus, la force comme la faiblesse. Les êtres les plus faibles font alors des actes d'une force inouïe, et les plus forts deviennent fous de peur. Marie entendit à une faible distance des bruits étranges ; distincts et vagues tout à la fois, comme la nuit était tour à tour sombre et lumineuse, ils annonçaient de la confusion, du tumulte, et l'oreille se fatiguait à les percevoir ; ils sortaient du sein de la terre, qui semblait ébranlée sous les pieds d'une immense multitude d'hommes en marche. Un moment de clarté permit à mademoiselle de Verneuil d'apercevoir à quelques pas d'elle une longue file de hideuses figures qui s'agitaient comme les épis d'un champ et glissaient à la manière des fantômes ; mais elle les vit à peine, car aussitôt l'obscurité retomba comme un rideau noir et lui déroba cet épouvantable tableau, plein d'yeux jaunes et brillants. Elle se recula vivement et courut sur le haut d'un talus, pour échapper à trois de ces horribles figures qui venaient à elle.

— L'as-tu vu? demanda l'un.

— J'ai senti un vent froid quand il a passé près de moi, répondit une voix rauque.

— Et moi, j'ai respiré l'air humide et l'odeur des cimetières, dit le troisième.

— Est-il blanc? reprit le premier.

— Pourquoi, dit le second, est-il *revenu* seul de tous ceux qui sont morts à la Pèlerine?

— Ah! pourquoi? répondit le troisième. Pourquoi fait-on des préférences à ceux qui sont du Sacré-Cœur? Au surplus, j'aime mieux mourir sans confession que d'errer, comme lui, sans boire ni manger, sans avoir ni sang dans les veines, ni chair sur les os.

— Ah !...

Cette exclamation ou plutôt ce cri terrible partit du groupe, quand un des trois chouans montra du doigt les formes sveltes et le visage pâle de mademoiselle de Verneuil, qui se sauvait avec une effrayante rapidité, sans qu'ils entendissent le moindre bruit.

— Le voilà! — Le voici! — Où est-il? — Là. — Ici. — *Il est parti!* — Non. — Si. — Le vois-tu?

Ces phrases retentirent comme le murmure monotone des vagues sur la grève.

Mademoiselle de Verneuil marcha courageusement dans la direction de la maison, et vit les figures indistinctes d'une multitude qui fuyait à son approche en donnant les signes d'une frayeur panique. Elle était comme emportée par une puissance incomme dont l'influence la matait : la légèreté de son corps, qui lui semblait inexplicable, devenait un nouveau sujet d'effroi pour elle-même. Ces figures, qui se levaient par masses à son approche et comme de dessous terre où elles lui paraissaient couchées, laissaient échapper des gémissements qui n'avaient rien d'humain. Enfin, elle arriva, non sans peine, dans un jardin dévasté dont les haies et les barrières étaient brisées. Arrêtée par une sentinelle, elle lui montra son gant. La lune ayant éclairé sa figure, la carabine échappa des mains du chouan, qui déjà mettait Marie en joue, mais qui, à son aspect, jeta le cri rauque dont retentissait la campagne. Elle aperçut de grands bâtiments où quelques lueurs indiquaient des pièces habitées, et parvint auprès des murs sans rencontrer d'obstacles. Par la première fenêtre vers laquelle elle se dirigea, elle vit madame du Gua avec les chefs convoqués à la Vivetière. Étourdie et par cet aspect et par le sentiment de son danger, elle se rejeta violemment sur une petite ouverture défendue par de gros barreaux de fer, et distingua, dans une longue salle voûtée, le marquis seul et triste, à deux pas d'elle. Les reflets du feu, devant lequel il occupait une chaise grossière, illuminaient son visage de teintes rougeâtres et vacillantes qui imprimaient à cette scène le caractère d'une vision; immobile et tremblante, la pauvre fille se colla aux barreaux, et, par le silence profond qui régnait, elle espéra l'entendre s'il parlait; en le voyant abattu, découragé, pâle, elle se flatta d'être une des causes de sa tristesse; puis sa colère se changea en commisération, sa commisération en tendresse, et elle sentit soudain qu'elle n'avait pas été amenée jusque-là par la vengeance seulement. Le marquis se leva, tourna la tête et resta stupéfait en apercevant, comme dans un nuage, la figure de mademoiselle de Verneuil ; il laissa échapper un geste d'impatience et de dédain en s'écriant :

— Je vois donc partout cette diablesse, même quand je veille !

Ce profond mépris conçu pour elle arracha à la pauvre fille un rire d'égarement qui fit tressaillir le jeune chef, et il s'élança vers la croisée. Mademoiselle de Verneuil se sauva. Elle entendit près d'elle les pas d'un homme qu'elle crut être Montauran ; et, pour le fuir, elle ne connut plus d'obstacles, elle eût traversé les murs et volé dans les airs, elle aurait trouvé le chemin de l'enfer pour éviter de relire en traits de flamme ces mots : *Il te méprise !* écrits sur le front de cet homme, et qu'une voix intérieure lui criait alors avec l'éclat d'une trompette. Après avoir marché sans savoir par où elle passait, elle s'arrêta en se sentant pénétrer d'un air humide. Effrayée par le bruit des pas de plusieurs personnes, et poussée par la peur, elle descendit un escalier qui la mena au fond d'une cave. Arrivée à la dernière marche, elle prêta l'oreille pour tâcher de reconnaître la direction que prenaient ceux qui la poursuivaient; mais, malgré des rumeurs extérieures assez vives, elle entendit les lugubres gémissements d'une voix humaine qui ajoutèrent à son horreur. Un jet de lumière, parti du haut de l'escalier, lui fit craindre que sa retraite ne fût connue de ses persécuteurs ; et, pour leur échapper, elle trouva de nouvelles forces. Il lui fut très difficile de s'expliquer, quelques instants après et quand elle recueillit ses idées, par quels moyens elle avait pu grimper sur le petit mur où elle s'était cachée. Elle ne s'aperçut pas même d'abord de la gêne que la position de son corps lui fit éprouver ; mais cette gêne finit par devenir intolérable, car elle ressemblait, sous l'arceau d'une voûte, à la Vénus accroupie qu'un amateur aurait placée dans une niche trop étroite. Ce mur, assez large et construit en granit, formait une séparation entre le passage d'un escalier et un caveau d'où partaient les gémissements. Elle vit bientôt un inconnu couvert de peaux de chèvre descendant au-dessous d'elle et tournant sous la voûte sans faire le moindre mouvement qui annonçât une recherche empressée. Impatiente de savoir s'il se présenterait quelque chance de salut pour elle, mademoiselle de Verneuil attendit avec anxiété que la lumière portée par l'inconnu éclairât le caveau, où elle apercevait à terre une masse informe, mais animée, qui essayait d'atteindre à une certaine partie de la muraille par des mouvements violents et répétés, semblables aux brusques contorsions d'une carpe mise hors de l'eau sur la rive.

Une petite torche de résine jeta bientôt sa lueur bleuâtre et incertaine dans le caveau. Malgré la sombre poésie que l'imagination de mademoiselle de Verneuil répandait sur ces voûtes, qui répercutaient les sons d'une prière douloureuse, elle fut obligée de reconnaître qu'elle se trouvait dans une cuisine souterraine, abandonnée depuis longtemps. Éclairée, la masse informe devint un petit homme très gros dont tous les membres avaient été attachés avec précaution, mais qui semblait avoir été laissé sur les dalles humides sans aucun soin par ceux qui s'en étaient emparés. A l'aspect de l'étranger tenant d'une main la torche et de l'autre le fagot, le captif poussa un gémissement profond qui attaqua si vivement la sensibilité de mademoiselle de Verneuil, qu'elle oublia sa propre terreur, son désespoir, la gêne horrible de tous ses membres pliés qui s'engourdissaient ; elle tâcha de rester immobile. Le chouan jeta son fagot dans la cheminée après s'être assuré de la solidité d'une vieille crémaillère qui pendait le long d'une haute plaque en fonte, et mit le feu au bois avec sa torche. Mademoiselle de Verneuil ne reconnut pas alors sans effroi ce rusé Pille-Miche auquel sa rivale l'avait livrée, et dont la figure, illuminée par la flamme, ressemblait à celle de ces petits hommes de buis grotesquement sculptés en Allemagne. La plainte échappée à son prisonnier produisit un rire immense sur ce visage sillonné de rides et brûlé par le soleil.

OH ! VOUS POUVEZ CHANTER A GOGO, MONSIEUR D'ORGEMONT !

— Tu vois, dit-il au patient, que nous autres chrétiens nous ne manquons pas, comme toi, à notre parole. Ce feu-là va te dégourdir les jambes, la langue et les mains... *Quien ! quien !* je ne vois point de lèchefrite à te mettre sous les pieds ; ils sont si dodus, que la graisse pourrait éteindre le feu. Ta maison est donc bien mal montée, qu'on n'y trouve pas de quoi donner au maître toutes ses aises quand il se chauffe?

La victime jeta un cri aigu, comme si elle eût espéré se faire entendre par delà les voûtes et attirer un libérateur.

— Oh ! vous pouvez chanter à gogo, monsieur d'Orgemont ! ils sont tous couchés là-haut, et Marche-à-Terre me suit, il fermera la porte de la cave.

Tout en parlant, Pille-Miche sondait du bout de sa carabine le manteau de la cheminée, les dalles qui pavaient la cuisine, les murs et les fourneaux, pour essayer de découvrir la cachette où l'avare avait mis son or. Cette recherche se faisait avec une telle habileté, que d'Orgemont demeura silencieux, comme s'il eût craint d'avoir été trahi par quelque serviteur effrayé ; car, quoiqu'il ne se fût confié à personne, ses habitudes auraient pu donner lieu à des inductions vraies. Pille-Miche se retournait parfois brusquement en regardant sa victime comme dans ce jeu où les enfants essayent de deviner, par l'expression naïve de celui qui a caché un objet convenu, s'ils s'en approchent ou s'ils s'en éloignent. D'Orgemont feignit quelque terreur en voyant le chouan frappant les fourneaux, qui rendirent un son creux, et parut vouloir amuser ainsi pendant quelque temps l'avide crédulité de Pille-Miche. En ce moment, trois autres chouans, qui se précipitèrent dans l'escalier, entrèrent tout à coup dans la cuisine. A l'aspect de Marche-à-Terre, Pille-Miche discontinua sa recherche, après avoir jeté sur d'Orgemont un regard empreint de toute la férocité que réveillait son avarice trompée.

— Marie Lambrequin est ressuscité ! dit

Marche-à-Terre en gardant une attitude qui annonçait que tout autre intérêt pâlissait devant une si grave nouvelle.

— Ça ne m'étonne pas, répondit Pille-Miche, il communiait si souvent ! le bon Dieu semblait n'être qu'à lui.

— Ah ! ah ! remarqua Mène-à-Bien, ça lui a servi comme des souliers à un mort. Voilà-t-il pas qu'il n'avait pas reçu l'absolution avant cette affaire de la Pèlerine ; il a margaudé la fille à Goguelu, et s'est trouvé sous le coup d'un péché mortel. Donc, l'abbé Gudin dit comme ça qu'il va rester deux mois comme un esprit avant de revenir tout à fait ! Nous l'avons vu *tretous* passer devant nous, il est pâle, il est froid, il est léger, il sent le cimetière.

— Et Sa Révérence a bien dit que, si l'esprit pouvait s'emparer de quelqu'un, il s'en ferait un compagnon, ajouta le quatrième chouan.

La figure grotesque de ce dernier interlocuteur tira Marche-à-Terre de la rêverie religieuse où l'avait plongé l'accomplissement d'un miracle que la ferveur pouvait, selon l'abbé Gudin, renouveler chez tout pieux défenseur de la religion et du roi.

— Tu vois, Galope-Chopine, dit-il au néophyte avec une certaine gravité, à quoi nous mènent les plus légères omissions des devoirs commandés par notre sainte religion. C'est un avis que nous donne sainte Anne d'Auray d'être inexorables entre nous pour les moindres fautes. Ton cousin Pille-Miche a demandé pour toi la *surveillance* de Fougères, le Gars consent à te la confier, et tu seras bien payé ; mais tu sais de quelle farine nous pétrissons la galette des traîtres?

— Oui, monsieur Marche-à-Terre.

— Tu sais pourquoi je te dis cela? Quelques-uns prétendent que tu aimes le cidre et les gros sous ; mais il ne s'agit pas ici de tondre sur les œufs, il faut n'être qu'à nous.

— Révérence parler, monsieur Marche-à-Terre, le cidre et les sous sont deux bonnes *chouses* qui n'empêchent point le salut.

— Si le cousin fait quelque sottise, dit Pille-Miche, ce sera par ignorance.

— De quelque manière qu'un malheur vienne, s'écria Marche-à-Terre d'un son de voix qui fit trembler la voûte, je ne le manquerai pas. Tu m'en réponds, ajouta-t-il en se tournant vers Pille-Miche, car, s'il tombe en faute, je m'en prendrai à ce qui double ta peau de bique.

— Mais, sous votre respect, monsieur Marche-à-Terre, reprit Galope-Chopine, est-ce qu'il ne vous est pas souvent arrivé de croire que les *contre-chuins* étaient des *chuins* ?

— Mon ami, répliqua Marche-à-Terre d'un ton sec, que ça ne t'arrive plus, ou je te couperai en deux comme un navet. Quant aux envoyés du Gars, ils auront son gant. Mais, depuis cette affaire de la Vivetière, la grande garce y boute un ruban vert.

Pille-Miche poussa vivement le coude de son camarade en lui montrant d'Orgemont, qui feignait de dormir ; mais Marche-à-Terre et Pille-Miche savaient par expérience que personne n'avait encore sommeillé au coin de leur feu ; et, quoique les dernières paroles dites à Galope-Chopine eussent été prononcées à voix basse, comme elles pouvaient avoir été comprises par le patient, les quatre chouans le regardèrent tous pendant un moment et pensèrent sans doute que la peur lui avait ôté l'usage de ses sens. Tout à coup, sur un léger signe de Marche-à-Terre, Pille-Miche ôta les souliers et les bas de d'Orgemont, Mène-à-Bien et Galope-Chopine le saisirent à bras-le-corps, le portèrent au feu : puis Marche-à-Terre prit un des liens du fagot et attacha les pieds de l'avare à la crémaillère. L'ensemble de ces mouvements et leur incroyable célérité firent pousser à la victime des cris qui devinrent déchirants quand Pille-Miche eut rassemblé des charbons sous les jambes.

— Mes amis, mes bons amis, s'écria d'Orgemont, vous allez me faire mal ! je suis chrétien comme vous...

— Tu mens par ta gorge, lui répondit Marche-à-Terre. Ton frère a renié Dieu. Quant à toi, tu as acheté l'abbaye de Juvigny. L'abbé Gudin dit que l'on peut, sans scrupule, rôtir les apostats.

— Mais, mes frères en Dieu, je ne refuse pas de vous payer.

— Nous t'avions donné quinze jours, deux mois se sont passés, et voilà Galope-Chopine qui n'a rien reçu.

— Tu n'as donc rien reçu, Galope-Chopine? demanda l'avare avec désespoir.

— *Rin*, monsieur d'Orgemont ! répondit Galope-Chopine effrayé.

Les cris, qui s'étaient convertis en un grognement continu comme le râle d'un mourant, recommencèrent avec une violence inouïe. Aussi habitués à ce spectacle qu'à voir marcher leurs chiens sans sabots, les quatre chouans contemplaient si froidement d'Orgemont qui se tortillait et hurlait, qu'ils ressemblaient à des voyageurs attendant devant la cheminée d'une auberge que le rôt soit assez cuit pour être mangé.

— Je meurs ! je meurs ! cria la victime... et vous n'aurez pas mon argent.

Malgré la violence de ces cris, Pille-Miche s'aperçut que le feu ne mordait pas encore la peau : on attisa donc très artistement les charbons de manière à faire légèrement flamber le feu : d'Orgemont dit alors d'une voix abattue :

— Mes amis, déliez-moi... Que voulez-vous? cent écus, mille écus, dix mille écus, cent mille écus ? je vous offre deux cents écus.

Cette voix était si lamentable, que mademoiselle de Verneuil oublia son propre danger et laissa échapper une exclamation.

— Qui a parlé? demanda Marche-à-Terre.

Les chouans jetèrent autour d'eux des regards effarés. Ces hommes, si braves sous la bouche meurtrière des canons, ne tenaient pas devant un *esprit*. Pille-Miche seul écoutait sans distraction la confession que des douleurs croissantes arrachaient à sa victime.

TU MENS PAR TA GORGE, LUI RÉPONDIT MARCHE-A-TERRE.

— Cinq cents écus... oui, je les donne, disait l'avare.

— Bah ! Où sont-ils? lui répondit tranquillement Pille-Miche.

— Hein? ils sont sous le premier pommier... Sainte Vierge ! au fond du jardin, à gauche... Vous êtes des brigands... des voleurs... Ah ! je meurs... Il y a là dix mille francs.

— Je ne veux pas des francs, dit Marche-à-Terre. il nous faut des livres. Les écus de ta République ont des figures païennes qui n'auront jamais cours.

— Ils sont en livres, en bons louis d'or. Mais déliez-moi, déliez-moi... Vous savez où est ma vie... mon trésor !

Les quatre chouans se regardèrent en cherchant celui d'entre eux auquel ils pouvaient se fier pour l'envoyer déterrer la somme. En ce moment, cette cruauté de cannibales fit tellement horreur à mademoiselle de Verneuil, que, sans savoir si le rôle que lui assignait sa figure pâle la préserverait encore de tout danger, elle s'écria courageusement d'un son de voix grave :

— Ne craignez-vous pas la colère de Dieu? Détachez-le, barbares !

Les chouans levèrent la tête, ils aperçurent dans les airs des yeux qui brillaient comme deux étoiles, et s'enfuirent épouvantés. Mademoiselle de Verneuil sauta dans la cuisine, courut à d'Orgemont, le tira si violemment du feu, que les liens du fagot cédèrent ; puis, du tranchant de son poignard, elle coupa les cordes avec lesquelles il avait été garrotté. Quand l'avare fut libre et debout, la première expression de son visage fut un rire douloureux, mais sardonique.

— Allez, allez au pommier, brigands !... dit-il. Oh ! oh ! voilà deux fois que je les leurre, aussi ne me reprendront-ils pas une troisième !

En ce moment, une voix de femme retentit au dehors.

— Un *esprit !* un *esprit !* criait madame du Gua ; imbéciles, c'est *elle !* Mille écus à qui m'apportera la tête de cette catin !

Mademoiselle de Verneuil pâlit; mais l'avare sourit, lui prit la main, l'attira sous le manteau de la cheminée, l'empêcha de laisser aucune trace de son passage en la conduisant de manière à ne pas déranger le feu, qui n'occupait qu'un très petit espace ; il fit partir un ressort, la plaque de fonte s'enleva ; et, quand leurs ennemis communs rentrèrent dans le caveau, la lourde porte de la cachette était déjà retombée sans bruit. La Parisienne comprit alors le but des mouvements de carpe qu'elle avait vu faire au malheureux banquier.

— Voyez-vous, madame, s'écria Marche-à-Terre, l'esprit a pris le bleu pour compagnon..

L'effroi dut être grand, car ces paroles furent suivies d'un si profond silence, que d'Orgemont et sa compagne entendirent les chouans prononçant à voix basse :

— *Ave, sancta Anna Auriaca gratia plena, Dominus tecum* etc.

— Ils prient, les imbéciles ! s'écria d'Orgemont.

— N'avez-vous pas peur, dit mademoiselle de Verneuil en interrompant son compagnon, de faire découvrir notre... ?

Un rire du vieil avare dissipa les craintes de la jeune Parisienne.

— La plaque est dans une table de granit qui a dix pouces de profondeur. Nous les entendons, et ils ne nous entendent pas.

Puis il prit doucement la main de sa libératrice, la plaça vers une fissure par où sortaient des bouffées de vent frais, et elle devina que cette ouverture avait été pratiquée dans le tuyau de la cheminée .

— Ah ! ah ! reprit d'Orgemont. Diable ! les jambes me cuisent un peu ! Cette *Jument de Charette*, comme on l'appelle à Nantes, n'est pas assez sotte pour contredire ses fidèles : elle sait bien que, s'ils n'étaient pas si brutes, ils ne se battraient pas contre leurs intérêts. La voilà qui prie aussi. Elle doit être bonne à voir en disant son *Ave* à sainte Anne d'Auray ! Elle ferait mieux de détrousser quelque diligence pour me rembourser les quatre mille francs qu'elle me doit. Avec les intérêts, les frais, ça va bien à quatre mille sept cent quatre-vingts francs et des centimes...

La prière finie, les chouans se levèrent et partirent. Le vieux d'Orgemont serra la main de mademoiselle de Verneuil, comme pour la prévenir que néanmoins le danger existait toujours.

— Non, madame, s'écria Pille-Miche après quelques minutes de silence, vous resteriez là dix ans, ils ne reviendront pas.

— Mais elle n'est pas sortie, elle doit être ici ! dit obstinément la *Jument de Charette.*

— Non, madame, non, ils se sont envolés au travers des murs. Le diable n'a-t-il pas déjà emporté là, devant nous, un assermenté?

— Comment, toi, Pille-Miche, avare comme lui, ne devines-tu pas que le vieux cancre aura bien pu dépenser quelques milliers de livres pour construire dans les fondations de cette voûte un réduit dont l'entrée est cachée par un secret?

L'avare et la jeune fille entendirent un gros rire échappé à Pille-Miche.

— *Ben* vrai ! dit-il.

— Reste ici, reprit madame du Gua. Attends-les à la sortie. Pour un seul coup de fusil, je te donnerai tout ce que tu trouveras dans le trésor de notre usurier. Si tu veux que je te pardonne d'avoir vendu cette fille quand je t'avais dit de la tuer, obéis-moi.

— Usurier ! dit le vieux d'Orgemont, je ne lui ai pourtant prêté qu'à neuf pour cent. Il est vrai que j'ai une caution hypothécaire ! Mais, enfin, voyez comme elle est reconnaissante ! Allez, madame, si Dieu nous punit du mal, le diable est là pour nous punir du bien ; et l'homme placé entre ces deux termes-là, sans rien savoir de l'avenir, m'a toujours fait l'effet d'une règle de trois dont l'X est introuvable.

Il laissa échapper un soupir creux qui lui était particulier, car, en passant par son larynx, l'air semblait y rencontrer et attaquer deux vieilles cordes détendues. Le bruit que firent Pille-Miche et madame du Gua en sondant de nouveau les murs, les voûtes et les dalles, parut rassurer d'Orgemont, qui saisit la main de sa libératrice pour l'aider à monter une étroite vis saint-gilles pratiquée dans l'épaisseur d'un mur en granit. Après avoir gravi une vingtaine de marches, la lueur d'une lampe éclaira faiblement leurs têtes. L'avare s'arrêta, se tourna vers sa compagne, en examina le visage comme s'il eût regardé, manié et remanié une lettre de change douteuse à escompter, et poussa son terrible soupir.

— En vous mettant ici, dit-il après un moment de silence, je vous ai remboursé intégralement le service que vous m'avez rendu : donc, je ne vois pas pourquoi je vous donnerais...

— Monsieur, laissez-moi là, je ne vous demande rien, dit-elle.

Ces derniers mots, et peut-être le dédain qu'exprima cette belle figure, rassurèrent le petit vieillard, car il répondit, avec un nouveau soupir :

— Ah ! en vous conduisant ici, j'en ai trop fait pour ne pas continuer...

Il aida poliment Marie à monter quelques marches assez singulièrement disposées, et l'introduisit, moitié de bonne grâce, moitié en rechignant, dans un petit cabinet de quatre pieds carrés, éclairé par une lampe suspendue à la voûte. Il était facile de voir que l'avare avait pris toutes ses précautions pour passer plus d'un jour dans cette retraite, si les événements de la guerre civile l'eussent contraint à y rester longtemps.

— N'approchez pas du mur, vous pourriez vous blanchir ! dit tout à coup d'Orgemont.

Et il mit avec assez de précipitation sa main entre le châle de la jeune fille et la muraille, qui semblait fraîchement récrépie. Le geste du vieil avare produisit un effet tout contraire à celui qu'il en attendait. Mademoiselle de Verneuil regarda soudain devant elle, et vit dans un angle une sorte de construction dont la forme lui arracha un cri de terreur, car elle devina qu'une créature humaine avait été enduite de mortier et placée là debout ; d'Orgemont lui fit un signe effrayant pour l'engager à se taire, et ses petits yeux, d'un bleu de faïence, annoncèrent autant d'effroi que ceux de sa compagne.

— Sotte ! croyez-vous que je l'aie assassiné?... C'est mon frère, dit-il en variant son soupir d'une manière lugubre. C'est le premier recteur qui se soit assermenté. Voilà le seul asile où il ait été en sûreté contre la fureur des chouans et des autres prêtres. Poursuivre un digne homme qui avait tant d'ordre ! C'était mon aîné, lui seul a eu la patience de m'apprendre le calcul décimal. Oh ! c'était un bon prêtre ! Il avait de l'économie et savait amasser. Il y a quatre ans qu'il est mort, j'ignore de quelle maladie ; mais, voyez-vous, ces prêtres, ça a l'habitude de s'agenouiller de temps en temps pour prier, et il n'a peut-être pas pu s'accoutumer à rester ici debout, comme moi... Je l'ai mis là ; autre part, *ils* l'auraient déterré. Un jour, je pourrai l'ensevelir en terre sainte, comme disait ce pauvre homme, qui ne s'est assermenté que par peur.

Une larme roula dans les yeux secs du petit vieillard, dont alors la perruque rousse parut moins laide à la jeune fille, qui détourna les yeux par un secret respect pour cette douleur ; mais, malgré cet attendrissement, d'Orgemont lui dit encore :

— N'approchez pas du mur, vous...

Et ses yeux ne quittèrent pas ceux de mademoiselle de Verneuil, en espérant ainsi l'empêcher d'examiner plus attentivement les parois de ce cabinet, où l'air, trop raréfié, ne suffisait pas au jeu des poumons. Cependant, Marie réussit à dérober un coup d'œil à son Argus, et, d'après les bizarres proéminences des murs, elle supposa que l'avare les avait bâtis lui-même avec des sacs d'argent ou d'or. Depuis un moment, d'Orgemont était plongé dans un ravissement grotesque. La douleur que la cuisson lui faisait souffrir aux jambes et sa terreur en voyant un être humain au milieu de ses trésors se lisaient dans chacune de ses rides ; mais en même temps ses yeux arides exprimaient, par un feu inaccoutumé, la généreuse émotion qu'excitait en lui le périlleux voisinage de sa libératrice, dont la joue rose et blanche attirait le baiser, dont le regard noir et velouté lui amenait au cœur des vagues de sang si chaudes, qu'il ne savait plus si c'était signe de vie ou de mort.

— Êtes-vous mariée? lui demanda-t-il d'une voix tremblante.

— Non, répondit-elle en souriant.

— J'ai quelque chose, reprit-il en poussant son soupir, quoique je ne sois pas aussi riche qu'ils le disent tous. Une jeune fille comme vous doit aimer les diamants, les bijoux, les équipages, l'or, ajouta-t-il en regardant d'un air effaré autour de lui. J'ai tout cela à donner, après ma mort... Et si vous vouliez... ?

L'œil du vieillard décelait tant de calcul, même dans cet amour éphémère, qu'en agitant sa tête par un mouvement négatif, mademoiselle de Verneuil ne put s'empêcher de penser que l'avare ne songeait à l'épouser que pour enterrer son secret dans le cœur d'un autre lui-même.

— L'argent ! dit-elle en jetant à d'Orgemont un regard plein d'ironie qui le rendit à la fois heureux et fâché, l'argent n'est rien pour moi. Vous seriez trois fois plus riche que vous ne l'êtes, si tout l'or que j'ai refusé était là.

— N'approchez pas du m... !

— Et l'on ne me demandait cependant qu'un regard, ajouta-t-elle avec une incroyable fierté.

— Vous avez eu tort, c'était une excellente spéculation. Mais songez donc...

— Songez, interrompit mademoiselle de Verneuil, que je viens d'entendre retentir là une voix dont un seul accent a pour moi plus de prix que toutes vos richesses.

— Vous ne les connaissez pas...

Avant que l'avare eût pu l'en empêcher, Marie fit mouvoir, en la touchant du doigt, une petite gravure enluminée qui représentait Louis XV à cheval, et vit tout à coup au-dessous d'elle le marquis occupé à charger un tromblon. L'ouverture cachée par le petit panneau sur lequel l'estampe était collée semblait répondre à quelque ornement dans le plafond de la chambre voisine, où sans doute couchait le général royaliste. D'Orgemont repoussa avec la plus grande précaution la vieille estampe, et regarda la jeune fille d'un air sévère.

— Ne dites pas un mot, si vous aimez la vie ! Vous n'avez pas jeté, lui dit-il à l'oreille après une pause, votre grappin sur un petit bâtiment... Savez-vous que le marquis de Montauran possède pour cent mille livres de revenu en terres affermées qui n'ont pas encore été vendues? Or, un décret des consuls, que j'ai lu dans *le Primidi de l'Ille-et-Vilaine*, vient d'arrêter les séquestres. Ah ! ah ! vous trouvez ce gars-là maintenant plus joli homme, n'est-ce pas? Vos yeux brillent comme deux louis d'or tout neufs.

Les regards de mademoiselle de Verneuil s'étaient fortement animés en entendant résonner de nouveau une voix bien connue. Depuis qu'elle était là, debout, comme enfouie dans une mine d'argent, le ressort de son âme courbée sous ces événements s'était redressé. Elle semblait avoir pris une résolution sinistre et entrevoir les moyens de la mettre à exécution.

— On ne revient pas d'un tel mépris, se disait-elle, et, s'il ne doit plus m'aimer, je veux le tuer... Aucune femme ne l'aura.

— Non, l'abbé, non ! s'écriait le jeune

chef, de qui la voix se fit entendre ; il faut que cela soit ainsi.

— Monsieur le marquis, objecta l'abbé Gudin avec hauteur, vous scandaliserez toute la Bretagne en donnant ce bal à Saint-James. C'est des prédicateurs, et non des danseurs, qui remueront vos villages... Ayez des fusils et non des violons.

— L'abbé, vous avez assez d'esprit pour savoir que ce n'est que dans une assemblée générale de tous nos partisans que je verrai ce que je puis entreprendre avec eux. Un dîner me semble plus favorable pour examiner leurs physionomies et connaître leurs intentions que tous les espionnages possibles, dont, au surplus, j'ai horreur ; nous les ferons causer le verre en main.

Marie tressaillit en entendant ces paroles, car elle conçut le projet d'aller à ce bal et de s'y venger.

— Me prenez-vous pour un idiot avec votre sermon sur la danse ! reprit Montauran. Ne figureriez-vous pas de bon cœur dans une chaconne pour vous retrouver rétablis sous votre nouveau nom de pères de la Foi ?... Ignorez-vous que les Bretons sortent de la messe pour aller danser ? Ignorez-vous aussi que messieurs Hyde de Neuville et d'Andigné ont eu, il y a cinq jours, une conférence avec le premier consul sur la question de rétablir Sa Majesté Louis XVIII ? Si je m'apprête en ce moment pour aller risquer un coup de main si téméraire, c'est uniquement pour ajouter à ces négociations le poids de nos souliers ferrés. Ignorez-vous que tous les chefs de la Vendée, et même Fontaine, parlent de se soumettre? Ah! monsieur, on a évidemment trompé les princes sur l'état de la France. Les dévouements dont on les entretient sont des dévouements de position. L'abbé, si j'ai mis les pieds dans le sang, je ne veux m'y mettre jusqu'à la ceinture qu'à bon escient. Je me suis dévoué au roi et non pas à quatre cerveaux brûlés, à des hommes perdus de dettes comme Rifoël, à des chauffeurs, à...

— Dites tout de suite, monsieur, à des abbés qui perçoivent des contributions sur le grand chemin pour soutenir la guerre ! interrompit l'abbé Gudin.

— Pourquoi ne le dirais-je pas? répondit aigrement le marquis. Je dirai plus, les temps héroïques de la Vendée sont passés.

— Monsieur le marquis, nous saurons faire des miracles sans vous.

— Oui, comme celui de Marie Lambrequin, répliqua en riant le marquis. Allons, sans rancune, l'abbé ! Je sais que vous payez de votre personne, et tirez un bleu aussi bien que vous dites un *oremus*. Dieu aidant, j'espère vous faire assister, une mitre en tête, au sacre du roi.

Cette dernière phrase eut sans doute un pouvoir magique sur l'abbé, car on entendit sonner une carabine, et il s'écria :

— J'ai cinquante cartouches dans mes poches, monsieur le marquis, et ma vie est au roi !

— Voilà encore un de mes débiteurs, dit l'avare à mademoiselle de Verneuil. Je ne parle pas de cinq ou six cents malheureux écus qu'il m'a empruntés, mais d'une dette de sang, qui, j'espère, s'acquittera. Il ne lui arrivera jamais autant de mal que je lui en souhaite, à ce satané jésuite ; il avait juré la mort de mon frère, et soulevait le

ELLE ÉTAIT LÀ, DEBOUT.

pays contre lui. Pourquoi? Parce que le pauvre homme avait eu peur des nouvelles lois !...

Après avoir appliqué son oreille à un certain endroit de sa cachette :

— Les voilà qui décampent, tous ces brigands-là, dit-il. Ils vont faire encore quelque miracle! Pourvu qu'ils n'essayent pas de me dire adieu, comme la dernière fois, en mettant le feu à la maison !

Après environ une demi-heure, pendant laquelle mademoiselle de Verneuil et d'Orgemont se regardèrent comme si chacun d'eux eût regardé un tableau, la voix rude et grossière de Galope-Chopine cria doucement :

— Il n'y a plus de danger, monsieur d'Orgemont. Mais, cette fois-ci, j'ai bien gagné mes trente écus !

— Mon enfant, dit l'avare, jurez-moi de fermer les yeux.

Mademoiselle de Verneuil plaça une de ses mains sur ses paupières ; mais, pour plus de sûreté, le vieillard souffla la lampe, prit sa libératrice par la main, l'aida à faire sept ou huit pas dans un passage difficile ; au bout de quelques minutes, il lui dérangea doucement la main, elle se vit dans la chambre que le marquis de Montauran venait de quitter et qui était celle de l'avare.

— Ma chère enfant, lui dit le vieillard, vous pouvez partir. Ne regardez pas ainsi autour de vous. Vous n'avez sans doute pas d'argent? Tenez, voici dix écus; il y en a de rognés, mais ils passeront. En sortant du jardin, vous trouverez un sentier qui conduit à la ville, ou, comme on dit maintenant, au district. Mais les chouans sont à Fougères, il n'est pas présumable que vous puissiez y rentrer de sitôt; ainsi, vous pourrez avoir besoin d'un sûr asile. Retenez bien ce que je vais vous dire, et n'en profitez que dans un extrême danger. Vous verrez, sur le chemin qui mène au Nid-aux-Crocs par le val de Gibarry, une ferme où demeure le grand Cibot dit Galope-Chopine, entrez-y en disant à sa femme : « Bonjour, Bécanière ! » et Barbette vous cachera. Si Galope-Chopine vous découvrait, ou il vous prendra pour l'esprit, s'il fait nuit, ou dix écus l'attendriront, s'il fait jour. Adieu ! nos comptes sont soldés... Si vous vouliez, ajouta-t-il en montrant par un geste les champs qui entouraient sa maison, tout cela serait à vous !

Mademoiselle de Verneuil jeta un regard de remerciement à cet être singulier, et réussit à lui arracher un soupir dont les tons furent très variés.

— Vous me rendrez sans doute mes dix écus, remarquez bien que je ne parle pas d'intérêts, vous les remettrez à mon crédit chez maître Patrat, le notaire de Fougères, qui, si vous le vouliez, ferait notre contrat, beau trésor?... Adieu.

— Adieu, dit-elle en souriant et le saluant de la main.

— S'il vous faut de l'argent, lui cria-t-il, je vous en prêterai à cinq ! Oui, à cinq seulement... Ai-je dit cinq ?

Elle était partie.

— Ça m'a l'air d'être une bonne fille, ajouta d'Orgemont; cependant, je changerai le secret de ma cheminée.

Puis il prit un pain de douze livres, un jambon, et rentra dans sa cachette.

Lorsque mademoiselle de Verneuil marcha dans la campagne, elle crut renaître ; la fraîcheur du matin ranima son visage, qui depuis quelques heures lui semblait frappé par une atmosphère brûlante. Elle essaya de trouver le sentier indiqué par l'avare; mais, depuis le coucher de la lune, l'obscurité était devenue si grande, qu'elle fut forcée d'aller au hasard. Bientôt, la crainte de tomber dans les précipices la prit au cœur et lui sauva la vie, car elle s'arrêta tout à coup en pressentant que la terre lui manquerait si elle faisait un pas de plus. Un vent plus frais qui caressait ses cheveux, le murmure des eaux, l'instinct, tout servit à lui indiquer qu'elle se trouvait au bout des rochers de Saint-Sulpice. Elle passa les bras autour d'un arbre et attendit l'aurore en de vives anxiétés, car elle entendait un bruit d'armes, de chevaux et de voix humaines. Elle rendit grâce à la nuit, qui la préservait du danger de tomber entre les mains des chouans, si, comme le lui avait dit l'avare, ils entouraient Fougères.

Semblables à des feux nuitamment allumés pour un signal de liberté, quelques lueurs légèrement pourprées passèrent par-dessus les montagnes, dont les bases conservèrent des teintes bleuâtres qui contrastèrent avec les nuages de rosée flottant sur les vallons. Bientôt, un disque de rubis s'éleva lentement à l'horizon, les cieux le reconnurent ; les accidents du paysage, le clocher de Saint-Léonard, les rochers, les prés ensevelis dans l'ombre, reparurent insensiblement, et les arbres situés sur les cimes se dessinèrent dans ses feux naissants. Le soleil se dégagea par un gracieux élan du milieu de ses rubans de feu, d'ocre et de saphir. Sa vive lumière s'harmonisa par lignes égales, de colline en colline, déborda de vallon en vallon. Les ténèbres se dissipèrent, le jour accabla la nature. Une brise piquante frissonna dans l'air, les oiseaux chantèrent, la vie se réveilla partout. Mais à peine la jeune fille avait-elle eu le temps d'abaisser ses regards sur les masses de ce paysage si curieux, que, par un phénomène assez fréquent dans ces fraîches contrées, des vapeurs s'étendirent en nappes, comblèrent les vallées, montèrent jusqu'aux plus hautes collines, ensevelirent ce riche bassin sous un manteau de neige. Bientôt, mademoiselle de Verneuil crut revoir une de ces mers de glace qui meublent les Alpes. Puis cette nuageuse atmosphère roula des vagues comme l'Océan, souleva des lames impénétrables qui se balancèrent avec mollesse, ondoyèrent, tourbillonnèrent violemment, contractèrent aux rayons du soleil des teintes d'un rose vif, en offrant çà et là les transparences d'un lac d'argent fluide. Tout à coup, le vent du nord souffla sur cette fantasmagorie et dissipa les brouillards, qui déposèrent une rosée pleine d'oxyde sur les gazons. Mademoiselle de Verneuil put alors apercevoir une immense masse brune placée sur les rochers de Fougères. Sept à huit cents chouans armés s'agitaient dans le faubourg

Saint-Sulpice comme des fourmis dans une fourmilière. Les environs du château, occupés par trois mille hommes arrivés comme par magie, furent attaqués avec fureur. Cette ville endormie, malgré ses remparts verdoyants et ses vieilles tours grises, aurait succombé, si Hulot n'eût pas veillé. Une batterie, cachée sur une éminence qui se trouve au fond de la cuvette que forment les remparts, répondit au premier feu des chouans en les prenant en écharpe sur le chemin du château. La mitraille nettoya la route et la balaya. Puis une compagnie sortit de la porte Saint-Sulpice, profita de l'étonnement des chouans, se mit en bataille sur le chemin et commença sur eux un feu meurtrier. Les chouans n'essayèrent pas de résister, en voyant les remparts du château se couvrir de soldats comme si l'art du machiniste y eût appliqué des lignes bleues, et le feu de la forteresse protéger celui des tirailleurs républicains. Cependant, d'autres chouans, maîtres de la petite vallée du Nançon, avaient gravi les galeries du rocher et parvenaient à la Promenade, où ils montèrent ; elle fut couverte de peaux de bique, qui lui donnèrent l'apparence d'un toit de chaume bruni par le temps. Au même moment, de violentes détonations se firent entendre dans la partie de la ville qui regardait la vallée du Couësnon. Évidemment Fougères, attaquée sur tous les points, était entièrement cernée. Le feu qui se manifesta sur le revers oriental du rocher prouvait même que les chouans incendiaient les faubourgs. Cependant, les flammèches qui s'élevaient des toits de genêt ou de bardeau cessèrent bientôt, et quelques colonnes de fumée noire indiquèrent que l'incendie s'éteignait. Des nuages blancs et bruns dérobèrent encore une fois cette scène à mademoiselle de Verneuil, mais le vent dissipa bientôt ce brouillard de poudre. Déjà, le commandant républicain avait fait changer la direction de sa batterie de manière à pouvoir prendre successivement en file la vallée du Nançon, l'escalier de la Reine et le rocher, quand, du haut de la Promenade, il vit ses premiers ordres admirablement bien exécutés. Deux pièces placées au poste de la porte Saint-Léonard abattirent la fourmilière de chouans qui s'étaient emparés de cette position, tandis que les gardes nationaux de Fougères, accourus en hâte sur la place de l'Église, achevaient de chasser l'ennemi. Ce combat ne dura pas une demi-heure et ne coûta pas cent hommes aux bleus. Déjà, dans toutes les directions, les chouans, battus et écrasés, se retiraient d'après les ordres réitérés du Gars, dont le hardi coup de main échouait, sans qu'il le sût, par suite de l'affaire de la Vivetière, qui avait si secrètement ramené Hulot à Fougères. L'artillerie n'y était arrivée que pendant cette nuit ; car la seule nouvelle d'un transport de munitions aurait suffi pour faire abandonner par Montauran cette entreprise qui, éventée, ne pouvait avoir qu'une mauvaise issue. En effet, Hulot désirait autant donner une leçon sévère au Gars, que le Gars pouvait souhaiter de réussir dans sa pointe pour influer sur les déterminations du premier consul. Au premier coup de canon, le marquis comprit donc qu'il y aurait de la folie à poursuivre par amour-propre une surprise manquée. Aussi, pour ne pas faire tuer inutilement ses chouans, se hâta-t-il d'envoyer sept ou huit émissaires porter des instructions pour opérer promptement la retraite sur tous les points. Le commandant, ayant aperçu son adversaire entouré d'un nombreux conseil au milieu duquel était madame du Gua, essaya de leur envoyer une volée sur les rochers de Saint-Sulpice ; mais la place avait été trop habilement choisie, pour que le jeune chef n'y fût pas en sûreté. Hulot changea de rôle tout à coup, et d'attaqué devint agresseur. Aux premiers mouvements qui indiquèrent les intentions du marquis, la compagnie placée sous les murs du château se mit en devoir de couper la retraite aux chouans en s'emparant des issues supérieures de la vallée du Nançon.

Malgré sa haine, mademoiselle de Verneuil épousa la cause des hommes que commandait son amant, et se tourna vivement vers l'autre issue pour voir si elle était libre ; mais elle aperçut les bleus, sans doute vainqueurs de l'autre côté de Fougères, qui revenaient de la vallée du Couësnon par le val de Gibarry pour s'emparer du Nid-aux-Crocs et de la partie des rochers de Saint-Sulpice où se trouvaient les issues inférieures de la vallée du Nançon. Ainsi, les chouans, renfermés dans l'étroite prairie de cette gorge, semblaient devoir périr jusqu'au dernier, tant les prévisions du vieux commandant républicain avaient été justes et ses mesures habilement prises. Mais, sur ces deux points, les canons qui avaient si bien servi Hulot furent impuissants, il s'y établit des luttes acharnées, et la ville de Fougères une fois préservée, l'affaire prit le caractère d'un engagement auquel les chouans étaient habitués. Mademoiselle de Verneuil comprit alors la présence des masses d'hommes qu'elle avait aperçues dans la campagne, la réunion des chefs chez d'Orgemont et tous les événements de cette nuit, sans savoir comment elle avait pu échapper à tant de dangers. Cette entreprise, dictée par le désespoir, l'intéressa si vivement, qu'elle resta immobile à contempler les tableaux animés qui s'offraient à ses regards. Bientôt, le combat qui avait lieu au bas des montagnes de Saint-Sulpice eut pour elle un intérêt de plus. En voyant les bleus presque maîtres des chouans, le marquis et ses amis s'élancèrent dans la vallée du Nançon afin de leur porter du secours. Le pied des roches fut couvert d'une multitude de groupes furieux où se décidèrent des questions de vie et de mort sur un terrain et avec des armes plus favorables aux peaux de bique. Insensiblement, cette arène mouvante s'étendit dans l'espace. Les chouans, en s'égaillant, envahirent les rochers à l'aide des arbustes qui croissaient çà et là. Mademoiselle de Verneuil eut un moment d'effroi en voyant, un peu tard, ses ennemis remontés sur les sommets, où ils défendirent avec fureur les sentiers dangereux par lesquels on y arrivait. Toutes les issues de cette montagne étant occupées par les deux partis, elle eut peur de se trouver au milieu d'eux, elle quitta le gros arbre derrière lequel elle s'était tenue, et se mit à fuir en pensant à mettre à profit les recommandations du vieil avare. Après avoir couru pendant longtemps sur le versant des montagnes de Saint-Sulpice qui regarde la grande vallée du Couësnon, elle aperçut de loin une étable et jugea qu'elle dépendait de la maison de Galope-Chopine, qui devait avoir laissé sa femme toute seule pendant le combat. Encouragée par ces suppositions, mademoiselle de Verneuil espéra être bien reçue dans cette habitation, et pouvoir y passer quelques heures, jusqu'à ce qu'il lui fût possible de retourner sans danger à Fougères. Selon toute apparence, Hulot allait triompher. Les chouans fuyaient si rapidement, qu'elle entendit des coups de feu tout autour d'elle, et la peur d'être atteinte par quelque balle lui fit promptement gagner la chaumière dont la cheminée lui servait de jalon. Le sentier qu'elle avait suivi aboutissait à une espèce de hangar dont le toit, couvert en genêt, était soutenu par quatre gros arbres encore garnis de leurs écorces. Un mur en torchis formait le fond de ce hangar, sous lequel se trouvaient un pressoir à cidre, une aire à battre le sarrasin, et quelques instruments aratoires. Elle s'arrêta contre l'un de ces poteaux sans se décider à franchir le marais fangeux qui servait de cour à cette maison que, de loin, en véritable Parisienne, elle avait prise pour une étable.

Cette cabane, garantie des vents du nord par une éminence qui s'élevait au-dessus du toit et à laquelle elle s'appuyait, ne manquait pas de poésie, car des pousses d'orme, des bruyères et les fleurs du rocher la couronnaient de leurs guirlandes. Un escalier champêtre pratiqué entre le hangar et la maison permettait aux habitants d'aller respirer un air pur sur le haut de cette roche. A gauche de la cabane, l'éminence s'abaissait brusquement, et laissait voir une suite de champs dont le premier dépendait sans doute de cette ferme. Ces champs dessinaient de gracieux bocages séparés par des haies en terre plantées d'arbres, et dont la première achevait l'enceinte de la cour. Le chemin qui conduisait à ces champs était fermé par un gros tronc d'arbre à moitié pourri, clôture bretonne dont le nom fournira plus tard une digression qui achèvera de caractériser ce pays. Entre l'escalier creusé dans les schistes et le sentier fermé par ce gros arbre, devant le marais et sous cette roche pendante, quelques pierres de granit grossièrement taillées, superposées les unes aux autres, formaient les quatre angles de cette chaumière, et maintenaient le mauvais pisé, les planches et les cailloux dont étaient bâties les murailles. Une moitié du toit couverte de genêt en guise de paille, et l'autre en bardeau, espèce de merrain taillé en forme d'ardoise, annonçaient deux divisions ; et, en effet, l'une, close par une méchante claie, servait d'étable, et les maîtres habitaient l'autre. Quoique cette cabane dût au voisinage de la ville quelques améliorations complètement perdues à deux lieues plus loin, elle expliquait bien l'instabilité de la vie à laquelle les guerres et les usages de la féodalité avaient si fortement subordonné les mœurs du serf, qu'aujourd'hui beaucoup de paysans appellent encore, en ces contrées, une *demeure* le château habité par leurs seigneurs. Enfin, en examinant ces lieux avec un étonnement assez facile à concevoir, mademoiselle de Verneuil remarqua çà et là, dans la fange de la cour, des fragments de granit disposés de manière à tracer vers l'habitation un chemin qui présentait plus d'un danger ; mais, en entendant le bruit de la mousqueterie qui se rapprochait sensiblement, elle sauta de pierre en pierre, comme si elle traversait un ruisseau, pour demander un asile. Cette maison était fermée par une de ces portes qui se composent de deux parties séparées, dont l'inférieure est en bois plein et massif, et dont la supérieure est défendue par un volet qui sert de fenêtre. Dans plusieurs boutiques de certaines petites villes, en France, on voit le type de cette porte, mais beaucoup plus orné et armé à la partie inférieure d'une sonnette d'alarme ; celle-ci s'ouvrait au moyen d'un loquet de bois digne de l'âge d'or, et la partie supérieure ne se fermait que pendant la nuit, car le jour ne pouvait pénétrer dans la chambre que par cette ouverture. Il existait bien une grossière croisée, mais ses vitres ressemblaient à des fonds de bouteilles, et les massives branches de plomb qui les retenaient prenaient tant de place, qu'elle semblait plutôt destinée à intercepter qu'à laisser passer la lumière. Quand mademoiselle de Verneuil fit tourner la porte sur ses gonds criards, elle sentit d'effroyables vapeurs alcalines sorties par bouffées de cette chaumière, et vit que les quadrupèdes avaient ruiné à coups de pied le mur intérieur qui les séparait de la chambre. Ainsi, l'intérieur de la ferme, car c'était une ferme, n'en démentait pas l'extérieur. Mademoiselle de Verneuil se demandait s'il était possible que des êtres humains vécussent dans cette fange organisée, quand un petit gars en haillons, et qui paraissait avoir huit ou neuf ans, lui présenta tout à coup sa figure fraîche, blanche et rose, des joues bouffies, des yeux vifs, des dents d'ivoire et une chevelure blonde qui tombait par écheveaux sur ses épaules demi-nues ; ses membres étaient vigoureux, et son attitude avait cette grâce d'étonnement, cette naïveté sauvage qui agrandit les yeux des enfants. Ce petit gars était sublime de beauté.

— Où est la mère? dit Marie d'une voix douce et en se baissant pour lui baiser les yeux.

Après avoir reçu le baiser, l'enfant glissa comme une anguille, et disparut derrière un tas de fumier qui se trouvait entre le sentier et la maison, sur la croupe de l'éminence. En effet, comme beaucoup de cultivateurs bretons, Galope-Chopine mettait, par un système d'agriculture qui leur est particulier, ses engrais dans des lieux élevés, en sorte que, quand ils s'en servent, les eaux pluviales les ont dépouillés de toutes leurs qualités. Maîtresse du logis pour quelques instants, Marie en eut promptement fait l'inventaire. La chambre où elle attendait Barbette composait toute la maison. L'objet le plus apparent et le plus pompeux était une immense cheminée dont le *manteau* était formé par une pierre de granit bleu. L'étymologie de ce mot avait sa preuve dans un lambeau de serge verte bordée d'un ruban vert pâle, découpée en rond, qui pendait le long de cette tablette au milieu de laquelle s'élevait une bonne Vierge en plâtre colorié. Sur le socle de la statue, mademoiselle de Verneuil lut deux vers d'une poésie religieuse fort répandue dans le pays :

Je suis la mère de Dieu,
Protectrice de ce lieu.

Derrière la Vierge, une effroyable image tachée de rouge et de bleu, sous prétexte de peinture, représentait saint Labre. Un lit de serge verte, dit en tombeau, une informe couchette d'enfant, un rouet, des chaises grossières, un bahut sculpté garni de quelques ustensiles, complétaient, à peu de chose près, le mobilier de Galope-Chopine. Devant la croisée se trouvait une longue table de châtaignier accompagnée de deux bancs en même bois, auxquels le jour des vitres donnait les sombres teintes de l'acajou vieux. Une énorme pièce de cidre, sous le bondon de laquelle mademoiselle de Verneuil remarqua une boue jaunâtre dont l'humidité décomposait le plancher, quoiqu'il fût formé de morceaux de granit assemblés par une argile rousse, prouvait que le maître du logis n'avait pas volé son surnom de chouan. Mademoiselle de Verneuil leva les yeux comme pour fuir ce spectacle, et alors, il lui sembla avoir vu toutes les chauves-souris de la terre, tant étaient nombreuses les toiles d'araignée qui pendaient au plancher. Deux énormes *pichets*, pleins de cidre, se trouvaient sur la longue table. Ces ustensiles sont des espèces de cruches en terre brune, dont le modèle existe dans plusieurs pays de la France, et qu'un Parisien peut se figurer en supposant aux pots, dans lesquels les gourmets servent le beurre de Bretagne, un ventre plus arrondi, verni par places inégales et nuancé de taches fauves comme celle de quelques coquillages. Cette cruche est terminée par une espèce de gueule, assez semblable à la tête d'une grenouille prenant l'air hors de l'eau. L'attention de Marie avait fini par se porter sur ces deux pichets; mais le bruit du combat, qui devint tout à coup plus distinct, la força de chercher un endroit propre à se cacher sans attendre Barbette, quand cette femme se montra tout à coup.

— Bonjour, Bécanière, lui dit-elle en retenant un sourire involontaire à l'aspect d'une figure qui ressemblait assez aux têtes que les architectes placent comme ornement aux clefs des fenêtres.

— Ah ! ah ! vous venez d'Orgemont, répondit Barbette d'un air peu empressé.

— Où allez-vous me mettre? car voici les chouans...

— Là!... dit Barbette, aussi stupéfaite de la beauté que de l'étrange accoutrement d'une créature qu'elle n'osait comprendre parmi celles de son sexe. Là ! dans la cachette du prêtre.

Elle la conduisit à la tête de son lit, la fit entrer dans la ruelle ; mais elles furent tout interdites en croyant entendre un inconnu qui sauta dans le marais. Barbette eut à peine le temps de détacher un rideau du lit et d'y envelopper Marie, qu'elle se trouva face à face avec un chouan fugitif.

— La vieille, où peut-on se cacher ici? Je suis le comte de Bauvan.

Mademoiselle de Verneuil tressaillit en reconnaissant la voix du convive dont quelques paroles, restées un secret pour elle, avaient causé la catastrophe de la Vivetière.

— Hélas ! vous voyez, monseigneur, il n'y a *rin* ici ! Ce que je peux faire de mieux est de sortir, je veillerai. Si les bleus viennent, j'avertirai. Si je restais, s'ils me trouvaient avec vous, ils brûleraient ma maison.

Et Barbette sortit, car elle n'avait pas assez d'intelligence pour concilier les intérêts de deux ennemis ayant un droit égal à la cachette, en vertu du double rôle que jouait son mari.

— J'ai deux coups à tirer, dit le comte avec désespoir ; mais ils m'ont déjà dépassé. Bah ! j'aurai bien du malheur si, en revenant par ici, il leur prenait fantaisie de regarder sous le lit.

Il déposa légèrement son fusil auprès de la colonne où Marie se tenait debout, enveloppée dans la serge verte, et il se baissa pour s'assurer s'il pouvait passer sous le lit. Il allait infailliblement voir les pieds de la réfugiée, qui, dans ce moment désespéré, saisit le fusil, sauta vivement dans la chaumière et menaça le comte ; mais il partit d'un éclat de rire en la reconnaissant ; car, pour se cacher, Marie avait quitté son vaste chapeau de chouan, et ses cheveux s'échappaient en grosses touffes de dessous une espèce de résille en dentelle.

— Ne riez pas, comte, vous êtes mon prisonnier. Si vous faites un geste, vous saurez ce dont est capable une femme offensée.

Au moment où le comte et Marie se regardaient avec de bien diverses émotions, des voix confuses criaient dans les rochers :

— Sauvez le Gars ! égaillez-vous ! Sauvez le Gars ! égaillez-vous !...

La voix de Barbette domina le tumulte extérieur et fut entendue dans la chaumière avec des sensations bien différentes par les deux ennemis, car elle parlait moins à son fils qu'à eux.

— Ne vois-tu pas les bleus? s'écria aigrement Barbette. Viens-tu ici, petit méchant gars, ou je vais à toi ! Veux-tu donc attraper des coups de fusil?... Allons, sauve-toi vivement.

Pendant tous ces petits événements, qui se passèrent rapidement, un bleu sauta dans le marais.

— Beau-Pied ! lui cria mademoiselle de Verneuil.

Beau-Pied accourut à cette voix et ajusta le comte un peu mieux que ne le faisait sa libératrice.

— Aristocrate, dit le malin soldat, ne bouge pas ou je te démolis comme la Bastille, en deux temps.

— Monsieur Beau-Pied, reprit mademoiselle de Verneuil d'une voix caressante, vous me répondez de ce prisonnier. Faites comme vous voudrez, mais il faudra me le rendre sain et sauf à Fougères.

— Suffit, madame.

— La route jusqu'à Fougères est-elle libre maintenant ?

— Elle est sûre, à moins que les chouans ne ressuscitent.

Mademoiselle de Verneuil s'arma gaiement du léger fusil de chasse, sourit avec ironie en disant à son prisonnier : « Adieu, monsieur le comte, au revoir ! » et s'élança dans le sentier après avoir repris son large chapeau.

— J'apprends un peu trop tard, dit amèrement le comte de Bauvan, qu'il ne faut jamais plaisanter avec l'honneur de celles qui n'en ont plus.

— Aristocrate, s'écria durement Beau-Pied, si tu ne veux pas que je t'envoie dans ton ci-devant paradis, ne dis rien contre cette belle dame !

Mademoiselle de Verneuil revint à Fougères par les sentiers qui joignent les roches de Saint-Sulpice au Nid-aux-Crocs. Quand elle atteignit cette dernière éminence et qu'elle courut à travers le chemin tortueux pratiqué sur les aspérités du granit, elle admira cette jolie petite vallée du Nançon, naguère si turbulente, alors parfaitement tranquille. Vu de là, le vallon ressemblait à une rue de verdure. Mademoiselle de Verneuil rentra par la porte Saint-Léonard, à laquelle aboutissait ce petit sentier. Les habitants, encore inquiets du combat qui, d'après les coups de fusil entendus dans le lointain, semblait devoir durer pendant la journée, y attendaient le retour de la garde nationale pour reconnaître l'étendue de leurs pertes. En voyant cette fille dans son bizarre costume, les cheveux en désordre, un fusil à la main, son châle et sa robe frottés contre les murs, souillés par la boue et mouillés de rosée, la curiosité des Fougerais fut d'autant plus vivement excitée, que le pouvoir, la beauté, la singularité de cette Parisienne, défrayaient déjà toutes leurs conversations.

Francine, en proie à d'horribles inquiétudes, avait attendu sa maîtresse pendant toute la nuit ; et, quand elle la revit, elle voulut parler, mais un geste amical lui imposa silence.

— Je ne suis pas morte, mon enfant, dit Marie. Ah ! je désirais des émotions en partant de Paris... j'en ai eu ! ajouta-t-elle après une pause.

Francine allait sortir pour commander un repas, en faisant observer à sa maîtresse qu'elle devait en avoir grand besoin.

— Oh ! dit mademoiselle de Verneuil, un bain, un bain !... La toilette avant tout.

Francine ne fut pas médiocrement surprise d'entendre sa maîtresse lui demandant les modes les plus élégantes de celles qu'elle avait emballées. Après avoir déjeuné, Marie fit sa toilette avec la recherche et les soins minutieux qu'une femme met à cette œuvre capitale, quand elle doit se montrer aux yeux d'une personne chère, au milieu d'un bal. Francine ne s'expliquait point la gaieté moqueuse de sa maîtresse. Ce n'était pas la joie de l'amour, une femme ne se trompe pas à cette expression, c'était une malice concentrée d'assez mauvais augure. Marie drapa elle-même les rideaux de la fenêtre par où les yeux plongeaient sur un riche panorama, puis elle approcha le canapé de la cheminée, le mit dans un jour favorable à sa figure, et dit à Francine de se procurer des fleurs afin de donner à sa chambre un air de fête. Lorsque Francine eut apporté des fleurs, Marie en dirigea l'emploi de la manière la plus pittoresque. Quand elle eut jeté un dernier regard de satisfaction sur son appartement, elle dit à Francine d'envoyer réclamer son prisonnier chez le commandant. Elle se coucha voluptueusement sur le canapé, autant pour se reposer que pour prendre une attitude de grâce et de faiblesse dont le pouvoir est irrésistible chez certaines femmes. Une molle langueur, la pose provocante de ses pieds, dont la pointe perçait à peine sous les plis de la robe, l'abandon du corps, la courbure du cou ; tout, jusqu'à l'inclinaison des doigts effilés de sa main, qui pendait d'un oreiller comme les clochettes d'une touffe de jasmin, tout s'accordait avec son regard pour exciter des séductions. Elle brûla des parfums afin de répandre dans l'air ces douces émanations qui attaquent si puissamment les fibres de l'homme, et préparent souvent les triomphes que les femmes veulent obtenir sans les solliciter. Quelques instants après, les pas pesants du vieux militaire retentirent dans le salon qui précédait la chambre.

— Eh bien, commandant, où est mon captif?

— Je viens de commander un piquet de douze hommes pour le fusiller comme pris les armes à la main.

— Vous avez disposé de mon prisonnier ! dit-elle. Écoutez, commandant : la mort d'un homme ne doit pas être, après le combat, quelque chose de bien satisfaisant pour vous, si j'en crois votre physionomie. Eh bien, rendez-moi mon chouan, et mettez à sa mort un sursis que je prends sur mon compte. Je vous déclare que cet aristocrate m'est devenu très essentiel, et va coopérer à l'accomplissement de nos projets. Au surplus, fusiller cet amateur de chouannerie serait commettre un acte aussi absurde que de tirer sur un ballon quand il ne faut qu'un coup d'épingle pour le désenfler. Pour Dieu, laissez les cruautés à l'aristocratie. Les républiques doivent être généreuses. N'auriez-vous pas pardonné, vous, aux victimes de Quiberon et à tant d'autres?... Allons, envoyez vos douze hommes faire une ronde, et venez dîner chez moi avec mon prisonnier. Il n'y a plus qu'une heure de jour, et, voyez-vous, ajouta-t-elle en souriant, si vous tardiez, ma toilette manquerait tout son effet.

— Mais, mademoiselle... dit le commandant surpris.

— Eh bien, quoi? Je vous entends. Allez, le comte ne vous échappera point. Tôt ou tard, ce gros papillon-là viendra se brûler à vos feux de peloton.

Le commandant haussa légèrement les épaules comme un homme forcé d'obéir, malgré tout, aux désirs d'une jolie femme, et il revint une demi-heure après, suivi du comte de Bauvan.

Mademoiselle de Verneuil feignit d'être surprise par ses deux convives et parut confuse d'avoir été vue par le comte si négligemment couchée ; mais, après avoir lu dans les yeux du gentilhomme que le premier effet était produit, elle se leva et s'occupa d'eux avec une grâce, avec une politesse parfaites. Rien d'étudié ni de forcé dans les poses, le sourire, la démarche ou la voix, ne trahissait sa préméditation ou ses desseins. Tout était en harmonie, et aucun trait trop saillant ne donnait à penser qu'elle affectât les manières d'un monde où elle n'eût pas vécu. Quand le royaliste et le républicain furent assis, elle regarda le comte d'un air sévère. Le gentilhomme connaissait assez les femmes pour savoir que l'offense commise envers celle-ci lui vaudrait un arrêt de mort. Malgré ce soupçon, sans être ni gai ni triste, il eut l'air d'un homme qui ne comptait pas sur de si brusques dénouements. Bientôt, il lui sembla ridicule d'avoir peur de la mort devant une jolie femme. Enfin l'air sévère de Marie lui donna *des idées.*

« Eh ! qui sait, pensait-il, si une couronne de comte à prendre ne lui plaira pas mieux qu'une couronne de marquis perdue?... Montauran est sec comme un clou, et moi... »

Il se regarda d'un air satisfait.

« Or, le moins qui puisse m'arriver est de sauver ma tête. »

Ces réflexions diplomatiques furent bien inutiles. Le désir que le comte se promettait de feindre pour mademoiselle de Verneuil devint un violent caprice que cette dangereuse créature se plut à entretenir.

— Monsieur le comte, dit-elle, vous êtes mon prisonnier, et j'ai le droit de disposer de vous. Votre exécution n'aura lieu que de mon consentement... or, j'ai trop de curiosité pour vous laisser fusiller maintenant.

— Et si j'allais m'entêter à garder le silence? répondit-il gaiement.

— Avec une femme honnête, peut-être, mais avec une fille! Allons donc, monsieur le comte, impossible.

Ces mots, remplis d'une ironie amère, furent sifflés, comme dit Sully en parlant de la duchesse de Beaufort, d'un bec si affilé, que le gentilhomme, étonné, se contenta de regarder sa cruelle antagoniste.

— Tenez, reprit-elle d'un air moqueur, pour ne pas vous démentir, je vais être comme ces créatures-là, *bonne fille*. Voici d'abord votre fusil.

Et elle lui présenta son arme par un geste doucement moqueur.

— Foi de gentilhomme, vous agissez, mademoiselle...

— Ah! dit-elle en l'interrompant, j'ai assez de la foi des gentilshommes! C'est sur cette parole que je suis entrée à la Vivetière. Votre chef m'avait juré que, moi et mes gens, nous y serions en sûreté...

— Quelle infamie! s'écria Hulot en fronçant les sourcils.

— La faute en est à monsieur le comte, reprit-elle en montrant le gentilhomme à Hulot. Certes, le Gars avait bonne envie de tenir sa parole; mais monsieur a répandu sur moi je ne sais quelle calomnie qui a confirmé toutes celles qu'il avait plu à la *Jument de Charette* de supposer...

— Mademoiselle, dit le comte tout troublé, la tête sous la hache, j'affirmerais n'avoir dit que la vérité...

— En disant quoi?

— Que vous aviez été la...

— Dites le mot, la maîtresse...?

— Du marquis de Lenoncourt, aujourd'hui le duc, l'un de mes amis, répondit le comte.

— Maintenant, je pourrais vous laisser aller au supplice, dit Marie sans paraître émue de l'accusation consciencieuse du comte, qui resta stupéfait de l'insouciance apparente ou feinte qu'elle montrait pour ce reproche. Mais, reprit-elle en riant, écartez pour toujours la sinistre image de ces morceaux de plomb, car vous ne m'avez pas plus offensée que cet ami de qui vous voulez que j'aie été... fi donc!... Écoutez, monsieur le comte: n'êtes-vous pas venu chez mon père, le duc de Verneuil? Eh bien?...

VOUS ÊTES MON PRISONNIER.

Jugeant sans doute que Hulot était de trop pour une confidence aussi importante que celle qu'elle avait à faire, mademoiselle de Verneuil attira le comte à elle par un geste, et lui dit quelques mots à l'oreille. M. de Bauvan laissa échapper une sourde exclamation de surprise, et regarda d'un air hébété Marie, qui tout à coup compléta le souvenir qu'elle venait d'évoquer en s'appuyant à la cheminée dans l'attitude d'innocence et de naïveté d'un enfant. Le comte fléchit un genou.

— Mademoiselle, s'écria-t-il, je vous supplie de m'accorder mon pardon, quelque indigne que j'en sois.

— Je n'ai rien à pardonner, dit-elle. Vous n'avez pas plus raison maintenant dans votre repentir que dans votre insolente supposition à la Vivetière. Mais ces mystères sont au-dessus de votre intelligence. Sachez seulement, monsieur le comte, ajouta-t-elle gravement, que la fille du duc de Verneuil a trop d'élévation dans l'âme pour ne pas vivement s'intéresser à vous.

— Même après une insulte? dit le comte avec une sorte de regret.

— Certaines personnes ne sont-elles pas trop haut situées pour que l'insulte les atteigne? Monsieur le comte, je suis du nombre.

En prononçant ces paroles, la jeune fille prit une attitude de noblesse et de fierté qui imposa au prisonnier et rendit toute cette intrigue beaucoup moins claire pour Hulot. Le commandant mit la main à sa moustache comme pour la retrousser, et regarda d'un air inquiet mademoiselle de Verneuil, qui lui fit un signe d'intelligence comme pour avertir qu'elle ne s'écartait pas de son plan.

— Maintenant, reprit-elle après une pause, causons. Francine, donne-nous des lumières, ma fille.

Elle amena fort adroitement la conversation sur le temps qui était, en si peu d'années, devenu *l'ancien régime*. Elle reporta si bien le comte à cette époque par la vivacité de ses observations et de ses tableaux, elle donna tant d'occasions au gentilhomme d'avoir de l'esprit, par la complaisante finesse avec laquelle elle lui ménagea des reparties, que le comte finit par trouver qu'il n'avait jamais été si aimable ; et, cette idée l'ayant rajeuni, il essaya de faire partager à cette séduisante personne la bonne opinion qu'il avait de lui-même. Cette malicieuse fille se plut à essayer sur le comte tous les ressorts de sa coquetterie, elle put y mettre d'autant plus d'adresse, que c'était un jeu pour elle. Ainsi, tantôt elle laissait croire à de rapides progrès, et tantôt, comme étonnée de la vivacité du sentiment qu'elle éprouvait, elle manifestait une froideur qui charmait le comte et qui servait à augmenter insensiblement cette passion impromptue. Elle ressemblait parfaitement à un pêcheur qui de temps en temps lève sa ligne pour reconnaître si le poisson mord à l'appât. Le pauvre comte se laissa prendre à la manière innocente dont sa libératrice avait accepté deux ou trois compliments assez bien tournés. L'émigration, la République, la Bretagne et les chouans se trouvèrent alors à mille lieues de sa pensée. Hulot se tenait droit, immobile et soucieux comme le dieu Terme. Son défaut d'instruction le rendait tout à fait inhabile à ce genre de conversation, il se doutait bien que les deux interlocuteurs devaient être très spirituels ; mais tous les efforts de son intelligence ne tendaient qu'à les comprendre, afin de savoir s'ils ne complotaient pas à mots couverts contre la République.

— Montauran, mademoiselle, disait le comte, a de la naissance, il est bien élevé, joli garçon ; mais il ne connaît pas du tout la galanterie. Il est trop jeune pour avoir vu Versailles. Son éducation a été manquée, et, au lieu de faire des noirceurs, il donnera des coups de couteau. Il peut aimer violemment, mais il n'aura jamais cette fine fleur de manières qui distinguait Lauzun, Adhémar, Coigny et tant d'autres !... Il n'a point l'art aimable de dire aux femmes de ces jolis riens qui, après tout, leur conviennent mieux que ces élans de passion par lesquels on les a bientôt fatiguées. Oui, quoique ce soit un homme à bonnes fortunes, il n'en a ni le laisser-aller ni la grâce.

— Je m'en suis bien aperçue, répondit Marie.

« Ah ! se dit le comte, elle a eu une inflexion de voix et un regard qui prouvent que je ne tarderai pas à être *du dernier bien* avec elle ; et, ma foi ! pour lui appartenir, je croirai tout ce qu'elle voudra que je croie.

Il lui offrit la main, le dîner était servi. Mademoiselle de Verneuil fit les honneurs du repas avec une politesse et un tact qui ne pouvaient avoir été acquis que par l'éducation et dans la vie recherchée de la cour.

— Allez-vous-en, dit-elle à Hulot en sortant de table ; vous lui feriez peur, tandis que, si je suis seule avec lui, je saurai bientôt tout ce que j'ai besoin d'apprendre ; il en est au point où un homme me dit tout ce qu'il pense et ne voit plus que par mes yeux.

— Et après? demanda le commandant en ayant l'air de réclamer le prisonnier.

— Oh ! libre, répondit-elle, il sera libre comme l'air.

— Il a cependant été pris les armes à la main...

— Non, dit-elle par une de ces plaisanteries sophistiques que les femmes se plaisent à opposer à une raison péremptoire, je l'avais désarmé. Comte, dit-elle au gentilhomme en rentrant, je viens d'obtenir votre liberté ; mais rien pour rien ! ajouta-t-elle en souriant et mettant sa tête de côté comme pour l'interroger.

— Demandez-moi tout, même mon nom et mon honneur ! s'écria-t-il dans son ivresse, je mets tout à vos pieds.

Et il s'avança pour lui saisir la main, en essayant de lui faire prendre ses désirs pour de la reconnaissance ; mais mademoiselle de Verneuil n'était pas fille à s'y méprendre. Aussi, tout en souriant de manière à donner quelque espérance à ce nouvel amant :

— Me feriez-vous repentir de ma confiance? dit-elle en se reculant de quelques pas.

— L'imagination d'une jeune fille va plus vite que celle d'une femme, répondit-il en riant.

— Une jeune fille a plus à perdre que la femme.

— C'est vrai, l'on doit être défiant quand on porte un trésor.

— Quittons ce langage-là, reprit-elle, et parlons sérieusement. Vous donnez un bal à Saint-James. J'ai entendu dire que vous aviez établi là vos magasins, vos arsenaux et le siège de votre gouvernement... A quand le bal?

— A demain soir.

— Vous ne vous étonnerez pas, monsieur, qu'une femme calomniée veuille, avec l'obstination d'une femme, obtenir une éclatante réparation des injures qu'elle a subies, en présence de ceux qui en furent les témoins. J'irai donc à votre bal. Je vous demande de m'accorder votre protection, du moment où j'y paraîtrai jusqu'au moment où j'en sortirai... Je ne veux pas de votre parole, dit-elle en lui voyant mettre la main sur le cœur. J'abhorre les serments, ils ont trop l'air d'une précaution. Dites-moi simplement que vous vous engagez à garantir ma personne de toute entreprise criminelle ou honteuse. Promettez-moi de réparer votre tort en proclamant que je suis bien la fille du duc de Verneuil, mais en taisant tous les malheurs que j'ai dus à un défaut de protection paternelle : nous serons quittes. Eh ! deux heures de protection accordées à une femme au milieu d'un bal, est-ce une rançon trop chère?... Allez, vous ne valez pas une obole de plus...

Et, par un sourire, elle ôta toute amertume à ses paroles.

— Que demanderez-vous pour mon fusil? dit le comte en riant.

— Oh ! plus que pour vous.

— Quoi?

— Le secret. Croyez-moi, Bauvan, la femme ne peut être devinée que par une femme. Je suis certaine que, si vous dites un mot, je puis périr en chemin. Hier, quelques balles m'ont avertie des dangers que j'ai à courir sur la route. Oh ! cette dame est aussi habile à la chasse que leste à la toilette. Jamais femme de chambre ne m'a si promptement déshabillée... Ah ! de grâce, dit-elle, faites en sorte que je n'aie rien de semblable à craindre au bal...

— Vous y serez sous ma protection, répondit le comte avec orgueil. Mais viendrez-vous donc à Saint-James pour Montauran? demanda-t-il d'un air triste.

— Vous voulez être plus instruit que je ne le suis, dit-elle en riant. Maintenant, sortez, ajouta-t-elle après une pause. Je vais vous conduire moi-même hors de la ville, car vous vous faites ici une guerre de cannibales.

— Vous vous intéressez donc un peu à moi? s'écria le comte. Ah ! mademoiselle, permettez-moi d'espérer que vous ne serez pas insensible à mon amitié ; car il faut se contenter de ce sentiment, n'est-ce pas? ajouta-t-il d'un air de fatuité.

— Allez, devin ! dit-elle avec cette joyeuse expression que prend une femme pour faire un aveu qui ne compromet ni sa dignité ni son secret.

Puis elle mit une pelisse et accompagna le comte jusqu'au Nid-aux-Crocs. Arrivée au bout du sentier, elle lui dit :

— Monsieur, soyez absolument discret, même avec le marquis.

Et elle mit un doigt sur ses lèvres.

Le comte, enhardi par l'air de bonté de mademoiselle de Verneuil, lui prit la main; elle la lui laissa prendre comme une grande faveur, et il la lui baisa tendrement.

— Oh ! mademoiselle, comptez sur moi à la vie, à la mort ! s'écria-t-il en se voyant hors de tout danger. Quoique je vous doive une reconnaissance presque égale à celle que je dois à ma mère, il me sera bien difficile de n'avoir pour vous que du respect...

Il s'élança dans le sentier ; après l'avoir vu gagnant les rochers de Saint-Sulpice, Marie remua la tête en signe de satisfaction et se dit à voix basse :

— Ce gros garçon-là m'a livré plus que sa vie pour sa vie ! j'en ferais ma créature à bien peu de frais ! Une créature ou un créateur, voilà donc toute la différence qui existe entre un homme et un autre !

Elle n'acheva pas, jeta un regard de désespoir vers le ciel, et regagna lentement la porte Saint-Léonard, où l'attendaient Hulot et Corentin.

— Encore deux jours, s'écria-t-elle, et...

Elle s'arrêta en voyant qu'ils n'étaient pas seuls.

— Et il tombera sous vos fusils! dit-elle à l'oreille de Hulot.

Le commandant recula d'un pas et regarda d'un air de goguenarderie difficile à rendre cette fille, dont la contenance et le visage n'accusaient aucun remords. Il y a cela d'admirable chez les femmes, qu'elles ne raisonnent jamais leurs actions les plus blâmables, le sentiment les entraîne ; il y a du naturel même dans leur dissimulation, et c'est chez elles seules que le crime se rencontre sans bassesse; la plupart du temps, *elles ne savent pas comment cela s'est fait.*

— Je vais à Saint-James, au bal donné par les chouans et...

— Mais, dit Corentin en interrompant, il y a cinq lieues, voulez-vous que je vous y accompagne?

— Vous vous occupez beaucoup, lui dit-elle, d'une chose à laquelle je ne pense jamais... de vous.

Le mépris que Marie témoignait à Corentin plut singulièrement à Hulot, qui fit sa grimace en la voyant disparaître vers Saint-Léonard ; Corentin la suivit des yeux en laissant éclater sur sa figure une sourde conscience de la fatale supériorité qu'il croyait pouvoir exercer sur cette charmante créature, en en gouvernant les passions, sur lesquelles il comptait pour la trouver un jour à lui. Mademoiselle de Verneuil, de retour chez elle, s'empressa de délibérer sur ses parures de bal. Francine, habituée à obéir sans jamais comprendre les fins de sa maîtresse, fouilla les cartons et proposa une parure grecque. Tout subissait alors le système grec. La toilette agréée par Marie put tenir dans un carton facile à porter.

— Francine, mon enfant, je vais courir les champs ; vois si tu veux rester ici ou me suivre.

— Rester ! s'écria Francine ; et qui vous habillerait?

— Où as-tu mis le gant que je t'ai rendu ce matin?

— Le voici.

— Couds à ce gant-là un ruban vert ; et surtout prends de l'argent.

En s'apercevant que Francine tenait des pièces nouvellement frappées, elle s'écria :

— Il ne faut que cela pour nous faire assassiner ! Envoie Jérémie éveiller Corentin... Non, le misérable nous suivrait ! Envoie plutôt chez le commandant demander de ma part des écus de six francs.

Avec cette sagacité féminine qui embrasse les plus petits détails, Marie pensait à tout. Pendant que Francine achevait les préparatifs de son inconcevable départ, elle se mit à essayer de contrefaire le cri de la chouette, et parvint à imiter le signal de Marche-à-Terre de manière à pouvoir faire illusion. A l'heure de minuit, elle sortit par la porte Saint-Léonard, gagna le petit sentier du Nid-aux-Crocs, et s'aventura, suivie de Francine, à travers le val de Gibarry, en allant d'un pas ferme, car elle était animée par cette volonté forte qui donne à la démarche et au corps je ne sais quel caractère de puissance. Sortir d'un bal de manière à éviter un rhume est, pour les femmes, une affaire importante ; mais, qu'elles aient une passion dans le cœur, leur corps devient de bronze. Cette entreprise aurait longtemps flotté dans l'âme d'un homme audacieux, et à peine avait-elle souri à mademoiselle de Verneuil, que les dangers devenaient pour elle autant d'attraits.

— Vous partez sans vous recommander à Dieu, dit Francine, qui s'était retournée pour contempler le clocher de Saint-Léonard.

La pieuse Bretonne s'arrêta, joignit les mains et dit un *Ave* à sainte Anne d'Auray, en la suppliant de rendre ce voyage heureux, tandis que sa maîtresse restait pensive en regardant tour à tour et la pose naïve de sa femme de chambre qui priait avec ferveur, et les effets de la nuageuse lumière de la lune qui, en se glissant à travers les découpures de l'église, donnait au granit la légèreté d'un ouvrage en filigrane. Les deux voyageuses arrivèrent promptement à la chaumière de Galope-Chopine. Quelque léger que fût le bruit de leurs pas, il éveilla l'un de ces gros chiens à la fidélité desquels les Bretons confient la garde du simple loquet de bois qui ferme leurs portes. Le chien accourut vers les deux étrangères, et ses aboiements devinrent si menaçants, qu'elles furent forcées d'appeler au secours en rétrogradant de quelques pas ! Mais rien ne bougea. Mademoiselle de Verneuil siffla le cri de la chouette, aussitôt les gonds rouillés de la porte du logis rendirent un son aigu, et Galope-Chopine, levé en toute hâte, montra sa mine ténébreuse.

— Il faut, dit Marie en présentant au surveillant de Fougères le gant du marquis de Montauran, que je me rende promptement à Saint-James. Monsieur le comte de Bauvan m'a dit que ce serait toi qui m'y conduirais et qui me servirais de défenseur. Ainsi, mon cher Galope-Chopine, procure-nous deux ânes pour monture, et prépare-toi à nous accompagner. Le temps est précieux, car, si nous n'arrivons pas avant demain soir à Saint-James, nous ne verrons ni le Gars ni le bal.

Galope-Chopine, tout ébaubi, prit le gant, le tourna, le retourna, et alluma une chandelle en résine, grosse comme le petit doigt et de la couleur du pain d'épice. Cette marchandise, importée en Bretagne du nord de l'Europe, accuse, comme tout ce qui se présente aux regards dans ce singulier pays, une ignorance de tous les principes commerciaux, même les plus vulgaires. Après avoir vu le ruban vert, et regardé mademoiselle de Verneuil, s'être gratté l'oreille, avoir bu un pichet de cidre en en offrant un verre à la belle dame, Galope-Chopine la laissa devant la table, sur le banc de châtaignier poli, et alla chercher deux ânes. La lueur violette que jetait la chandelle exotique n'était pas assez forte pour dominer les jeux capricieux de la lune, qui nuançaient par des points lumineux les tons noirs du plancher et des meubles de la chaumière enfumée. Le petit gars avait levé sa jolie tête étonnée, et au-dessus de ses beaux cheveux deux vaches montraient, à travers les trous du mur de l'étable, leurs mufles roses et leurs gros yeux brillants. Le grand chien, dont la physionomie n'était pas la moins intelligente de la famille, semblait examiner les deux étrangères avec autant de curiosité qu'en annonçait l'enfant. Un peintre aurait admiré longtemps les effets de nuit de ce tableau ; mais, peu curieuse d'entrer en conversation avec Barbette, qui se dressait sur son séant comme un spectre et commençait à ouvrir de grands yeux en la reconnaissant, Marie sortit pour échapper à l'air empesté de ce taudis et aux questions que la Bécanière allait lui faire. Elle monta lestement l'escalier du rocher qui abritait la hutte de Galope-Chopine, et y admira les immenses détails de ce paysage dont les points de vue subissaient autant de changements que l'on faisait de pas, en avant ou en arrière, vers le haut des sommets ou le bas des vallées. La lumière de la lune enveloppait alors, comme d'une brume lumineuse, la vallée du Couësnon. Certes, une femme qui portait en son cœur un amour méconnu devait savourer la mélancolie que cette lueur douce fait naître dans l'âme, par les apparences fantastiques imprimées aux masses et par les couleurs dont elle nuance les eaux. En ce moment, le silence fut troublé par le cri des ânes ; Marie redescendit promptement à la cabane du chouan, et ils partirent aussitôt. Galope-Chopine, armé d'un fusil de chasse à deux coups, portait une longue peau de bique qui lui donnait l'air de Robinson Crusoë. Son visage, bourgeonné et plein de rides, se voyait à peine sous le large chapeau que les paysans conservent encore comme une tradition des anciens temps, orgueilleux d'avoir conquis à travers leur servitude l'antique ornement des têtes seigneuriales. Cette nocturne caravane, protégée par ce guide dont le costume, l'attitude et la figure avaient quelque chose de patriarcal, ressemblait à cette scène de la Fuite en Égypte due aux sombres pinceaux de Rembrandt. Galope-Chopine évita soigneusement la grande route, et guida les deux étrangères à travers l'immense dédale des chemins de traverse de la Bretagne.

Mademoiselle de Verneuil comprit alors la guerre des chouans. En parcourant ces routes, elle put mieux apprécier l'état de ces campagnes, qui, vues d'un point élevé, lui avait paru si ravissantes, mais dans lesquelles il faut s'enfoncer pour en concevoir et les dangers et les inextricables difficultés. Autour de chaque champ, et depuis un temps immémorial, les paysans ont élevé un mur en terre, haut de six pieds, de forme prismatique, sur le faîte duquel croissent des châtaigniers, des chênes ou des hêtres. Ce mur, ainsi planté, s'appelle une *haie* (la haie normande), et les longues branches des arbres qui la couronnent, presque toujours rejetées sur le chemin, décrivent au-dessus un immense berceau. Les chemins, tristement encaissés par ces murs tirés d'un sol argileux, ressemblent aux fossés des places fortes, et, lorsque le granit, qui, dans ces contrées, arrive presque toujours à fleur de terre, n'y fait pas une espèce de pavé raboteux, ils deviennent alors tellement impraticables, que la moindre charrette ne peut y rouler qu'à l'aide de deux paires de bœufs et de deux chevaux, petits, mais généralement vigoureux. Ces chemins sont si habituellement marécageux, que l'usage a forcément établi pour les piétons, dans le champ et le long de la haie, un sentier nommé une *rote*, qui commence et finit avec chaque pièce de terre. Pour passer d'un champ dans un autre, il faut donc remonter la haie au moyen de plusieurs marches que la pluie rend souvent glissantes.

Les voyageurs avaient encore bien d'autres obstacles à vaincre dans ces routes tortueuses. Ainsi fortifié, chaque morceau de terre a son entrée, qui, large de dix pieds environ, est fermée par ce qu'on nomme dans l'Ouest un *échalier*. L'échalier est un tronc ou une forte branche d'arbre dont l'un des bouts, percé de part en part, s'emmanche dans une autre pièce de bois informe qui lui sert de pivot. L'extrémité de l'échalier se prolonge un peu au-delà de ce pivot, de manière à recevoir une charge assez pesante pour former un contre-poids et permettre à un enfant de manœuvrer cette singulière fermeture champêtre dont l'autre extrémité repose dans un trou fait à la partie intérieure de la haie. Quelquefois, les paysans économisent la pierre du contre-poids en laissant dépasser le gros bout du tronc de l'arbre ou de la branche. Cette clôture varie suivant le génie de chaque propriétaire. Souvent l'échalier consiste en une seule branche d'arbre dont les deux bouts sont scellés par de la terre dans la haie. Souvent, il a l'apparence d'une porte carrée composée de plusieurs menues branches d'arbre, placées de distance en distance, comme les bâtons d'une échelle mise en travers. Cette porte tourne alors comme un échalier et roule à l'autre bout sur une petite roue pleine. Ces haies et ces échaliers donnent au sol la physionomie d'un immense échiquier dont chaque champ forme une case parfaitement isolée des autres, close comme une forteresse, protégée comme elle par des remparts. La porte, facile à défendre, offre à des assaillants la plus périlleuse de toutes les conquêtes. En effet, le paysan breton croit engraisser la terre qui se repose, en y encourageant la venue de genêts immenses, arbuste si bien traité dans ces contrées qu'il y arrive en peu de temps à hauteur d'homme. Ce préjugé, digne des gens qui placent leurs fumiers dans la partie la plus élevée de leurs cours, entretient sur le sol, et dans la proportion d'un champ sur quatre, des forêts de genêts au milieu desquelles on peut dresser mille embûches. Enfin, il n'existe peut-être pas de champ où il ne se trouve quelques vieux pommiers à cidre qui y abaissent leurs branches basses et par conséquent mortelles aux productions du sol qu'elles couvrent; or, si vous venez à songer au peu d'étendue des champs dont toutes les haies supportent d'immenses arbres à racines gourmandes qui prennent le quart du terrain, vous aurez une idée de la culture et de la physionomie du pays que parcourait alors mademoiselle de Verneuil.

On ne sait si le besoin d'éviter les contestations a, plus que l'usage si favorable à la paresse d'enfermer les bestiaux sans les garder, conseillé de construire ces clôtures formidables, dont les permanents obstacles rendent le pays impénétrable et la guerre des masses impossible. Quand on a, pas à pas, analysé cette disposition du terrain, alors se révèle l'insuccès nécessaire d'une lutte entre des troupes régulières et des partisans; car cinq cents hommes peuvent défier les troupes d'un royaume. Là était tout le secret de la guerre des chouans. Mademoiselle de Verneuil comprit alors la nécessité où se trouvait la République d'étouffer la discorde plutôt par des moyens de police et de diplomatie que par l'inutile emploi de la force militaire. Que faire, en effet, contre des gens assez habiles pour mépriser la possession des villes et s'assurer celle de ces campagnes à fortifications indestructibles? Comment ne pas négocier, lorsque toute la force de ces paysans aveuglés résidait dans un chef habile et entreprenant? Elle admira le génie du ministre qui devinait, du fond d'un cabinet, le secret de la paix. Elle crut entrevoir les considérations qui agissent sur les hommes assez puissants pour voir tout un empire d'un regard, et dont les actions, criminelles aux yeux de la foule, ne sont que des jeux d'une pensée immense. Il y a chez ces âmes terribles on ne sait quel partage entre le pouvoir de la fatalité et celui du destin, on ne sait quelle prescience dont les signes les élèvent tout à coup; la foule les cherche un moment parmi elle, elle lève les yeux et les voit planant. Ces pensées semblaient justifier et même ennoblir les désirs de vengeance formés par mademoiselle de Verneuil; puis ce travail de son âme et ses espérances lui communiquaient assez d'énergie pour lui faire supporter les étranges fatigues de son voyage. Au bout de chaque héritage, Galope-Chopine était forcé de faire descendre les deux voyageuses pour les aider à gravir les passages difficiles, et, lorsque les rotes cessaient, elles étaient obligées de reprendre leurs montures et de se hasarder dans ces chemins fangeux, qui se ressentaient de l'approche de l'hiver. La combinaison de ces grands arbres, des chemins creux et des clôtures entretenait, dans les bas-fonds, une humidité qui souvent enveloppait les trois voyageurs d'un manteau de glace. Après de

GALOPE-CHOPINE ÉVITA SOIGNEUSEMENT LA GRANDE ROUTE.

pénibles fatigues, ils atteignirent, au lever du soleil, les bois de Marignay. Le voyage devint alors moins difficile dans le large sentier de la forêt. La voûte formée par les branches, l'épaisseur des arbres, mirent les voyageurs à l'abri de l'inclémence du ciel, et les difficultés multipliées qu'ils avaient eu à surmonter d'abord ne se représentèrent plus.

A peine avaient-ils fait une lieue environ à travers ces bois, qu'ils entendirent dans le lointain un murmure confus de voix et le bruit d'une sonnette dont les sons argentins n'avaient pas cette monotonie que leur imprime la marche des bestiaux. Tout en cheminant, Galope-Chopine écouta cette mélodie avec beaucoup d'attention, bientôt une bouffée de vent lui apporta quelques mots psalmodiés dont l'harmonie parut agir fortement sur lui, car il dirigea les montures fatiguées dans un sentier qui devait écarter les voyageurs du chemin de Saint-James, et il fit la sourde oreille aux représentations de mademoiselle de Verneuil, dont les appréhensions s'accrurent en raison de la sombre disposition des lieux. A droite et à gauche, d'énormes rochers de granit, posés les uns sur les autres, offraient de bizarres configurations. A travers ces blocs, d'immenses racines semblables à de gros serpents se glissaient pour aller chercher au loin les sucs nourriciers de quelques hêtres séculaires. Les deux côtés de la route ressemblaient à ces grottes souterraines, célèbres par leurs stalactites. D'énormes festons de pierre, où la sombre verdure du houx et des fougères s'alliait aux taches verdâtres ou blanchâtres des mousses, cachaient des précipices et l'entrée de quelques profondes cavernes. Quand les trois voyageurs eurent fait quelques pas dans un étroit sentier le plus étonnant des spectacles vint tout à coup s'offrir aux regards de mademoiselle de Verneuil, et lui fit comprendre l'obstination de Galope-Chopine.

Un bassin demi-circulaire, entièrement composé de quartiers de granit, formait un amphithéâtre dans les informes gradins duquel de hauts sapins noirs et des châtaigniers jaunis s'élevaient les uns sur les autres, en présentant l'aspect d'un grand cirque, où le soleil de l'hiver semblait plutôt verser de pâles couleurs qu'épancher sa lumière et où l'automne avait partout jeté le tapis fauve de ses feuilles séchées. Au centre de cette salle, qui semblait avoir eu le déluge pour architecte, s'élevaient trois énormes pierres druidiques, vaste autel sur lequel était fixée une ancienne bannière d'église. Une centaine d'hommes agenouillés et la tête nue priaient avec ferveur dans cette enceinte, où un prêtre, assisté de deux autres ecclésiastiques, disait la messe. La pauvreté des vêtements sacerdotaux, la faible voix du prêtre qui retentissait comme un murmure dans l'espace, ces hommes pleins de conviction, unis par un même sentiment et prosternés devant un autel sans pompe, la nudité de la croix, l'agreste énergie du temple, l'heure, le lieu, tout donnait à cette scène le caractère de naïveté qui distingua les premières époques du christianisme. Mademoiselle de Verneuil resta frappée d'admiration. Cette messe dite au fond des bois, ce culte renvoyé par la persécution vers sa source, la poésie des anciens temps hardiment jetée au milieu d'une nature capricieuse et bizarre; ces chouans armés et désarmés, cruels et priant, à la fois hommes et enfants, tout cela ne ressemblait à rien de ce qu'elle avait encore vu ou imaginé. Elle se souvenait bien d'avoir admiré dans son enfance les pompes de cette Église romaine si flatteuses pour les sens; mais elle ne connaissait pas encore Dieu tout seul, sa croix sur l'autel, son autel sur la terre ; au lieu des feuillages découpés qui dans les cathédrales couronnent les arceaux gothiques, les arbres de l'automne soutenant le dôme du ciel ; au lieu des mille couleurs projetées par les vitraux, le soleil glissant à peine ses rayons rougeâtres et ses reflets assombris sur l'autel, sur le prêtre et sur les assistants. Les hommes n'étaient plus là qu'un fait et non un système, c'était une prière et non une religion. Mais les passions humaines, dont la compression momentanée laissait à ce tableau toutes ses harmonies, apparurent bientôt dans cette scène mystérieuse et l'animèrent puissamment.

A l'arrivée de mademoiselle de Verneuil, l'évangile s'achevait. Elle reconnut en l'officiant, non sans quelque effroi, l'abbé Gudin, et se déroba précipitamment à ses regards en profitant d'une immense fragment de granit qui lui fit une cachette, où elle attira vivement Francine ; mais elle essaya vainement d'arracher Galope-Chopine de la place qu'il avait choisie pour participer aux bienfaits de cette cérémonie. Elle espéra pouvoir échapper au danger qui la menaçait en remarquant que la nature du terrain lui permettrait de se retirer avant tous les assistants. A la faveur d'une large fissure du rocher, elle vit l'abbé Gudin montant sur un quartier de granit qui lui servit de chaire, et il y commença son prône en ces termes : *In nomine Patris, et Filii et Spiritus Sancti.*

A ces mots, les assistants firent tous et pieusement le signe de la croix.

— Mes chers frères, reprit l'abbé d'une voix forte, nous prierons d'abord pour les trépassés : Jean Cochegrue, Nicolas Laferté, Joseph Brouet, François Parquoi, Sulpice Coupiau, tous de cette paroisse et morts des blessures qu'ils ont reçues au combat de la

Pèlerine et au siège de Fougères... *De profundis*, etc.

Ce psaume fut récité, suivant l'usage, par les assistants et par les prêtres, qui disaient alternativement un verset avec une ferveur de bon augure pour le succès de la prédication. Lorsque le psaume des morts fut achevé, l'abbé Gudin continua d'une voix dont la violence alla toujours en croissant, car l'ancien jésuite n'ignorait pas que la véhémence du débit était le plus puissant des arguments pour persuader ses sauvages auditeurs.

— Ces défenseurs de Dieu, chrétiens, vous ont donné l'exemple du devoir, dit-il. N'êtes-vous pas honteux de ce qu'on peut dire de vous dans le paradis? Sans ces bienheureux qui ont dû y être reçus à bras ouverts par tous les saints, Notre-Seigneur pourrait croire que votre paroisse est habitée par des *mahumétisches !*... Savez-vous, mes gars, ce qu'on dit de vous dans la Bretagne et chez le roi?... Vous ne le savez point, n'est-ce pas? Je vais vous le dire : « Comment! les bleus ont renversé les autels, ils ont tué les recteurs, ils ont assassiné le roi et la reine, ils veulent prendre tous les paroissiens de Bretagne pour en faire des bleus comme eux et les envoyer se battre hors de leurs paroisses, dans des pays bien éloignés où l'on court risque de mourir sans confession et d'aller ainsi pour l'éternité dans l'enfer; et les gars de Marignay, à qui l'on a brûlé leur église, sont restés les bras ballants? Oh! oh! Cette République de damnés a vendu à l'encan les biens de Dieu et ceux des seigneurs, elle en a partagé le prix entre ses bleus; puis, pour se nourrir d'argent comme elle se nourrit de sang, elle vient de décréter de prendre trois livres sur les écus de six francs, comme elle veut emmener trois hommes sur six ; et les gars de Marignay n'ont pas pris leurs fusils pour chasser les bleus de Bretagne ? Ah ! ah !... Le paradis leur sera refusé, et ils ne pourront jamais faire leur salut ! » Voilà ce qu'on dit de vous. C'est donc de votre salut, chrétiens, qu'il s'agit. C'est votre âme que vous sauverez en combattant pour la religion et pour le roi. Sainte Anne d'Auray elle-même m'est apparue avant-hier, à deux heures et demie. Elle m'a dit comme je vous le dis : « Tu es un prêtre de Marignay? — Oui, madame, prêt à vous servir. — Eh bien, je suis sainte Anne d'Auray, tante de Dieu, à la mode de Bretagne. Je suis toujours à Auray et encore ici, parce que je suis venue pour que tu dises aux gars de Marignay qu'il n'y a pas de salut à espérer pour eux s'ils ne s'arment pas. Aussi, leur refuseras-tu l'absolution de leurs péchés, à moins qu'ils ne servent Dieu. Tu béniras leurs fusils, et les gars qui seront sans péché ne manqueront pas les bleus, parce que leurs fusils seront consacrés !... » Elle a disparu en laissant sous le chêne de la Patte-d'Oie une odeur d'encens. J'ai marqué l'endroit. Une belle Vierge de bois y a été placée par monsieur le recteur de Saint-James. Or, la mère de Pierre Leroi, dit Marche-à-Terre, y étant venue prier le soir, a été guérie de ses douleurs, à cause des bonnes œuvres de son fils. La voilà au milieu de vous et vous la verrez de vos yeux marchant toute seule. C'est un miracle fait, comme la résurrection du bienheureux Marie Lambrequin, pour vous prouver que Dieu n'abandonnera jamais la cause des Bretons quand ils combattront pour ses serviteurs et pour le roi. Ainsi, mes chers frères, si vous voulez faire votre salut et vous montrer les défenseurs du roi, notre seigneur, vous devez obéir à tout ce que vous commandera celui que le roi a envoyé et que nous nommons le Gars. Alors, vous ne serez plus comme des mahumétisches, et vous vous trouverez, avec tous les gars de toute la Bretagne, sous la bannière de Dieu. Vous pourrez reprendre dans les poches des bleus tout l'argent qu'ils auront volé ; car, si, pendant que vous faites la guerre, vos champs ne sont pas semés, le Seigneur et le roi vous abandonnent les dépouilles de vos ennemis. Voulez-vous, chrétiens, qu'il soit dit que les gars de Marignay sont en arrière des gars du Morbihan, des gars de Saint-Georges, de ceux de Vitré, d'Antrain, qui tous sont au service de Dieu et du roi? Leur laisserez-vous tout prendre? Resterez-vous comme des hérétiques, les bras croisés, quand tant de Bretons font leur salut et sauvent leur roi ? « Vous abandonnerez tout pour moi ! » a dit l'Évangile. N'avons-nous pas déjà abandonné les dîmes, nous autres ! Abandonnez donc tout pour faire cette guerre sainte ! Vous serez comme les Macchabées. Enfin, tout vous sera pardonné. Vous trouverez au milieu de vous les recteurs et leurs curés, et vous triompherez ! Faites attention à ceci, chrétiens ! dit-il en terminant : pour aujourd'hui seulement, nous avons le pouvoir de bénir vos fusils. Ceux qui ne profiteront pas de cette faveur ne retrouveront plus la sainte d'Auray aussi miséricordieuse, et elle ne les écouterait plus comme elle l'a fait dans la guerre précédente.

Cette prédication, soutenue par l'éclat d'un organe emphatique et par des gestes multipliés qui mirent l'orateur tout en eau, produisit en apparence peu d'effet. Les paysans, immobiles et debout, les yeux attachés sur l'orateur, ressemblaient à des statues ; mais mademoiselle de Verneuil remarqua bientôt que cette attitude générale était le résultat d'un charme jeté par l'abbé sur cette foule. Il avait, à la manière des grands acteurs, manié tout son public comme un seul homme, en parlant aux intérêts et aux passions. N'avait-il pas absous d'avance les excès, et délié les seuls liens qui retinssent ces hommes grossiers dans l'observation des préceptes religieux et sociaux? Il avait prostitué le sacerdoce aux intérêts politiques ; mais, dans ces temps de révolution, chacun faisait, au profit de son parti, une arme de ce qu'il possédait, et la croix pacifique de Jésus devenait un instrument de guerre aussi bien que le soc nourricier des charrues. Ne rencontrant aucun être avec lequel elle pût s'entendre, mademoiselle de Verneuil se retourna pour regarder Francine, et ne fut pas médiocrement surprise de lui voir partager cet enthousiasme, car elle disait dévotement son chapelet sur celui de Galope-Chopine, qui le lui avait sans doute abandonné pendant la prédication.

— Francine, lui dit-elle à voix basse, tu as donc peur d'être une mahumétische ?

— Oh! mademoiselle, répliqua la Bretonne, voyez donc là-bas la mère de Pierre qui marche...

L'attitude de Francine annonçait une conviction si profonde, que Marie comprit alors tout le secret de ce prône, l'influence du clergé sur les campagnes, et les prodigieux effets de la scène qui commença. Les paysans les plus voisins de l'autel s'avancèrent un à un et s'agenouillèrent en offrant leurs fusils au prédicateur, qui les déposait sur l'autel. Galope-Chopine se hâta d'aller présenter sa vieille canardière. Les trois prêtres chantèrent l'hymne du *Veni Creator*, tandis que le célébrant enveloppait ces instruments de mort dans un nuage de fumée bleuâtre, en décrivant des dessins qui semblaient s'entrelacer. Lorsque la brise eut dissipé la vapeur de l'encens, les fusils furent distribués par ordre. Chaque homme reçut le sien à genoux, de la main des prêtres, qui récitaient une prière latine en les leur rendant. Lorsque les hommes armés revinrent à leurs places, le profond enthousiasme de l'assistance, jusque-là muette, éclata d'une manière formidable, mais attendrissante.

— *Domine, salvum fac regem !...*

Telle était la prière que le prédicateur entonna d'une voix retentissante et qui fut par deux fois violemment chantée. Ces cris eurent quelque chose de sauvage et de guerrier. Les deux notes du mot *regem*, facilement traduit par ces paysans, furent attaquées avec tant d'énergie, que mademoiselle de Verneuil ne put s'empêcher de reporter ses pensées avec attendrissement sur la famille des Bourbons exilés. Ces souvenirs éveillèrent ceux de sa vie passée. Sa mémoire lui retraça les fêtes de cette cour maintenant dispersée, et au sein desquelles elle avait brillé. La figure du marquis s'introduisit dans cette rêverie. Avec cette mobilité naturelle à l'esprit d'une femme, elle oublia le tableau qui s'offrait à ses yeux, et revint alors à ses projets de vengeance, où il y allait de sa vie, mais qui pouvaient échouer devant un regard. En pensant à paraître belle, dans ce moment le plus décisif de son existence, elle songea qu'elle n'avait pas d'ornements pour parer sa tête au bal, et fut séduite par l'idée de se coiffer avec une branche de houx, dont les feuilles crispées et les baies rouges attiraient en ce moment son attention.

— Oh! oh! mon fusil pourra rater si je tire sur des oiseaux, mais sur des bleus..... jamais! dit Galope-Chopine en hochant la tête en signe de satisfaction.

Marie examina plus attentivement le visage de son guide, et y trouva le type de tous ceux qu'elle venait de voir. Ce vieux chouan ne trahissait certes pas autant d'idées qu'il y en aurait eu chez un enfant. Une joie naïve ridait ses joues et son front quand il regardait son fusil ; mais une religieuse conviction jetait alors dans l'expression de sa joie une teinte de fanatisme qui, pour un moment, laissait éclater sur cette sauvage figure les vices de la civilisation. Ils atteignirent bientôt un village, c'est-à-dire la réunion de quatre ou cinq habitations semblables à celle de Galope-Chopine où les chouans nouvellement recrutés arrivèrent, pendant que mademoiselle de Verneuil achevait un repas dont le beurre, le pain et le laitage firent tous les frais. Cette troupe irrégulière était conduite par le recteur, qui tenait à la main une croix grossière transformée en drapeau, et que suivait un gars tout fier de porter la bannière de la paroisse. Mademoiselle de Verneuil se trouva forcément réunie à ce détachement, qui se rendait comme elle à Saint-James, et qui la protégea naturellement contre toute espèce de danger, du moment que Galope-Chopine eut fait l'heureuse indiscrétion de dire au chef de cette troupe que la belle garce à laquelle il servait de guide était la bonne amie du Gars.

Vers le coucher du soleil, les trois voyageurs arrivèrent à Saint-James, petite ville qui doit son nom aux Anglais, par lesquels elle fut bâtie au XIVe siècle, pendant leur domination en Bretagne. Avant d'y entrer, mademoiselle de Verneuil fut témoin d'une étrange scène de guerre à laquelle elle ne donna pas beaucoup d'attention : elle craignit d'être reconnue par quelques-uns de ses ennemis, et cette peur lui fit hâter sa marche. Cinq à six mille paysans étaient campés dans un champ. Leurs costumes, assez semblables à ceux des réquisitionnaires de la Pèlerine, excluaient toute idée de guerre. Cette tumultueuse réunion d'hommes ressemblait à celle d'une grande foire. Il fallait même quelque attention pour découvrir que ces Bretons étaient armés, car leurs peaux de bique si diversement façonnées cachaient presque leurs fusils, et l'arme la plus visible était la faux par laquelle quelques-uns remplaçaient les fusils qu'on devait leur distribuer. Les uns buvaient et mangeaient, les autres se battaient ou se querellaient à haute voix, mais la plupart dormaient couchés par terre. Il n'y avait aucune apparence d'ordre et de discipline. Un officier portant un uniforme rouge attira l'attention de mademoiselle de Verneuil, elle le supposa devoir être au service de l'Angleterre. Plus loin, deux autres officiers paraissaient vouloir apprendre à quelques chouans, plus intelligents que les autres, à manœuvrer deux pièces de canon qui semblaient former toute l'artillerie de la future armée royaliste. Des hurlements accueillirent l'arrivée des gars de Marignay, qui furent reconnus à leur manière. A la faveur du mouvement que cette troupe et les recteurs excitèrent dans le camp, mademoiselle de Verneuil put le traverser sans danger et s'introduire dans la ville. Elle atteignit une auberge de peu d'apparence et qui n'était pas très éloignée de la maison où se donnait le bal. La ville était envahie par tant de monde, que, après toutes les peines imaginables, elle n'obtint qu'une mauvaise petite chambre. Lorsqu'elle y fut installée, et que Galope-Chopine eut remis à Francine le carton qui contenait la toilette de sa maîtresse, il resta debout dans une attitude d'attente et d'irrésolution indescriptible. En tout autre moment, mademoiselle de Verneuil se serait amusée à voir ce qu'est un paysan breton sorti de sa paroisse ; mais elle rompit le charme en tirant de sa bourse quatre écus de six francs qu'elle lui présenta.

MON FUSIL POURRA RATER SI JE TIRE SUR DES OISEAUX,
MAIS SUR DES BLEUS... JAMAIS !

— Prends donc ! dit-elle à Galope-Chopine ; et, si tu veux m'obliger, tu retourneras sur-le-champ à Fougères, sans passer par le camp et sans goûter au cidre.

Le chouan, étonné d'une telle libéralité, regardait tour à tour les quatre écus qu'il avait pris et mademoiselle de Verneuil ; mais elle fit un geste de la main, et il disparut.

— Comment pouvez-vous le renvoyer,

mademoiselle? demanda Francine. N'avez-vous pas vu comme la ville est entourée ! Comment la quitterons-nous, et qui vous protégera ici?...

— N'as-tu pas ton protecteur? dit mademoiselle de Verneuil en sifflant sourdement d'une façon moqueuse à la manière de Marche-à-Terre, de qui elle essaya de contrefaire l'attitude.

Francine rougit et sourit tristement de la gaîté de sa maîtresse.

— Mais où est le vôtre? dit-elle.

Mademoiselle de Verneuil tira brusquement son poignard et le montra à la Bretonne effrayée, qui se laissa aller sur une chaise en joignant les mains.

— Qu'êtes-vous donc venue chercher ici, Marie? s'écria-t-elle d'une voix suppliante qui ne demandait pas de réponse.

Mademoiselle de Verneuil était occupée à contourner les branches de houx qu'elle avait cueillies, et disait :

— Je ne sais pas si ce houx sera bien joli dans les cheveux. Un visage aussi éclatant que le mien peut seul supporter une si sombre coiffure ; qu'en dis-tu, Francine?

Plusieurs propos semblables annoncèrent la plus grande liberté d'esprit chez cette singulière fille pendant qu'elle fit sa toilette. Qui l'eût écoutée aurait difficilement cru à la gravité de ce moment où elle jouait sa vie. Une robe de mousseline des Indes, assez courte et semblable à un linge mouillé, révéla les contours délicats de ses formes ; puis elle mit un pardessus rouge dont les plis nombreux et graduellement plus allongés à mesure qu'ils tombaient sur le côté dessinèrent le cintre gracieux des tuniques grecques. Ce voluptueux vêtement des prêtresses païennes rendit moins indécent ce costume, que la mode de cette époque permettait aux femmes de porter. Pour atténuer l'impudeur de la mode, Marie couvrit d'une gaze ses blanches épaules, que la tunique laissait à nu beaucoup trop bas. Elle tourna les longues nattes de ses cheveux de manière à leur faire former derrière la tête ce cône imparfait et aplati qui donne tant de grâce à la figure de quelques statues antiques par une prolongation factice de la tête, et quelques boucles réservées au-dessus du front retombèrent de chaque côté de son visage en longs rouleaux brillants. Ainsi vêtue, ainsi coiffée, elle offrit une ressemblance parfaite avec les plus illustres chefs-d'œuvre du ciseau grec. Quand elle eut, par un sourire, donné son approbation à cette coiffure dont les moindres dispositions faisaient ressortir les beautés de son visage, elle y posa la couronne de houx qu'elle avait préparée et dont les nombreuses baies rouges répétèrent heureusement dans ses cheveux la couleur de la tunique. Tout en tortillant quelques feuilles pour produire des oppositions capricieuses entre leur sens et le revers, mademoiselle de Verneuil regarda dans une glace l'ensemble de sa toilette pour juger de son effet.

— Je suis horrible ce soir ! dit-elle comme si elle eût été entourée de flatteurs. J'ai l'air d'une statue de la Liberté...

Elle plaça soigneusement son poignard au milieu de son corset en laissant passer les rubis qui en ornaient le bout et dont les reflets rougeâtres devaient attirer les yeux sur les trésors que sa rivale avait si indignement prostitués. Francine ne put se résoudre à quitter sa maîtresse. Quand elle la vit près de partir, elle sut trouver, pour l'accompagner, des prétextes dans tous les obstacles que les femmes ont à surmonter en allant à une fête dans une petite ville de la basse Bretagne. Ne fallait-il pas qu'elle débarrassât mademoiselle de Verneuil de son manteau, de la double chaussure que la boue et le fumier de la rue l'avaient obligée à mettre, quoiqu'on l'eût fait sabler, et du voile de gaze sous lequel elle cachait sa tête aux regards des chouans que la curiosité attirait autour de la maison où la fête avait lieu? La foule était si nombreuse, qu'elles marchèrent entre deux haies de chouans. Francine n'essaya plus de retenir sa maîtresse ; mais, après lui avoir rendu les derniers services exigés par une toilette dont le mérite consistait dans une extrême fraîcheur, elle resta dans la cour pour ne pas l'abandonner aux hasards de sa destinée sans être à même de voler à son secours, car la pauvre Bretonne ne prévoyait que des malheurs.

Une scène assez étrange avait lieu dans l'appartement de Montauran, au moment où Marie de Verneuil se rendait à la fête. Le jeune marquis achevait sa toilette et passait le large ruban rouge qui devait servir à le faire reconnaître comme le premier personnage de cette assemblée, lorsque l'abbé Gudin entra d'un air inquiet.

— Monsieur le marquis, venez vite, lui dit-il. Vous seul pourrez calmer l'orage qui s'est élevé, je ne sais à quel propos, entre les chefs. Ils parlent de quitter le service du roi. Je crois que ce diable de Rifoël est cause de tout le tumulte. Ces querelles-là sont toujours causées par une niaiserie. Madame du Gua lui a reproché, m'a-t-on dit, d'arriver très mal mis au bal.

— Il faut que cette femme soit folle, s'écria le marquis, pour vouloir...

— Le chevalier du Vissard, reprit l'abbé en interrompant le chef, a répliqué que, si vous lui aviez donné l'argent promis au nom du roi...

— Assez, assez, monsieur l'abbé ! Je comprends tout maintenant. Cette scène a été convenue, n'est-ce pas? et vous êtes l'ambassadeur...

— Moi, monsieur le marquis ! reprit l'abbé en interrompant encore ; je vais vous appuyer vigoureusement, et vous me rendrez, j'espère, la justice de croire que le rétablissement de nos autels en France, celui du roi sur le trône de ses pères, sont, pour mes humbles travaux, de bien plus puissants attraits que cet évêché de Rennes que vous...

L'abbé n'osa poursuivre, car, à ces mots, le marquis s'était mis à sourire avec amertume. Mais le jeune chef réprima aussitôt la tristesse des réflexions qu'il faisait, son front prit une expression sévère, et il suivit l'abbé Gudin dans une salle où retentissaient de violentes clameurs.

— Je ne reconnais ici l'autorité de personne ! s'écriait Rifoël en jetant des regards enflammés à tous ceux qui l'entouraient et en portant la main à la poignée de son sabre.

— Reconnaissez-vous celle du bon sens? demanda froidement le marquis.

Le jeune chevalier du Vissard, plus connu sous son nom patronymique de Rifoël, garda le silence devant le général des armées catholiques.

— Qu'y a-t-il donc, messieurs? dit le jeune chef en examinant tous les visages.

— Il y a, monsieur le marquis, répondit un célèbre contrebandier, embarrassé comme un homme du peuple qui reste d'abord sous le joug du préjugé devant un grand seigneur, mais qui ne connaît plus de bornes aussitôt qu'il a franchi la barrière qui l'en sépare, parce qu'il ne voit alors en lui qu'un égal ; il y a, répondit-il, que vous venez fort à propos. Je ne sais pas dire des paroles dorées, aussi m'expliquerai-je rondement. J'ai commandé cinq cents hommes pendant tout le temps de la dernière guerre. Depuis que nous avons repris les armes, j'ai su trouver pour le service du roi mille têtes aussi dures que la mienne. Voici sept ans que je risque ma vie pour la bonne cause, je ne vous le reproche pas, mais toute peine mérite salaire. Or, pour commencer, je veux qu'on m'appelle monsieur de Cottereau ; je veux que le grade de colonel me soit reconnu ; sinon, je traite de ma soumission avec le premier consul. Voyez-vous, monsieur le marquis, mes hommes et moi, nous avons un créancier diablement importun et qu'il faut toujours satisfaire !... Le voilà ! ajouta-t-il en se frappant le ventre.

— Les violons sont-ils venus? demanda le marquis à madame du Gua avec un accent moqueur.

Mais le contrebandier avait traité brutalement un sujet trop important, et ces esprits, aussi calculateurs qu'ambitieux, étaient depuis trop longtemps en suspens sur ce qu'ils avaient à espérer du roi, pour que le dédain du jeune chef pût mettre un terme à cette scène. Le jeune et ardent chevalier du Vissard se plaça vivement devant Montauran, et lui prit la main pour l'obliger à rester.

— Prenez garde, monsieur le marquis, lui dit-il, vous traitez trop légèrement des hommes qui ont quelque droit à la reconnaissance de celui que vous représentez ici. Nous savons que Sa Majesté vous a donné tout pouvoir pour attester nos services, qui doivent trouver leur récompense dans ce monde ou dans l'autre, car chaque jour l'échafaud est dressé pour nous. Je sais, quant à moi, que le grade de maréchal de camp...

— Vous voulez dire colonel?

— Non, monsieur le marquis, Charette m'a nommé colonel. Le grade dont je parle ne pouvant pas m'être contesté, je ne plaide point en ce moment pour moi, mais pour tous mes intrépides frères d'armes, dont les services ont besoin d'être constatés. Votre signature et vos promesses leur suffiront aujourd'hui ; et, dit-il tout bas, j'avoue qu'ils se contentent de peu de chose. Mais, reprit-il en haussant la voix, quand le soleil se lèvera dans le château de Versailles pour éclairer les jours heureux de la monarchie, alors les fidèles qui auront aidé le roi à conquérir la France, en France, pourront-ils facilement obtenir des grâces pour leurs familles, des pensions pour les veuves, et la restitution des biens qu'on leur a si mal à propos confisqués? J'en doute. Aussi, monsieur le marquis, les preuves des services rendus ne seront-elles pas alors inutiles. Je ne me défierai jamais du roi, mais bien de ses cormorans de ministres et de courtisans qui lui corneront aux oreilles des considérations sur le bien public, l'honneur de la France, les intérêts de la couronne, et mille autres billevesées. Puis on se moquera d'un loyal Vendéen ou d'un brave chouan, parce qu'il sera vieux, et que la brette qu'il aura tirée pour la bonne cause lui battra dans des jambes amaigries par les souffrances... Trouvez-vous que nous ayons tort?

— Vous parlez admirablement bien, monsieur du Vissard, mais un peu trop tôt, répondit le marquis.

— Écoutez donc, marquis, lui dit le comte de Bauvan à voix basse, Rifoël a, par ma foi, débité de fort bonnes choses. Vous êtes sûr, vous, de toujours avoir l'oreille du roi ; mais nous autres, nous n'irons voir le maître que de loin en loin ; et je vous avoue que, si vous ne me donniez pas votre parole de gentilhomme de me faire obtenir en temps et lieu la charge de grand maître des eaux et forêts de France, du diable si je risquerais mon cou. Conquérir la Normandie au roi, ce n'est pas une petite tâche, aussi espéré-je bien avoir l'Ordre. Mais, ajouta-t-il en rougissant, nous avons le temps de penser à cela. Dieu me préserve d'imiter ces pauvres hères et de vous harceler. Vous parlerez de moi au roi, et tout sera dit.

Chacun des chefs trouva le moyen de faire savoir au marquis, d'une manière plus ou moins ingénieuse, le prix exagéré qu'il attendait de ses services. L'un demandait modestement le gouvernement de Bretagne, l'autre une baronnie, celui-ci un grade, celui-là un commandement ; tous voulaient des pensions.

— Eh bien, baron, dit le marquis à M. du Guénic, vous ne voulez donc rien?

je vois entrer quelques personnes invitées à se rendre ici. Nous devons rivaliser de zèle et de soins pour les décider à coopérer à notre sainte entreprise, et vous comprenez que ce n'est pas le moment de nous occuper de vos demandes, fussent-elles justes.

En parlant ainsi, le marquis s'avançait vers la porte, comme pour aller au-devant de quelques nobles des pays voisins qu'il avait entrevus ; mais le hardi contrebandier lui barra le passage d'un air soumis et respectueux.

— Non, non, monsieur le marquis ; excu-

PRENEZ GARDE, MONSIEUR LE MARQUIS.

sez-moi, mais les jacobins nous ont trop bien appris, en 1793, que ce n'est pas celui qui fait la moisson qui mange la galette. Signez-moi ce chiffon de papier, et demain je vous amène quinze cents gars ; sinon, je traite avec le premier consul.

— Ma foi, marquis, ces messieurs ne me laissent que la couronne de France, mais je pourrais bien m'en accommoder...

— Eh ! messieurs, dit l'abbé Gudin d'une voix tonnante, songez donc que, si vous êtes si empressés, vous gâterez tout au jour de la victoire. Le roi ne sera-t-il pas obligé de faire des concessions aux révolutionnaires?

— Aux jacobins ! s'écria le contrebandier. Ah ! que le roi me laisse faire, je réponds d'employer mes mille hommes à les pendre, et nous en serons bientôt débarrassés...

— Monsieur *de* Cottereau, dit le marquis,

Après avoir regardé fièrement autour de lui, le marquis vit que la hardiesse du vieux partisan et son air résolu ne déplaisaient à aucun des spectateurs de ce débat. Un seul homme assis dans un coin semblait ne prendre aucune part à la scène, et s'occupait à charger de tabac une pipe en terre blanche. L'air de mépris qu'il témoignait pour les orateurs, son attitude modeste et le regard compatissant que le marquis rencontra dans ses yeux lui firent examiner ce serviteur généreux, dans lequel il reconnut le major Brigaut ; le chef alla brusquement à lui.

— Et toi, lui dit-il, que demandes-tu ?

— Oh ! monsieur le marquis, si le roi revient, je suis content.

— Mais toi ?

— Oh ! moi... Monseigneur veut rire.

Le marquis serra la main calleuse du Breton, et dit à madame du Gua, dont il s'était rapproché :

— Madame, je puis périr dans mon entreprise avant d'avoir eu le temps de faire parvenir au roi un rapport fidèle sur les armées catholiques de la Bretagne. Si vous voyez la Restauration, n'oubliez ni ce brave homme ni le baron du Guénic. Il y a plus de dévouement en eux que dans tous ces gens-là.

Et il montra les chefs, qui attendaient avec une certaine impatience que le jeune marquis fît droit à leurs demandes. Tous tenaient à la main des papiers déployés, où leurs services avaient sans doute été constatés par les généraux royalistes des guerres précédentes, et tous commençaient à murmurer. Au milieu d'eux, l'abbé Gudin, le comte de Bauvan, le baron du Guénic, se consultaient, pour aider le marquis à repousser des prétentions si exagérées, car ils trouvaient la position du jeune chef très délicate.

Tout à coup, le marquis promena ses yeux bleus, brillants d'ironie, sur cette assemblée et dit d'une voix claire :

— Messieurs, je ne sais pas si les pouvoirs que le roi a daigné me confier sont assez étendus pour que je puisse satisfaire à vos demandes. Il n'a peut-être pas prévu tant de zèle, ni tant de dévouement. Vous allez juger vous-mêmes de mes devoirs, et peut-être saurai-je les accomplir.

Il disparut et revint promptement en tenant à la main une lettre déployée, revêtue du sceau et de la signature royale.

— Voici les lettres patentes en vertu desquelles vous devez m'obéir, dit-il. Elles m'autorisent à gouverner les provinces de Bretagne, de Normandie, du Maine et de l'Anjou, au nom du roi, et à reconnaître les services des officiers qui se seront distingués dans ses armées.

Un mouvement de satisfaction éclata dans l'assemblée. Les chouans s'avancèrent vers le marquis, en décrivant autour de lui un cercle respectueux. Tous les yeux étaient attachés sur la signature du roi. Le jeune chef, qui se tenait debout devant la cheminée, jeta la lettre dans le feu, où elle fut consumée en un clin d'œil.

— Je ne veux plus commander, s'écria le jeune homme, qu'à ceux qui verront un roi dans le roi, et non une proie à dévorer. Vous êtes libres, messieurs, de m'abandonner...

Madame du Gua, l'abbé Gudin, le major Brigaut, le chevalier du Vissard, le baron du Guénic, le comte de Bauvan, enthousiasmés, firent entendre le cri de : « Vive le roi ! » Si d'abord les autres chefs hésitèrent un moment à répéter ce cri, bientôt entraînés par la noble action du marquis, ils le prièrent d'oublier ce qui venait de se passer, en l'assurant que, sans lettres patentes, il serait toujours leur chef.

— Allons danser, s'écria le comte de Bauvan, et advienne que pourra ! Après tout, ajouta-t-il gaiement, il vaut mieux, mes amis, s'adresser à Dieu qu'à ses saints. Battons-nous d'abord, et nous verrons après.

— Ah ! c'est vrai, ça. Sauf votre respect, monsieur le baron, dit Brigaut à voix basse en s'adressant au loyal du Guénic, je n'ai jamais vu réclamer dès le matin le prix de la journée.

L'assemblée se dispersa dans les salons, où quelques personnes étaient déjà réunies. Le marquis essaya vainement de quitter l'air sombre qui altérait son visage, les chefs aperçurent aisément les impressions défavorables que cette scène avait produites sur un homme dont le dévouement était encore accompagné des belles illusions de la jeunesse, et ils en furent honteux.

Une joie enivrante éclatait dans cette réunion composée des personnes les plus exaltées du parti royaliste, qui, n'ayant jamais pu juger, du fond d'une province insoumise, les événements de la Révolution, devaient prendre les espérances les plus hypothétiques pour des réalités. Les opérations hardies commencées par Montauran, son nom, sa fortune, sa capacité, relevaient tous les courages, et causaient cette ivresse politique, la plus dangereuse de toutes, en ce qu'elle ne se refroidit que dans des torrents de sang presque toujours inutilement versés. Pour toutes les personnes présentes, la Révolution n'était qu'un trouble passager dans le royaume de France, où, pour elles, rien ne paraissait changé. Ces campagnes appartenaient toujours à la maison de Bourbon. Les royalistes y régnaient si complètement que, quatre années auparavant, Hoche y obtint moins la paix qu'un armistice. Les nobles traitaient donc fort légèrement les révolutionnaires : pour eux, Bonaparte était un Marceau plus heureux que son devancier. Aussi, les femmes se disposaient-elles fort gaiement à danser. Quelques-uns des chefs qui s'étaient battus avec les bleus connaissaient seuls la gravité de la crise actuelle, et sachant que, s'ils parlaient du premier consul et de sa puissance à leurs compatriotes arriérés, ils n'en seraient pas compris, tous causaient entre eux en regardant les femmes avec une insouciance dont elles se vengeaient en se critiquant entre elles. Madame du Gua, qui semblait faire les honneurs du bal, essayait de tromper l'impatience des danseuses en adressant successivement à chacune d'elles les flatteries d'usage. Déjà l'on entendait les sons criards des instruments que l'on mettait d'accord, lorsque madame du Gua aperçut le marquis, dont la figure conservait encore une expression de tristesse ; elle alla brusquement à lui.

— Ce n'est pas, j'ose l'espérer, la scène très ordinaire que vous avez eue avec ces manants qui peut vous accabler? lui dit-elle.

Elle n'obtint pas de réponse ; le marquis, absorbé dans sa rêverie, croyait entendre quelques-unes des raisons que, d'une voix prophétique, Marie lui avait données, au milieu de ces mêmes chefs, à la Vivetière, pour l'engager à abandonner la lutte des rois contre les peuples. Mais ce jeune homme avait trop d'élévation dans l'âme, trop d'orgueil, trop de conviction peut-être pour délaisser l'œuvre commencée, et il se décidait en ce moment à la poursuivre courageusement, malgré les obstacles. Il releva la tête avec fierté, et alors il comprit ce que lui disait madame du Gua.

— Vous êtes sans doute à Fougères ! disait-elle avec une amertume qui révélait l'inutilité des efforts qu'elle avait tentés pour distraire le marquis. Ah ! monsieur, je donnerais mon sang pour vous *la* mettre entre les mains et vous voir heureux avec elle.

— Pourquoi donc avoir tiré sur elle avec tant d'adresse?

— Parce que je la voudrais morte ou dans vos bras. Oui, monsieur, j'ai pu aimer le marquis de Montauran le jour où j'ai cru voir en lui un héros. Maintenant, je n'ai plus pour lui qu'une douloureuse amitié, je le vois séparé de la gloire par le cœur nomade d'une fille d'Opéra.

— Pour de l'amour, reprit le marquis avec l'accent de l'ironie, vous me jugez bien mal ! Si j'aimais cette fille-là, madame, je la désirerais moins... et, sans vous, peut-être n'y penserais-je déjà plus.

— La voici ! dit brusquement madame du Gua.

La précipitation que mit le marquis à tourner la tête fit un mal affreux à cette pauvre femme ; mais, la vive lumière des bougies lui permettant de bien apercevoir les plus légers changements qui se firent dans les traits de cet homme si violemment aimé, elle crut y découvrir quelques espérances de retour, lorsqu'il ramena sa tête vers elle, en souriant de cette ruse de femme.

— De quoi riez-vous donc? demanda le comte de Bauvan,

— D'une bulle de savon qui s'évapore ! répondit madame du Gua joyeuse. Le marquis, s'il faut l'en croire, s'étonne aujourd'hui d'avoir senti son cœur battre un instant pour cette fille qui se disait mademoiselle de Verneuil. Vous savez?

— Cette fille?... reprit le comte avec un accent de reproche. Madame, c'est à l'auteur du mal de le réparer, et je vous donne ma parole d'honneur qu'elle est bien réellement la fille du duc de Verneuil.

— Monsieur le comte, dit le marquis d'une voix profondément altérée, laquelle de vos deux paroles croire, celle de la Vivetière ou celle de Saint-James?

Une voix éclatante annonça mademoiselle de Verneuil. Le comte s'élança vers la porte, offrit la main à la belle inconnue avec les marques du plus profond respect ; et, la présentant, à travers la foule curieuse, au marquis et à madame du Gua :

— Ne croire que celle d'aujourd'hui, répondit-il au jeune chef stupéfait.

Madame du Gua pâlit à l'aspect de cette malencontreuse fille, qui resta debout un moment en jetant des regards orgueilleux sur cette assemblée, où elle chercha les convives de la Vivetière. Elle attendit la salutation forcée de sa rivale, et, sans regarder le marquis, se laissa conduire à une place d'honneur par le comte, qui la fit asseoir près de madame du Gua, à laquelle elle rendit un léger salut de protection, mais qui, par un instinct de femme, ne s'en fâcha point et prit aussitôt un air riant et amical. La mise extraordinaire et la beauté de mademoiselle de Verneuil excitèrent un moment les murmures de l'assemblée. Lorsque le marquis et madame du Gua tournèrent leurs regards sur les convives de la Vivetière, ils les trouvèrent dans une attitude de respect qui ne paraissait pas être jouée, chacun d'eux semblait chercher les moyens de rentrer en grâce auprès de la jeune Parisienne méconnue. Les ennemis étaient donc en présence.

— Mais c'est une magie, mademoiselle ! Il n'y a que vous au monde pour surprendre ainsi les gens. Comment, venir toute seule? disait madame du Gua.

— Toute seule, répéta mademoiselle de Verneuil ; ainsi, madame, vous n'aurez que moi, ce soir, à tuer.

— Soyez indulgente, reprit madame du Gua. Je ne puis vous exprimer combien j'éprouve de plaisir à vous revoir. Vraiment, j'étais accablée par le souvenir de mes torts envers vous, et je cherchais une occasion qui me permît de les réparer.

— Quant à vos torts, madame, je vous pardonne facilement ceux que vous avez eus envers moi : mais j'ai sur le cœur la mort des bleus que vous avez assassinés. Je pourrais peut-être encore me plaindre de la raideur de votre correspondance... Eh bien, j'excuse tout, grâce au service que vous m'avez rendu.

Madame du Gua perdit contenance en se sentant presser la main par sa belle rivale, qui lui souriait avec une grâce insultante. Le marquis était resté immobile, mais en ce moment il saisit fortement le bras du comte.

— Vous m'avez indignement trompé, lui dit-il, et vous avez compromis jusqu'à mon honneur ; je ne suis pas un Géronte de comédie, et il me faut votre vie ou vous aurez la mienne.

— Marquis, répondit le comte avec hauteur, je suis prêt à vous donner toutes les explications que vous désirerez.

Et ils se dirigèrent vers la pièce voisine. Les personnes les moins initiées au secret de cette scène commençaient à en comprendre l'intérêt, en sorte que, quand les violons donnèrent le signal de la danse, personne ne bougea.

— Mademoiselle, quel service assez important ai-je donc eu l'honneur de vous rendre, pour mériter...? demanda madame du Gua en se pinçant les lèvres avec une sorte de rage.

— Madame, ne m'avez-vous pas éclairée sur le vrai caractère du marquis de Montauran? Avec quelle impassibilité cet homme affreux me laissait périr !... Je vous l'abandonne bien volontiers.

— Que venez-vous donc chercher ici? dit vivement madame du Gua.

— L'estime et la considération que vous m'aviez enlevées à la Vivetière, madame. Quant au reste, soyez bien tranquille. Si le marquis revenait à moi, vous devez savoir qu'un retour n'est jamais de l'amour.

Madame du Gua prit alors la main de mademoiselle de Verneuil avec cette affectueuse

LE COMTE OFFRIT LA MAIN A LA BELLE INCONNUE.

gentillesse de mouvement que les femmes déploient volontiers entre elles, surtout en présence des hommes.

— Eh bien, ma pauvre petite, je suis enchantée de vous voir si raisonnable. Si le service que je vous ai rendu a été d'abord bien rude, dit-elle en pressant la main qu'elle tenait, quoiqu'elle éprouvât l'envie de la déchirer lorsque ses doigts lui en révélèrent la moelleuse finesse, il sera du moins complet. Écoutez, je connais le caractère du Gars, dit-elle avec un sourire perfide ; eh bien, il vous aurait trompée, il ne veut et ne peut épouser personne.

— Ah !...

— Oui, mademoiselle ; il n'a accepté sa dangereuse mission que pour mériter la main de mademoiselle d'Uxelles, alliance pour laquelle Sa Majesté lui a promis tout son appui.

— Ah ! ah !...

Mademoiselle de Verneuil n'ajouta pas un mot à cette railleuse exclamation. Le jeune et beau chevalier du Vissard, impatient de se faire pardonner la plaisanterie qui avait donné le signal des injures à la Vivetière, s'avança vers elle en l'invitant respectueusement à danser, elle lui tendit la main et s'élança pour prendre place au quadrille où figurait madame du Gua. La mise de ces femmes, dont les toilettes rappelaient les modes de la cour exilée, qui toutes avaient de la poudre ou les cheveux crêpés, sembla ridicule aussitôt qu'on put la comparer au costume à la fois élégant, riche et sévère que la mode autorisait mademoiselle de Verneuil à porter, qui fut proscrit à haute voix, mais envié *in petto* par les femmes. Les hommes ne se lassaient pas d'admirer la beauté d'une chevelure naturelle et les détails d'un ajustement dont la grâce était toute dans celle des proportions qu'il révélait.

En ce moment le marquis et le comte rentrèrent dans la salle de bal et arrivèrent derrière mademoiselle de Verneuil, qui ne se retourna pas. Si une glace placée vis-à-vis d'elle ne lui eût pas appris la présence du marquis, elle l'eût devinée par la contenance de madame du Gua, qui cachait mal sous un air indifférent en apparence, l'impatience avec laquelle elle attendait la lutte qui, tôt ou tard, devait se déclarer entre les deux amants. Quoique le marquis s'entretînt avec le comte et deux autres personnes, il put néanmoins entendre les propos des cavaliers et des danseuses qui, selon les caprices de la contredanse, venaient occuper momentanément la place de mademoiselle de Verneuil et de ses voisins.

— Oh ! mon Dieu, oui, madame, elle est venue seule, disait l'un.

— Il faut être bien hardie, répondit la danseuse.

— Mais si j'étais habillée ainsi, je me croirais nue, dit une autre dame.

— Oh ! ce n'est pas un costume décent, répliqua le cavalier, mais elle est si belle, et il lui va si bien !

— Voyez, je suis honteuse pour elle de la perfection de sa danse. Ne trouvez-vous pas qu'elle a tout à fait l'air d'une fille d'Opéra? répliqua la dame jalouse.

— Croyez-vous qu'elle vienne ici pour traiter au nom du premier consul? demanda une troisième dame.

— Quelle plaisanterie ! répondit le cavalier.

— Elle n'apportera guère d'innocence en dot, dit en riant la danseuse.

Le Gars se retourna brusquement pour voir la femme qui se permettait cette épigramme, et alors madame du Gua le regarda d'un air qui disait évidemment : « Vous voyez ce qu'on en pense ! »

— Madame, dit en riant le comte à l'ennemie de Marie, il n'y a encore que les dames qui la lui ont ôtée...

Le marquis pardonna intérieurement au comte tous ses torts. Lorsqu'il se hasarda à jeter un regard sur sa maîtresse, dont les grâces étaient, comme celles de presque toutes les femmes, mises en relief par la lumière des bougies, elle lui tourna le dos en revenant à sa place, et s'entretint avec son cavalier en laissant parvenir à l'oreille du marquis les sons les plus caressants de sa voix.

— Le premier consul nous envoie des ambassadeurs bien dangereux ! lui disait son danseur.

— Monsieur, répliqua-t-elle, on a déjà dit cela à la Vivetière.

— Mais vous avez autant de mémoire que le roi ! repartit le gentilhomme, mécontent de sa maladresse.

— Pour pardonner les injures, il faut bien s'en souvenir, reprit-elle vivement en le tirant d'embarras par un sourire.

— Sommes-nous tous compris dans cette amnistie? lui demanda le marquis.

Mais elle s'élança pour danser avec une ivresse enfantine, en le laissant interdit et sans réponse : il la contempla avec une froide mélancolie, elle s'en aperçut, et alors elle pencha la tête par une de ces coquettes attitudes que lui permettait la gracieuse proportion de son cou, et n'oublia certes aucun des mouvements qui pouvaient attester la rare perfection de son corps. Marie attirait comme l'espoir, elle échappait comme un souvenir. La voir ainsi, c'était vouloir la posséder à tout prix. Elle le savait, et la conscience qu'elle eut alors de sa beauté répandit sur sa figure un charme inexprimable. Le marquis sentit s'élever dans son cœur un tourbillon d'amour, de rage et de folie ; il serra violemment la main du comte et s'éloigna.

— Eh bien, il est donc parti? demanda mademoiselle de Verneuil en revenant à sa place.

Le comte s'élança dans la salle voisine et fit à sa protégée un signe d'intelligence en lui ramenant le Gars.

« Il est à moi, se dit-elle en examinant dans la glace le marquis, dont la figure doucement agitée rayonnait d'espérance. »

Elle reçut le jeune chef en boudant et sans mot dire, mais elle le quitta en souriant ; elle le voyait si supérieur, qu'elle se sentit fière de pouvoir le tyranniser, et voulut lui faire acheter chèrement quelques douces paroles pour lui en apprendre tout le prix, suivant un instinct de femme auquel toutes obéissent plus ou moins. La contredanse finie, tous les gentilshommes de la Vivetière vinrent entourer Marie, et chacun d'eux sollicita le pardon de son erreur par des flatteries plus ou moins bien débitées; mais celui qu'elle aurait voulu voir à ses pieds n'approcha pas du groupe où elle régnait.

— Il se croit encore aimé, se dit-elle, il ne veut pas être confondu avec les indifférents.

Elle refusa de danser. Puis, comme si cette fête eût été donnée pour elle, elle alla de quadrille en quadrille, appuyée sur le bras du comte de Bauvan, auquel elle se plut à témoigner quelque familiarité. L'aventure de la Vivetière était alors connue de toute l'assemblée, dans ses moindres détails, grâce aux soins de madame du Gua, qui espérait, en affichant ainsi mademoiselle de Verneuil et le marquis, mettre un obstacle de plus à leur réunion ; aussi les deux amants brouillés étaient-ils devenus l'objet de l'attention générale. Montauran n'osait aborder sa maîtresse, car le sentiment de ses torts et la violence de ses désirs rallumés la lui rendaient presque terrible ; et, de son côté, la jeune fille en épiait la figure faussement calme, tout en paraissant contempler le bal.

— Il fait horriblement chaud ici, dit-elle à son cavalier. Je vois le front de monsieur de Montauran tout humide. Menez-moi de l'autre côté, que je puisse respirer... j'étouffe.

Et, d'un geste de tête, elle désigna au comte le salon voisin, où se trouvaient quelques joueurs. Le marquis y suivit sa maîtresse dont les paroles avaient été devinées au seul mouvement des lèvres. Il osa espérer qu'elle ne s'éloignait de la foule que pour le revoir, et cette faveur supposée rendit à sa passion une violence inconnue ; car son amour avait grandi de toutes les résistances qu'il croyait devoir lui opposer depuis quelques jours. Mademoiselle de Verneuil se plut à tourmenter le jeune chef, son regard, si doux, si velouté pour le comte, devenait sec et sombre quand par hasard il rencontrait les yeux du marquis. Montauran parut faire un effort pénible et dit d'une voix sourde :

— Ne me pardonnerez-vous donc pas?

— L'amour, lui répondit-elle avec froideur, ne pardonne rien, ou pardonne tout. Mais, ajouta-t-elle en lui voyant faire un mouvement de joie, il faut aimer...

Elle avait repris le bras du comte et s'était élancée dans une espèce de boudoir attenant à la salle de jeu. Le marquis y suivit Marie.

— Vous m'écouterez! s'écria-t-il.

— Vous feriez croire, monsieur, répondit-elle, que je suis venue ici pour vous et non par respect pour moi-même. Si vous ne cessez cette odieuse poursuite, je me retire.

— Eh bien, dit-il en se souvenant d'une des plus folles actions du dernier duc de Lorraine, laissez-moi vous parler seulement pendant le temps que je pourrai garder dans la main ce charbon.

Il se baissa vers le foyer, saisit un bout de tison et le serra violemment. Mademoiselle de Verneuil rougit, dégagea vivement son bras de celui du comte et regarda le marquis avec étonnement. Le comte s'éloigna doucement et laissa les deux amants seuls. Une si folle action avait ébranlé le cœur de Marie, car, en amour, il n'y a rien de plus persuasif qu'une courageuse bêtise.

— Vous me prouvez là, dit-elle en essayant de lui faire jeter le charbon, que vous me livreriez au plus cruel de tous les supplices. Vous êtes extrême en tout. Sur la foi d'un sot et les calomnies d'une femme, vous avez soupçonné celle qui venait de vous sauver la vie d'être capable de vous vendre !

— Oui, dit-il en souriant, j'ai été cruel envers vous ; mais oubliez-le toujours, je ne l'oublierai jamais. Écoutez-moi... J'ai été indignement trompé, mais tant de circonstances dans cette fatale journée se sont trouvées contre vous...

— Et ces circonstances suffisaient pour éteindre votre amour?

Il hésitait à répondre, elle fit un geste de dédain et se leva.

— Oh ! Marie, maintenant, je ne veux plus croire que vous...

— Mais jetez donc ce feu ! Vous êtes fou. Ouvrez votre main, je le veux.

Il se plut à opposer une molle résistance aux doux efforts de sa maîtresse, pour prolonger le plaisir aigu qu'il éprouvait à être fortement pressé par ses doigts mignons et caressants ; mais elle réussit enfin à ouvrir cette main qu'elle aurait voulu pouvoir baiser. Le sang avait éteint le charbon.

— Eh bien, à quoi cela vous a-t-il servi?... dit-elle.

Elle fit de la charpie avec son mouchoir et en garnit une plaie peu profonde, que le marquis couvrit bientôt de son gant. Madame du Gua arriva sur la pointe du pied dans le salon de jeu, et jeta de furtifs regards sur les deux amants, aux yeux desquels elle échappa avec adresse en se penchant en arrière à leurs moindres mouvements ; mais il lui était certes difficile de s'expliquer leurs propos par ce qu'elle leur voyait faire.

— Si tout ce qu'on vous a dit de moi était vrai, avouez qu'en ce moment je serais bien vengée ! dit Marie avec une expression de malignité qui fit pâlir le marquis.

— Et par quel sentiment avez-vous donc été amenée ici?

— Mais, mon cher enfant, vous êtes un bien grand fat. Vous croyez donc pouvoir impunément mépriser une femme comme moi? Je venais et pour vous et pour moi, reprit-elle après une pause, en mettant la main sur la touffe de rubis qui se trouvait au milieu de sa poitrine, et lui montrant la lame de son poignard.

« Qu'est-ce que tout cela signifie? » pensait madame du Gua.

— Mais, continua Marie, vous m'aimez encore... Vous me désirez toujours, du moins ; et la sottise que vous venez de faire, ajouta-t-elle en lui prenant la main, m'en a donné la preuve. Je suis redevenue ce que je voulais être, et je pars heureuse. Qui nous aime est toujours absous. Quant à moi, je suis aimée, j'ai reconquis l'estime de l'homme qui représente à mes yeux le monde entier : je puis mourir.

— Vous m'aimez donc encore? dit le marquis.

— Ai-je dit cela? répondit-elle d'un air moqueur, en suivant avec joie les progrès de l'affreuse torture que, dès son arrivée, elle avait commencé à faire subir au marquis. N'ai-je pas dû faire des sacrifices pour venir ici ! J'ai sauvé monsieur de Bauvan de la mort, et, plus reconnaissant, il m'a offert, en échange de ma protection, sa fortune et son nom. Vous n'avez jamais eu cette pensée.

Le marquis, étourdi par ces derniers mots, réprima la plus violente colère à laquelle il eût encore été en proie, en se croyant joué par le comte, et il ne répondit pas.

— Ah ! vous réfléchissez? reprit-elle avec un sourire amer.

— Mademoiselle, répondit le jeune homme, votre doute justifie le mien.

— Monsieur, sortons d'ici ! s'écria mademoiselle de Verneuil en apercevant un coin de la robe de madame du Gua.

Elle se leva. Mais le désir de désespérer sa rivale la fit hésiter à s'en aller.

— Voulez-vous donc me plonger dans l'enfer? demanda le marquis en lui prenant la main et la pressant avec la force.

— Ne m'y avez-vous pas jetée depuis cinq jours? En ce moment même, ne me laissez-vous pas dans la plus cruelle incertitude sur la sincérité de votre amour?

— Mais sais-je si vous ne poussez pas votre vengeance jusqu'à vous emparer de toute ma vie, pour la ternir, au lieu de vouloir ma mort !...

— Ah ! vous ne m'aimez pas : vous pensez à vous, et non à moi ! dit-elle avec rage en versant quelques larmes.

La coquette connaissait bien la puissance de ses yeux quand ils étaient noyés de pleurs.

— Eh bien, dit-il hors de lui, prends ma vie, mais sèche tes larmes !

— O mon amour, s'écria-t-elle d'une voix étouffée, voici les paroles, l'accent et le regard que j'attendais, pour préférer ton bonheur au mien ! Mais, monsieur, reprit-elle, je vous demande une dernière preuve de votre affection, que vous dites si grande. Je ne veux rester ici que le temps nécessaire pour y bien faire savoir que vous êtes à moi. Je ne prendrais pas même un verre d'eau dans la maison où demeure une femme qui, deux fois, a tenté de me tuer, qui complote peut-être encore quelque trahison contre nous, et qui, dans ce moment, nous écoute, ajouta-t-elle en montrant du doigt au marquis les plis flottants de la robe de madame du Gua.

Puis elle essuya ses larmes, se pencha jusqu'à l'oreille du jeune chef, qui tressaillit en se sentant caresser par la douce moiteur de son haleine.

— Préparez tout pour notre départ, dit-elle ; vous me reconduirez à Fougères, et, là seulement, vous saurez bien si je vous aime ! Pour la seconde fois, je me fie à vous. Vous fierez-vous une seconde fois à moi?

— Ah ! Marie, vous m'avez amené au point de ne plus savoir ce que je fais ! Je suis enivré par vos paroles, par vos regards, par vous, enfin, et suis prêt à vous satisfaire.

— Eh bien, rendez-moi pendant un moment bien heureuse ! Faites-moi jouir du seul triomphe que j'aie désiré. Je veux respirer en plein air, dans la vie que j'ai rêvée, et me repaître de mes illusions avant qu'elles se dissipent. Allons, venez, et dansez avec moi.

Ils revinrent ensemble dans la salle de bal, et, quoique mademoiselle de Verneuil fût aussi complètement flattée dans son cœur et dans sa vanité que puisse l'être une femme, l'impénétrable douceur de ses yeux, le fin sourire de ses lèvres, la rapidité des mouvements d'une danse animée, gardèrent le secret de ses pensées, comme la mer garde celui du criminel qui lui confie un pesant cadavre. Néanmoins, l'assemblée laissa échapper un murmure d'admiration quand elle se roula dans les bras de son amant pour valser, et que, tous deux voluptueusement entrelacés, les yeux mourants, la tête lourde, ils tournoyèrent en se serrant l'un l'autre avec une sorte de frénésie, et révélant ainsi tous les plaisirs qu'ils espéraient d'une plus intime union.

— Comte, dit madame du Gua à monsieur de Bauvan, allez savoir si Pille-Miche est au camp ; amenez-le-moi ; et soyez certain d'obtenir de moi, pour ce léger service, tout ce que vous voudrez, même ma main. Ma vengeance me coûtera cher, dit-elle en le voyant s'éloigner ; mais, pour cette fois, je ne la manquerai pas.

Quelques moments après cette scène, mademoiselle de Verneuil et le marquis étaient au fond d'une berline attelée de quatre chevaux vigoureux. Surprise de voir ces deux prétendus ennemis les mains entrelacées et de les trouver en si bon accord, Francine restait muette, sans oser se demander si, chez sa maîtresse, c'était de la perfidie ou de l'amour. Grâce au silence et à l'obscurité de la nuit, le marquis ne put remarquer l'agitation de mademoiselle de Verneuil à mesure qu'elle approchait de Fougères. Les faibles teintes du crépuscule permirent d'apercevoir, dans le lointain, le clocher de Saint-Léonard. En ce moment, Marie se dit :

— Je vais mourir !

A la première montagne, les deux amants agenouillée sur des charbons ardents, sans les plus sentir que le marquis n'avait senti le tison dont il s'était saisi pour attester la violence de sa passion. Ce fut après avoir contemplé son amant par un regard empreint de la plus profonde douleur qu'elle lui dit ces affreuses paroles :

— Tout ce que vous avez soupçonné de moi est vrai !

Le marquis laissa échapper un geste.

— Ah ! par grâce, dit-elle en joignant les mains, écoutez-moi sans m'interrompre. Je suis réellement, reprit-elle d'une voix émue, la fille du duc de Verneuil, mais sa fille naturelle. Ma mère, une demoiselle de Casteran, qui s'est faite religieuse pour échapper aux

JE SUIS RÉELLEMENT LA FILLE DU DUC DE VERNEUIL.

eurent la même pensée : ils descendirent de voiture, et gravirent à pied la colline, comme en souvenir de leur première rencontre. Lorsque Marie eut pris le bras du marquis et fait quelques pas, elle remercia le jeune homme, par un sourire, de ce qu'il avait respecté son silence ; puis, en arrivant sur le sommet du plateau, d'où l'on découvrait Fougères, elle sortit tout à fait de sa rêverie.

— N'allez pas plus avant, dit-elle ; mon pouvoir ne vous sauverait plus des bleus aujourd'hui.

Montauran lui marqua quelque surprise ; elle sourit tristement, lui montra du doigt un quartier de roche, comme pour lui ordonner de s'asseoir, et resta debout, dans une attitude de mélancolie. Les déchirantes émotions de son âme ne lui permettaient plus de déployer ces artifices qu'elle avait prodigués. En ce moment, elle se serait tortures qu'on lui préparait dans sa famille, expia sa faute par quinze années de larmes, et mourut à Séez. A son lit de mort seulement, cette chère abbesse implora pour moi l'homme qui l'avait abandonnée ; car elle me savait sans amis, sans fortune, sans avenir... Cet homme, toujours présent sous le toit de la mère de Francine, aux soins de qui je fus remise, avait oublié son enfant. Néanmoins, le duc m'accueillit avec plaisir et me reconnut, parce que j'étais belle et que, peut-être, il se revoyait jeune en moi. C'était un de ces seigneurs qui, sous le règne précédent, mirent leur gloire à montrer comment on pouvait se faire pardonner un crime en le commettant avec grâce. Je n'ajouterai rien ; il fut mon père ! Cependant, laissez-moi vous expliquer comment mon séjour à Paris a dû me gâter l'âme. La société du duc de Verneuil et celle où il m'introduisit étaient engouées de cette philosophie moqueuse dont s'enthousiasmait la France, parce qu'on l'y professait partout avec esprit. Les brillantes conversations qui flattèrent mon oreille se recommandaient par la finesse des aperçus, ou par un mépris spirituellement formulé pour ce qui était religieux et vrai. Les hommes, en se moquant des sentiments, les peignaient d'autant mieux qu'ils ne les éprouvaient pas ; et ils séduisaient autant par leurs expressions épigrammatiques que par la bonhomie avec laquelle ils savaient mettre toute une aventure dans un mot ; mais souvent ils péchaient par trop d'esprit, et fatiguaient les femmes en faisant de l'amour un art plutôt qu'une affaire de cœur. J'ai faiblement résisté à ce torrent. Cependant, mon âme, pardonnez-moi cet orgueil, était assez passionnée pour sentir que l'esprit avait desséché tous les cœurs ; mais la vie que j'ai menée alors a eu pour résultat d'établir une lutte perpétuelle entre mes sentiments naturels et les habitudes vicieuses que j'y ai contractées. Quelques gens supérieurs s'étaient plu à développer en moi cette liberté de pensée, ce mépris de l'opinion publique, qui ravissent à la femme une certaine modestie d'âme sans laquelle elle perd de son charme. Hélas ! le malheur n'a pas eu le pouvoir de détruire les défauts que me donna l'opulence. Mon père, poursuivit-elle après avoir laissé échapper un soupir, le duc de Verneuil, mourut après m'avoir reconnue et avantagée par un testament qui diminuait considérablement la fortune de mon frère, son fils légitime. Je me trouvai un matin sans asile ni protecteur. Mon frère attaquait le testament qui me faisait riche. Trois années passées auprès d'une famille opulente avaient développé ma vanité. En satisfaisant à toutes mes fantaisies, mon père m'avait créé des besoins de luxe, des habitudes desquelles mon âme, encore jeune et naïve, ne s'expliquait ni les dangers ni la tyrannie. Un ami de mon père, le maréchal duc de Lenoncourt, âgé de soixante-dix ans, s'offrit à me servir de tuteur. J'acceptai ; je me retrouvai, quelques jours après le commencement de cet odieux procès, dans une maison brillante où je jouissais de tous les avantages que la cruauté d'un frère me refusait sur le cercueil de notre père. Tous les soirs, le vieux maréchal venait passer auprès de moi quelques heures, pendant lesquelles ce vieillard ne me faisait entendre que des paroles douces et consolantes. Ses cheveux blancs et toutes les preuves touchantes qu'il me donnait d'une tendresse paternelle m'engageaient à reporter sur son cœur les sentiments du mien, et je me plus à me croire sa fille. J'acceptais les parures qu'il m'offrait, et je ne lui cachais aucun de mes caprices en le voyant si heureux de les satisfaire. Un soir, j'appris que tout Paris me croyait la maîtresse de ce pauvre vieillard. On me prouva qu'il était hors de mon pouvoir de reconquérir une innocence de laquelle chacun me dépouillait gratuitement. L'homme qui avait abusé de mon inexpérience ne pouvait pas être un amant et ne voulait pas être mon mari. Dans la semaine où je fis cette horrible découverte, la veille du jour fixé pour mon union avec celui de qui je sus exiger le nom, seule réparation qu'il me pût offrir, il partit pour Coblentz. Je fus honteusement chassée de la petite maison où le maréchal m'avait mise, et qui ne lui appartenait pas. Jusqu'à présent, je vous ai dit la vérité comme si j'étais devant Dieu ; mais, maintenant, ne demandez pas à une infortunée le compte des souffrances ensevelies dans sa mémoire. Un jour, monsieur, je me trouvai mariée à Danton. Quelques jours plus tard, l'ouragan renversait le chêne immense autour duquel j'avais tourné mes bras. En me revoyant plongée dans la plus profonde misère, je résolus cette fois de mourir. Je ne sais si l'amour de la vie, si l'espoir de fatiguer le malheur et de trouver, au fond de cet abîme sans fin, un bonheur qui me fuyait, furent à mon insu mes conseillers, ou si je fus séduite par les raisonnements d'un jeune homme de Vendôme qui, depuis deux ans, s'est attaché à moi comme un serpent à un arbre, en croyant sans doute qu'un extrême malheur peut me donner à lui ; enfin, j'ignore comment j'ai accepté l'odieuse mission d'aller, pour trois cent mille francs, me faire aimer d'un inconnu que je devais livrer. Je vous ai vu, monsieur, et vous ai reconnu tout d'abord par un de ces pressentiments qui ne nous trompent jamais ; cependant, je me plaisais à douter, car plus je vous aimais, plus la certitude m'était affreuse. En vous sauvant des mains du commandant Hulot, j'abjurai donc mon rôle, et résolus de tromper les bourreaux au lieu de tromper leur victime. J'ai eu tort de me jouer ainsi des hommes, de leur vie, de leur politique et de moi-même avec l'insouciance d'une fille qui ne voit que des sentiments dans le monde. Je me suis crue aimée, et me suis laissée aller à l'espoir de recommencer ma vie ; mais tout, et jusqu'à moi-même peut-être, a trahi mes désordres passés, car vous avez dû vous défier d'une femme aussi passionnée que je le suis. Hélas ! qui n'excuserait pas et mon amour et ma dissimulation? Oui, monsieur, il me sembla que j'avais fait un pénible sommeil, et qu'en me réveillant je me retrouvais à seize ans. N'étais-je pas dans Alençon, où mon enfance me livrait ses chastes et purs souvenirs? J'ai eu la folle simplicité de croire que l'amour me donnerait un baptême d'innocence. Pendant un moment, j'ai pensé que j'étais vierge encore, puisque je n'avais pas encore aimé. Mais, hier au soir, votre passion m'a paru vraie, et une voix m'a criée : « Pourquoi le tromper? » Sachez-le donc, monsieur le marquis, reprit-elle d'une voix gutturale qui sollicitait une réprobation avec fierté, sachez-le bien, je ne suis qu'une créature déshonorée, indigne de vous. Dès ce moment, je reprends mon rôle de fille perdue, fatiguée que je suis de jouer celui d'une femme que vous aviez rendue à toutes les saintetés du cœur. La vertu me pèse. Je vous mépriserais, si vous aviez la faiblesse de m'épouser. C'est une sottise que peut faire un comte de Bauvan ; mais vous, monsieur, soyez digne de votre avenir, et quittez-moi sans regret. La courtisane, voyez-vous, serait trop exigeante ; elle vous aimerait tout autrement que la jeune enfant simple et naïve qui s'est senti au cœur, pendant un moment, la délicieuse espérance de pouvoir être votre compagne, de vous rendre toujours heureux, de vous faire honneur, de devenir une noble, une grande épouse, et qui a puisé dans ce sentiment le courage de ranimer sa mauvaise nature de vice et d'infamie, afin de mettre entre elle et vous une éternelle barrière. Je vous sacrifie honneur et fortune. L'orgueil que me donne ce sacrifice me soutiendra dans ma misère, et le destin peut disposer de mon sort à son gré. Je ne vous livrerai jamais. Je retourne à Paris. Là, votre nom sera pour moi tout un autre moi-même, et la magnifique valeur que vous saurez lui imprimer me consolera de tous mes chagrins. Quant à vous, vous êtes homme, vous m'oublierez... Adieu.

Elle s'élança dans la direction des vallées de Saint-Sulpice, et disparut avant que le marquis se fût levé pour la retenir ; mais elle revint sur ses pas, profita des cavités d'une roche pour se cacher, leva la tête, examina le marquis avec une curiosité mêlée de doute, et le vit marchant sans savoir où il allait, comme un homme accablé.

« Serait-ce donc une tête faible?... se dit-elle lorsqu'il eut disparu et qu'elle se sentit séparée de lui. Me comprendra-t-il? »

Elle tressaillit. Puis tout à coup elle se dirigea seule vers Fougères à grands pas, comme si elle eût craint d'être suivie par le marquis dans cette ville où il aurait trouvé la mort.

— Eh bien, Francine, que t'a-t-il dit?... demanda-t-elle à sa fidèle Bretonne lorsqu'elles furent réunies.

— Hélas! Marie, il m'a fait pitié. Vous autres grandes dames, vous poignardez un homme à coups de langue

— Comment donc était-il en l'abordant?

— Est-ce qu'il m'a vue?... O Marie, il t'aime!

— Oh! il m'aime ou il ne m'aime pas! répondit-elle, deux mots qui pour moi sont le paradis ou l'enfer. Entre ces deux extrêmes, je ne trouve pas une place où je puisse poser mon pied.

Après avoir ainsi accompli son terrible destin, Marie put s'abandonner à toute sa douleur, et sa figure, jusque-là soutenue par tant de sentiments divers, s'altéra si rapidement, qu'après une journée pendant laquelle elle flotta sans cesse entre un pressentiment de bonheur et le désespoir, elle perdit l'éclat de sa beauté et cette fraîcheur dont le principe est dans l'absence de toute passion ou dans l'ivresse de la félicité. Curieux de connaître le résultat de sa folle entreprise, Hulot et Corentin étaient venus voir Marie peu de temps après son arrivée : elle les reçut d'un air riant.

VOUS M'OUBLIEREZ... ADIEU.

— Eh bien, dit-elle au commandant, dont la figure soucieuse avait une expression très interrogative, le renard revient à portée de vos fusils, et vous allez bientôt remporter une bien glorieuse victoire.

— Qu'est-il donc arrivé? demanda négligemment Corentin en jetant à mademoiselle de Verneuil un de ces regards obliques par lesquels ces espèces de diplomates espionnent la pensée.

— Ah! répondit-elle, le Gars est plus que jamais épris de ma personne, et je l'ai contraint à nous accompagner jusqu'aux portes de Fougères.

— Il paraît que votre pouvoir a cessé là, reprit Corentin, et que la peur du ci-devant surpasse encore l'amour que vous lui inspirez.

Mademoiselle de Verneuil jeta un regard de mépris sur Corentin.

— Vous le jugez d'après vous-même, lui répondit-elle.

— Eh bien, dit-il sans s'émouvoir, pourquoi ne l'avez-vous pas amené jusque chez vous?

— S'il m'aimait véritablement, commandant, dit-elle à Hulot en lui lançant un coup d'œil plein de malice, m'en voudriez-vous beaucoup de le sauver en l'emmenant hors de France?

Le vieux soldat s'avança vivement vers elle et lui prit la main pour la baiser, avec une sorte d'enthousiasme ; puis il la regarda fixement et lui dit d'un air sombre :

— Vous oubliez mes deux amis et mes soixante-trois hommes !

— Ah ! commandant, dit-elle avec toute la naïveté de la passion, il n'en est pas comptable, il a été joué par une mauvaise femme, la maîtresse de Charette, qui boirait, je crois, le sang des bleus...

— Allons, Marie, reprit Corentin, ne vous moquez pas du commandant, il n'est pas encore au fait de vos plaisanteries.

— Taisez-vous, lui répondit-elle, et sachez que le jour où vous m'aurez un peu trop déplu n'aura pas de lendemain pour vous.

— Je vois, mademoiselle, dit Hulot sans amertume, que je dois m'apprêter à combattre.

— Vous n'êtes pas en mesure, cher colonel. Je leur ai vu plus de six mille hommes à Saint-James, des troupes régulières, de l'artillerie et des officiers anglais. Mais que deviendraient ces gens-là sans lui? Je pense comme Fouché, sa tête est tout.

— Eh bien, l'aurons-nous? demanda Corentin impatienté.

— Je ne sais pas, répondit-elle avec insouciance.

— Des Anglais ! cria Hulot en colère, il ne lui manquait plus que ça pour être un brigand fini ! Ah ! je vais t'en donner, moi, des Anglais !... Il paraît, citoyen diplomate, que tu te laisses périodiquement mettre en déroute par cette fille-là, dit Hulot à Corentin quand ils se trouvèrent à quelques pas de la maison.

— Il est tout naturel, citoyen commandant, répliqua Corentin d'un air pensif, que dans tout ce qu'elle nous a dit, tu n'aies vu que du feu. Vous autres troupiers, vous ne savez pas qu'il existe plusieurs manières de guerroyer. Employer habilement les passions des hommes ou des femmes comme des ressorts que l'on fait mouvoir au profit de l'État, mettre les rouages à leur place dans cette grande machine que nous appelons un gouvernement, et se plaire à y renfermer les plus indomptables sentiments comme des détentes que l'on s'amuse à surveiller, n'est-ce pas créer, et, comme Dieu, se placer au centre de l'univers?...

— Tu me permettras de préférer mon métier au tien, répliqua sèchement le militaire. Ainsi, vous ferez tout ce que vous voudrez avec vos rouages ; mais je ne connais d'autre supérieur que le ministre de la guerre ; j'ai mes ordres, je vais me mettre en campagne avec des lapins qui ne boudent pas et prendre en face l'ennemi que tu veux saisir par derrière.

— Oh ! tu peux te préparer à marcher, reprit Corentin. D'après ce que cette fille m'a laissé deviner, quelque impénétrable qu'elle te semble, tu vas avoir à escarmoucher, et je te procurerai avant peu le plaisir d'un tête-à-tête avec le chef de ces brigands.

— Comment ça? demanda Hulot en reculant pour mieux regarder cet étrange personnage.

— Mademoiselle de Verneuil aime le Gars, répondit Corentin d'une voix sourde, et peut-être en est-elle aimée ! Un marquis, cordon rouge, jeune et spirituel, qui sait même s'il n'est pas riche encore, combien de tentations ! Elle serait bien sotte de ne pas agir pour son compte, en tâchant de l'épouser plutôt que de nous le livrer ! Elle cherche à nous amuser. Mais j'ai lu dans les yeux de cette fille quelque incertitude. Les deux amants auront vraisemblablement un rendez-vous, et peut-être est-il déjà donné. Eh bien, demain, je tiendrai mon homme par les deux oreilles. Jusqu'à présent, il n'était que l'ennemi de la République, mais il est devenu le mien depuis quelques instants; or, ceux qui se sont avisés de se mettre entre cette fille et moi sont tous morts sur l'échafaud.

En achevant ces paroles, Corentin retomba dans des réflexions qui ne lui permirent pas de voir le profond dégoût qui se peignit sur le visage du loyal militaire au moment où il découvrit la profondeur de cette intrigue et le mécanisme des ressorts employés par Fouché. Aussi, Hulot résolut-il de contrarier Corentin en tout ce qui ne nuirait pas essentiellement aux succès et aux vœux du gouvernement, et de laisser à l'ennemi de la République les moyens de périr avec honneur les armes à la main, avant d'être la proie du bourreau de qui ce sbire de la haute police s'avouait être le pourvoyeur.

— Si le premier consul m'écoutait, dit-il en tournant le dos à Corentin, il laisserait ces renards-là combattre les aristocrates, ils sont dignes les uns des autres, et il emploierait les soldats à tout autre chose.

Corentin regarda froidement le militaire, dont la pensée avait éclairé le visage, et alors ses yeux reprirent une expression sardonique qui révéla la supériorité de ce Machiavel subalterne.

« Donnez trois aunes de drap bleu à ces animaux-là, et mettez-leur un morceau de fer au côté, se dit-il, ils s'imaginent qu'en politique on ne doit tuer les hommes que d'une façon... »

Puis il se promena lentement pendant quelques minutes, et se dit tout à coup :

« Oui, le moment est venu, cette femme sera donc à moi ! Depuis cinq ans, le cercle que je trace autour d'elle s'est insensiblement rétréci, je la tiens, et avec elle j'arriverai dans le gouvernement aussi haut que Fouché... Oui, si elle perd le seul homme qu'elle ait aimé, la douleur me la livrera corps et âme. Il ne s'agit plus que de veiller nuit et jour pour surprendre son secret. »

Un moment après, un observateur aurait distingué la figure pâle de cet homme à travers la fenêtre d'une maison d'où il pouvait apercevoir tout ce qui entrait dans l'impasse formée par la rangée de maisons parallèle à Saint-Léonard. Avec la patience du chat qui guette la souris, Corentin était encore, le lendemain matin, attentif au moindre bruit et occupé à soumettre chaque passant au plus sévère examen. La journée qui commençait était un jour de marché. Quoique, dans ce temps calamiteux, les paysans se hasardassent difficilement à venir en ville, Corentin vit un homme à figure ténébreuse, couvert d'une peau de bique, et qui portait à son bras un petit panier rond de forme écrasée, se dirigeant vers la maison de mademoiselle de Verneuil, après avoir jeté autour de lui des regards assez insouciants. Corentin descendit dans l'intention d'attendre le paysan à sa sortie ; mais, tout à coup, il sentit que, s'il pouvait arriver à l'improviste chez mademoiselle de Verneuil, il surprendrait peut-être d'un seul regard les secrets cachés dans le panier de cet émissaire. D'ailleurs, la renommée lui avait appris qu'il était presque impossible de lutter avec succès contre les impénétrables réponses des Bretons et des Normands.

— Galope-Chopine ! s'écria mademoiselle de Verneuil lorsque Francine introduisit le chouan. « Serais-je donc aimée ? » se dit-elle à voix basse.

Un espoir instinctif répandit les plus brillantes couleurs sur son teint et la joie dans son cœur. Galope-Chopine regarda alternativement la maîtresse du logis et Francine, en jetant sur cette dernière des yeux pleins de méfiance ; mais un signe de mademoiselle de Verneuil le rassura.

— Madame, dit-il, approchant deux heures *il* sera chez moi et vous y attendra.

L'émotion ne permit pas à mademoiselle de Verneuil de faire d'autre réponse qu'une inclination de tête, mais un Samoyède en eût compris toute la portée. En ce moment, les pas de Corentin retentirent dans le salon. Galope-Chopine ne se troubla pas le moins du monde lorsque le regard autant que le tressaillement de mademoiselle de Verneuil lui indiqua un danger, et, dès que l'espion montra sa face rusée, le chouan éleva la voix de manière à fendre la tête.

— Ah ! ah ! disait-il à Francine, il y a

ALLONS, TAIS-TOI, BONHOMME.

beurre de Bretagne et beurre de Bretagne. Vous voulez du gibarry et vous ne donnez que onze sous de la livre ? Il ne fallait pas m'envoyer querir ! C'est de bon beurre, ça, dit-il en découvrant son panier pour montrer deux petites mottes de beurre façonnées par Barbette. Faut être juste, ma bonne dame, allons, mettez un sou de plus.

Sa voix caverneuse ne trahit aucune émotion, et ses yeux verts, ombragés de gros sourcils grisonnants, soutinrent sans faiblir le regard perçant de Corentin.

— Allons, tais-toi, bonhomme, tu n'es pas venu ici vendre du beurre, car tu as affaire à une femme qui n'a jamais rien marchandé de sa vie. Le métier que tu fais, mon vieux, te rendra quelque jour plus court de la tête.

Et Corentin, le frappant amicalement sur l'épaule, ajouta :

— On ne peut pas être longtemps à la fois l'homme des chouans et l'homme des bleus.

Galope-Chopine eut besoin de toute sa présence d'esprit pour dévorer sa rage et ne pas repousser cette accusation, que son avarice rendait juste. Il se contenta de répondre :

— Monsieur veut se gausser de moi...

Corentin avait tourné le dos au chouan ; mais, tout en saluant mademoiselle de Verneuil, dont le cœur se serra, il pouvait facilement l'examiner dans la glace. Galope-Chopine, qui ne se crut plus vu par l'espion, consulta par un regard Francine, et Francine lui indiqua la porte en disant :

— Venez avec moi, mon bonhomme, nous nous arrangerons toujours bien.

Rien n'avait échappé à Corentin, ni la contraction que le sourire de mademoiselle de Verneuil déguisait mal, ni sa rougeur et le changement de ses traits, ni l'inquiétude du chouan, ni le geste de Francine, il avait tout aperçu. Convaincu que Galope-Chopine était un émissaire du marquis, il l'arrêta par les longs poils de sa peau de chèvre au moment où il sortait, le ramena devant lui et le regarda fixement en lui disant :

— Où demeures-tu, mon cher ami? J'ai besoin de beurre...

— Mon bon monsieur, répondit le chouan, tout Fougères sait où je demeure, je suis quasiment de...

— Corentin ! s'écria mademoiselle de Verneuil en interrompant la réponse de Galope-Chopine, vous êtes bien hardi de venir chez moi à cette heure, et de me surprendre ainsi ! A peine suis-je habillée... Laissez ce paysan tranquille, il ne comprend pas plus vos ruses que je n'en conçois les motifs. Allez, brave homme !

Galope-Chopine hésita un instant à partir. L'indécision naturelle ou jouée d'un pauvre diable qui ne savait à qui obéir trompait déjà Corentin, lorsque le chouan, sur un geste impératif de la jeune fille, s'éloigna à pas pesants. En ce moment, mademoiselle de Verneuil et Corentin se contemplèrent en silence. Cette fois, les yeux limpides de Marie ne purent soutenir l'éclat du feu sec que distillait le regard de cet homme. L'air résolu avec lequel l'espion pénétra dans la chambre, une expression de visage que Marie ne lui connaissait pas, le son mat de sa voix grêle, sa démarche, tout l'effraya ; elle comprit qu'une lutte secrète commençait entre eux, et qu'il déployait contre elle tous les pouvoirs de sa sinistre influence ; mais, si elle eut en ce moment une vue distincte et complète de l'abîme au fond duquel elle se précipitait, elle puisa des forces dans son amour pour secouer le froid glacial de ses pressentiments.

— Corentin, reprit-elle avec une sorte de gaieté, j'espère que vous allez me laisser faire ma toilette.

— Marie... dit-il, oui, permettez-moi de vous nommer ainsi... vous ne me connaissez pas encore ! Écoutez un homme moins perspicace que je ne le suis aurait déjà découvert votre amour pour le marquis de Montauran. Je vous ai à plusieurs reprises offert et mon cœur et ma main. Vous ne m'avez pas jugé digne de vous, et peut-être avez-vous raison ; mais, si vous vous trouvez trop haut placée, trop belle ou trop grande pour moi, je saurai bien vous faire descendre jusqu'à moi. Mon ambition et mes maximes vous ont donné peu d'estime pour moi ; et, franchement, vous avez tort. Les hommes ne valent pas ce que je les estime, presque rien. J'arriverai certes à une haute position dont les honneurs vous flatteront. Qui pourra mieux vous aimer qui vous laissera plus souverainement maîtresse de lui, si ce n'est l'homme par qui vous êtes aimée depuis cinq ans? Quoique je risque de vous voir prendre de moi une idée qui me sera défavorable, car vous ne concevez pas qu'on puisse renoncer par excès d'amour à la personne qu'on idolâtre je vais vous donner la mesure du désintéressement avec lequel je vous adore. N'agitez pas ainsi votre jolie tête. Si le marquis vous aime, épousez-le ; mais, auparavant, assurez-vous bien de sa sincérité. Je serais au désespoir de vous savoir trompée, car je préfère votre bonheur au mien. Ma résolution peut vous étonner, mais ne l'attribuez qu'à la prudence d'un homme qui n'est pas assez niais pour vouloir posséder une femme malgré elle. Aussi est-ce moi, et non vous, que j'accuse de l'inutilité de mes efforts. J'ai espéré vous conquérir à force de soumission et de dévouement, car, depuis longtemps, vous le savez, je cherche à vous rendre heureuse suivant mes principes ; mais vous n'avez voulu me récompenser de rien.

— Je vous ai souffert près de moi, dit-elle avec hauteur.

— Ajoutez que vous vous en repentez.

— Après l'infâme entreprise dans laquelle vous m'avez engagée, dois-je encore vous remercier?...

— En vous proposant une entreprise qui n'était pas exempte de blâme pour des esprits timorés, reprit-il audacieusement, je n'avais que votre fortune en vue. Pour moi, que je réussisse ou que j'échoue, je saurai faire servir maintenant toute espèce de résultat au succès de mes desseins. Si vous épousiez Montauran, je serais charmé de servir utilement la cause des Bourbons, à Paris, où je suis membre du club de Clichy. Or, une circonstance qui me mettrait en correspondance avec les princes me déciderait à abandonner les intérêts d'une République qui marche à sa décadence. Le général Bonaparte est trop habile pour ne pas sentir qu'il lui est impossible d'être à la fois en Allemagne, en Italie, et ici où la Révolution succombe. Il n'a fait sans doute le 18 brumaire que pour obtenir des Bourbons de plus forts avantages en traitant de la France avec eux, car c'est un garçon très spirituel et qui ne manque pas de portée ; mais les hommes politiques doivent le devancer dans la voie où il s'engage. Trahir la France est encore un de ces scrupules que nous autres, gens supérieurs, laissons aux sots. Je ne vous cache pas que lui indiqueront ceux du marquis, si vous en êtes aimée?...

Mademoiselle de Verneuil n'avait jamais entendu de voix si doucement affectueuse, Corentin était tout bonne foi, et paraissait plein de confiance. Le cœur de la pauvre fille recevait si facilement des impressions généreuses, qu'elle allait livrer son secret au serpent qui l'enveloppait dans ses replis ; cependant, elle pensa que rien ne prouvait la sincérité de cet artificieux langage, elle ne se fit donc aucun scrupule de tromper son surveillant.

— Eh bien, répondit-elle, vous avez deviné, Corentin. Oui, j'aime le marquis ; mais je n'en suis pas aimée ! du moins, je le crains ;

SI LE MARQUIS VOUS AIME, ÉPOUSEZ-LE.

j'ai les pouvoirs nécessaires pour entamer des négociations avec les chefs des chouans, aussi bien que pour les faire périr; car Fouché, mon protecteur, est un homme assez profond, il a toujours joué un double jeu; pendant la Terreur, il était à la fois pour Robespierre et pour Danton...

— Que vous avez lâchement abandonné ! dit-elle.

— Niaiserie, répondit Corentin ; il est mort, oubliez-le. Allons, parlez-moi à cœur ouvert, je vous en donne l'exemple. Ce chef de demi-brigade est plus rusé qu'il ne le paraît, et, si vous voulez tromper sa surveillance, je ne vous serais pas inutile. Songez qu'il a infesté les vallées de contre-chouans et surprendrait bien promptement vos rendez-vous! En restant ici, sous ses yeux, vous êtes à la merci de sa police. Voyez avec quelle rapidité il a su que ce chouan était chez vous! Sa sagacité militaire ne doit-elle pas lui faire comprendre que vos moindres mouvements aussi, le rendez-vous qu'il me donne me semble-t-il cacher quelque piège.

— Mais, répliqua Corentin, vous nous avez dit hier qu'il vous avait accompagnée jusqu'à Fougères... S'il eût voulu exercer des violences contre vous, vous ne seriez pas ici.

— Vous avez le cœur sec, Corentin. Vous pouvez établir de savantes combinaisons sur les événements de la vie humaine, et non sur ceux d'une passion. Voilà peut-être d'où vient la constante répugnance que vous m'inspirez. Puisque vous êtes si clairvoyant, cherchez à comprendre comment un homme de qui je me suis séparée violemment avant-hier m'attend avec impatience aujourd'hui sur la route de Mayenne, dans une maison de Florigny, vers le soir...

A cet aveu, qui semblait échappé dans un emportement assez naturel à cette créature franche et passionnée, Corentin rougit, car il était encore jeune ; mais il jeta sur elle, et à la dérobée, un de ces regards perçants qui vont chercher l'âme. La naïveté de mademoiselle de Verneuil était si bien jouée, qu'elle trompa l'espion, et il répondit avec une bonhomie factice :

— Voulez-vous que je vous accompagne de loin? J'aurais avec moi des soldats déguisés, et nous serions prêts à vous obéir.

— J'y consens, dit-elle ; mais, promettez-moi, sur votre honneur... Oh ! non, je n'y crois pas !... par votre salut, mais vous ne croyez pas en Dieu !... par votre âme, vous n'en avez peut-être pas ! Quelle assurance pouvez-vous donc me donner de votre fidélité? Et je me fie à vous, cependant, et je remets en vos mains plus que ma vie, ou mon amour ou ma vengeance !

Le léger sourire qui apparut sur la figure blafarde de Corentin fit connaître à mademoiselle de Verneuil le danger qu'elle venait d'éviter. Le sbire, dont les narines se contractaient au lieu de se dilater, prit la main de sa victime, la baisa avec les marques du respect le plus profond, et la quitta en lui faisant un salut qui n'était pas dénué de grâce.

Trois heures après cette scène, mademoiselle de Verneuil, qui craignait le retour de Corentin, sortit furtivement par la porte Saint-Léonard et gagna le petit sentier du Nid-aux-Crocs, qui conduisait dans la vallée du Nançon. Elle se crut sauvée en marchant sans témoins à travers le dédale des sentiers qui menaient à la cabane de Galope-Chopine, où elle allait gaiement, conduite par l'espoir de trouver enfin le bonheur, et par le désir de soustraire son amant au sort qui le menaçait. Pendant ce temps, Corentin était à la recherche du commandant. Il eut de la peine à reconnaître Hulot, en le trouvant sur une petite place où il s'occupait de quelques préparatifs militaires. En effet, le brave vétéran avait fait un sacrifice dont le mérite sera difficilement apprécié. Sa queue et ses moustaches étaient coupées, et ses cheveux, soumis au régime ecclésiastique, avaient un œil de poudre. Chaussé de gros souliers ferrés, ayant troqué son vieil uniforme bleu et son épée contre une peau de bique, armé d'une ceinture de pistolets et d'une lourde carabine, il passait en revue deux cents habitants de Fougères, dont les costumes auraient pu tromper l'œil du chouan le plus exercé. L'esprit belliqueux de cette petite ville et le caractère breton se déployaient dans cette scène, qui n'était pas nouvelle. Çà et là, quelques mères, quelques sœurs apportaient à leurs fils, à leurs frères une gourde d'eau-de-vie ou des pistolets oubliés. Plusieurs vieillards s'enquéraient du nombre et de la bonté des cartouches de ces gardes nationaux déguisés en contre-chouans, et dont la gaieté annonçait plutôt une partie de chasse qu'une expédition dangereuse. Pour eux, les rencontres de la chouannerie, où les Bretons des villes se battaient avec les Bretons des campagnes, semblaient avoir remplacé les tournois de la chevalerie. Cet enthousiasme patriotique avait peut-être pour principe quelques acquisitions de biens nationaux. Néanmoins, les bienfaits de la Révolution, mieux appréciés dans les villes, l'esprit de parti, un certain amour national pour la guerre entraient aussi pour beaucoup dans cette ardeur. Hulot, émerveillé, parcourait les rangs en demandant des renseignements à Gudin, sur lequel il avait reporté tous les sentiments d'amitié jadis voués à Merle et à Gérard. Un grand nombre d'habitants examinaient les préparatifs de l'expédition, en comparant la tenue de leurs tumultueux compatriotes à celle d'un bataillon de la demi-brigade de Hulot. Tous immobiles et silencieusement alignés, les bleus attendaient, sous la conduite de leurs officiers, les ordres du commandant, que les yeux de chaque soldat suivaient de groupe en groupe. En parvenant auprès du vieux chef de demi-brigade, Corentin ne put s'empêcher de sourire du changement opéré sur la figure de Hulot. Il avait l'air d'un portrait qui ne ressemble plus à l'original.

— Qu'y a-t-il donc de nouveau? lui demanda Corentin.

— Viens faire avec nous le coup de fusil, et tu le sauras, lui répondit le commandant.

— Oh! je ne suis pas de Fougères, répliqua Corentin.

— Cela se voit bien, citoyen, lui dit Gudin.

Quelques rires moqueurs partirent de tous les groupes voisins.

— Crois-tu, reprit Corentin, qu'on ne puisse servir la France qu'avec des baïonnettes?...

Puis il tourna le dos aux rieurs, et s'adressa à une femme pour apprendre le but et la destination de cette expédition.

— Hélas ! mon bonhomme, les chouans sont déjà à Florigny ! On dit qu'ils sont plus de trois mille et s'avancent pour prendre Fougères.

— Florigny ! s'écria Corentin pâlissant. Le rendez-vous n'est pas là !... Est-ce bien, reprit-il, Florigny, sur la route de Mayenne?

— Il n'y a pas deux Florigny, lui répondit la femme en lui montrant le chemin terminé par le sommet de la Pèlerine.

— Est-ce le marquis de Montauran que vous cherchez? demanda Corentin au commandant.

— Un peu, répondit brusquement Hulot.

— Il n'est pas à Florigny, répliqua Corentin. Dirigez sur ce point votre bataillon et la garde nationale ; mais gardez avec vous quelques-uns de vos contre-chouans, et attendez-moi.

— Il est trop malin pour être fou, s'écria le commandant en voyant Corentin s'éloigner à grands pas. C'est bien le roi des espions !

En ce moment, Hulot donna l'ordre du départ à son bataillon. Les soldats républicains marchèrent sans tambour et silencieusement le long du faubourg étroit qui mène à la route de Mayenne, en dessinant une longue ligne bleue et rouge à travers les arbres et les maisons ; les gardes nationaux déguisés les suivaient ; mais Hulot resta sur la petite place, avec Gudin et une vingtaine des plus adroits jeunes gens de la ville, en attendant Corentin, dont l'air mystérieux avait piqué sa curiosité. Francine apprit elle-même le départ de mademoiselle de Verneuil à cet espion sagace, dont tous les soupçons se changèrent en certitude, et qui sortit aussitôt pour recueillir des lumières sur une fuite à bon droit suspecte. Instruit, par les soldats de garde au poste Saint-Léonard, du passage de la belle inconnue par le Nid-aux-Crocs, Corentin courut vers la Promenade, et y arriva malheureusement assez à propos pour apercevoir de là les moindres mouvements de Marie. Quoiqu'elle eût mis une robe et une capote vertes pour être vue moins facilement, les soubresauts de sa marche presque folle faisaient reconnaître, à travers les haies dépouillées de feuilles et

LES GARDES NATIONAUX LES SUIVAIENT.

blanches de givre, le point vers lequel ses pas se dirigeaient.

— Ah ! s'écria-t-il, tu dois aller à Florigny et tu descends dans le val de Gibarry !... Je ne suis qu'un sot, elle m'a joué. Mais, patience, j'allume ma lampe le jour aussi bien que la nuit.

Corentin, devinant alors à peu près le lieu du rendez-vous des deux amants, accourut sur la place au moment où Hulot allait la quitter et rejoindre ses troupes.

— Halte, mon général ! cria-t-il au commandant, qui se retourna.

En un instant, Corentin instruisit le soldat des événements dont la trame, quoique cachée, laissait voir quelques-uns de ses fils ; et Hulot, frappé par la perspicacité du diplomate, lui saisit vivement le bras :

— Mille tonnerres ! citoyen curieux, tu as raison. Les brigands font là-bas une fausse attaque ! Les deux colonnes mobiles que j'ai envoyées inspecter les environs, entre la route d'Antrain et de Vitré, ne sont pas encore revenues; ainsi, nous trouverons dans la campagne des renforts qui ne nous seront sans doute pas inutiles, car le Gars n'est pas assez niais pour se risquer sans avoir avec lui ses sacrées chouettes. Gudin, dit-il au jeune Fougerais, cours avertir le capitaine Lebrun qu'il peut se passer de moi à Florigny pour y frotter les brigands, et reviens plus vite que ça. Tu connais les sentiers ; je t'attends pour aller à la chasse du ci-devant et venger les assassinats de la Vivetière. Tonnerre de Dieu, comme il court ! reprit-il en voyant partir Gudin, qui disparut comme par enchantement. Gérard aurait-il aimé ce garçon-là !

A son retour, Gudin trouva la petite troupe de Hulot augmentée de quelques soldats pris aux différents postes de la ville. Le commandant dit au jeune Fougerais de choisir une douzaine de ses compatriotes les mieux dressés au difficile métier de contre-chouan, et lui ordonna de se diriger par la porte Saint-Léonard, afin de longer le revers des montagnes de Saint-Sulpice qui regardait la grande vallée du Couësnon, et sur lequel était située la cabane de Galope-Chopine ; puis il se mit lui-même à la tête du reste de la troupe, et sortit par la porte Saint-Sulpice pour aborder les montagnes à leur sommet, où, suivant ses calculs, il devait rencontrer les gens de Beau-Pied, qu'il se proposait d'employer à renforcer un cordon de sentinelles chargées de garder les rochers, depuis le faubourg Saint-Sulpice jusqu'au Nid-aux-Crocs. Corentin, certain d'avoir remis la destinée du chef des chouans entre les mains de ses plus implacables ennemis, se rendit promptement sur la Promenade pour mieux saisir l'ensemble des dispositions militaires de Hulot. Il ne tarda pas à voir la petite escouade de Gudin débouchant par la vallée du Nançon et suivant les rochers du côté de la grande vallée du Couësnon, tandis que Hulot, débusquant le long du château de Fougères, gravissait le sentier périlleux qui conduisait sur le sommet des montagnes de Saint-Sulpice. Ainsi, les deux troupes se déployaient sur deux lignes parallèles. Tous les arbres et les buissons, décorés par le givre de riches arabesques, jetaient sur la campagne un reflet blanchâtre qui permettait de bien voir, comme des lignes grises, ces deux petits corps d'armée en mouvement. Arrivé sur le plateau des rochers, Hulot détacha de sa troupe tous les soldats qui étaient en uniforme, et Corentin les vit établissant, par les ordres de l'habile commandant, une ligne de sentinelles ambulantes séparées chacune par un espace convenable, dont la première devait correspondre avec Gudin et la dernière avec Hulot, de manière qu'aucun buisson ne devait échapper aux baïonnettes de ces trois lignes mouvantes qui allaient traquer le Gars à travers les montagnes et les champs.

— Il est rusé, ce vieux loup de guérite ! s'écria Corentin en perdant de vue les dernières pointes de fusils qui brillèrent dans les ajoncs ; le Gars est cuit. Si Marie avait livré ce damné marquis, nous eussions, elle et moi, été unis par le plus fort des liens, une infamie... Mais elle sera bien à moi !...

Les douze jeunes Fougerais conduits par le sous-lieutenant Gudin atteignirent bientôt le versant que forment les rochers de Saint-Sulpice, en s'abaissant par petites collines dans la vallée de Gibarry. Gudin, lui, quitta les chemins, sauta lestement l'échalier du premier champ de genêts qu'il rencontra, et où il fut suivi par six de ses compatriotes ; les six autres se dirigèrent, d'après ses ordres, dans les champs de droite, afin d'opérer les recherches de chaque côté des chemins. Gudin s'élança vivement vers un pommier qui se trouvait au milieu des genêts. Au bruissement produit par la marche des six contre-chouans qu'il conduisait à travers cette forêt de genêts en tâchant de ne pas en agiter les touffes givrées, sept ou huit hommes, à la tête desquels était Beau-Pied, se cachèrent derrière quelques châtaigniers par lesquels la haie de ce champ était couronnée. Malgré le reflet blanc qui éclairait la campagne et malgré leur vue exercée, les Fougerais n'aperçurent pas d'abord les contre-chouans, qui s'étaient fait un rempart des arbres.

— Chut ! les voici, dit Beau-Pied, qui le premier leva la tête. Les brigands nous ont excédés, mais, puisque nous les avons au bout de nos fusils, ne les manquons pas, ou, nom d'une pipe ! nous ne serions pas même susceptibles d'être soldats du pape !

Cependant, les yeux perçants de Gudin avaient fini par découvrir quelques canons de fusils dirigés vers sa petite escouade. En ce moment, par une amère dérision, huit grosses voix crièrent : « Qui vive? » et huit coups de fusil partirent aussitôt. Les balles sifflèrent autour des contre-chouans. L'un d'eux en reçut une dans le bras et un autre tomba. Les cinq Fougerais qui restaient sains et saufs ripostèrent par une décharge en répondant : « Amis ! » Puis ils marchèrent rapidement sur leurs ennemis supposés, afin de les atteindre avant qu'ils eussent rechargé leurs armes.

— Nous ne savions pas si bien dire ! s'écria le jeune sous-lieutenant en reconnaissant les uniformes et les vieux chapeaux de sa demi-brigade. Nous avons agi en vrais Bretons, nous nous sommes battus avant de nous expliquer.

Les huit soldats restèrent stupéfaits en reconnaissant Gudin.

— Dame, mon officier, qui diable ne vous prendrait pas pour des brigands, sous vos peaux de bique ! s'écria douloureusement Beau-Pied.

— C'est un malheur, et nous en sommes tous innocents, puisque vous n'étiez pas prévenus de la sortie de nos contre-chouans. Mais où en êtes-vous? lui demanda Gudin.

— Mon officier, nous sommes à la recherche d'une douzaine de chouans qui s'amusent à nous échiner. Nous courons comme des rats empoisonnés; mais, à force de sauter ces échaliers et ces haies, que le tonnerre confonde ! nos compas s'étaient rouillés et nous nous reposions. Je crois que les brigands doivent être maintenant dans les environs de cette baraque d'où vous voyez sortir de la fumée.

— Bon ! s'écria Gudin. Vous autres, dit-il aux huit soldats et à Beau-Pied, vous allez vous replier sur les rochers de Saint-Sulpice, à travers les champs, et vous y appuierez la ligne de sentinelles que le commandant y a établie. Il ne faut pas que vous restiez avec nous autres, puisque vous êtes en uniforme. Nous voulons, mille cartouches ! venir à bout de ces chiens-là, le Gars est avec eux ! Les camarades vous en diront plus long que je ne vous en dis. Filez sur la droite, et n'administrez pas de coups de fusils à six de nos peaux de bique que vous pourrez rencontrer. Vous reconnaîtrez nos contre-chouans à leurs cravates, qui sont roulées en corde sans nœud.

Gudin laissa ses deux blessés sous le pommier, en se dirigeant vers la maison de Galope-Chopine, que Beau-Pied venait de lui indiquer et dont la fumée lui servit de boussole. Pendant que le jeune officier était mis sur la piste des chouans par une rencontre assez commune dans cette guerre, mais qui aurait pu devenir plus meurtrière, le petit détachement que commandait Hulot avait atteint sur sa ligne d'opérations un point parallèle à celui où Gudin était parvenu sur la sienne. Le vieux militaire, à la tête de ses contre-chouans, se glissait silencieusement le long des haies avec toute l'ardeur d'un jeune homme, il sautait les échaliers encore assez légèrement en jetant ses yeux fauves sur toutes les hauteurs, et prêtant, comme un chasseur, l'oreille au moindre bruit. Au troisième champ dans lequel il entra, il aperçut une femme d'une trentaine d'années, occupée à labourer la terre à la houe, et qui, toute courbée, travaillait avec courage, tandis qu'un petit garçon âgé d'environ sept à huit ans, armé d'une serpe, secouait le givre de quelques ajoncs qui avaient poussé çà et là, les coupait et les mettait en tas. Au bruit que fit Hulot en retombant lourdement de l'autre côté de l'échalier, le petit gars et sa mère levèrent la tête. Hulot prit facilement cette jeune femme pour une vieille. Des rides venues avant le temps sillonnaient le front et la peau du cou de la Bretonne ; elle était si grotesquement vêtue d'une peau de bique usée que, sans une robe de toile jaune et sale, marque distinctive de son sexe, Hulot n'aurait su à quel sexe la paysanne appartenait, car les longues mèches de ses cheveux noirs étaient cachées sous un bonnet de laine rouge. Les haillons dont le petit gars était à peine couvert en laissaient voir la peau.

— Ho ! la vieille, fit Hulot d'un ton bas à cette femme en s'approchant d'elle, où est le Gars?

En ce moment, les vingt contre-chouans qui suivaient Hulot franchirent les enceintes du champ.

— Ah ! pour aller au Gars, faut que vous retourniez d'où vous venez, répondit la femme après avoir jeté un regard de défiance sur la troupe.

— Est-ce que je te demande le chemin du faubourg du Gars à Fougères, vieille carcasse ! répliqua brutalement Hulot. Par sainte Anne d'Auray ! as-tu vu passer le Gars ?

— Je ne sais pas ce que vous voulez dire, répondit la femme en se courbant pour reprendre son travail.

— Garce damnée, veux-tu donc nous faire avaler par les bleus qui nous poursuivent? s'écria Hulot.

A ces paroles, la femme releva la tête et jeta un nouveau regard de méfiance sur les contre-chouans en leur répondant :

— Comment les bleus peuvent-ils être à vos trousses? j'en viens de voir passer sept ou huit qui regagnent Fougères par le chemin d'en bas.

— Ne dirait-on pas qu'elle va nous mordre avec son nez? reprit Hulot. Tiens, regarde, vieille bique !

Et le commandant lui montra du doigt, à une cinquantaine de pas en arrière, trois ou quatre de ses sentinelles, dont les chapeaux, les uniformes et les fusils étaient faciles à reconnaître.

— Veux-tu laisser égorger ceux que Marche-à-Terre envoie au secours du Gars, que les Fougerais veulent prendre? reprit-il avec colère.

— Ah ! excusez, répondit la femme ; mais il est si facile d'être trompé ! De quelle paroisse êtes-vous donc ? demanda-t-elle.

— De Saint-Georges, s'écrièrent deux ou trois Fougerais en bas-breton, et nous mourons de faim.

— Eh bien, tenez, répliqua la femme, voyez-vous cette fumée, là-bas? c'est ma maison. En suivant les routins de droite, vous y arriverez par en haut. Vous trouverez peut-être mon homme en route. Galope-Chopine doit faire le guet pour avertir le Gars, puisque vous savez qu'il vient aujourd'hui chez nous, ajouta-t-elle avec orgueil.

— Merci, bonne femme, répondit Hulot. En avant, vous autres, tonnerre de Dieu! ajouta-t-il en parlant à ses hommes, nous le tenons !

A ces mots, le détachement suivit au pas de course le commandant, qui s'engagea dans les sentiers indiqués. En entendant le juron si peu catholique du soi-disant chouan, la femme de Galope-Chopine pâlit. Elle regarda les guêtres et les peaux de bique des jeunes Fougerais, s'assit par terre, serra son enfant dans ses bras et dit :

— Que la sainte vierge d'Auray et le bienheureux saint Labre aient pitié de nous! Je ne crois pas que ce soient nos gens, leurs souliers sont sans clous... Cours par le chemin d'en bas prévenir ton père, il s'agit de sa tête! dit-elle au petit garçon, qui disparut comme un daim à travers les genêts et les ajoncs.

Cependant, mademoiselle de Verneuil n'avait rencontré sur sa route aucun des partis, bleus ou chouans, qui se pourchassaient les uns les autres dans le labyrinthe de champs situés autour de la cabane de Galope-Chopine. En apercevant une colonne bleuâtre s'élevant du tuyau à demi détruit de la cheminée de cette triste habitation, son cœur éprouva une de ces violentes palpitations dont les coups précipités et sonores semblent monter dans le cou comme par flots. Elle s'arrêta, s'appuya de la main sur une branche d'arbre, et contempla cette fumée qui devait également servir de fanal aux amis et ennemis du jeune chef. Jamais elle n'avait ressenti d'émotion si écrasante.

« Ah! je l'aime trop! se dit-elle avec une sorte de désespoir; aujourd'hui, je ne serai peut-être plus maîtresse de moi... »

Tout à coup, elle franchit l'espace qui la séparait de la chaumière et se trouva dans la cour, dont la fange avait été durcie par la gelée. Le gros chien s'élança encore contre elle en aboyant ; mais, sur un seul mot prononcé par Galope-Chopine, il remua la queue et se tut. En entrant dans la chaumine, mademoiselle de Verneuil y jeta un de ces regards qui embrassent tout. Le marquis n'y était pas. Marie respira plus librement. Elle reconnut avec plaisir que le chouan s'était efforcé de restituer quelque propreté à la sale et unique chambre de sa tanière. Galope-Chopine saisit sa canardière, salua silencieusement son hôtesse et sortit avec son chien ; elle le suivit jusque sur le seuil, et le vit s'en allant par le sentier qui commençait à droite de sa cabane, et dont l'entrée était défendue par un gros arbre pourri en y formant un échalier presque ruiné. De là, elle put apercevoir une suite de champs dont les échaliers présentaient à l'œil comme une enfilade de portes, car la nudité des arbres et des haies permettait de bien voir les moindres accidents du paysage. Quand le large chapeau de Galope-Chopine eut tout à fait disparu, mademoiselle de Verneuil se retourna vers la gauche pour voir l'église de Fougères; mais le hangar la lui cachait entièrement. Elle jeta les yeux sur la vallée du Couësnon, qui s'offrait à ses regards comme une vaste nappe de mousseline dont la blancheur rendait plus terne encore un ciel gris et chargé de neige. C'était une de ces journées où la nature semble muette, et où les bruits sont absorbés par l'atmosphère. Aussi, quoique les bleus et leurs contre-chouans marchassent dans la campagne sur trois lignes, en formant un triangle qu'ils resserraient en s'approchant de la cabane, le silence était si profond, que mademoiselle de Verneuil se sentit émue par des circonstances qui ajoutaient à ses angoisses une sorte de tristesse physique. Il y avait du malheur dans l'air. Enfin, à l'endroit où un petit rideau de bois terminait l'enfilade d'échaliers, elle vit un jeune homme sautant les barrières comme un écureuil, et courant avec une étonnante rapidité.

— C'est lui! se dit-elle.

Simplement vêtu comme un chouan, le Gars portait son tromblon en bandoulière derrière sa peau de bique, et, sans la grâce de ses mouvements, il aurait été méconnaissable. Marie se retira précipitamment dans la cabane, en obéissant à l'une de ces déterminations instinctives aussi peu explicables que l'est la peur ; mais bientôt le jeune chef fut à deux pas d'elle devant la cheminée, où brillait un feu clair et pétillant. Tous deux se trouvèrent sans voix, craignirent de se regarder ou de faire un mouvement. Une même espérance unissait leur pensée, un même doute les séparait ; c'était une angoisse, c'était une volupté.

— Monsieur, dit enfin mademoiselle de Verneuil d'une voix émue, le soin de votre sûreté m'a seul amenée ici.

— Ma sûreté? demanda-t-il avec amertume.

— Oui, répondit-elle ; tant que je resterai à Fougères, votre vie est compromise et je vous aime trop pour n'en pas partir ce soir ; ne m'y cherchez donc plus.

— Partir, cher ange !... Je vous suivrai.

— Me suivre ! y pensez-vous?... et les bleus?

— Eh ! ma chère Marie, qu'y a-t-il de commun entre les bleus et notre amour?

— Mais il me semble qu'il est difficile que vous restiez en France, près de moi, et plus difficile encore que vous en sortiez avec moi.

— Y a-t-il donc quelque chose d'impossible à qui aime bien?

— Ah ! oui, je crois que tout est possible... le mépris que je pourrais encourir ; sans cette crainte, peut-être...

— Mais si je ne redoute rien?

— Et qui m'en assurera? Je suis défiante. Dans ma situation, qui ne le serait pas?... Si l'amour que nous inspirons ne dure pas, au moins doit-il être complet et nous faire supporter avec joie l'injustice du monde.

ÉCOUTE-MOI, MARIE, M'AIMES-TU ?

N'ai-je pas eu le courage de renoncer à vous, pour vous !

— Quoi ! vous vous êtes donnée à un être affreux que vous n'aimiez pas, et vous ne voulez pas faire le bonheur d'un homme qui vous adore, de qui vous remplirez la vie, et qui jure de n'être jamais qu'à vous?... Écoute-moi, Marie, m'aimes-tu?

— Oui, dit-elle.

— Eh bien, sois à moi.

— Avez-vous oublié que j'ai repris le rôle infâme d'une courtisane, et que c'est vous qui devez être à moi? Si je veux vous fuir, c'est pour ne pas laisser retomber sur votre tête Qu'avez-vous fait pour moi?... Vous me désirez. Croyez-vous vous être élevé par là bien au-dessus de ceux qui m'ont vue jusqu'à présent? Avez-vous risqué, pour une heure de plaisir, vos chouans, sans plus vous en soucier que je ne m'inquiétais des bleus massacrés quand tout fut perdu pour moi? Et si je vous ordonnais de renoncer à toutes vos idées, à vos espérances, à votre roi, qui m'offusque et qui peut-être se moquera de vous quand vous périrez pour lui, tandis que je saurais mourir pour vous avec un saint respect? Enfin, si je voulais que vous envoyassiez votre soumission au premier consul pour que vous pussiez me suivre à Paris?... Si j'exigeais que nous allassions en Amérique y vivre loin d'un monde où tout est vanité, afin de savoir si vous m'aimez bien pour moi-même, comme en ce moment je vous aime? Pour tout dire en un mot, si je voulais, au lieu de m'élever à vous, que vous tombassiez jusqu'à moi, que feriez-vous?

— Tais-toi, Marie, ne te calomnie pas. Pauvre enfant, je t'ai devinée ! Va, si mon premier désir est devenu de la passion, ma passion est maintenant de l'amour. Chère âme de mon âme, je le sais, tu es aussi noble que ton nom, aussi grande que belle ; je suis assez noble et me sens assez grand moi-même pour t'imposer au monde. Est-ce parce que je ressens en toi des voluptés inouïes et incessantes? Est-ce parce que je crois rencontrer en ton âme ces précieuses qualités qui nous font toujours aimer la même femme? J'en ignore la cause, mais mon amour est sans bornes, et il me semble que je ne puis plus me passer de toi. Oui, ma vie serait pleine de dégoût si tu n'étais toujours près de moi...

— Comment? près de vous?

— O Marie, tu ne veux donc pas deviner ton Alphonse?

— Ah ! croiriez-vous me flatter beaucoup en m'offrant votre nom, votre main? dit-elle avec un apparent dédain, mais en regardant fixement le marquis pour en surprendre les moindres pensées. Et savez-vous si vous m'aimerez dans six mois, et alors quel serait mon avenir?... Non, non, une maîtresse est la seule femme qui soit sûre des sentiments qu'un homme lui témoigne ; car le devoir, les lois, le monde, l'intérêt des enfants, n'en sont pas les tristes auxiliaires, et, si son pouvoir est durable, elle y trouve des flatteries et un bonheur qui font accepter les plus grands chagrins du monde. Être votre femme et avoir la chance de vous peser un jour !.... A cette crainte je préfère un amour passager, mais vrai, quand même la mort et la misère en seraient la fin. Oui, je pourrais être, mieux que toute autre, une mère vertueuse, une épouse dévouée ; mais, pour entretenir de tels sentiments dans l'âme d'une femme, il ne faut pas qu'un homme l'épouse dans un accès de passion. D'ailleurs, sais-je moi-même si vous me plairez demain? Non, je ne veux pas faire votre malheur, je quitte la Bretagne, dit-elle en apercevant de l'hésitation dans son regard, je retourne à Paris, et vous ne viendrez pas me chercher là...

— Eh bien, après-demain, si dès le matin tu vois de la fumée sur les rochers de Saint-Sulpice, le soir je serai chez toi, amant, époux, ce que tu voudras que je sois. J'aurai tout bravé !

— Mais, Alphonse, tu m'aimes donc bien, dit-elle avec ivresse, pour risquer ainsi ta vie avant de me la donner?

Il ne répondit pas, il la regarda, elle baissa les yeux ; mais il lut sur l'ardent visage de sa maîtresse un délire égal au sien, et alors il lui tendit les bras. Une sorte de folie entraîna Marie, qui alla tomber mollement sur le sein du marquis, décidée à s'abandonner à lui pour faire de cette faute le plus grand des bonheurs, en y risquant tout son avenir, qu'elle rendait plus certain si elle sortait victorieuse de cette dernière épreuve. Mais à peine sa tête s'était-elle posée sur l'épaule de son amant, qu'un léger bruit retentit au dehors. Elle s'arracha de ses bras comme si elle se fût réveillée, et s'élança hors de la chaumière. Elle put alors recouvrer un peu de sang-froid et penser à sa situation.

« Il m'aurait acceptée et se serait moqué de moi, peut-être, se dit-elle. Ah ! si je pouvais le croire, je le tuerais ».

— Ah ! pas encore cependant, reprit-elle en apercevant Beau-Pied, à qui elle fit un signe que le soldat comprit à merveille.

Le pauvre garçon tourna brusquement sur ses talons, en feignant de n'avoir rien vu. Tout à coup, mademoiselle de Verneuil rentra dans la chambre, en invitant le jeune chef à garder le plus profond silence, par la manière dont elle se pressa les lèvres sous l'index de sa main droite.

— Ils sont là! dit-elle avec terreur et d'une voix sourde.

— Qui?

— Les bleus.

— Ah ! je ne mourrai pas sans avoir?...

— Oui, prends...

Il la saisit froide et sans défense, et cueillit sur ses lèvres un baiser plein d'horreur et de plaisir, car il pouvait être à la fois le premier et le dernier. Puis ils allèrent ensemble sur le seuil de la porte, en y plaçant leurs têtes de manière à tout examiner sans être vus. Le marquis aperçut Gudin à la tête d'une douzaine d'hommes qui tenaient le bas de la vallée du Couësnon. Il se tourna vers l'enfilade des échaliers, le gros tronc d'arbre pourri était gardé par sept soldats. Il monta sur la pièce de cidre, enfonça le toit de bardeau pour sauter sur l'éminence ; mais il retira précipitamment sa tête du trou qu'il venait de faire : Hulot couronnait la hauteur et lui coupait le chemin de Fougères. En ce moment, il regarda sa maîtresse, qui jeta un cri de désespoir : elle entendait les trépignements des trois détachements réunis autour de la maison.

— Sors la première, lui dit-il, tu me préserveras.

En entendant ce mot, pour elle sublime, elle se plaça tout heureuse en face de la porte, pendant que le marquis armait son tromblon.

Après avoir mesuré l'espace qui existait entre le seuil de la cabane et le gros tronc d'arbre le Gars se jeta devant les sept bleus, les cribla de sa mitraille et se fit un passage au milieu d'eux. Les trois troupes se précipitèrent autour de l'échalier que le chef avait sauté, et le virent alors courant dans le champ avec une incroyable célérité.

— Feu, feu, mille noms d'un diable ! Vous n'êtes pas Français ! Feu donc, mâtins ! cria Hulot d'une voix tonnante.

Au moment où il prononçait ces paroles du haut de l'éminence, ses hommes et ceux de Gudin tirent une décharge générale, qui heureusement fut mal dirigée. Déjà le marquis arrivait à l'échalier qui terminait le premier champ ; mais, au moment où il passait dans le second, il faillit être atteint par Gudin, qui s'était élancé sur ses pas avec violence. En entendant ce redoutable adversaire à quelques toises, le Gars redoubla de vitesse. Néanmoins, Gudin et le marquis arrivèrent presque en même temps à l'échalier ; mais Montauran lança si adroitement son tromblon à la tête de Gudin, qu'il le frappa et en retarda la marche. Il est impossible de dépeindre l'anxiété de Marie et l'intérêt que manifestaient à ce spectacle Hulot et sa troupe. Tous, ils répétaient silencieusement, à leur insu, les gestes des deux coureurs. Le Gars et Gudin parvinrent ensemble au rideau blanc de givre formé par le petit bois ; mais l'officier rétrograda tout à coup et s'effaça derrière un pommier. Une vingtaine de chouans, qui n'avaient pas tiré de peur de tuer leur chef, se montrèrent et criblèrent l'arbre de balles. Toute la petite troupe de Hulot s'élança au pas de course pour sauver Gudin, qui, se trouvant sans armes, revenait de pommier en pommier, en saisissant, pour courir, le moment où les chasseurs du Roi rechargeaient leurs armes. Son danger dura peu. Les contre-chouans mêlés aux bleus, et Hulot à leur tête, vinrent soutenir le jeune officier à la place où le marquis avait jeté son tromblon. En ce moment, Gudin aperçut son adversaire, tout

LE GARS SE JETA DEVANT LES SEPT BLEUS.

épuisé, assis sous un des arbres du petit bouquet de bois ; il laissa ses camarades se canardant avec les chouans retranchés derrière une haie latérale du champ, il les tourna et se dirigea vers le marquis avec la vivacité d'une bête fauve. En voyant cette manœuvre, les chasseurs du Roi poussèrent d'effroyables cris pour avertir leur chef ; puis, après avoir tiré sur les contre-chouans avec le bonheur qu'ont les braconniers, ils essayèrent de leur tenir tête ; mais ceux-ci gravirent courageusement la haie qui servait de rempart à leurs ennemis, et y prirent une sanglante revanche. Les chouans gagnèrent alors le chemin qui longeait le champ dans l'enceinte duquel cette scène avait lieu, et s'emparèrent des hauteurs que Hulot avait commis la faute d'abandonner. Avant que les bleus eussent eu le temps de se reconnaître, les chouans avaient pris pour retranchements les brisures que formaient les arêtes de ces rochers à l'abri desquels ils pouvaient tirer sans danger sur les hommes de Hulot, si ceux-ci faisaient mine de vouloir venir les y combattre. Pendant que Hulot, suivi de quelques soldats, allait lentement vers le petit bois pour y chercher Gudin, les Fougerais demeurèrent pour dépouiller les chouans morts et achever les vivants. Dans cette épouvantable guerre, les deux partis ne faisaient pas de prisonniers. Le marquis sauvé, les chouans et les bleus reconnurent mutuellement la force de leurs positions respectives et l'inutilité de la lutte, en sorte que chacun ne songea qu'à se retirer.

— Si je perds ce jeune homme-là, s'écria Hulot en regardant le bois avec attention, je ne veux plus faire d'amis !

— Ah ! ah ! dit un des jeunes gens de Fougères, occupé à dépouiller les morts, voilà un oiseau qui a des plumes jaunes...

Et il montrait à ses compatriotes une bourse pleine de pièces d'or qu'il venait de trouver dans la poche d'un gros homme vêtu de noir.

— Mais qu'a-t-il donc là? dit un autre, qui tira un bréviaire de la redingote du défunt. C'est pain bénit, c'est un prêtre ! s'écria-t-il en jetant le bréviaire à terre.

— Le voleur, il nous fait banqueroute ! dit un troisième en ne trouvant que deux écus de six francs dans les poches du chouan qu'il déshabillait.

— Oui, mais il a une fameuse paire de souliers, répondit un soldat, qui se mit en devoir de les prendre.

— Tu les auras s'ils tombent dans ton lot, lui répliqua l'un des Fougerais en les arrachant des pieds du mort et les lançant au tas des effets déjà rassemblés.

Un quatrième contre-chouan recevait l'argent, afin de faire les parts lorsque tous les soldats de l'expédition seraient réunis. Quand Hulot revint avec le jeune officier, dont la dernière entreprise pour joindre le Gars avait été aussi périlleuse qu'inutile, il trouva une vingtaine de ses soldats et une trentaine de contre-chouans devant onze ennemis morts dont les corps avaient été jetés dans un sillon tracé au bas de la haie.

— Soldats, s'écria Hulot d'une voix sévère, je vous défends de partager ces haillons. Formez vos rangs, et plus vite que ça !

— Mon commandant, dit un soldat en montrant à Hulot ses souliers au bout desquels les cinq doigts de ses pieds se voyaient à nu, bon pour l'argent ; mais cette chaussure-là, ajouta-t-il en montrant avec la crosse de son fusil la paire de souliers ferrés, cette chaussure-là, mon commandant, m'irait comme un gant.

— Tu veux à tes pieds des souliers anglais! lui répliqua Hulot.

— Comment ! dit respectueusement un des Fougerais, nous avons, depuis la guerre, toujours partagé le butin...

— Je ne vous empêche pas, vous autres, de suivre vos usages, répliqua durement Hulot en l'interrompant.

— Tiens, Gudin, voilà une bourse, là, qui contient pas mal de louis ; tu as eu de la peine, ton chef ne s'opposera pas à ce que tu la prennes, dit à l'officier l'un de ses anciens camarades.

Hulot regarda Gudin de travers et le vit pâlissant.

— C'est la bourse de mon oncle ! s'écria le jeune homme.

Tout épuisé qu'il était par la fatigue, il fit quelques pas vers le monceau de cadavres, et le premier corps qui s'offrait à ses regards fut précisément celui de son oncle ; mais à peine en vit-il le visage rubicond sillonné de bandes bleuâtres, les bras raidis et la plaie faite par le coup de feu, qu'il jeta un cri étouffé et s'écria :

— Marchons, mon commandant !

La troupe de bleus se mit en route. Hulot soutenait son jeune ami en lui donnant le bras.

— Tonnerre de Dieu ! cela ne sera rien, lui disait le vieux soldat.

— Mais il est mort ! répondit Gudin, mort ! C'était mon seul parent, et, malgré ses malédictions, il m'aimait. Le roi revenu, tout le pays aurait voulu ma tête, le bonhomme m'aurait caché sous sa soutane.

— Est-il bête ! disaient les gardes nationaux restés à se partager les dépouilles ; le bonhomme est riche, et, comme ça, il n'a pas eu le temps de faire un testament par lequel il l'aurait déshérité.

Le partage fait, les contre-chouans rejoignirent le petit bataillon de bleus et le suivirent de loin.

Une horrible inquiétude se glissa, vers la nuit, dans la chaumière de Galope-Chopine, où jusqu'alors la vie avait été si naïvement insoucieuse. Barbette et son petit gars, portant tous deux sur leur dos, l'une sa pesante charge d'ajoncs, l'autre une provision d'herbes pour les bestiaux, revinrent à l'heure où la famille prenait le repas du soir. En entrant au logis, la mère et le fils cherchèrent en vain Galope-Chopine ; et jamais cette misérable chambre ne leur parut si grande, tant elle était vide. Le foyer sans feu, l'obscurité, le silence, tout leur prédisait quelque malheur. Quand la nuit fut venue, Barbette s'empressa d'allumer un feu clair et deux *oribus*, nom donné aux chandelles de résine dans le pays compris entre les rivages de l'Armorique jusqu'en haut de la Loire, et encore usité en deçà d'Amboise, dans les campagnes du Vendômois. Barbette mettait à ces apprêts la lenteur dont sont frappées les actions quand un sentiment profond les domine; elle écoutait le moindre bruit; mais, souvent trompée par le sifflement des rafales, elle allait sur la porte de sa misérable hutte et en revenait toute triste. Elle nettoya deux pichets, les remplit de cidre et les posa sur la longue table de noyer. A plusieurs reprises, elle regarda son garçon, qui surveillait la cuisson des galettes de sarrasin, mais sans pouvoir lui parler. Un instant, les yeux du petit gars s'arrêtèrent sur les deux clous qui servaient à supporter la canardière de son père, et Barbette frissonna en voyant, comme lui, cette place vide. Le silence n'était interrompu que par les mugissements des vaches, ou par les gouttes de cidre qui tombaient périodiquement de la bonde du tonneau. La pauvre femme soupira en apprêtant dans trois écuelles de terre brune une espèce de soupe composée de lait, de galette coupée par petits morceaux et de châtaignes cuites.

— Ils se sont battus dans la pièce qui dépend de la Béraudière, dit le petit gars.

— Vas-y donc voir, répondit la mère.

Le gars y courut, reconnut au clair de la lune le monceau de cadavres, n'y trouva point son père, et revint tout joyeux en sifflant : il avait ramassé quelques pièces de cent sous foulées aux pieds par les vainqueurs et oubliées dans la boue. Il trouva sa mère assise sur une escabelle et occupée à filer du chanvre au coin du feu. Il fit un signe négatif à Barbette, qui n'osa croire à quelque chose d'heureux ; puis, dix heures ayant sonné à Saint-Léonard, le petit gars se coucha, après avoir marmotté une prière à la sainte Vierge d'Auray. Au jour, Barbette, qui n'avait pas dormi, poussa un cri de joie en entendant retentir dans le lointain un bruit de gros souliers ferrés qu'elle reconnut, et Galope-Chopine montra bientôt sa mine renfrognée.

— Grâce à saint Labre, à qui j'ai promis un beau cierge, le Gars a été sauvé ! N'oublie pas que nous devons maintenant trois cierges au saint.

Puis Galope-Chopine saisit un pichet et l'avala tout entier sans reprendre haleine. Lorsque sa femme lui eut servi sa soupe, l'eut débarrassé de sa canardière et qu'il se fut assis sur le banc de noyer, il dit en s'approchant du feu :

— Comment les bleus et les contre-chouans sont-ils donc venus ici? On se battait à Florigny. Quel diable a pu leur dire que le Gars était chez nous? Car il n'y avait que lui, sa belle garce et nous qui le savions...

La femme pâlit.

— Les contre-chouans m'ont persuadé qu'ils étaient des gars de Saint-Georges, répondit-elle en tremblant, et c'est moi qui leur ai dit où était le Gars.

Galope-Chopine pâlit à son tour, et laissa son écuelle sur le bord de la table.

— Je t'ai envoyé not' gars pour te prévenir, reprit Barbette effrayée, il ne t'a pas rencontré.

Le chouan se leva et frappa si violemment sa femme, qu'elle alla tomber, à demi-morte, sur le lit.

— Garce maudite, tu m'as tué ! dit-il.

Mais, saisi d'épouvante, il prit sa femme dans ses bras :

— Barbette ! s'écria-t-il, Barbette !... Sainte Vierge ! j'ai eu la main trop lourde !

— Crois-tu, lui dit-elle en rouvrant les yeux, que Marche-à-Terre vienne à le savoir ?

— Le Gars, répondit le chouan, a dit de s'enquérir d'où venait cette trahison.

— L'a-t-il dit à Marche-à-Terre?

— Pille-Miche et Marche-à-Terre étaient à Florigny.

Barbette respira plus librement.

— S'ils touchent à un seul cheveu de ta tête, dit-elle, je rincerai leurs verres avec du vinaigre.

— Ah ! je n'ai plus faim ! s'écria tristement Galope-Chopine.

Sa femme poussa devant lui un autre pichet plein, il n'y fit pas même attention. Deux grosses larmes sillonnèrent alors les joues de Barbette et humectèrent les rides de son visage fané.

— Écoute, ma femme, il faudra demain matin amasser des fagots au *dret* de Saint-Léonard, sur les rochers de Saint-Sulpice, et y mettre le feu. C'est le signal convenu entre le Gars et le vieux recteur de Saint-Georges, qui viendra lui dire une messe.

— Il ira donc à Fougères?

— Oui, chez sa belle garce. J'ai à courir aujourd'hui à cause de ça ! Je crois bien qu'il va l'épouser et l'enlever, car il m'a dit d'aller louer des chevaux et de les égailler sur la route de Saint-Malo.

Là-dessus, Galope-Chopine fatigué se coucha pour quelques heures ; puis il se remit en course. Le lendemain matin, il rentra après s'être soigneusement acquitté des commissions que le marquis lui avait confiées. En apprenant que Marche-à-Terre et Pille-Miche ne s'étaient pas présentés, il dissipa les inquiétudes de sa femme, qui partit, presque rassurée, pour les rochers de Saint-Sulpice, où la veille elle avait préparé sur le mamelon qui faisait face à Saint-Léonard quelques fagots couverts de givre. Elle emmena par la main son petit gars qui portait du feu dans un sabot cassé. A peine son fils et sa femme avaient-ils disparu derrière le toit du hangar, que Galope-Chopine entendit deux hommes sautant le dernier des échaliers en enfilade.

et insensiblement il vit, à travers un brouillard assez épais, des formes anguleuses se dessinant comme des ombres indistinctes.

« C'est Pille-Miche et Marche-à-Terre ! » se dit-il mentalement.

Et il tressaillit. Les deux chouans montrèrent dans la petite cour leurs visages ténébreux, qui ressemblaient assez, sous leurs grands chapeaux usés, à ces figures que des graveurs ont faites avec des paysages.

— Bonjour, Galope-Chopine, dit gravement Marche-à-Terre.

— Bonjour, monsieur Marche-à-Terre, répondit humblement le mari de Barbette. Voulez-vous entrer ici et vider quelques pichets? J'ai de la galette froide et du beurre fraîchement battu.

— Ce n'est pas de refus, mon cousin, dit Pille-Miche.

Les deux chouans entrèrent. Ce début n'avait rien d'effrayant pour Galope-Chopine, qui s'empressa d'aller à sa grosse tonne emplir trois pichets, pendant que Marche-à-Terre et Pille-Miche, assis de chaque côté de la longue table sur les bancs luisants, se coupaient des galettes et les garnissaient d'un beurre gras et jaunâtre qui, sous le couteau, laissait jaillir de petites bulles de lait. Galope-Chopine posa les pichets pleins de cidre et couronnés de mousse devant ses hôtes, et les trois chouans se mirent à manger; mais, de temps en temps, le maître du logis jetait un regard de côté sur Marche-à-Terre en s'empressant de satisfaire sa soif.

— Donne-moi ta chinchoire, dit Marche-à-Terre à Pille-Miche.

Et, après en avoir secoué fortement plusieurs chinchées dans le creux de sa main, le Breton aspira son tabac en homme qui voulait se préparer à quelque action grave.

— Il fait froid, dit Pille-Miche en se levant pour aller fermer la partie supérieure de la porte.

Le jour, terni par le brouillard, ne pénétra plus dans la chambre que par la petite fenêtre, et n'éclaira que faiblement la table et les deux bancs ; mais le feu y répandit des lueurs rougeâtres. En ce moment, Galope-Chopine, qui avait achevé de remplir une seconde fois les pichets de ses hôtes, les mettait devant eux ; mais ils refusèrent de boire, jetèrent leurs larges chapeaux et prirent tout à coup un air solennel. Leurs gestes et le regard par lequel ils se consultèrent firent frissonner Galope-Chopine, qui crut apercevoir du sang sous les bonnets de laine rouge dont ils étaient coiffés.

— Apporte-nous ton couperet, dit Marche-à-Terre.

— Mais, monsieur Marche-à-Terre, qu'en voulez-vous faire?

— Allons, cousin, tu le sais bien, dit Pille-Miche en serrant sa chinchoire que lui rendit Marche-à-Terre ; tu es jugé.

Les deux chouans se levèrent ensemble en saisissant leurs carabines.

— Monsieur Marche-à-Terre, je n'ai *rin* dit sur le Gars...

— Je te dis d'aller chercher ton couperet, répondit le chouan.

Le malheureux Galope-Chopine heurta le bois grossier de la couche de son garçon, et trois pièces de cent sous roulèrent sur le plancher ; Pille-Miche les ramassa.

— Oh ! oh ! les bleus t'ont donné des pièces neuves ! s'écria Marche-à-Terre.

— Aussi vrai que voilà l'image de saint Labre, répliqua Galope-Chopine, je n'ai *rin* dit. Barbette a pris les contre-chouans pour les gars de Saint-Georges, voilà tout.

— Pourquoi parles-tu d'affaires à ta femme? répondit brutalement Marche-à-Terre.

— D'ailleurs, cousin, nous ne te demandons pas de raisons, mais ton couperet. Tu es jugé.

A un signe de son compagnon, Pille-Miche l'aida à saisir la victime. En se trouvant entre les mains des deux chouans, Galope-Chopine perdit toute force, tomba sur ses genoux et leva vers ses bourreaux des mains désespérées :

— Mes bons amis, mon cousin, que voulez-vous que devienne mon petit gars ?

— J'en prendrai soin, dit Marche-à-Terre.

— Mes chers camarades, reprit Galope-Chopine devenu blême, je ne suis pas en état de mourir. Me laisserez-vous partir sans confession? Vous avez le droit de prendre ma vie, mais non celui de me faire perdre la bienheureuse éternité.

— C'est juste, dit Marche-à-Terre en regardant Pille-Miche.

Les deux chouans restèrent un moment dans le plus grand embarras, et sans pouvoir résoudre ce cas de conscience. Galope-Chopine écouta le moindre bruit causé par le vent, comme s'il eût conservé quelque espérance. Le son de la goutte de cidre qui tombait périodiquement du tonneau lui fit jeter un regard machinal sur la pièce et soupirer tristement. Tout à coup, Pille-Miche prit le patient par un bras, l'entraîna dans un coin et lui dit :

— Confesse-moi tous tes péchés, je les redirai à un prêtre de la véritable Église, il me donnera l'absolution ; et, s'il y a des pénitences à faire, je les ferai pour toi.

Galope-Chopine obtint quelque répit, par sa manière d'accuser ses péchés ; mais, malgré le nombre et les circonstances des crimes, il finit par atteindre au bout de son chapelet.

— Hélas ! dit-il en terminant, après tout, mon cousin, puisque je te parle comme à un confesseur, je t'assure par le saint nom de Dieu, que je n'ai guère à me reprocher que d'avoir, par-ci par-là, un peu trop beurré mon pain, et j'atteste saint Labre, que voici au-dessus de la cheminée, que je n'ai *rin* dit sur le Gars. Non, mes bons amis, je n'ai pas trahi.

— Allons, c'est bon, cousin, relève-toi ; tu t'entendras sur tout cela avec le bon Dieu, dans le temps comme dans le temps.

— Mais laissez-moi dire un petit brin d'adieu à Barbe...

— Allons, répondit Marche-à-Terre, si tu veux qu'on ne t'en veuille pas plus qu'il ne

TU ES JUGÉ.

faut, comporte-toi en Breton, et finis proprement.

Les deux chouans saisirent de nouveau Galope-Chopine, le couchèrent sur le banc, où il ne donna plus d'autres signes de résistance que ces mouvements convulsifs produits par l'instinct de l'animal ; enfin il poussa quelques hurlements sourds qui cessèrent aussitôt que le son lourd du couperet eut retenti. La tête fut tranchée d'un seul coup. Marche-à-Terre prit cette tête par une touffe de cheveux, sortit de la chaumière, chercha et trouva dans le grossier chambranle de la porte un grand clou, autour duquel il tortilla les cheveux qu'il tenait, et y laissa pendre cette tête sanglante à laquelle il ne ferma seulement pas les yeux. Les deux chouans se lavèrent les mains, sans aucune précipitation, dans une grande terrine pleine d'eau, reprirent leurs chapeaux, leurs carabines, et franchirent l'échalier en sifflant l'air de la ballade du *Capitaine*. Pille-Miche entonna d'une voix enrouée, au bout du champ, ces strophes prises au hasard dans cette naïve chanson, dont les rustiques cadences furent emportées par le vent :

A la première ville,
Son amant l'habille
Tout en satin blanc ;

A la seconde ville,
Son amant l'habille
En or, en argent.

Elle était si belle,
Qu'on lui tendait les voiles
Dans tout le régiment.

Cette mélodie devint insensiblement confuse à mesure que les deux chouans s'éloignaient ; mais le silence de la campagne était si profond, que plusieurs notes parvinrent à l'oreille de Barbette, qui revenait alors au logis en tenant son petit gars par la main. Une paysanne n'entend jamais froidement ce chant, si populaire dans l'ouest de la France ;

aussi Barbette commença-t-elle involontairement les premières strophes de la ballade :

Allons, partons, belle,
Partons pour la guerre,
Partons, il est temps.

Brave capitaine,
Que ça ne te fasse pas de peine,
Ma fille n'est pas pour toi.

Tu ne l'auras sur terre,
Tu ne l'auras sur mer,
Si ce n'est par trahison.

Le père prend sa fille,
Puis la déshabille
Et la jette à l'eau.

Capitaine, plus sage,
Se jette à la nage,
La ramène à bord.

Allons, partons, belle,
Partons pour la guerre,
Partons, il est temps.

A la première ville, etc.

Au moment où Barbette se retrouvait en chantant à la reprise de la ballade par où avait commencé Pille-Miche, elle était arrivée dans sa cour : sa langue se glaça, elle resta immobile, et un grand cri, soudain réprimé, sortit de sa bouche béante.

— Qu'as-tu donc, ma chère mère? demanda l'enfant.

— Marche tout seul, s'écria sourdement Barbette en lui retirant la main et le poussant avec une incroyable rudesse ; tu n'as plus ni père ni mère !

L'enfant, qui se frottait l'épaule en criant, vit la tête clouée, et son frais visage garda silencieusement la convulsion nerveuse que les pleurs donnent aux traits. Il ouvrit de grands yeux, regarda longtemps la tête de son père avec un air stupide qui ne trahissait aucune émotion ; puis sa figure, abrutie par l'ignorance, arriva jusqu'à exprimer une curiosité sauvage. Tout à coup, Barbette reprit la main de son enfant, la serra violemment, et l'entraîna d'un pas rapide dans la maison. Pendant que Pille-Miche et Marche-à-Terre couchaient Galope-Chopine sur le banc, un de ses souliers était tombé sous son cou de manière à se remplir de sang, et ce fut le premier objet que vit sa veuve.

— Ote ton sabot, dit la mère à son fils. Mets ton pied là-dedans. Bien. Souviens-toi toujours, s'écria-t-elle d'un son de voix lugubre, du soulier de ton père, et ne t'en mets jamais un au pied sans te rappeler celui qui était plein du sang versé par les *chuins*, et tue les *chuins !*

En ce moment, elle agita sa tête par un mouvement si convulsif, que les mèches de ses cheveux noirs retombèrent sur son cou et donnèrent à sa figure une expression sinistre.

— J'atteste saint Labre, reprit-elle, que je te voue aux bleus. Tu seras soldat pour venger ton père. Tue, tue les *chuins*, et fais comme moi. Ah ! ils ont pris la tête de mon homme, je vais donner celle du Gars aux bleus.

Elle sauta d'un seul bond sur le lit, s'empara d'un petit sac d'argent dans une cachette, reprit la main de son fils étonné, l'entraîna violemment sans lui laisser le temps de reprendre son sabot, et ils marchèrent tous deux d'un pas rapide vers Fougères, sans que l'un ou l'autre retournât la tête vers la chaumière qu'ils abandonnaient. Quand ils arrivèrent sur le sommet des rochers de Saint-Sulpice, Barbette attisa le feu des fagots, et son gars l'aida à les couvrir de genêts verts chargés de givre, afin d'en rendre la fumée plus forte.

— Ça durera plus que ton père, plus que moi et plus que le Gars ! dit Barbette d'un air farouche en montrant le feu à son fils.

Au moment où la veuve de Galope-Chopine et son fils au pied sanglant regardaient, avec une sombre expression de vengeance et de curiosité, tourbillonner la fumée, mademoiselle de Verneuil avait les yeux attachés sur cette roche, et tâchait, mais en vain, d'y découvrir le signal annoncé par le marquis. Le brouillard, qui s'était insensiblement accru, ensevelissait toute la région sous un voile dont les teintes grises cachaient les masses du paysage les plus près de la ville. Elle contemplait tour à tour, avec une douce anxiété, les rochers, le château, les édifices, qui ressemblaient dans ce brouillard à des brouillards plus noirs encore. Auprès de sa fenêtre, quelques arbres se détachaient de ce fond bleuâtre comme ces madrépores que la mer laisse entrevoir quand elle est calme. Le soleil donnait au ciel la couleur blafarde de l'argent terni, ses rayons coloraient d'une rougeur douteuse les branches nues des arbres où se balançaient encore quelques dernières feuilles. Mais des sentiments trop délicieux agitaient l'âme de Marie, pour qu'elle vît de mauvais présages dans ce spectacle, en désaccord avec le bonheur dont elle se repaissait par avance. Depuis deux jours, ses idées s'étaient étrangement modifiées. L'âpreté, les éclats désordonnés de ses passions avaient lentement subi l'influence de l'égale température que donne à la vie un véritable amour. La certitude d'être aimée, qu'elle était allée chercher à travers tant de périls, avait fait naître en elle le désir de rentrer dans les conditions sociales qui sanctionnent le bonheur et d'où elle n'était sortie que par désespoir. N'aimer que pendant un moment lui sembla de l'impuissance. Puis elle se vit soudain reportée, du fond de la société où le malheur l'avait plongée, dans le haut rang où son père l'avait un moment placée. Sa vanité, comprimée par les cruelles alternatives d'une passion tour à tour heureuse ou méconnue, s'éveilla, lui fit voir tous les bénéfices d'une grande position. En quelque sorte née marquise, épouser Montauran, n'était-ce pas, pour elle, agir et vivre dans la sphère qui lui était propre? Après avoir connu les hasards d'une vie tout aventureuse, elle pouvait, mieux qu'une autre femme, apprécier la grandeur des sentiments qui font la famille. Puis le mariage, la maternité et ses

QU'AS-TU DONC, MA CHÈRE MÈRE ?

soins étaient pour elle moins une tâche qu'un repos. Elle aimait cette vie vertueuse et calme entrevue à travers ce dernier orage, comme une femme lasse de la vertu peut jeter un regard de convoitise sur une passion illicite. La vertu était pour elle une nouvelle séduction.

— Peut-être, dit-elle en revenant de la fenêtre sans avoir vu de feu sur la roche de Saint-Sulpice, ai-je été bien coquette avec lui? Mais aussi n'ai-je pas su combien je suis aimée!... Francine, ce n'est plus un songe, je serai ce soir la marquise de Montauran! Qu'ai-je donc fait pour mériter un si complet bonheur? Oh! je l'aime, et l'amour seul peut payer l'amour. Néanmoins, Dieu veut sans doute me récompenser d'avoir conservé tant de cœur malgré tant de misères, et me faire oublier mes souffrances : car, tu le sais, mon enfant, j'ai bien souffert !

— Ce soir, marquise de Montauran, vous, Marie? Ah! tant que ce ne sera pas fait, moi, je croirai rêver. Qui donc lui a dit tout ce que vous valez?

— Mais, ma chère enfant, il n'a pas seulement de beaux yeux, il a aussi une âme. Si tu l'avais vu, comme moi, dans le danger! Oh! il doit bien savoir aimer, il est si courageux!

— Si vous l'aimez tant, pourquoi souffrez-vous donc qu'il vienne à Fougères?

— Est-ce que nous avons eu le temps de nous dire un mot quand nous avons été surpris? D'ailleurs, n'est-ce pas une preuve d'amour, et en a-t-on jamais assez?... En attendant, coiffe-moi.

Mais elle dérangea cent fois, par des mouvements comme électriques, les heureuses combinaisons de sa coiffure, en mêlant des pensées encore orageuses à tous les soins de la coquetterie. En crêpant les cheveux d'une boucle, ou en rendant ses nattes plus brillantes, elle se demandait, par un reste de défiance, si le marquis ne la trompait pas, et alors elle pensait qu'une semblable rouerie devait être impénétrable, puisqu'il s'exposait audacieusement à une vengeance immédiate en venant la trouver à Fougères. En étudiant malicieusement, à son miroir, les effets d'un regard oblique, d'un sourire, d'un léger pli du front, d'une attitude de colère, d'amour ou de dédain, elle cherchait une ruse de femme pour sonder jusqu'au dernier moment le cœur du jeune chef.

— Tu as raison, Francine, dit-elle : je voudrais, comme toi, que ce mariage fût fait. Ce jour est le dernier de mes jours nébuleux, il est gros de ma mort ou de notre bonheur... Le brouillard est odieux, ajouta-t-elle en regardant de nouveau vers les sommets de Saint-Sulpice, toujours voilés.

Elle se mit à draper elle-même les rideaux de soie et de mousseline qui décoraient la fenêtre, en se plaisant à intercepter le jour de manière à produire dans la chambre un voluptueux clair-obscur.

— Francine, dit-elle, ôte ces babioles qui encombrent la cheminée, et n'y laisse que la

VINGT FOIS, ELLE AVAIT SOULEVÉ LES RIDEAUX.

pendule et les deux vases de Saxe, dans lesquels j'arrangerai moi-même les fleurs d'hiver que Corentin m'a trouvées... Sors toutes les chaises, je ne veux voir ici que le canapé et un fauteuil. Quand tu auras fini, mon enfant, tu brosseras le tapis de manière à en ranimer les couleurs ; puis tu garniras de bougies les bras de cheminée et les flambeaux...

Marie regarda longtemps et avec attention la vieille tapisserie tendue sur les murs de cette chambre. Guidée par un goût inné, elle sut trouver, parmi les brillantes nuances de la haute lisse, les teintes qui pouvaient servir à lier cette antique décoration aux meubles et aux accessoires de ce boudoir par l'harmonie des couleurs ou par le charme des oppositions. La même pensée dirigea l'arrangement des fleurs dont elle chargea les vases contournés qui ornaient la chambre. Le canapé fut placé près du feu. De chaque côté du lit, qui occupait la paroi parallèle à celle où était la cheminée, elle mit, sur deux petites tables dorées, de grands vases de Saxe remplis de feuillages et de fleurs qui exhalèrent les plus doux parfums. Elle tressaillit plus d'une fois en disposant les plis onduleux du lampas vert au-dessus du lit, et en étudiant les sinuosités de la draperie à fleurs sous laquelle elle le cacha. De semblables préparatifs ont toujours un indéfinissable secret de bonheur, et amènent une irritation si délicieuse, que souvent, au milieu de ces voluptueux apprêts, une femme oublie tous ces doutes, comme mademoiselle de Verneuil oubliait alors les siens. N'existe-t-il pas un sentiment religieux dans cette multitude de soins pris pour un être aimé qui n'est pas là pour les voir et les récompenser, mais qui doit les payer plus tard par ce sourire approbateur qu'obtiennent ces gracieux préparatifs, toujours si bien compris ! Les femmes se livrent alors, pour ainsi dire, par avance à l'amour, et il n'en est pas une seule qui ne se dise, comme mademoiselle de Verneuil le pensait : « Ce soir, je serai bien heureuse ! » La plus innocente d'entre elles inscrit alors cette suave espérance dans les plis les moins saillants de la soie ou de la mousseline ; puis insensiblement, l'harmonie qu'elle établit autour d'elle imprime à tout une physionomie où respire l'amour. Au sein de cette sphère voluptueuse, pour elle, les choses deviennent des êtres, des témoins ; et déjà elle en fait les complices de toutes ses joies futures. A chaque mouvement, à chaque pensée, elle s'enhardit à voler l'avenir. Bientôt elle n'attend plus, elle n'espère pas, mais elle accuse le silence, et le moindre bruit lui doit un présage ; enfin, le doute vient poser sur son cœur une main crochue, elle brûle, elle s'agite, elle se sent tordue par une pensée qui se déploie comme une force purement physique ; c'est tour à tour un triomphe et un supplice, que sans l'espoir du plaisir elle ne supporterait point. Vingt fois, mademoiselle de Verneuil avait soulevé les rideaux, dans l'espérance de voir une colonne de fumée s'élevant au-dessus des rochers ; mais le brouillard semblait de moment en moment prendre de nouvelles teintes grises, dans lesquelles son imagination finit par lui montrer de sinistres présages. Enfin, dans un moment d'impatience, elle laissa tomber le rideau, en se promettant bien de ne plus venir le relever. Elle regarda d'un air boudeur cette chambre à laquelle elle avait donné une âme et une voix, se demanda si ce serait en vain, et cette pensée la fit songer à tout.

— Ma petite, dit-elle à Francine en l'attirant dans un cabinet de toilette contigu à sa chambre et qui était éclairé par un œil-de-bœuf donnant sur l'angle obscur où les fortifications de la ville se joignaient aux rochers de la Promenade, range-moi cela, que tout soit propre! Quant au salon, tu le laisseras, si tu veux, en désordre, ajouta-t-elle en accompagnant ces mots d'un de ces sourires que les femmes réservent pour leur intimité, et dont jamais les hommes ne peuvent connaître la piquante finesse.

— Ah ! combien vous êtes jolie ! s'écria la petite Bretonne.

— Eh ! folles que nous sommes toutes, notre amant ne sera-t-il pas toujours notre plus belle parure?

Francine la laissa mollement couchée sur l'ottomane, et se retira pas à pas, en devinant que, aimée ou non, sa maîtresse ne livrerait jamais Montauran.

— Es-tu sûre de ce que tu me débites là, ma vieille? disait Hulot à Barbette, qui l'avait reconnu en entrant à Fougères.

— Avez-vous des yeux? Tenez, regardez les rochers de Saint-Sulpice, là, mon bonhomme, au *dret* de Saint-Léonard.

Corentin tourna les yeux vers le sommet, dans la direction indiquée par le doigt de Barbette ; et, comme le brouillard commençait à se dissiper, il put voir assez distinctement la colonne de fumée blanchâtre dont avait parlé la veuve de Galope-Chopine.

— Mais quand viendra-t-il, hé! la vieille? Sera-ce ce soir ou cette nuit?

— Mon bonhomme, répondit Barbette, je n'en sais *rin*.

— Pourquoi trahis-tu ton parti? dit vivement Hulot, après avoir attiré la paysanne à quelques pas de Corentin.

— Ah ! monseigneur le général, voyez le pied de mon gars ! eh bien, il est trempé dans le sang de mon homme tué par les *chuins*, sous votre respect, comme un veau, pour le punir des trois mots que vous m'avez arrachés, avant-hier, quand je labourais. Prenez mon gars, puisque vous lui avez ôté son père et sa mère, mais faites-en un vrai bleu, mon bonhomme, et qu'il puisse tuer beaucoup de *chuins !* Tenez, voilà deux cents écus, gardez-les-lui ; en les ménageant, il ira loin avec ça, puisque son père a été douze ans à les amasser.

Hulot regarda avec étonnement cette paysanne pâle et ridée, dont les yeux étaient secs.

— Mais toi, dit-il, toi, la mère, que vas-tu devenir? Il vaut mieux que tu conserves cet argent.

— Moi, répondit-elle en branlant la tête avec tristesse, je n'ai plus besoin de *rin !* Vous me *clancheriez* au fin fond de la tour de Mélusine (et elle montra une des tours du château) que les *chuins* sauraient *ben* m'y venir tuer !

Elle embrassa son gars avec une sombre expression de douleur, le regarda, versa deux larmes, le regarda encore, et disparut.

— Commandant, dit Corentin, voici une de ces occasions qui, pour être mises à profit, demandent plutôt deux bonnes têtes qu'une. Nous savons tout et nous ne savons rien. Faire cerner dès à présent la maison de mademoiselle de Verneuil, ce serait la mettre contre nous. Nous ne sommes pas, toi, moi, tes contre-chouans et tes deux bataillons, de force à lutter contre cette fille-là, si elle se met en tête de sauver son ci-devant. Ce garçon est homme de cour, et par conséquent rusé ; c'est un jeune homme, et il a du cœur. Nous ne pourrons jamais nous en emparer à son entrée à Fougères. Il s'y trouve d'ailleurs peut-être déjà. Faire des visites domiciliaires? Absurdité! Ça n'apprend rien, ça donne l'éveil et ça tourmente les habitants.

— Je m'en vais, dit Hulot impatienté, donner au factionnaire du poste Saint-Léonard la consigne d'avancer sa promenade de trois pas de plus, et il arrivera ainsi en face de la maison de mademoiselle de Verneuil. Je conviendrai d'un signe avec chaque sentinelle, je me tiendrai au corps de garde, et, quand on m'aura signalé l'entrée d'un jeune homme quelconque, je prends un caporal et quatre hommes, et...

— Et, fit Corentin en interrompant l'impétueux soldat, si le jeune homme n'est pas le marquis, si le marquis n'entre pas par la porte, s'il est déjà chez mademoiselle de Verneuil, si... si...?

Là, Corentin regarda le commandant avec un air de supériorité qui avait quelque chose de si insultant, que le vieux militaire s'écria :

— Mille tonnerres de Dieu ! va te promener, citoyen de l'enfer ! Est-ce que tout cela me regarde? Si ce hanneton-là vient tomber dans un de mes corps de garde, il faudra bien que je le fusille ; si j'apprends qu'il est dans une maison, il faudra bien aussi que j'aille le cerner, le prendre et le fusiller ! Mais du diable si je me creuse la cervelle pour mettre de la boue sur mon uniforme...

— Commandant, la lettre des trois ministres t'ordonne d'obéir à mademoiselle de Verneuil.

— Citoyen, qu'elle vienne elle-même, je verrai ce que j'aurai à faire.

— Eh bien, citoyen, répliqua Corentin avec hauteur, elle ne tardera pas. Elle te dira, elle-même, l'heure et le moment où le ci-devant sera entré. Peut-être même ne sera-t-elle tranquille que quand elle t'aura vu posant les sentinelles et cernant sa maison !

« Le diable s'est fait homme ! se dit douloureusement le vieux chef de demi-brigade en voyant Corentin qui remontait à grands pas l'escalier de la Reine, où cette scène avait eu lieu, et qui regagnait la porte Saint-Léonard. Il me livrera le citoyen Montauran, pieds et poings liés, reprit Hulot en se parlant à lui-même, et je me trouverai embêté d'un conseil de guerre à présider. Après tout, disait-il en haussant les épaules, le Gars est un ennemi de la République, il m'a tué mon pauvre Gérard, et ce sera toujours un noble de moins... Au diable ! »

PRENEZ MON GARS.

Il tourna lestement sur les talons de ses bottes, et alla visiter tous les postes de la ville en sifflant *la Marseillaise*.

Mademoiselle de Verneuil était plongée dans une de ces méditations dont les mystères restent comme ensevelis dans les abîmes de l'âme, et dont les mille sentiments contradictoires ont souvent prouvé à ceux qui en ont été la proie qu'on peut avoir une vie orageuse et passionnée entre quatre murs, sans même quitter l'ottomane sur laquelle se consume alors l'existence. Arrivée au dénouement du drame qu'elle était venue chercher, cette fille en faisait tour à tour passer devant elle les scènes d'amour et de colère qui avaient si puissamment animé sa vie pendant les dix jours écoulés depuis sa première rencontre avec le marquis. En ce moment, le bruit d'un pas d'homme retentit dans le salon qui précédait sa chambre, elle tressaillit ; la porte s'ouvrit, elle tourna vivement la tête et vit Corentin.

— Petite tricheuse ! dit en riant l'agent supérieur de la police, l'envie de me tromper vous prendra-t-elle encore? Ah ! Marie ! Marie ! vous jouez un jeu bien dangereux en ne m'intéressant pas à votre partie, en décidant les coups sans me consulter. Si le marquis a échappé à son sort...

— Cela n'a pas été votre faute, n'est-ce pas? répondit mademoiselle de Verneuil avec une ironie profonde. Monsieur, reprit-elle d'une voix grave, de quel droit venez-vous encore chez moi ?

— Chez vous ? demanda-t-il d'un ton amer.

— Vous m'y faites songer, répliqua-t-elle avec noblesse, je ne suis pas chez moi. Vous avez peut-être sciemment choisi cette maison pour y commettre plus sûrement vos assassinats ; je vais en sortir. J'irais dans un désert pour ne plus voir des...

— Des espions, dites ! reprit Corentin. Mais cette maison n'est ni à vous, ni à moi, elle est au gouvernement ; et, quant à en sortir, vous n'en feriez rien, ajouta-t-il en lui lançant un regard diabolique.

Mademoiselle de Verneuil se leva par un mouvement d'indignation, s'avança de quelques pas ; mais, tout à coup, elle s'arrêta en voyant Corentin qui leva le rideau de la fenêtre et se prit à sourire en l'invitant à venir près de lui.

— Voyez-vous cette colonne de fumée? dit-il avec le calme profond qu'il savait conserver sur sa figure blême, quelque profondes que fussent ses émotions.

— Quel rapport peut-il exister entre mon départ et de mauvaises herbes auxquelles on a mis le feu? demanda-t-elle.

— Pourquoi votre voix est-elle si altérée? répondit Corentin. Pauvre petite, ajouta-t-il d'une voix douce, je sais tout ! Le marquis vient aujourd'hui à Fougères et ce n'est pas dans l'intention de nous le livrer que vous avez arrangé si voluptueusement ce boudoir, ces fleurs et ces bougies...

Mademoiselle de Verneuil pâlit en voyant la mort du marquis écrite dans les yeux de ce tigre à face humaine, et ressentit pour son amant un amour qui tenait du délire. Chacun de ses cheveux lui versa dans la tête une atroce douleur qu'elle ne put soutenir, et elle tomba sur l'ottomane. Corentin resta un moment les bras croisés sur la poitrine, moitié content d'une torture qui le vengeait de tous les sarcasmes et du dédain par lesquels cette femme l'avait accablé, moitié chagrin de voir souffrir une créature dont le joug lui plaisait toujours, quelque lourd qu'il fût.

— Elle l'aime ! dit-il d'une voix sourde.

— L'aimer ! s'écria-t-elle, eh ! qu'est-ce que signifie ce mot !... Corentin, il est ma vie, mon âme, mon souffle !...

Elle se jeta aux pieds de cet homme, dont le calme l'épouvantait.

— Ame de boue, lui dit-elle, j'aime mieux m'avilir pour lui obtenir la vie, que de m'avilir pour la lui ôter ! Je veux le sauver au prix de tout mon sang... Parle, que te faut-il ?

Corentin tressaillit.

— Je venais prendre vos ordres, Marie, dit-il d'un son de voix plein de douceur et en la relevant avec une gracieuse politesse. Oui, Marie, vos injures ne m'empêcheront pas d'être tout à vous, pourvu que vous ne me trompiez plus. Vous savez, Marie, qu'on ne me dupe jamais impunément.

— Ah ! si vous voulez que je vous aime, Corentin, aidez-moi à le sauver.

— Eh bien, à quelle heure vient le marquis ? dit-il en s'efforçant de faire cette demande d'un ton calme.

— Hélas ! je n'en sais rien...

Ils se regardèrent tous deux en silence.

« Je suis perdue ! » se disait mademoiselle de Verneuil.

« Elle me trompe, » pensait Corentin.

— Marie, reprit-il, j'ai deux maximes : l'une, de ne jamais croire un mot de ce que disent les femmes, c'est le moyen de ne pas être leur dupe ; l'autre, de toujours chercher si elles n'ont pas quelque intérêt à faire le contraire de ce qu'elles ont dit et à se conduire en sens inverse des actions dont elles veulent bien nous confier le secret. Je crois que nous nous entendons maintenant ?

— A merveille, répliqua mademoiselle de Verneuil. Vous voulez des preuves de ma bonne foi ; mais je les réserve pour le moment où vous m'en aurez donné de la vôtre...

— Adieu, mademoiselle, dit sèchement Corentin.

— Allons, reprit la jeune fille en souriant, asseyez-vous, mettez-vous là et ne boudez pas, sinon je saurais bien me passer de vous pour sauver le marquis. Quant aux trois cent mille francs que vous voyez toujours étalés devant vous, je puis vous les mettre en or, là, sur cette cheminée, à l'instant où le marquis sera en sûreté.

Corentin se leva, recula de quelques pas et regarda mademoiselle de Verneuil.

— Vous êtes devenue riche en peu de temps ! dit-il d'un ton dont l'amertume était mal déguisée.

— Montauran, dit Marie en souriant de pitié, pourra vous offrir lui-même bien davantage pour sa rançon. Ainsi, prouvez-moi que vous avez les moyens de le garantir de tout danger, et...

— Ne pouvez-vous pas, s'écria tout à coup

JE VOUS LE PROMETS.

Corentin, le faire évader au moment même de son arrivée, puisque Hulot en ignore l'heure, et...?

Il s'arrêta, comme s'il se reprochait à lui-même d'en trop dire.

— Mais est-ce bien vous qui me demandez une ruse? reprit-il en souriant de la manière la plus naturelle. Écoutez, Marie, je suis certain de votre loyauté. Promettez-moi de me dédommager de tout ce que je perds en vous servant, et j'endormirai si bien cette buse de commandant, que le marquis sera libre à Fougères comme à Saint-James.

— Je vous le promets, répondit la jeune fille avec une sorte de solennité.

— Non pas ainsi, dit-il. Jurez-le-moi par votre mère !

Mademoiselle de Verneuil tressaillit ; et, levant une main tremblante, elle fit le serment demandé par cet homme, dont les manières venaient de changer subitement.

— Vous pouvez disposer de moi, dit Corentin. Ne me trompez pas, et vous me bénirez ce soir.

— Je vous crois, Corentin, s'écria mademoiselle de Verneuil tout attendrie.

Elle le salua par une douce inclination de tête, et lui sourit avec une bonté mêlée de surprise en lui voyant sur la figure une expression de tendresse mélancolique.

— Quelle ravissante créature ! s'écria Corentin en s'éloignant. Ne l'aurai-je donc jamais, pour en faire à la fois l'instrument de ma fortune et la source de mes plaisirs?... Se mettre à mes pieds, elle!... Oh! oui, le marquis périra... Et si je ne puis obtenir cette femme qu'en la plongeant dans un bourbier, je l'y plongerai. Enfin, se dit-il à lui-même en arrivant sur la place, où ses pas le conduisirent à son insu, elle ne se défie peut-être plus de moi. Cent mille écus à l'instant ! Elle me croit avare. C'est une ruse, ou elle l'a épousé.

Corentin, perdu dans ses pensées, n'osait prendre une résolution. Le brouillard, que le soleil avait dissipé vers le milieu du jour, reprenait insensiblement toute sa force, et devint si épais, que Corentin n'apercevait plus les arbres, même à une faible distance.

« Voilà un nouveau malheur, se dit-il en rentrant à pas lents chez lui. Il est impossible d'y voir à six pas. Le temps protège nos amants. Surveillez donc une maison gardée par un tel brouillard ! »

— Qui vive? s'écria-t-il en saisissant le bras d'un inconnu qui semblait avoir grimpé sur la Promenade à travers les roches les plus périlleuses.

— C'est moi, répondit naïvement une voix enfantine.

— Ah ! c'est le petit gars au pied rouge. Ne veux-tu pas venger ton père? lui demanda Corentin.

— Oui ! dit l'enfant.

— C'est bien. Connais-tu le Gars?

— Oui.

— C'est encore mieux. Eh bien, ne me quitte pas ; sois exact à faire tout ce que je te dirai, tu achèveras l'ouvrage de ta mère, et tu gagneras des gros sous. Aimes-tu les gros sous?

— Oui.

— Tu aimes les gros sous et tu veux tuer le Gars, je prendrai soin de toi.

« Allons, se dit en lui-même Corentin après une pause, Marie, tu nous le livreras toi-même ! Elle est trop violente pour juger le coup que je m'en vais lui porter ; d'ailleurs, la passion ne réfléchit jamais. Elle ne connaît pas l'écriture du marquis ; voici donc le moment de tendre le piège dans lequel son caractère la fera donner tête baissée. Mais, pour assurer le succès de ma ruse, Hulot m'est nécessaire, et je cours le voir. »

En ce moment, mademoiselle de Verneuil et Francine délibéraient sur les moyens de soustraire le marquis à la douteuse générosité de Corentin et aux baïonnettes de Hulot.

— Je vais aller le prévenir, s'écriait la petite Bretonne.

— Folle, sais-tu donc où il est? Moi-même, aidée par tout l'instinct du cœur, je pourrais bien le chercher longtemps sans le rencontrer.

Après avoir inventé bon nombre de ces projets insensés, si faciles à exécuter au coin du feu, mademoiselle de Verneuil s'écria :

— Quand je le verrai, son danger m'inspirera !

Puis elle se plut, comme tous les esprits ardents, à ne vouloir prendre son parti qu'au dernier moment, se fiant à son étoile ou à cet instinct d'adresse qui abandonne rarement les femmes. Jamais, peut-être, son cœur n'avait subi de si fortes contractions. Tantôt elle restait comme stupide, les yeux fixes, et tantôt, au moindre bruit, elle tressaillait comme ces arbres presque déracinés que les bûcherons agitent fortement avec une corde pour en hâter la chute. Tout à coup, une détonation violente, produite par la décharge d'une douzaine de fusils, retentit dans le lointain. Mademoiselle de Verneuil pâlit, saisit la main de Francine et lui dit :

— Je meurs... ils me l'ont tué !

Le pas pesant d'un soldat se fit entendre dans le salon. Francine, épouvantée, se leva et introduisit un caporal. Le républicain, après avoir fait un salut militaire à mademoiselle de Verneuil, lui présenta des lettres dont le papier n'était pas très propre. Le soldat, ne recevant aucune réponse de la jeune fille, lui dit en se retirant :

— Madame, c'est de la part du commandant.

Mademoiselle de Verneuil, en proie à de sinistres pressentiments, lut cette lettre, écrite probablement à la hâte par Hulot :

« Mademoiselle, mes contre-chouans se sont emparés d'un des messagers du Gars, qui vient d'être fusillé. Parmi les lettres interceptées, celle que je vous transmets peut vous être de quelque utilité ; etc. »

— Grâce au ciel, ce n'est pas lui qu'ils ont tué ! s'écria-t-elle en jetant cette lettre au feu.

Elle respira plus librement, et lut avec avidité le billet qu'on venait de lui envoyer ; il était du marquis et semblait adressé à madame du Gua :

« Non, mon ange, je n'irai pas ce soir à la Vivetière. Ce soir, vous perdez votre gageure avec le comte, et je triomphe de la République en la personne de cette fille délicieuse, qui vaut certes bien une nuit, convenez-en. Ce sera le seul avantage réel que je remporterai dans cette campagne, car la Vendée se soumet. Il n'y a plus rien à faire en France, et nous repartirons sans doute ensemble pour l'Angleterre. Mais à demain les affaires sérieuses ! »

Le billet lui échappa des mains, elle ferma les yeux, garda un profond silence et resta penchée en arrière, la tête appuyée sur un coussin. Après une longue pause, elle leva les yeux sur la pendule, qui alors marquait quatre heures.

— Et monsieur se fait attendre ! dit-elle avec une cruelle ironie.

— Oh ! s'il pouvait ne pas venir ! s'écria Francine.

— S'il ne venait pas, dit Marie d'une voix sourde, j'irais au-devant de lui, moi ! Mais non, il ne peut tarder maintenant... Francine, suis-je bien belle ?

— Vous êtes bien pâle !

— Vois ! reprit mademoiselle de Verneuil, cette chambre parfumée, ces fleurs, ces lumières, cette vapeur enivrante : tout ici pourra-t-il bien donner l'idée d'une vie céleste à celui que je veux plonger cette nuit dans les délices de l'amour ?

— Qu'y a-t-il donc, mademoiselle ?

— Je suis trahie, trompée, abusée, jouée, rouée, perdue, et je veux le tuer, le déchirer !... Mais oui, il y avait toujours dans ses manières un mépris qu'il cachait mal, et que je ne voulais pas voir ! Oh ! j'en mourrai ! Sotte que je suis ! dit-elle en riant ; il vient, j'ai la nuit pour lui apprendre que, mariée ou non, un homme qui m'a possédée ne peut plus m'abandonner. Je lui mesurerai la vengeance à l'offense, et il périra désespéré. Je lui croyais quelque grandeur dans l'âme, mais c'est sans doute le fils d'un laquais ! Il m'a certes bien habilement trompée ; car j'ai peine à croire encore que l'homme capable de me livrer à Pille-Miche sans pitié puisse descendre à des fourberies dignes de Scapin. Il est si facile de se jouer d'une femme aimante, que c'est la dernière des lâchetés. Qu'il me tue, bien ; mais mentir, lui que j'avais tant grandi ! A l'échafaud ! à l'échafaud ! Ah ! je voudrais le voir guillotiner. Suis-je donc si cruelle ? Il ira mourir, couvert de caresses, de baisers qui lui auront valu vingt ans de vie...

— Marie, dit Francine avec une douceur angélique, comme tant d'autres, soyez victime de votre amant, mais ne vous faites ni sa maîtresse ni son bourreau. Gardez son image au fond de votre cœur, sans vous la rendre à vous-même cruelle. S'il n'y avait aucune joie dans un amour sans espoir, que deviendrions-nous, pauvres femmes que nous sommes ? Ce Dieu, Marie, auquel vous ne pensez jamais, nous récompensera d'avoir obéi à notre vocation sur la terre : aimer et souffrir !

— Petite chatte, répondit mademoiselle de Verneuil en caressant la main de Francine, ta voix est bien douce et bien séduisante ! La raison a bien des attraits sous ta forme ! Je voudrais bien t'obéir...

— Vous lui pardonnez, vous ne le livrerez pas ?

— Tais-toi, ne me parle plus de cet homme-là. Comparé à lui, Corentin est une noble créature... Me comprends-tu ?

Elle se leva en cachant sous une figure horriblement calme et l'égarement qui la saisit et une soif inextinguible de vengeance. Sa démarche, lente et mesurée, annonçait je ne sais quoi d'irrévocable dans ses résolutions. En proie à ses pensées, dévorant son injure et trop fière pour avouer le moindre de ses tourments, elle alla au poste de la porte Saint-Léonard pour y demander la demeure du commandant. A peine était-elle sortie de sa maison que Corentin y entra.

— Oh ! monsieur Corentin, s'écria Francine, si vous vous intéressez à ce jeune homme, sauvez-le ! mademoiselle va le livrer. Ce misérable papier a tout détruit.

Corentin prit négligemment la lettre en demandant :

— Et où est-elle allée ?

— Je ne sais.

— Je cours, dit-il, la sauver de son propre désespoir.

Il disparut en emportant la lettre, franchit la maison avec rapidité, et dit au petit gars qui jouait devant la porte :

— Par où s'est dirigée la dame qui vient de sortir ?

Le fils de Galope-Chopine fit quelques pas avec Corentin pour lui montrer la rue en pente qui menait à la porte Saint-Léonard.

— C'est par là, dit-il sans hésiter, en obéissant à la vengeance que sa mère lui avait soufflée au cœur.

En ce moment, quatre hommes déguisés entrèrent chez mademoiselle de Verneuil, sans avoir été vus ni par le petit gars ni par Corentin.

— Retourne à ton poste, reprit l'espion. Aie l'air de t'amuser à faire tourner le loqueteau des persiennes, mais veille bien, et regarde partout, même sur les toits...

Corentin s'élança rapidement dans la direction indiquée par le petit gars, crut reconnaître mademoiselle de Verneuil au milieu du brouillard, et la rejoignit effectivement au moment où elle atteignait le poste Saint-Léonard.

— Où allez-vous? dit-il en lui offrant le bras. Vous êtes pâle, qu'est-il donc arrivé? Est-il convenable de sortir ainsi toute seule? Prenez mon bras.

— Où est le commandant? lui demanda-t-elle.

A peine mademoiselle de Verneuil avait-elle achevé sa phrase, qu'elle entendit le mouvement d'une reconnaissance militaire en dehors de la porte Saint-Léonard, et distingua bientôt la grosse voix de Hulot au milieu du tumulte.

— Tonnerre de Dieu ! s'écria-t-il, jamais je n'ai vu moins clair qu'en ce moment à faire la ronde. Ce ci-devant a commandé le temps...

— De quoi vous plaignez-vous? répondit mademoiselle de Verneuil en lui serrant fortement le bras, ce brouillard peut cacher la vengeance aussi bien que la perfidie... Commandant, ajouta-t-elle à voix basse, il s'agit de prendre avec moi des mesures telles que le Gars ne puisse pas échapper aujourd'hui.

— Est-il chez vous? lui demanda-t-il d'une voix dont l'émotion accusait son étonnement.

— Non, répondit-elle, mais vous me donnerez un homme sûr, et je l'enverrai vous avertir de l'arrivée de ce marquis.

— Qu'allez-vous faire? dit Corentin avec empressement à Marie ; un soldat chez vous l'effaroucherait, mais un enfant, et j'en trouverai un, n'inspirera pas de défiance...

— Commandant, reprit mademoiselle de Verneuil, grâce à ce brouillard que vous maudissez, vous pouvez, dès à présent, cerner ma maison. Mettez des soldats partout. Placez un poste dans l'église Saint-Léonard pour vous assurer de l'esplanade sur laquelle donnent les fenêtres de mon salon. Apostez des hommes sur la Promenade ; car, quoique la fenêtre de ma chambre soit à vingt pieds du sol, le désespoir prête quelquefois la force de franchir les distances les plus périlleuses. Écoutez : je ferai probablement sortir ce monsieur par la porte de ma maison ; ainsi, ne donnez qu'à un homme courageux la mission de la surveiller ; car, dit-elle en poussant un soupir, on ne peut pas lui refuser de la bravoure, et il se défendra !

— Gudin? cria le commandant.

Aussitôt le jeune Fougerais s'élança du milieu de la troupe revenue avec Hulot et qui avait gardé ses rangs à une certaine distance.

— Écoute, mon garçon, lui dit le vieux militaire à voix basse, ce tonnerre de fille nous livre le Gars sans que je sache pourquoi, c'est égal, ça n'est pas notre affaire. Tu prendras dix hommes avec toi et tu te placeras de manière à garder le cul-de-sac au fond duquel est la maison de cette fille ; mais arrange-toi pour qu'on ne voie ni toi ni tes hommes.

— Oui, mon commandant, je connais le terrain.

— Eh bien, mon enfant, reprit Hulot, Beau-Pied viendra t'avertir de ma part du moment où il faudra jouer du bancal. Tâche de joindre toi-même le marquis, et, si tu peux le tuer, afin que je n'aie pas à le fusiller juridiquement, tu seras lieutenant dans quinze jours, ou je ne me nomme pas Hulot. Tenez, mademoiselle, voici un lapin qui ne boudera pas, dit-il à la jeune fille en lui montrant Gudin. Il fera bonne garde devant votre maison, et, si le ci-devant en sort ou veut y entrer, il ne le manquera pas.

Gudin partit avec une dizaine de soldats.

— Savez-vous bien ce que vous faites? disait tout bas Corentin à mademoiselle de Verneuil.

Elle ne lui répondit pas, et vit partir avec une sorte de contentement les hommes qui, sous les ordres du sous-lieutenant, allèrent se placer sur la Promenade, et ceux qui, suivant les instructions de Hulot, se postèrent le long des flancs obscurs de l'église Saint-Léonard.

— Il y a des maisons qui tiennent à la mienne, dit-elle au commandant, cernez-les aussi. Ne nous préparons pas de repentir en négligeant une seule des précautions à prendre.

— Elle est enragée, pensa Hulot.

— Ne suis-je pas prophète? lui dit Corentin à l'oreille. Quant à celui que je vais mettre chez elle, c'est le petit gars au pied sanglant ; ainsi...

Il n'acheva pas. Mademoiselle de Verneuil s'était, par un mouvement soudain, élancée vers sa maison, où il la suivit en sifflant comme un homme heureux ; quand il la rejoignit, elle avait déjà atteint le seuil de la porte, où Corentin retrouva le fils de Galope-Chopine.

— Mademoiselle, lui dit-il, prenez avec vous ce petit garçon, vous ne pouvez pas avoir d'émissaire plus innocent et plus actif que lui. Quand tu auras vu le Gars entré, quelque chose qu'on te dise, sauve-toi, viens me trouver au corps de garde, je te donnerai de quoi manger de la galette pendant toute ta vie.

A ces mots, soufflés, pour ainsi dire, dans l'oreille du petit gars, Corentin se sentit presser fortement la main par le jeune Breton, qui suivit mademoiselle de Verneuil.

— Maintenant, mes bons amis, expliquez-vous quand vous voudrez ! s'écria Corentin lorsque la porte se ferma. Si tu fais l'amour, mon petit marquis, ce sera sur ton suaire.

Mais Corentin, qui ne put se résoudre à quitter de vue cette maison fatale, se rendit sur la Promenade, où il trouva le commandant occupé à donner quelques ordres. Bientôt la nuit vint. Deux heures s'écoulèrent sans que les différentes sentinelles, placées de distance en distance, eussent rien aperçu qui pût faire soupçonner que le marquis avait franchi la triple enceinte d'hommes attentifs et cachés qui cernaient les trois côtés par lesquels la tour du Papegaut était accessible. Vingt fois Corentin était allé de la Promenade au corps de garde, vingt fois son attente avait été trompée, et son jeune émissaire n'était pas encore venu le trouver. Abîmé dans ses pensées, l'espion marchait lentement sur la Promenade en éprouvant le martyre que lui faisaient subir trois passions terribles dans leur choc : l'amour, l'avarice, l'ambition. Huit heures sonnèrent à toutes les horloges. La lune se levait fort tard. Le brouillard et la nuit enveloppaient donc dans d'effroyables ténèbres les lieux où le drame conçu par cet homme allait se dénouer. L'agent supérieur de la police sut imposer silence à ses passions, il se croisa fortement les bras sur la poitrine, et ne quitta pas des yeux la fenêtre qui s'élevait comme un fantôme lumineux au-dessus de cette tour. Quand sa marche le conduisait du côté des vallées au bord des précipices, il épiait machinalement le brouillard sillonné par les lueurs pâles de quelques lumières qui brillaient çà et là dans les maisons de la ville ou des faubourgs, au-dessus et au-dessous du rempart. Le silence profond qui régnait n'était troublé que par le murmure du Nançon, par les coups lugubres et périodiques du beffroi, par les pas lourds des sentinelles, ou par le bruit des armes, quand on venait d'heure en heure relever les postes. Tout était devenu solennel, les hommes et la nature.

OUI, MON COMMANDANT, JE CONNAIS LE TERRAIN.

— Il fait noir comme dans la gueule d'un loup, dit en ce moment Pille-Miche.

— Va toujours, répondit Marche-à-Terre, et ne parle pas plus qu'un chien mort.

— J'ose à peine respirer, répliqua le chouan.

— Si celui qui vient de laisser rouler une pierre veut que son cœur serve de gaine à mon couteau, il n'a qu'à recommencer ! dit Marche-à-Terre d'une voix si basse, qu'elle se confondait avec le frissonnement des eaux du Nançon.

— Mais c'est moi, dit Pille-Miche.

— Eh bien, vieux sac à sous, reprit le chef, glisse sur ton ventre comme une anguille de haie, sinon nous allons laisser là nos carcasses plus tôt qu'il ne faudra.

IL LES PRIT POUR DES FRAGMENTS DU ROCHER.

— Hé ! Marche-à-Terre, dit en continuant l'incorrigible Pille-Miche, qui s'aida de ses mains pour se hisser sur le ventre et arriva sur la ligne où se trouvait son camarade, à l'oreille duquel il parla d'une voix si étouffée, que les chouans par lesquels ils étaient suivis n'entendirent pas une syllabe; hé! Marche-à-Terre, s'il faut en croire notre grande garce, il doit y avoir un fier butin là-haut. Veux-tu faire part à nous deux?

— Écoute, Pille-Miche ! dit Marche-à-Terre en s'arrêtant à plat ventre.

Toute la troupe imita ce mouvement, tant les chouans étaient excédés par les difficultés que le précipice opposait à leur marche.

— Je te connais, reprit Marche-à-Terre, pour être un de ces bons Jean-prend-tout qui aiment autant donner des coups que d'en recevoir, quand il n'y a que cela à choisir. Nous ne venons pas ici pour chausser les souliers des morts, nous sommes diables contre diables, et malheur à ceux qui auront les griffes courtes ! La grande garce nous envoie ici pour sauver le Gars. Il est là, tiens, lève ton nez de chien et regarde cette fenêtre, au-dessus de la tour !...

En ce moment, minuit sonna. La lune se leva et donna au brouillard l'apparence d'une fumée blanche. Pille-Miche serra violemment le bras de Marche-à-Terre et lui montra silencieusement, à dix pieds au-dessus d'eux, le fer triangulaire de quelques baïonnettes luisantes.

— Les bleus y sont déjà, dit Pille-Miche ; nous n'aurons rien de force.

— Patience ! répondit Marche-à-Terre; si j'ai bien tout examiné ce matin, nous devons trouver au bas de la tour du Papegaut, entre les remparts et la Promenade, une petite place où l'on met toujours du fumier, et l'on peut se laisser tomber là-dessus comme sur un lit.

— Si saint Labre, dit Pille-Miche, voulait changer en bon cidre le sang qui va couler, les Fougerais en trouveraient demain une bien bonne provision.

Marche-à-Terre couvrit de sa large main la bouche de son ami ; puis un avis sourdement donné par lui courut de rang en rang jusqu'au dernier des chouans, suspendus dans les airs sur les bruyères des schistes. En effet, Corentin avait une oreille trop exercée pour n'avoir pas entendu le froissement de quelques arbustes tourmentés par les chouans, ou le bruit léger des cailloux qui roulèrent au bas du précipice, et il était au bord de l'esplanade. Marche-à-Terre qui semblait posséder le don de voir dans l'obscurité, ou dont les sens, continuellement en mouvement, devaient avoir acquis la finesse de ceux des sauvages, avait entrevu Corentin ; comme un chien bien dressé, peut-être l'avait-il senti. Le diplomate de la police eut beau écouter le silence et regarder le mur naturel formé par les schistes, il n'y put rien découvrir. Si la lueur douteuse du brouillard lui permit d'apercevoir quelques chouans, il les prit pour des fragments du rocher, tant ces corps humains gardèrent bien l'apparence d'une nature inerte. Le danger de la troupe dura peu. Corentin fut attiré par un bruit très distinct qui se fit entendre à l'autre extrémité de la Promenade, au point où cessait le mur de soutènement et où commençait la pente rapide du rocher. Un sentier tracé sur le bord des schistes et qui communiquait à l'escalier de la Reine aboutissait précisément à ce point d'intersection. Au moment où Corentin y arriva, il vit une figure s'élevant comme par enchantement, et, quand il avança la main pour s'emparer de cet être fantastique ou réel auquel il ne supposait pas de bonnes intentions, il rencontra les formes rondes et moelleuses d'une femme.

— Que le diable vous emporte, ma bonne! dit-il en murmurant. Si vous n'aviez pas eu affaire à moi, vous auriez pu attraper une balle dans la tête... Mais d'où venez-vous et où allez-vous à cette heure-ci? Êtes-vous muette?

« C'est cependant bien une femme? » se dit-il à lui-même.

Le silence devenant suspect, l'inconnue répondit d'une voix qui annonçait un grand effroi :

— Ah! mon bonhomme, je revenons de la veillée.

« C'est la prétendue mère du marquis! se dit Corentin. Voyons ce qu'elle va faire. »

— Eh bien, allez par là, la vieille, reprit-il à haute voix en feignant de ne pas la reconnaître. A gauche donc, si vous ne voulez pas être fusillée!

Il resta immobile; mais, en voyant madame du Gua qui se dirigeait vers la tour du Papegaut, il la suivit de loin avec une adresse diabolique. Pendant cette fatale rencontre, les chouans s'étaient très habilement postés sur les tas de fumier vers lesquels Marche-à-Terre les avait guidés.

« Voilà la grande garce! » se dit tout bas Marche-à-Terre en se dressant sur ses pieds le long de la tour, comme aurait pu faire un ours.

— Nous sommes là, dit-il à la dame.

— Bien! répondit madame du Gua. Si tu peux trouver une échelle dans la maison dont le jardin aboutit à six pieds au-dessus du fumier, le Gars sera sauvé. Vois-tu cet œil-de-bœuf là-haut? Il donne dans un cabinet de toilette attenant à la chambre à coucher, c'est là qu'il faut arriver. Ce pan de la tour au bas duquel vous êtes est le seul qui ne soit pas cerné. Les chevaux sont prêts, et, si tu as gardé le passage du Nançon, en un quart d'heure nous devons le mettre hors de danger, malgré sa folie. Mais, si cette catin veut le suivre, poignardez-la.

Corentin, apercevant dans l'ombre quelques-unes des formes indistinctes, qu'il avait d'abord prises pour des pierres, se mouvoir avec adresse, alla sur-le-champ au poste de la porte Saint-Léonard, où il trouva le commandant dormant tout habillé sur le lit de camp.

— Laissez-le donc! dit brutalement Beau-Pied à Corentin, il ne fait que de se poser là.

— Les chouans sont ici! cria Corentin dans l'oreille de Hulot.

— Impossible, mais tant mieux! fit le commandant, tout endormi qu'il était; au moins l'on se battra!

Lorsque Hulot arriva sur la Promenade, Corentin lui montra dans l'ombre la singulière position occupée par les chouans.

— Ils auront trompé ou étouffé les sentinelles que j'ai placées entre l'escalier de la Reine et le château, s'écria le commandant. Ah! quel tonnerre de brouillard! Mais, patience! je vais envoyer, au pied du rocher, une cinquantaine d'hommes, sous la conduite d'un lieutenant. Il ne faut pas les attaquer là, car ces animaux-là sont si durs, qu'ils se laisseraient rouler jusqu'en bas du précipice comme des pierres, sans se casser un membre.

La cloche fêlée du beffroi sonnait deux heures lorsque le commandant revint sur la Promenade, après avoir pris les précautions militaires les plus sévères, afin de se saisir des chouans commandés par Marche-à-Terre. En ce moment, tous les postes ayant été doublés, la maison de mademoiselle de Verneuil était devenue le centre d'une petite armée. Le commandant trouva Corentin absorbé dans la contemplation de la fenêtre qui dominait la tour du Papegaut.

— Citoyen, lui dit Hulot, je crois que le ci-devant nous embête, car rien n'a encore bougé.

— Il est là! s'écria Corentin en montrant la fenêtre. J'ai vu l'ombre d'un homme sur les rideaux... Je ne comprends pas ce qu'est devenu mon petit gars : ils l'auront tué ou séduit. Tiens, commandant, vois-tu? voici un homme! Marchons!

— Je n'irai pas le saisir au lit, tonnerre de Dieu! Il sortira, s'il est entré; Gudin ne le manquera pas, répliqua Hulot, qui avait ses raisons pour attendre.

— Allons, commandant, je t'enjoins, au nom de la loi, de marcher à l'instant sur cette maison.

— Tu es encore un joli coco pour vouloir me faire aller!

Sans s'émouvoir de la colère du commandant, Corentin lui dit froidement :

— Tu m'obéiras! Voici un ordre en bonne forme, signé du ministre de la guerre, qui t'y forcera, reprit-il en tirant de sa poche un papier. Est-ce que tu t'imagines que nous sommes assez simples pour laisser cette fille agir comme elle l'entend? C'est la guerre civile que nous étouffons, et la grandeur du résultat absout la petitesse des moyens.

— Je prends la liberté, citoyen, de t'envoyer faire... tu me comprends? Suffit. Pars du pied gauche, laisse-moi tranquille et plus vite que ça.

— Mais lis! dit Corentin.

— Ne m'embête pas de tes fonctions, s'écria Hulot, indigné de recevoir des ordres d'un être qu'il trouvait si méprisable.

En ce moment, le fils de Galope-Chopine se trouva au milieu d'eux comme un rat qui serait sorti de terre.

LE GARS EST EN ROUTE! S'ÉCRIA-T-IL.

— Le Gars est en route! s'écria-t-il.

— Par où?

— Par la rue Saint-Léonard.

— Beau-Pied, dit Hulot à l'oreille du caporal qui se trouvait auprès de lui, cours prévenir ton lieutenant de s'avancer sur la maison et de faire un joli petit feu de file, tu m'entends! — Par file à gauche, en avant sur la tour, vous autres! s'écria le commandant.

Pour la parfaite intelligence du dénouement, il est nécessaire de rentrer dans la maison de mademoiselle de Verneuil avec elle.

Quand les passions arrivent à une catastrophe, elles nous soumettent à une puissance d'enivrement bien supérieure aux mesquines irritations du vin ou de l'opium. La lucidité que contractent alors les idées, la délicatesse des sens trop exaltés, produisent les effets les plus étranges et les plus inattendus. En se trouvant sous la tyrannie d'une même pensée, certaines personnes aperçoivent clairement les objets les moins perceptibles tandis que les choses les plus palpables sont pour elles comme si elles n'existaient pas. Mademoiselle de Verneuil était en proie à cette espèce d'ivresse qui fait de la vie réelle une vie semblable à celle des somnambules, lorsque après avoir lu la lettre du marquis elle s'empressa de tout ordonner pour qu'il ne pût échapper à sa vengeance, comme naguère elle avait tout préparé pour la première fête de son amour. Mais, quand elle vit sa maison soigneusement entourée, par ses ordres, d'un triple rang de baïonnettes, une lueur soudaine brilla dans son âme. Elle jugea sa propre conduite et pensa avec une sorte d'horreur qu'elle venait de commettre un crime. Dans un premier mouvement d'anxiété, elle s'élança vivement vers le seuil de sa porte, et y resta pendant un moment immobile, en s'efforçant de réfléchir sans pouvoir achever un raisonnement. Elle doutait si complètement de ce qu'elle venait de faire, qu'elle chercha pourquoi elle se trouvait dans l'antichambre de sa maison, en tenant un enfant inconnu par la main. Devant elle, des milliers d'étincelles nageaient en l'air comme des langues de feu. Elle se mit à marcher pour secouer l'horrible torpeur dont elle était enveloppée ; mais, semblable à une personne qui sommeille, aucun objet ne lui apparaissait avec sa forme ou sous ses couleurs vraies. Elle serrait la main du petit garçon avec une violence qui ne lui était pas ordinaire, et l'entraînait par une marche si précipitée, qu'elle semblait avoir l'activité d'une folle. Elle ne vit rien de tout ce qui était dans le salon quand elle le traversa, et cependant elle y fut saluée par trois hommes qui se séparèrent pour lui donner passage.

— La voici ! dit l'un d'eux.

— Elle est bien belle ! s'écria le prêtre.

— Oui, répondit le premier ; mais comme elle est pâle et agitée !...

— Et distraite ! ajouta le troisième, elle ne nous voit pas.

A la porte de sa chambre, mademoiselle de Verneuil aperçut la figure douce et joyeuse de Francine, qui lui dit à l'oreille :

— Il est là, Marie...

Mademoiselle de Verneuil se réveilla, parut réfléchir, regarda l'enfant qu'elle tenait, le reconnut et répondit à Francine :

— Enferme ce petit garçon, et, si tu veux que je vive, garde-toi bien de le laisser s'évader.

En prononçant ces paroles avec lenteur, elle avait fixé les yeux sur la porte de sa chambre, où ils restèrent attachés avec une si effrayante immobilité, qu'on eût dit qu'elle voyait sa victime à travers l'épaisseur des panneaux. Elle poussa doucement la porte et la ferma sans se retourner, car elle aperçut le marquis debout devant la cheminée. Sans être trop recherchée, la toilette du gentilhomme avait un certain air de fête et de parure qui ajoutait encore à l'éclat que toutes les femmes trouvent à leurs amants. A cet aspect, mademoiselle de Verneuil retrouva toute sa présence d'esprit. Ses lèvres, fortement contractées, quoique entr'ouvertes, laissèrent voir l'émail de ses dents blanches et dessinèrent un sourire arrêté dont l'expression était plus terrible que voluptueuse. Elle marcha d'un pas lent vers le jeune homme, et lui montrant du doigt la pendule :

— Un homme digne d'amour vaut bien la peine qu'on l'attende, dit-elle avec une fausse gaieté.

Mais, abattue par la violence de ses sentiments, elle tomba sur le sofa qui se trouvait auprès de la cheminée.

— Ma chère Marie, vous êtes bien séduisante quand vous êtes en colère ! dit le marquis en s'asseyant auprès d'elle, lui prenant une main qu'elle laissa prendre et implorant un regard qu'elle refusait... J'espère, continua-t-il d'une voix tendre et caressante, que Marie sera dans un instant bien chagrine d'avoir dérobé sa tête à son heureux mari.

En entendant ces mots, elle se tourna brusquement et le regarda dans les yeux.

— Que signifie ce regard terrible? reprit-il en riant. Mais ta main est brûlante !... Mon amour, qu'as-tu?

— Mon amour ! répondit-elle d'une voix sourde et altérée.

— Oui, dit-il en se mettant à genoux devant elle et lui prenant les deux mains qu'il couvrit de baisers, oui, mon amour, je suis à toi pour la vie.

Elle le poussa violemment et se leva. Ses traits se contractèrent, elle rit comme rient les fous et lui dit :

— Tu n'en crois pas un mot, homme plus fourbe que le plus ignoble scélérat !

Elle sauta vivement sur le poignard qui se trouvait auprès d'un vase de fleurs, et le fit briller à deux doigts de la poitrine du jeune homme surpris.

— Bah ! dit-elle en jetant cette arme, je ne t'estime pas assez pour te tuer ! Ton sang est même trop vil pour être versé par des soldats, et je ne vois pour toi que le bourreau...

Ces paroles furent péniblement prononcées d'un ton bas, et elle trépignait comme un enfant gâté qui s'impatiente. Le marquis s'approcha d'elle en cherchant à la saisir.

— Ne me touchez pas ! s'écria-t-elle en se reculant par un mouvement d'horreur.

— Elle est folle ! dit tout haut le marquis au désespoir.

— Oui, folle, répéta-t-elle, mais pas encore assez pour être ton jouet... Que ne pardonnerais-je pas à la passion ! Mais vouloir me posséder sans amour, et l'écrire à cette...

— A qui donc ai-je écrit? demanda-t-il avec un étonnement qui, certes, n'était pas joué.

— A cette femme chaste qui voulait me tuer !

Là, le marquis pâlit, serra le dos du fauteuil qu'il tenait de manière à le briser, et s'écria :

— Si madame du Gua a été capable de quelque noirceur...

Mademoiselle de Verneuil chercha la lettre et ne la retrouva plus ; elle appela Francine, et la Bretonne vint :

— Où est cette lettre?

— Monsieur Corentin l'a prise.

— Corentin ! Ah ! je comprends tout : il a fait la lettre, et m'a trompée comme il trompe, avec un art diabolique...

Après avoir jeté un cri perçant, elle alla tomber sur le sofa, et un déluge de larmes sortit de ses yeux. Le doute, comme la certitude, était horrible. Le marquis se précipita aux pieds de sa maîtresse, la serra contre son cœur en lui répétant dix fois ces mots, les seuls qu'il pût prononcer :

— Pourquoi pleurer, mon ange? Où est le mal? Tes injures sont pleines d'amour. Ne pleure donc pas, je t'aime ! je t'aime toujours!

Tout à coup, il se sentit presser par elle avec une force surnaturelle, et, au milieu de ses sanglots :

— Tu m'aimes encore?... dit-elle.

— Tu en doutes ! répondit-il d'un ton presque mélancolique.

Elle se dégagea brusquement de ses bras et se sauva, comme effrayée et confuse, à deux pas de lui.

— Si j'en doute?... s'écria-t-elle.

Elle vit le marquis souriant avec une si douce ironie, que les paroles expirèrent sur ses lèvres. Elle se laissa prendre par la main et conduire jusque sur le seuil de la porte. Marie aperçut au fond du salon un autel dressé à la hâte pendant son absence. Le prêtre était en ce moment revêtu de son costume sacerdotal. Des cierges allumés jetaient sur le plafond un éclat aussi doux que l'espérance. Elle reconnut, dans les deux hommes qui l'avaient saluée, le comte de Bauvan et le baron du Guénic, deux témoins choisis par Montauran.

— Me refuseras-tu toujours? lui dit tout bas le marquis.

A cet aspect, elle fit tout à coup un pas en arrière pour regagner sa chambre, tomba sur les genoux, leva les mains vers le marquis et lui cria :

— Ah ! pardon ! pardon ! pardon !...

Sa voix s'éteignit, sa tête se pencha en arrière, ses yeux se fermèrent, et elle resta entre les bras du marquis et de Francine comme si elle eût expiré. Quand elle rouvrit les yeux, elle rencontra le regard du jeune chef, un regard plein d'une amoureuse bonté.

— Marie, patience ! cet orage est le dernier, dit-il.

— Le dernier ! répéta-t-elle.

Francine et le marquis se regardèrent avec surprise, mais elle leur imposa silence par un geste.

— Appelez le prêtre, dit-elle, et laissez-moi seule avec lui.

Ils se retirèrent.

— Mon père, dit-elle au prêtre, qui apparut soudain devant elle, mon père, dans mon enfance, un vieillard à cheveux blancs, semblable à vous, me répétait souvent qu'avec une foi bien vive on obtenait tout de Dieu : est-ce vrai ?

— C'est vrai, répondit le prêtre. Tout est possible à celui qui a tout créé.

Mademoiselle de Verneuil se précipita à genoux avec un incroyable enthousiasme :

— O mon Dieu ! dit-elle dans son extase, ma foi en toi est égale à mon amour pour lui ! Inspire-moi ! Fais ici un miracle, ou prends ma vie !

— Vous serez exaucée, dit le prêtre.

Mademoiselle de Verneuil vint s'offrir à tous les regards en s'appuyant sur le bras de ce vieux prêtre à cheveux blancs. Une émotion profonde et secrète la livrait à l'amour d'un amant, plus brillante qu'en aucun jour passé, car une sérénité pareille à celle que les peintres se plaisent à donner aux martyrs imprimait à sa figure un caractère imposant. Elle tendit la main au marquis, et ils s'avancèrent ensemble vers l'autel, où ils s'agenouillèrent. Ce mariage, qui allait être bénit à deux pas du lit nuptial, cet autel élevé à la hâte, cette croix, ces vases, ce calice apportés secrètement par un prêtre, cette fumée d'encens répandue sous des corniches qui n'avaient encore vu que la fumée des repas, ce prêtre qui ne portait qu'une étole par-dessus sa soutane, ces cierges dans un salon, tout formait une scène touchante et bizarre qui achève de peindre ces temps de triste mémoire où la discorde civile avait renversé les institutions les plus saintes. Les cérémonies religieuses avaient alors toute la grâce des mystères. Les enfants étaient ondoyés dans les chambres où gémissaient encore les mères. Comme autrefois, le Seigneur allait, simple et pauvre, consoler les mourants. Enfin les jeunes filles recevaient pour la première fois le pain sacré dans le lieu même où elles jouaient la veille. L'union du marquis et de mademoiselle de Verneuil allait être consacrée, comme tant d'autres unions, par un acte contraire à la législation nouvelle ; mais, plus tard, ces mariages, bénits pour la plupart au pied des chênes, furent tous scrupuleusement reconnus. Le prêtre qui conservait ainsi les anciens usages jusqu'au dernier moment était un de ces hommes fidèles à leurs principes au fort des orages. Sa voix, pure du serment exigé par la République, ne répandait à travers la tempête que des paroles de paix. Il n'attisait pas, comme l'avait fait l'abbé Gudin, le feu de l'incendie, mais il s'était, avec beaucoup d'autres, voué à la dangereuse mission d'accomplir les devoirs du sacerdoce pour les âmes restées catholiques. Afin de réussir dans ce périlleux ministère, il usait de tous les pieux artifices nécessités par la persécution et le marquis n'avait pu le trouver que dans une de ces excavations qui, de nos jours encore, portent le nom de *la cachette du prêtre*. La vue de cette figure pâle et souffrante inspirait si bien la prière et le respect, qu'elle suffisait pour donner à cette salle mondaine l'aspect d'un saint lieu. L'acte de malheur et de joie était tout prêt. Avant de commencer la cérémonie, le prêtre demanda, au milieu d'un profond silence, les noms de la fiancée.

— Marie-Nathalie, fille de mademoiselle Blanche de Castéran, décédée abbesse de

des fusils et celui de la marche lourde et régulière des soldats qui venaient sans doute relever le poste de bleus qu'elle avait fait placer dans l'église. Elle tressaillit et leva les yeux sur la croix de l'autel.

— La voilà une sainte, dit tout bas Francine.

— Qu'on me donne de ces saintes-là, et je serai diablement dévot! ajouta le comte à voix basse.

Lorsque le prêtre fit à mademoiselle de Verneuil la question d'usage, elle répondit par

ELLE TENDIT LA MAIN AU MARQUIS.

Notre-Dame-de-Séez, et de Victor-Amédée, duc de Verneuil.

— Née?

— A la Chasterie, près d'Alençon.

— Je ne croyais pas, dit tout bas le baron au comte, que Montauran ferait la sottise de l'épouser!... La fille naturelle d'un duc, fi donc!

— Si c'était du roi, encore passe, répondit le comte de Bauvan en souriant ; mais ce n'est pas moi qui le blâmerai. L'autre me plaît, et c'est sur cette *Jument de Charette* que je vais maintenant faire la guerre. Elle ne roucoule pas, celle-là !...

Les noms du marquis avaient été remplis à l'avance ; les deux amants signèrent et les témoins après. La cérémonie commença. En ce moment Marie entendait seule le bruit

un oui accompagné d'un soupir profond. Elle se pencha à l'oreille de son mari et lui dit :

— Dans peu, vous saurez pourquoi je manque au serment que j'avais fait de ne jamais vous épouser.

Lorsque, après la cérémonie, l'assemblée passa dans une salle où le dîner avait été servi, et au moment où les convives s'assirent, Jérémie arriva tout épouvantée. La pauvre mariée se leva brusquement, alla au-devant de lui, suivie de Francine, et, sous un de ces prétextes que les femmes savent si bien trouver, elle pria le marquis de faire tout seul pendant un moment les honneurs du repas, et emmena le domestique avant qu'il eût commis une indiscrétion qui serait devenue fatale.

— Ah ! Francine, se sentir mourir, et ne pas pouvoir dire : Je meurs !... s'écria mademoiselle de Verneuil, qui ne parut plus.

Cette absence pouvait trouver sa justification dans la cérémonie qui venait d'avoir lieu. A la fin du repas, et au moment où l'inquiétude du marquis était au comble, Marie revint dans tout l'éclat du vêtement des mariées. Sa figure était joyeuse et calme, tandis que Francine, qui l'accompagnait, avait une terreur si profonde empreinte sur tous les traits, qu'il semblait aux convives voir dans ces deux figures un tableau bizarre où l'extravagant pinceau de Salvator Rosa aurait représenté la Vie et la Mort se tenant par la main.

— Messieurs, dit-elle au prêtre, au baron, au comte, vous serez mes hôtes pour ce soir, car il y aurait trop de danger pour vous à sortir de Fougères. Cette bonne fille a mes instructions et conduira chacun de vous à son appartement. Pas de rébellion, dit-elle au prêtre qui allait parler; j'espère que vous ne désobéirez pas à une femme le jour de ses noces.

Une heure après, elle se trouva seule avec son amant dans la chambre voluptueuse qu'elle avait si gracieusement disposée. Ils arrivèrent enfin à ce lit fatal où, comme dans un tombeau, se brisent tant d'espérances, où le réveil à une belle vie est si incertain, où meurt, où naît l'amour, suivant la portée des caractères qui ne s'éprouvent que là. Marie regarda la pendule et se dit : « Six heures à vivre ! »

— J'ai donc pu dormir?... s'écria-t-elle vers le matin, réveillée en sursaut par un de ces mouvements soudains qui nous font tressaillir lorsqu'on a fait la veille un pacte en soi-même afin de s'éveiller le lendemain à une certaine heure. Oui, j'ai dormi, répéta-t-elle en voyant à la lueur des bougies que l'aiguille de la pendule allait bientôt marquer deux heures du matin.

Elle se retourna et contempla le marquis endormi, la tête appuyée sur une de ses mains, à la manière des enfants, et de l'autre serrant celle de sa femme en souriant à demi, comme s'il se fût endormi au milieu d'un baiser.

« Ah ! se dit-elle à voix basse, il a le sommeil d'un enfant ! Mais pouvait-il se défier de moi, de moi qui lui dois un bonheur sans nom ? »

Elle le poussa légèrement, il se réveilla et acheva de sourire. Il baisa la main qu'il tenait, et regarda cette malheureuse femme avec des yeux si étincelants, que, n'en pouvant soutenir le voluptueux éclat, elle déroula lentement ses larges paupières, comme pour s'interdire à elle-même une dangereuse contemplation ; mais, en voilant ainsi le feu de ses regards, elle excitait si bien le désir en paraissant s'y refuser, que, si elle n'avait pas eu de profondes terreurs à cacher, son mari aurait pu l'accuser d'une trop grande coquetterie. Ils relevèrent ensemble leurs têtes charmantes, et se firent mutuellement un signe de reconnaissance plein des plaisirs qu'ils avaient goûtés ; mais, après un rapide examen du délicieux tableau que lui offrait la figure de sa femme, le marquis, attribuant à un sentiment de mélancolie les nuages répandus sur le front de Marie, lui dit d'une voix douce :

— Pourquoi cette ombre de tristesse, mon amour?

— Pauvre Alphonse, où crois-tu donc que je t'aie mené?... demanda-t-elle en tremblant.

— Au bonheur...

— A la mort !

Et, tressaillant d'horreur, elle s'élança hors du lit ; le marquis étonné la suivit, sa femme l'amena près de la fenêtre. Après un geste délirant qui lui échappa, Marie releva les rideaux et lui montra du doigt, sur la place, une vingtaine de soldats. La lune, ayant dissipé le brouillard, éclairait de sa blanche lumière les habits, les fusils, l'impassible Corentin, qui allait et venait comme un chacal attendant sa proie, et le commandant, les bras croisés, immobile, le nez en l'air, les lèvres retroussées, attentif et chagrin.

— Eh ! laissons-les, Marie, et reviens...

— Pourquoi ris-tu, Alphonse ? c'est moi qui les ai placés là !

— Tu rêves ?

— Non.

Ils se regardèrent un moment, le marquis devina tout, et, la serrant dans ses bras :

— Va ! je t'aime toujours, dit-il.

— Tout n'est donc pas perdu ! s'écria Marie. Alphonse, dit-elle après une pause, il y a de l'espoir.

En ce moment, ils entendirent distinctement le cri sourd de la chouette, et Francine sortit tout à coup du cabinet de toilette.

— Pierre est là ! dit-elle avec une joie qui tenait du délire.

La marquise et Francine revêtirent Montauran d'un costume de chouan, avec cette étonnante promptitude qui n'appartient qu'aux femmes. Lorsque la marquise vit son mari occupé à charger les armes que Francine apporta, elle s'esquiva lestement, après avoir fait un signe d'intelligence à sa fidèle Bretonne. Francine conduisit alors le marquis dans le cabinet de toilette attenant à la chambre. Le jeune chef, en voyant une grande quantité de draps fortement attachés, put se convaincre de l'active sollicitude avec laquelle la Bretonne avait travaillé à tromper la vigilance des soldats.

— Jamais je ne pourrai passer par là, dit le

marquis en examinant l'étroite baie de l'œil-de-bœuf.

En ce moment, une grosse figure noire en remplit entièrement l'ovale, et une voix rauque, bien connue de Francine, cria doucement :

— Dépêchez-vous, mon général ! ces crapauds de bleus se remuent...

— Oh ! encore un baiser ! dit une voix tremblante et douce.

Le marquis, dont les pieds atteignaient l'échelle libératrice, mais qui avait encore une partie du corps engagée dans l'œil-de-bœuf, se sentit pressé par une étreinte de désespoir. Il jeta un cri en reconnaissant ainsi que sa femme avait pris ses habits ; il voulut la retenir, mais elle s'arracha brusquement de ses bras, et il se trouva forcé de descendre. Il gardait à la main un lambeau d'étoffe, et, la lueur de la lune venant à l'éclairer soudain, il s'aperçut que ce lambeau devait appartenir au gilet qu'il avait porté la veille.

— Halte ! feu de peloton !...

Ces mots, prononcés par Hulot au milieu d'un silence qui avait quelque chose d'horrible, rompirent le charme sous l'empire duquel semblaient être les hommes et les lieux. Une salve de balles arrivant du fond de la vallée jusqu'au pied de la tour succéda aux décharges que firent les bleus placés sur la Promenade. Le feu des républicains n'offrit aucune interruption et fut continu, impitoyable. Les victimes ne jetèrent pas un cri. Entre chaque décharge, le silence était effrayant.

Cependant Corentin, ayant entendu tomber du haut de l'échelle un des personnages aériens qu'il avait signalés au commandant, soupçonna quelque piège.

— Pas un de ces animaux-là ne chante, dit-il à Hulot ; nos deux amants sont bien capables de nous amuser ici par quelque ruse, tandis qu'ils se sauvent peut-être par un autre côté...

L'espion, impatient d'éclaircir le mystère, envoya le fils de Galope-Chopine chercher des torches. La supposition de Corentin avait été si bien comprise de Hulot, que le vieux soldat préoccupé par le bruit d'un engagement très sérieux qui avait lieu devant le poste de Saint-Léonard, s'écria :

— C'est vrai, ils ne peuvent pas être deux.

Et il s'élança vers le corps de garde.

— On lui a lavé la tête avec du plomb, mon commandant, lui dit Beau-Pied, qui venait à la rencontre de Hulot ; mais il a tué Gudin et blessé deux hommes. Ah ! l'enragé ! il avait enfoncé trois rangées de nos lapins, et aurait gagné les champs sans le factionnaire de la porte Saint-Léonard, qui l'a embroché avec sa baïonnette.

En entendant ces paroles, le commandant

TU RÊVES ?

se précipita dans le corps de garde, et vit sur le lit de camp un corps ensanglanté que l'on venait d'y placer ; il approcha du prétendu marquis, leva le chapeau qui en couvrait la figure et tomba sur une chaise.

— Je m'en doutais, s'écria-t-il en se croisant les bras avec force ; elle l'avait, sacré tonnerre ! gardé trop longtemps.

Tous les soldats restèrent immobiles. Le commandant avait fait dérouler les longs cheveux noirs d'une femme. Tout à coup, le silence fut interrompu par le bruit d'une multitude armée. Corentin entra dans le corps de garde en précédant quatre soldats qui, sur leurs fusils placés en forme de civière, portaient Montauran, auquel plusieurs coups de feu avaient cassé les deux cuisses et les bras. Le marquis fut déposé sur le lit de camp auprès de sa femme, il l'aperçut et trouva la force de lui prendre la main par un geste convulsif. La mourante tourna péniblement la tête, reconnut son mari, frissonna par une secousse horrible à voir, et murmura ces paroles d'une voix presque éteinte :

— Un jour sans lendemain !... Dieu m'a trop bien exaucée !

— Commandant, dit le marquis en rassemblant toutes ses forces et sans quitter la main de Marie, je compte sur votre probité pour annoncer ma mort à mon jeune frère, qui se trouve à Londres. Écrivez-lui que, s'il veut obéir à mes dernières paroles, il ne portera pas les armes contre la France, sans néanmoins jamais abandonner le service du roi.

— Ce sera fait, dit Hulot en serrant la main du mourant.

— Portez-les à l'hôpital voisin, s'écria Corentin.

Hulot prit l'espion par le bras, de manière à lui laisser l'empreinte de ses ongles dans la chair, et lui dit :

— Puisque ta besogne est finie par ici, fiche-moi le camp ! et regarde bien la figure du commandant Hulot, pour ne jamais te trouver sur son passage, si tu ne veux pas qu'il fasse de ton ventre le fourreau de son bancal.

Et déjà le vieux soldat tirait son sabre.

« Voilà encore un de mes honnêtes gens qui ne feront jamais fortune, » se dit Corentin quand il fut loin du corps de garde.

Le marquis put encore remercier par un signe de tête son adversaire, en lui témoignant cette estime que les soldats ont pour de loyaux ennemis.

En 1827, un vieil homme, accompagné de sa femme, marchandait des bestiaux sur le marché de Fougères, et personne ne lui disait rien, quoiqu'il eût tué plus de cent personnes ; on ne lui rappelait même point son surnom de Marche-à-Terre. La personne à qui l'on doit de précieux renseignements sur tous les personnages de cette scène le vit emmenant une vache, et allant de cet air simple, ingénu, qui fait dire : « Voilà un bien brave homme ! »

Quant à Cibot, dit Pille-Miche, on a déjà vu comment il a fini. Peut-être Marche-à-Terre essaya-t-il, mais vainement, d'arracher son compagnon à l'échafaud, et se trouvait-il sur la place d'Alençon lors de l'effroyable tumulte qui fut un des événements du fameux procès Rifoël, Bryond et la Chanterie.

FIN

Pour paraître le 1er Juin 1914, le n° 92 :

NOUVELLE COLLECTION ILLUSTRÉE
CALMANN-LÉVY

L'ouvrage complet, **95** centimes. Relié, **1** fr. **50**

FRANÇOIS COPPÉE

DE L'ACADÉMIE FRANÇAISE

Contes en Prose

Illustrations de W.-A. LAMBRECHT

NOUVELLE COLLECTION ILLUSTRÉE CALMANN-LÉVY

1. PIERRE LOTI ..... Pêcheur d'Islande.
2. ANATOLE FRANCE ..... Le Crime de Sylvestre Bonnard.
3. LUDOVIC HALÉVY ..... La Famille Cardinal.
4. FRANÇOIS COPPÉE ..... Le Coupable.
5. JULES RENARD ..... Poil de Carotte.
6. RENÉ BAZIN ..... Donatienne.
7. A. DUMAS FILS ..... La Dame aux Camélias.
8. GEORGES COURTELINE ..... Boubouroche.
9. PIERRE VEBER ET WILLY ..... Une Passade.
10. JULES LEMAITRE ..... Les Rois.
11. ANDRÉ THEURIET ..... L'Oncle Scipion.
12. ALPHONSE DAUDET ..... L'Immortel.
13. PROSPER MÉRIMÉE ..... Diane de Turgis.
14. GYP ..... Le Mariage de Chiffon.
15. FRANÇOIS COPPÉE ..... Toute une Jeunesse.
16. ABEL HERMANT ..... Les Grands Bourgeois.
17. HENRI DE RÉGNIER ..... Les Vacances d'un jeune homme sage.
18. GEORGES COURTELINE ..... Messieurs les Ronds-de-Cuir.
19. OCTAVE FEUILLET ..... Le Roman d'un jeune homme pauvre.
20. MARCELLE TINAYRE ..... Avant l'Amour.
21. RENÉ BOYLESVE ..... Le Parfum des Iles Borromées.
22. ANDRÉ THEURIET ..... Amour d'Automne.
23. EDMOND DE GONCOURT ..... La Fille Elisa.
24. LÉON FRAPIÉ ..... Marcelin Gayard.
25. RENÉ BAZIN ..... De toute son âme.
26. ALPHONSE DAUDET ..... La Petite Paroisse.
27. ABEL HERMANT ..... Confession d'un Enfant d'hier.
28. GEORGE SAND ..... Elle et Lui.
29. MARCELLE TINAYRE ..... Hellé.
30. GYP ..... Joies d'Amour.
31. HENRY MURGER ..... Scènes de la Vie de Bohême.
32. GUSTAVE GEFFROY ..... L'Apprentie.
33. A. DUMAS FILS ..... Affaire Clemenceau.
34. GEORGES COURTELINE ..... Le Train de 8 h. 47.
35. ÉMILE ZOLA ..... Thérèse Raquin.
36. HENRY MURGER ..... Le Pays Latin.
37. VILLIERS DE L'ISLE-ADAM ..... Contes Cruels.
38. ALFRED CAPUS ..... Faux Départ.
39. GEORGE SAND ..... Indiana.
40. RENÉ BOYLESVE ..... La Becquée.
41. ABEL HERMANT ..... Confession d'un homme d'aujourd'hui.
42. JEAN RICHEPIN ..... Miarka, la fille à l'Ourse.
43. ANDRÉ THEURIET ..... Charme dangereux.
44. FRANÇOIS COPPÉE ..... Henriette.
45. TRISTAN BERNARD ..... Amants et voleurs.
46. LÉON FRAPIÉ ..... La Maternelle.
47. GEORGES D'ESPARBÈS ..... Les Demi solde.
48. ALPHONSE DAUDET ..... Fromont jeune et Risler aîné.
49. FRANÇOIS COPPÉE ..... Les vrais Riches.
50. PIERRE LOTI ..... Le Roman d'un spahi.
51. JULES CLARETIE ..... Le Prince Zilah.
52. ALPHONSE KARR ..... Sous les Tilleuls.
53. GYP ..... Le Bonheur de Ginette.
54. ÉMILE ZOLA ..... Naïs Micoulin.
55. ABEL HERMANT ..... Les Confidences d'une biche.
56. ANATOLE FRANCE ..... Histoire comique.
57. RUDYARD KIPLING ..... La Lumière qui s'éteint.
58. HENRI LAVEDAN ..... Le Vieux Marcheur.
59. RENÉ BAZIN ..... Le Blé qui lève.
60. EDMOND DE GONCOURT ..... La Faustin.
61. HENRI DE RÉGNIER ..... Le Passé vivant.
62. ANDRÉ THEURIET ..... Boisfleury.
63. J.-H. ROSNY ..... La Fauve.
64. OCTAVE FEUILLET ..... Histoire d'une Parisienne.
65. HENRI LAVEDAN ..... Leur Cœur.
66. ÉMILE ZOLA ..... La Conquête de Plassans.
67. PIERRE VEBER ..... Les Rentrées.
68. GYP ..... Une Passionnette.
69. ALPHONSE ALLAIS ..... L'Affaire Blaireau.
70. ANDRÉ THEURIET ..... Villa Tranquille.
71. H.-G. WELLS ..... L'Homme invisible.
72. J.-K. HUYSMANS ..... Les Sœurs Vatard.
73. HENRI DE RÉGNIER ..... La Peur de l'Amour.
74. GEORGE SAND ..... Valentine.
75. LOUIS DE ROBERT ..... L'Envers d'une Courtisane.
76. ABEL HERMANT ..... La Biche relancée.
77. GABRIELE D'ANNUNZIO ..... Episcopo et Cie.
78. GYP ..... Tante Joujou.
79. JULES CLARETIE ..... Brichanteau Comédien.
80. HENRI LAVEDAN ..... Les Beaux Dimanches.
81. ANDRÉ THEURIET ..... Cœurs Meurtris.
82. H.-G. WELLS ..... Les Premiers Hommes dans la Lune.
83. ALFRED DE VIGNY ..... Servitude et Grandeur militaires.
84. ALFRED DE VIGNY ..... Cinq-Mars.
85. MARCELLE TINAYRE ..... L'Oiseau d'Orage.
86. FRANÇOIS COPPÉE ..... Vingt Contes Nouveaux.
87. PIERRE LOTI ..... Matelot.
88. ANDRÉ THEURIET ..... Chanteraine.
89. JULES CLARETIE ..... Brichanteau Célèbre.
90. GEORGE SAND ..... Le Dernier Amour.

Paris. — Imp. L. Pochy, 52, rue du Château. — 78-14.

www.ingramcontent.com/pod-product-compliance
Lightning Source LLC
La Vergne TN
LVHW020314230826
846091LV00003B/664

* 9 7 8 2 3 2 9 5 7 6 8 9 3 *